21세기와 한민족

김대중 전 대통령 주요 연설·대담
1998~2004

김대중 지음

돌베개

21세기와 한민족

김대중 전 대통령 주요 연설·대담 1998~2004

김대중 지음

2004년 12월 22일 초판 1쇄 발행

펴낸이 한철희 | 펴낸곳 돌베개 | 등록 1979년 8월 25일 제406-2003-018호
주소 (413-832) 경기도 파주시 교하읍 문발리 파주출판도시 532-4
전화 (031) 955-5020 | 팩스 (031) 955-5050
홈페이지 www.dolbegae.com | 전자우편 book@dolbegae.co.kr

편집장 김혜형
책임편집 박숙희 | 편집 김희진·이경아·윤미향·김희동·서민경
본문디자인 이은정·박정영 | 교정 김현희 | 인쇄·제본 상지사 P&B

ISBN 89-7199-204-2 03810
책값은 뒤표지에 있습니다.

이 도서의 국립중앙도서관 출판시도서목록(CIP)은 e-CIP 홈페이지
(http://www.nl.go.kr/cip.php)에서 이용하실 수 있습니다.(CIP제어번호: CIP2004002194)

21세기와 한민족

21세기와 한민족

인류는 탄생 이래 다섯 번의 혁명을 겪었다고 한다. 첫번째는 물론 인간의 출현이다. 최초로 인간의 종이 출현한 것은 지금부터 400만 년 전 동아프리카에서라고 한다. 지구의 역사가 45억 년이고 지구상에 생물이 출현한 것이 35억 년 전이라면 인류의 탄생은 아주 최근의 일이다. 그것도 몇 번의 출현과 소멸 과정을 거치면서 오늘날 세계 도처에 퍼져 있는 호모사피엔스 종이 나온 것은 불과 4만 년 전인 것이다.

원시인간이 지상을 떠돌아다니면서 채집과 수렵, 어로 생활을 하다가 정착해서 농업을 시작한 것은 약 1만 년 전이다. 이것이 제2의 혁명이다. 농업은 한 장소에 정착해서 촌락을 형성하게 만들었다.

제3의 혁명은 도시혁명이다. 지금부터 약 4,000~5,000년 전에 황허 강, 인더스 강, 메소포타미아, 나일 강 유역에 농촌을 안은 도시문명이 출현한 것이다.

그리고 제4의 혁명은 사상혁명이다. 약 2,500년 전 중국에서 유가(儒家), 도가(道家), 묵가(墨家), 법가(法家) 등의 철학적인 사상혁명이 일어났다. 그리고 같은 무렵 인도에서 부처와 바라문 승려에 의한 종교혁명이 일어났다. 한편 그리스에서는 소크라테스, 아리스토텔레스, 피타고

라스, 플라톤 등에 의한 철학혁명이 일어났고 이스라엘에서는 이사야, 예레미야, 아모스, 학개 등에 의한 종교혁명이 일어났다. 인류는 오늘도 이러한 사상혁명의 유산으로 살아가고 있다.

제5의 혁명은 18세기 후기에 일어난 와트의 증기기관 발명을 중심으로 한 산업혁명이다. 이 산업혁명은 20세기 말까지 그 위세를 떨쳤다. 그러나 지금 이러한 산업혁명의 시대는 가고 새로운 제6의 혁명 시대가 오고 있다. 그것은 정보화혁명을 선두로 한 지식 기반 경제 시대이다. 지식 기반 경제는 IT(정보기술), BT(생명공학기술), CT(문화콘텐츠기술), ET(환경기술), NT(극미세기술), ST(우주항공기술) 등을 말한다.

산업화 시대에는 토지·노동·자본이 경제의 핵심 요소였다. 그러나 지식 기반 시대에는 지적인 창의력을 가진 우수한 인재가 경제의 선도자가 되며, 육체의 힘보다 지적 능력과 기술을 갖춘 지식노동자가 중요한 존재가 된다. 또한 산업혁명 시대는 국민 경제가 중심인 민족국가 시대였던 데 비해 21세기는 국경을 초월한 세계화의 시대가 되고 있다.

그러면 우리 민족은 이러한 인류의 역사 속에서 어떻게 출현했고, 어떻게 살아왔는가? 또 그 장래는 무엇인가?

일연 스님이 쓴 『삼국유사』에 단군 설화가 있다. 하늘의 천제인 환인(桓因)에게는 아들 환웅(桓雄)이 있었다. 환웅은 지상에 내려가 백성들을 위해 일하고자 하는 심정이 간절해서 이것을 아버지 환인에게 간청했다. 환인의 승낙을 얻은 환웅은 지상에 내려왔는데 곰과 호랑이가 와서 사람이 되게 해달라고 간청했다. 환웅은 그들에게 마늘과 쑥을 먹고 100일 동안 햇볕을 보지 말라고 말했다. 호랑이는 참지 못해 뛰쳐나갔고, 곰은 환웅의 지시대로 해서 사람이 되었다. 그가 웅녀다. 환웅은 웅녀와 결혼해서 아들을 얻었는데 그가 단군이라고 한다. 단군이 고조선을 세운 것이 기원전 2333년이다. 단군은 홍익인간의 이상을 가지고 백성을 1,500년 동안 잘 다스렸다. 단군 설화를 정식 역사로 보는 것은 문제가 있지만, 아득한 옛날 우리 민족의 뿌리를 찾는 데는 시사하는 바가 크다.

하늘에서 지상으로 내려왔다는 상징은 북방에서 남방으로 내려온 민족이 자신들의 집권을 정당화하기 위해 창조해낸 것으로, 이런 예는 다른 민족의 건국신화에서도 흔히 찾아볼 수 있다. 그리고 곰과 호랑이 상징은, 북방에서 온 지배자가 토착민인 곰족과의 연합에는 성공했지만, 호랑이를 섬기는 씨족과는 성공하지 못했다는 것을 말해준다.

'널리 사람을 이롭게 한다'(弘益人間)는 단군의 통치이념에는 우리 민족 사상의 원류가 녹아 있다. 이 사상은 역사를 통해서 오늘날까지도 받들어지고 있으며, 민주주의와도 상통하는 이상이다.

우리 민족이 역사적 근거를 가진 국가를 출현시킨 것은 기원후 1세기 초에 나타난 고구려·백제·신라에서부터다. 이 3국은 널리 알려진 대로 신라에 의해 통일되었고, 통일신라 말 후삼국시대를 거쳐 10세기 초 왕건에 의해 고려가 건국되었다. 그리고 14세기 말 이성계가 세운 조선왕조는 20세기 초 일제에 의해 병탄될 때까지 유지되었다.

신라와 고려는 불교를 국교로 삼았으나 유교도 함께 허용했다. 조선은 유교, 그 중에도 성리학을 국교로 택했다. 이때 불교는 말할 것도 없고, 같은 유교의 범주에 속하는 양명학까지 배척함으로써 500년 사상의 풍토를 매우 척박하게 만들었다. 이러한 조선왕조의 사상적 불모가 근대화를 가로막고 망국의 설움을 가져온 원인이기도 했다. 통일신라·고려·조선, 3국 모두 농업이 주산업이었고, 상업과 공업의 발달은 매우 더뎠다.

우리의 역사에서 하나의 기적 같은 일을 꼽는다면, 한민족이 중국 한족(漢族)에게 동화되지 않았다는 사실이다. 중국 땅에 원나라를 세웠던 몽골족의 상당수, 청나라를 세웠던 만주족의 거의 대부분이 중국화되었으며, 기타 변방의 소수 민족들이 대거 중국화되었다. 그런 가운데 우리 한민족만 중국으로부터 정치·경제·문화·종교 등 압도적인 영향을 받았음에도 중국화되지 않은 것이다.

　중국으로부터 불교를 받아들이면 해동불교로 재창조하고, 유교를 받아들이면 조선유학으로 발전시켰다. 이러한 독자성은 우리 민족이 그 출발부터 중국 한족과 다른 민족이라는 사실과, 언어나 토착종교의 특이성에서도 연유한다. 우리의 언어 구조는 중국어의 그것과 전혀 다른 알타이어 계통이며, 토착종교인 샤머니즘은 민족의 마음속에 깊이 뿌리박혀 있다. 우리가 중국에 조공을 바친 것은 강대국 앞에서 살아남기 위한 약소민족의 지혜였지 결코 주체성의 상실이 아니었다. 이 점은 외국의 저명한 학자들도 높이 평가한 바 있다.

　우리의 역사를 관통해서 가장 특징적인 것은 일관된 문민통치, 과거 제도를 중심으로 한 지식사회의 형성, 거기에 수반하는 교육에 대한 열의이다. 교육에 대한 열의는 서민층에까지 널리 퍼져나갔다.

　21세기는 지식 경제의 시대이고, 세계화의 시대이다. 산업 자본 시대에서 지식 기반 경제 시대로 가는 시대이다. 앞서 말한 대로 산업화 시대에는 토지·노동·자본이 경제의 3대 요소였다. 그러나 지식 기반 시대에는 우수한 지적 창의력을 갖춘 인재, 육체노동자 대신 지식노동자들이 대거 출현하여 경제를 움직여나갈 것이다. 산업사회의 산물인 민족주의 시대는 이제 세계화의 시대로 변화해나가고 있다.

　21세기의 지식 기반 시대에 가장 알맞은 적성을 가지고 있는 민족 중

하나가 한민족이다. 이미 말한 지적 기반 외에 우리 민족은 스스로의 헌신과 희생으로 민주주의를 쟁취한 저력을 가지고 있다. 불과 수년 사이에 정보 강국의 위상을 차지했고, 이를 모든 첨단 기술과 자동차, 조선 등 전통 산업에 활용해서 눈부신 발전을 이룩하고 있다.

특히 문화적 창의력이 뛰어난 우리 민족은 앞으로 21세기 중심 산업의 하나인 문화산업에서 독보적인 발전을 해나갈 것이다. 중국에서 하루 저녁에 1억 명이 한국 드라마를 시청한다고 한다. 한류열풍이 일본 열도와 동남아를 휩쓰는 것은 결코 우연이 아니다. 문화콘텐츠의 개발, 문화산업과 관광산업의 세계적 선두 주자가 되는 것이 성공의 열쇠가 될 것이다.

한편 21세기는 세계화의 시대이다. 우리는 민족주의의 좁은 틀을 벗어나서 세계로 눈을 돌리고 세계로 나아가고 세계를 받아들이는 세계인이 되어야 한다. 경제·문화 등 모든 면에서 세계와 경쟁하고 세계와 협력하는 새로운 시대를 열어가야 한다.

남북 관계를 발전시켜서 육로를 통해 아시아와 유럽 대륙으로 자유롭게 나아가는 '철의 실크로드'를 열어야 한다. 중국의 오지, 시베리아, 중앙아시아, 유럽 등 경제의 보고들에 자유롭게 참여하기 위해서는 북한을 거쳐 대륙으로 나아가는 길을 열어야 한다. 철의 실크로드는 물류 비용과 기간을 30% 정도 경감시키고 해상 수송보다 안전하다. 부산과 목포에서 시작하여 유라시아 대륙을 관통하는 철의 실크로드를 열어야 우리나라가 동북아 시대의 허브가 되는 날이 올 것이다. 그런 의미에서도 남북 관계의 발전은 남북 서로만을 위해서가 아니라, 우리 민족이 세계화 시대에 전면적으로 참여하여 성공하기 위해서도 필수 불가결하다.

21세기는 인류 역사에서 일어났던 5대 혁명에 비해 세계의 구석구석에까지 큰 영향을 주는 제6의 대혁명 시대이다. 21세기 지식혁명 시대에 우리 민족은 천재일우의 기회를 만난 것이고, 세계적인 도약을 할 수 있는 가능성을 갖게 된 것이다. 이것을 선용하느냐 못 하느냐 하는 것은 우리 국민, 우리 민족의 지혜와 헌신에 달려 있다.

이 책은 지난 5년간 내가 대통령으로서 한 주요 연설과 퇴임 이후 여러 계기를 통해서 하게 된 연설과 언론과의 인터뷰 내용을 모은 것이다. 이 연설문들은 내가 우리 국민에게 한 약속이고 또 세계인과 나눈 대화이다. 이 약속과 대화를 되돌아보면서 적지 않은 성취와 전진이 있었음을 느낀다. 그러나 동시에 더 많은 과제들이 아직 남아 있음을 확인하게 된다. 나는 국내외 독자들과 우리가 이룩하고자 한 의제들을 다시 한번 생각하면서, 보다 평화롭고 보다 인간적이며 보다 평등한 세상을 같이 만들어가려는 각오를 다지고자 한다.

2004년 12월
김대중

차례

제2부 **평화의 세기를 향하여**
퇴임 이후 2003~2004

제3부 신문 · 방송 대담
퇴임 이후 2003~2004

부록1 **김대중 대통령을 말한다**

부록2 **해외에서 바라본 김대중 대통령**

제1부

위기에서 희망으로

대통령 재임기 1998~2002

국난 극복과 재도약의 새 시대를 엽시다

제15대 대통령 취임사
서울, 1998. 2. 25.

존경하고 사랑하는 국민 여러분!

오늘 저는 대한민국 제15대 대통령에 취임하게 되었습니다. 정부 수립 50년 만에 처음 이루어진 여야 간 정권 교체를 여러분과 함께 기뻐하면서, 온갖 시련과 장벽을 넘어 진정한 '국민의 정부'를 탄생시킨 국민 여러분께 찬양과 감사의 말씀을 드리는 바입니다.

그리고 저의 취임을 축하하기 위해 이 자리에 함께해주신 김영삼 전임 대통령, 폰 바이체커 독일 전 대통령, 코라손 아키노 필리핀 전 대통령, 후안 안토니오 사마란치 IOC 위원장 등 내외 귀빈을 비롯한 참석자 여러분께도 깊이 감사드립니다.

오늘 이 취임식의 역사적인 의미는 참으로 크다고 할 것입니다. 오늘은 이 땅에서 처음으로 민주적 정권 교체가 실현되는 자랑스러운 날입니다. 또한 민주주의와 경제를 동시에 발전시키려는 정부가 마침내 탄생하는 역사적인 날이기도 합니다. 이 정부는 국민의 힘에 의해 이루어진 참된 '국민의 정부' 입니다. 모든 영광과 축복을 국민 여러분께 드리면서, 제 몸과 마음을 다 바쳐 봉사할 것을 굳게 다짐하는 바입니다.

친애하는 국민 여러분!

우리는 3년 후면 새로운 세기를 맞게 됩니다. 21세기의 개막은 단순히 한 세기가 바뀌는 것만이 아니라, 새로운 혁명의 시작을 말합니다. 지구상에 인간이 탄생한 인간혁명으로부터 농업혁명, 도시혁명, 사상혁명, 산업혁명의 5대 혁명을 거쳐 인류는 이제 새로운 혁명의 시대로 들어서고 있는 것입니다.

세계는 지금 유형의 자원이 경제 발전의 요소였던 산업사회로부터, 무형의 지식과 정보가 경제 발전의 원동력이 되는 지식정보사회로 나아가고 있습니다. 정보화혁명은 세계를 하나의 지구촌으로 만들어, 국민경제 시대로부터 세계 경제 시대로의 전환을 이끌고 있습니다. 정보화 시대는 누구나, 언제나, 어디서나, 손쉽고 값싸게 정보를 얻고 이용할 수 있는 시대를 말합니다. 이는 민주사회에서만 가능합니다. 우리는 이와 같은 문명사적 대전환기를 맞아 새로운 도전에 전력을 다하여 능동적으로 대응해야 합니다.

그러나 불행하게도 이 중차대한 시기에 우리에게는 6·25 이후 최대의 국난이라고 할 수 있는 외환 위기가 닥쳐왔습니다. 잘못하다가는 나라가 파산할지도 모를 위기에 우리는 당면해 있습니다. 막대한 부채를 안고, 매일같이 밀려오는 만기외채를 막는 데 급급하고 있습니다. 참으로 어이없는 일이 아닐 수 없습니다. 우리가 이나마 파국을 면하고 있는 것은 애국심으로 뭉친 국민 여러분의 협력과 국제통화기금(IMF), 세계은행(IBRD), 아시아개발은행(ADB), 그리고 미국, 일본, 캐나다, 호주,

EU 국가 등 우방들의 도움 덕택입니다.

올 한 해 동안 물가는 오르고, 실업은 늘어날 것입니다. 소득은 떨어지고, 기업의 도산은 속출할 것입니다. 우리 모두는 지금 땀과 눈물을 요구받고 있습니다. 도대체 우리가 어찌해서 이렇게 되었는지 냉정하게 돌이켜봐야 합니다. 정치·경제·금융을 이끌어온 지도자들이 정경유착과 관치금융에 물들지 않았던들, 그리고 대기업들이 경쟁력 없는 기업들을 문어발처럼 거느리지 않았던들, 이러한 불행한 일은 일어나지 않았을 것입니다. 잘못은 지도층들이 저질러놓고 고통은 죄 없는 국민이 당하는 것을 생각할 때 한없는 아픔과 울분을 금할 수 없습니다. 이러한 파탄의 책임은 국민 앞에 마땅히 밝혀져야 할 것입니다.

존경하는 국민 여러분!

오늘의 어려움 속에서도 국민 여러분께서는 놀라운 애국심과 저력을 발휘하셨습니다. 우리는 IMF시대의 충격 속에서도 여야 간 평화적 정권 교체의 위업을 이룩하였습니다. 국민 여러분은 나라의 위기를 극복하기 위해 '금 모으기'에 나섰고 이미 20억 달러가 넘는 금을 모아주셨습니다. 저는 황금보다 더 귀중한 국민 여러분의 애국심을 한없이 자랑스럽게 생각합니다. 여러분, 감사합니다.

한편 우리 근로자들은 자기 생활의 어려움도 무릅쓰고 자발적으로 임금을 동결하는 등 고통분담에 동참하고 있습니다. 기업은 수출에 전력을 다함으로써 지난 3개월간 연속해서 큰 규모의 경상수지 흑자를 내고 있습니다. 이러한 한국인의 애국심과 저력에 대해 세계가 경탄하고 있습니다. 노동자와 사용자 그리고 정부는 대화를 통한 대타협으로 국난 극복의 주춧돌을 놓았습니다. 이 얼마나 자랑스러운 일입니까. 저는 이 일을 이루어낸 노·사·정 대표 여러분께 국민과 함께 큰 박수를 보내고 싶습니다.

국회의 다수당인 야당 여러분에게 간절히 부탁드립니다. 오늘의 난국은 여러분의 협력 없이는 결코 극복할 수 없습니다. 저도 모든 것을 여러분과 같이 상의하겠습니다. 나라가 벼랑 끝에 서 있는 금년 1년만이라도 저를 도와주셔야 하겠습니다. 저는 온 국민이 이를 바라고 있다고 믿습니다.

친애하는 국민 여러분!

지금 이 나라는 정치, 경제, 사회, 외교, 안보, 그리고 남북 문제 등 모든 분야에서 좌절과 위기에 처해 있습니다. 이를 극복하기 위해서는 총체적인 개혁이 이루어져야 합니다. 무엇보다 정치 개혁이 선행되어야 합니다. 국민이 주인 대접을 받고 주인 역할을 하는 참여민주주의가 실현되어야 하겠습니다. 그래야만 국정이 투명하게 되고 부정부패도 사라집니다.

저는 '국민에 의한 정치', '국민이 주인되는 정치'를 국민과 함께 반드시 이루어내겠습니다. '국민의 정부'는 어떠한 정치 보복도 하지 않겠습니다. 어떠한 차별과 특혜도 용납하지 않겠습니다. 다시는 지역 정권이니 도 차별이니 하는 말이 없도록 하겠다는 것을 굳게 다짐합니다.

정부가 고통분담에 앞장서서 효율적인 정부를 만들겠습니다. 중앙정부에 집중된 권한과 기능을 민간과 지방자치단체에 대폭 이양하겠습니다. 그러나 국민의 생명과 재산을 지키는 데에는 더욱 힘쓰겠습니다. 환경을 보존하고 복지를 증진시키는 데 적극 노력하겠습니다.

'작지만 강력한 정부', 이것이 '국민의 정부'가 지향하는 목표입니다. '국민의 정부'가 당면한 최대의 과제는 경제적 국난을 극복하고 우리 경제를 재도약시키는 일입니다. '국민의 정부'는 민주주의와 경제 발전을 병행시키겠습니다.

민주주의와 시장경제는 동전의 양면이고 수레의 양 바퀴와 같습니다. 결코 분리해서는 성공할 수 없습니다. 민주주의와 시장경제를 다같이 받아들인 나라들은 한결같이 성공했습니다. 그러나 민주주의를 거부하고 시장경제만 받아들인 나라들은 나치즘 독일과 군국주의 일본에서 보여준 바와 같이 참담한 좌절을 당하고 말았습니다. 이들 나라도 제2차 세계대전 후 민주주의와 시장경제를 같이 받아들여 오늘과 같은 자유와 번영을 누리게 되었습니다.

민주주의와 시장경제가 조화를 이루면서 함께 발전하게 되면 정경유착이나 관치금융, 그리고 부정부패는 일어날 수 없습니다. 저는 우리가 겪고 있는 오늘의 위기는 민주주의와 시장경제를 병행해서 실천함으로써 극복할 수 있다고 확신합니다.

경제를 살리기 위해서는 먼저 물가를 잡아야 합니다. 물가 안정 없이는 어떠한 경제정책도 성공할 수 없습니다. 대기업과 중소기업을 똑같이 중시하되, 대기업은 자율성을 보장하고 중소기업은 집중적으로 지원함으로써 양자가 다 같이 발전해나가도록 하겠습니다. 또한 철저한 경쟁의 원리를 지켜나갈 것입니다. 세계에서 가장 품질 좋고 가장 값싼 상품을 만들어 외화를 많이 벌어들이는 기업인이 존경받는 나라를 만들겠습니다.

기술입국의 소신을 가지고, 21세기 첨단산업 시대에 기술 강국으로 등장할 수 있는 정책을 과감히 추진해나가겠습니다. 벤처기업은 새로운 세기의 꽃입니다. 이를 적극 육성하여 고부가가치의 제품을 만들어 경제를 비약적으로 발전시켜야 합니다. 벤처기업은 많은 일자리를 창출해서 실업 문제를 해소하는 데도 크게 이바지할 것입니다.

'국민의 정부'가 대기업과 이미 합의한 5대 개혁, 즉 기업의 투명성, 상호 지급보증의 금지, 건전한 재무구조, 핵심 기업의 설정과 중소기업에 대한 협력, 그리고 지배 주주와 경영자의 책임성 확립은 반드시 관철될 것입니다. 이것만이 기업이 살고 우리 경제가 다시 도약할 수 있는 길입니다. 정부는 기업의 자율성을 철저히 보장하겠습니다. 그러나 기업의 자기 개혁 노력도 엄격히 요구할 것입니다.

'국민의 정부'는 수출 못지않게 외국자본의 투자 유치에 힘쓰겠습니다. 외자 유치야말로 외채를 갚고, 국내 기업들의 경쟁력을 강화하며, 우리 경제의 투명성을 높이는 가장 효과적인 길입니다.

농업을 중시하고 특히 쌀의 자급자족은 반드시 실현해야 합니다. 농어가 부채 경감, 재해 보상, 농축수산물 가격의 보장, 그리고 농촌 교육 여건의 우선적 개선 등 농어민의 소득과 복지를 향상시키기 위한 정책을 강력히 추진하겠습니다.

애국심과 의욕에 충만한 자랑스러운 국민 여러분과 같이 올바른 경제 개혁을 추진해나간다면, 우리 경제는 오늘의 난국을 반드시 극복하고 내년 후반부터는 새로운 활로를 개척해나갈 수 있다고 저는 확실히 믿어 의심치 않습니다.

친애하는 국민 여러분! 저를 믿고 적극 도와주십시오. 국민 여러분의 기대에 반드시 부응해내겠습니다.

국민 여러분!

건강한 사회를 위한 정신의 혁명이 필요합니다. 인간이 존중되고 정의가 최고의 가치로 강조되는 정신혁명 말입니다. 바르게 산 사람이 성공하고 그렇지 못한 사람은 실패하는 그런 사회가 반드시 이루어져야 합니다. 고통도 보람도 같이 나누고, 기쁨도 함께해야 합니다. 땀도 같이 흘리고 열매도 함께 거둬야 합니다. 저는 이러한 정신혁명과 바른 사회의 구현에 모든 것을 바쳐 앞장서겠습니다.

노인이나 장애인들도 일할 능력이 있는 사람에게는 일을 주고 그렇지 못한 사람은 따뜻하게 감싸주어야 합니다. 저는 소외된 사람들의 눈물을 닦아주고 한숨짓는 사람에게 용기를 북돋아주는 그런 '국민의 대통령'이 되겠습니다.

우리 민족은 높은 교육 수준과 찬란한 문화적 전통을 가진 민족입니다. 우리 민족은 21세기의 정보화사회에 큰 저력을 발휘할 수 있는 우수한 민족입니다.

새 정부는 우리의 자라나는 세대가 지식정보사회의 주역이 되도록 힘쓰겠습니다. 초등학교부터 컴퓨터를 가르치고 대학 입시에서도 컴퓨터 과목을 선택할 수 있도록 하겠습니다. 세계에서 컴퓨터를 가장 잘 쓰는 나라를 만들어 정보 대국의 토대를 튼튼히 닦아나가겠습니다.

교육 개혁은 오늘날 우리 사회가 안고 있는 산적한 문제를 해결하는 핵심적인 과제입니다. 대학 입시 제도를 획기적으로 개혁하고 능력 위주의 사회를 만들겠습니다. 청소년들은 과외로부터 해방되고, 학부모들은 과중한 사교육비로부터 벗어나게 하겠습니다. 지식과 인격과 체력을 똑같이 중요시하는 지·덕·체의 전인교육을 실현하겠습니다. 이러한 교육 개혁은 만난(萬難)을 무릅쓰고라도 반드시 성취하겠다는 것을 저는 이 자리를 빌려 굳게 다짐합니다.

우리는 민족문화의 세계화에 힘을 쏟아야 합니다. 우리의 전통문화 속에 담겨 있는 높은 문화적 가치를 계승 발전시키겠습니다. 문화산업은 21세기의 기간산업입니다. 관광산업, 회의체산업, 영상산업, 문화적 특산품 등 무한한 시장이 기다리고 있는 부(富)의 보고입니다.

중산층은 나라의 기본입니다. 봉급생활자, 중소기업, 그리고 자영업자 등 중산층이 안정되고 행복한 삶을 누릴 수 있도록 최선의 노력을 기울이겠습니다. '국민의 정부'는 여성의 권익 보장과 능력 개발을 위해서 적극 힘쓰겠습니다. 가정에서나, 사회에서나, 직장에서나 남녀 차별의 벽은 제거되어야 합니다. 청년은 나라의 희망이자 힘입니다. 그들을 위한 교육과 문화, 그리고 복지의 향상을 위해서 정부는 아낌없는 지원 대책을 세워나가겠습니다.

친애하는 국민 여러분!

21세기는 경쟁과 협력의 세기입니다. 세계화 시대의 외교는 냉전 시대와는 다른 발상의 전환을 요구하고 있습니다. 21세기 외교의 중심은 경제와 문화로 옮겨갈 것입니다. 협력 속에 이루어지는 무한 경쟁 시대를 헤쳐나가기 위해 무역 · 투자 · 관광 · 문화 교류를 확대해나가겠습니다.

우리의 안보는 자주적 집단 안보가 되어야 합니다. 국민적 단결과 사기 넘치는 강군을 토대로 자주적 안보 태세를 강화하겠습니다. 동시에 한미 안보 체제를 더욱 굳건히 다지는 등 집단 안보를 결코 소홀히 하지 않겠습니다. 한반도에서의 평화 구축을 위해 4자회담을 반드시 성공시키는 데 적극 노력하겠습니다.

남북 관계는 화해와 협력, 그리고 평화 정착에 토대를 두고 발전시켜 나가야 합니다. 분단 반세기가 넘도록 대화와 교류는커녕 이산가족이 서로 부모 형제의 생사조차 알지 못하는 냉전적 남북 관계는 하루빨리 청산되어야 합니다. 1,300여 년 간 통일을 유지해온 우리 조상들에 대해서도 한없는 죄책감을 금할 길이 없습니다.

남북 문제 해결의 길은 이미 열려 있습니다. 1991년 12월 13일에 채택된 남북기본합의서의 실천이 바로 그것입니다. 남북 간의 화해와 교류협력과 불가침, 이 세 가지 사항에 대한 완전한 합의가 이미 남북한 당국 간에 이루어져 있습니다. 이것을 그대로 실천만 하면 남북 문제를 성공적으로 해결하고 통일로 가는 대로를 열어나갈 수 있습니다.

저는 이 자리에서 북한에 대해 당면한 세 가지 원칙을 밝히고자 합니다. 첫째, 어떠한 무력 도발도 결코 용납하지 않겠습니다. 둘째, 우리는 북한을 해치거나 흡수할 생각이 없습니다. 셋째, 남북 간의 화해와 협력을 가능한 분야부터 적극적으로 추진해나갈 것입니다.

남북 간에 교류협력이 이루어질 경우, 우리는 북한이 미국, 일본 등 우리의 우방 국가나 국제기구와 교류협력을 추진해도 이를 지원할 용의가 있습니다. 새 정부는 현재와 같은 경제적 어려움에도 불구하고 북한의 경수로 건설과 관련한 약속을 이행할 것입니다. 식량도 정부와 민간이 합리적인 방법을 통해서 지원하는 데 인색하지 않겠습니다.

저는 북한 당국에게 간곡히 호소합니다. 수많은 이산가족들이 나이들어 차츰 세상을 떠나고 있습니다. 하루빨리 남북의 가족들이 만나고 서로 소식을 전하도록 해야 합니다. 이 점에 관해서 최근 북한이 긍정적인 조짐을 보이고 있는 것을 예의 주목하고 있습니다. 그리고 문화와 학술의 교류, 정경분리에 입각한 경제 교류도 확대되기를 희망합니다.

저는 남북기본합의서에 따라 남북 간 여러 분야에서 교류가 실현되기를 바랍니다. 우선 남북기본합의서의 이행을 위한 특사의 교환을 제의합니다. 북한이 원한다면 정상회담에도 응할 용의가 있습니다.

새 정부는 해외 동포들과의 긴밀한 유대를 강화하고, 그들의 권익을 보호하기 위해서 적극적인 노력을 기울일 것입니다. 우리는 해외 동포들이 거주국 시민으로서의 권리와 의무를 다하면서 한국계로서 안정과 긍지를 가질 수 있도록 적극 돕겠습니다.

　존경하고 사랑하는 국민 여러분!

　지금 우리는 전진과 후퇴의 기로에 서 있습니다. 우리를 가로막고 있는 고난을 딛고 힘차게 전진합시다. 국난 극복과 재도약의 새로운 시대를 열어갑시다.

　반만년 역사가 우리를 지켜보고 있습니다. 조상들의 얼이 우리를 격려하고 있습니다. 민족 수난의 굽이마다 불굴의 의지로 나라를 구한 자랑스러운 선조들처럼, 우리 또한 오늘의 고난을 극복하고 내일에의 도약을 실천하는 위대한 역사의 창조자가 됩시다. 오늘의 위기를 전화위복의 계기로 삼읍시다.

　우리 국민은 해낼 수 있습니다. 6·25의 폐허에서 일어선 역사가 그것을 증명합니다. 제가 여러분의 선두에 서겠습니다. 우리 다 같이 손잡고 힘차게 나아갑시다. 국난을 극복합시다. 재도약을 이룩합시다. 그리하여 대한민국의 영광을 다시 한번 드높입시다.

　감사합니다.

한국의 경제 위기 극복과 미국의 역할

미국 의회 상하 양원 합동 회의 연설
미국 워싱턴, 1998. 6. 10.

존경하는 의장, 상원 의장, 상하 양원 의원 여러분, 그리고 신사 숙녀 여러분!

지금까지 이 영광된 자리에서 연설한 세계의 많은 지도자들이 있었습니다. 그러나 미국이 두 번이나 죽음의 위기에서 결정적으로 생명을 구해준 당사자가 국가원수로 이 자리에 선 예는 제가 처음일 것입니다.

여러분은 1973년 제가 군사정권에 의해 납치되어 살해될 뻔했던 때와 1980년 독재정권하에서 사형선고가 내려졌을 때, 저의 생명을 구해주었습니다.

저는 일생 동안 다섯 번 죽을 고비를 넘겼습니다. 첫번째는 한국전쟁 당시 공산군의 감옥에 갇혔을 때고, 나머지 네 번은 역대 군사독재자들에 의해서였습니다. 저는 지난 40년의 감시 생활 중에서 6년을 옥중에서 보냈고, 10년 이상을 가택 연금과 망명 속에서 살아야 했습니다.

1973년 저는 일본 도쿄의 한 호텔에서 한국의 KCIA 요원에 의해 납치되어 그들의 공작선에 실렸습니다. 그들은 제 전신을 결박해서 바다에 던지려 하였습니다. 그 순간 저는 죽음의 문턱에 선 사람이나 알아볼 수 있는 예수님의 모습을 보았습니다. 그분께서 제 곁에 서 계셨습니다. 저는 그분께 구원을 청했으며, 하느님이 저를 구해주실 것을 믿었습니다. 바로 그때 비행기 한 대가 배 위로 날아와 납치범들을 제지하였습니다. 나중에 알게 된 사실이지만, 그 비행기는 저를 살리기 위해 미국의 통보를 받고 날아왔던 일본 비행기였습니다.

1980년 저는 군사쿠데타 주동자들에 의해 체포되어 사형을 선고받았습니다. 그 당시 정부 이양 단계에 있었던 카터 대통령과 레이건 대통령 당선자의 적극적인 개입이 없었던들 오늘의 이 연단은 비어 있을 것입니다.

감옥에서도 제 생명에 대한 위협은 끊이지 않았습니다. 그러나 저는 독재정권에 협력하여 일신의 편안함을 추구할 수는 없었습니다. 결코 국민을 배신할 수 없었습니다. 그들이 저에게 이제 곧 죽을 것이라고 말했을 때, 사실 저는 죽음이 두려웠습니다. 그러나 끝까지 포기하지 않았습니다. 지금도 때때로 거울 속의 저 자신을 물끄러미 들여다보면서 깊은 상념에 잠깁니다. 그리고 40년에 걸친 수난의 세월을 어떻게 견디어낼 수 있었을까를 생각합니다. 그 당시의 고뇌와 회의는 지금도 말로 표현하기 어려울 정도입니다.

몇 년 후, 저는 여러분의 위대한 지도자였던 에이브러햄 링컨의 이야기를 알게 되었습니다. "나는 준비할 것이다. 그리고 언젠가는 나에게도 기회가 올 것이다"라는 말의 참뜻을 알게 되었던 것입니다.

가장 유명한 민주주의의 산실이라고 할 수 있는 이곳까지 저를 이끌었던 믿기 힘든 지난 역정을, 국민의 공복이 된 지금도 저는 결코 잊지 못합니다. 그리고 민주주의를 위해 싸워왔던 미국 국민, 제 생명을 구해주었던 많은 사람들, 그리고 자리를 함께하고 있는 여러분이 제게 제공했던 안전한 피난처를 저는 결코 잊지 않을 것입니다. 아울러 미국과 저 사이에 강한 정치적 유대감을 만들어준 그 운명도 절대로 잊지 않을 것입니다.

의장, 상원 의장, 그리고 의원 여러분!

한미 간에 국교가 수립된 지도 116년이 되었습니다. 그간 한미 양국은 우호적인 관계를 일관되게 유지해왔습니다. 미국은 한국이 일제의 쇠사슬로부터 해방되는 데 도움을 주었으며, 공산주의자의 남침을 방어하는 데도 결정적인 기여를 했습니다.

저는 이 자리에서 공산 독재자의 침략으로부터 한국을 지키기 위해 귀중한 생명을 바쳤던 3만 3,000여 명의 미국 젊은이들의 영령 앞에 머리 숙여 감사를 드립니다. 반세기 전 한국전쟁에서 싸웠던 용감한 미국인들에게 어떻게 감사를 드려야 할지 모르겠습니다. 한국전쟁에 참전했던 몇몇 분들이 여기 이 자리에 함께하고 계십니다. 그 헌신에 대해 진심으로 감사의 뜻을 전합니다. 여러분의 도움으로 우리는 자유를 누릴 수 있게 되었습니다.

그러나 한국에는 아직도 평화가 정착되지 않고 있습니다. 지금 이 시간에도 한미 양국 군은 북한 공산군과 대치하고 있습니다. 우리는 이런 상황을 변화시켜야 합니다. 한반도에 진정한 평화를 정착시키고, 북한을 화해와 협력의 방향으로 유도해야 할 것입니다.

저는 다시 한번 북한의 지도자에게 말합니다. 첫째, 어떠한 상황에서도 북한의 무력 도발을 용납하지 않을 것입니다. 둘째, 우리는 북한을 해치거나 흡수통일을 할 의사가 없다는 점을 분명히 밝힙니다. 그리고 셋째, 남북 간의 전면적인 교류협력을 실현하자는 것입니다. 이러한 우리의 정책 방향은 우리 국민 모두와 미국을 위시한 일본·중국·러시아, 그리고 세계 각국으로부터 적극적인 지지를 받고 있습니다.

무엇보다도 우리는 북한의 무력 도발을 용납해서는 안 됩니다. 힘에 의한 평화를 확고히 지켜나가야 합니다. 우리의 목적은 전쟁이 아닙니다. 북한과의 평화적 교류협력을 추구할 뿐입니다.

제네바 미북 합의(Geneva Agreed Framework)는 이 점에서 한반도의 평화와 안정을 추구하고 세계의 핵 확산 금지 체제를 강화시키는 데 중요한 역할을 계속해야 합니다. 한국은 현재의 경제적 어려움에도 불구하고 한반도에너지개발기구(KEDO) 프로젝트에 대한 약속을 성실히 이행할 것입니다. 미국도 제네바 미북 합의의 원활한 이행을 계속해주기 바랍니다.

북한을 화해로 이끌기 위해서 한미 양국은 강력한 안보 태세에 바탕을 두고 개방을 유도하는 '햇볕정책'을 추구해야 합니다. 그리고 북한에 대해서 선의와 진실을 가지고 대함으로써, 북한이 의구심을 떨치고 개방의 길로 나오도록 해야 합니다. 무엇보다도 먼저 유연한 정책이 필요합니다. 지나가는 행인의 코트를 벗기기 위해서는 강력한 바람보다는 햇볕이 보다 효과적이기 때문입니다.

우리는 정경분리 원칙 아래 광범위한 분야에서 경제협력을 추진하고 있습니다. 우리는 이러한 노력에 대한 미국의 지원을 바랍니다. 한미 양국은 대북정책에서 보다 자신감을 갖고 차분한 자세로 협조해나갈 필요가 있습니다.

이러한 정책은 북한에게 심리적인 여유를 갖게 하여, 결국 마음을 열고 문호를 개방하도록 할 것입니다. 우리는 북한에 대한 경계를 결코 게을리 하지는 않겠지만, 평화를 위한 기회를 만들어나가는 일도 전혀 두려워하지 않을 것입니다. 저는 이를 확신하고 있습니다. 바로 이런 접근 방식과 원칙이야말로 한반도는 물론 동북아시아와 미국, 그리고 전 세계를 안정시킬 수 있다고 생각합니다.

동북아시아는 군사적으로나 경제적으로나 세계에서 매우 중요한 지역 중의 하나입니다. 미국·일본·중국·러시아 등 4대국이 이 지역에 이해관계를 가지고 있습니다. 이들 4대국 사이에 둘러싸여 있는 한국의 국익과 안전은 이들 나라들에 의해 크게 영향을 받고 있습니다. 미군이 한국을 포함한 동아시아에 계속 주둔하는 것이 이 지역의 평화와 안정에 긴요하고 미국의 국익에도 부합한다고 저는 확신합니다.

의장, 상원의장, 그리고 의원 여러분!

한국은 지난 30년 동안 지속적인 경제성장을 이룩해왔습니다. 그러나 작년 말 갑자기 불어닥친 외환 위기로 중대한 경제적 어려움에 직면하게 되었습니다. 이러한 상황에서 미국은 한국이 당면한 경제적 어려움을 헤쳐나가는 것을 돕기 위해 국제적 협력을 선도해왔습니다. 어려울 때의 친구가 진정한 친구라고 생각합니다. 작년 12월 대통령에 당선된 직후 클린턴 대통령으로부터 받은 격려의 전화를 저는 지금도 생생하게 기억하고 있습니다. 뿐만 아니라 이곳에 계시는 의원 여러분이 보내준 메시지도 기억하고 있습니다.

한국 경제가 이렇게까지 악화된 원인은 분명합니다. 그것은 제 전임자들이 민주주의와 시장경제를 실천하지 않았기 때문입니다. 민주주의는 없었고, 정경유착과 관치금융이 있었을 뿐입니다. 부정부패가 만연했습니다. 비정상적인 대출 관행들이 우리나라 은행과 기업들의 체질을 약화시켰던 것입니다.

한국은 길고도 험난한 도전에 직면해 있습니다. 실업자는 사상 최대로 늘어나고, 불경기와 기업 도산이 계속되고 있습니다. 그러한 가운데 한국 국민과 정부는 하나가 되어 외환 위기를 극복하고 경제구조를 개혁하는 데 전력을 다하고 있습니다. 노·사·정이 경제 재건을 위해 제몫을 다하고 있습니다. 이를 위한 법률도 마련했습니다. 지금 변화가 이루어지고 있습니다. 그 결과, 상당한 성과가 나타나기 시작했습니다. 제가 대통령에 당선되었던 작년 12월 18일만 해도 39억 달러에 불과했던 외환 보유고가 지금은 350억 달러로 늘어났습니다. 그리고 한때 하늘 높은 줄 모르고 치솟던 환율과 금리도 차츰 하향 안정세를 보이고 있습니다.

우리는 한국 경제를 다시 일으켜 세우기 위해 전력을 집중하고 있습니다. 현재 우리에게 그 무엇보다도 절실하고 중요한 것은 외국인의 투자입니다. 외환 위기 이후 외국자본 유치에 대한 한국 국민의 태도는 긍정적으로 바뀌었습니다. 최근 실시한 여론조사에 의하면, 한국인들 중 87%는 외국인 투자가 한국 경제에 이익이 된다고 믿고 있습니다.

이러한 국민의 지지에 힘입어 한국 정부는 외국 투자가가 국내 투자가와 똑같은 조건 아래 기업 활동을 할 수 있도록 관련 법률을 과감하게 개정했습니다. 이제 한국은 외국 투자가들이 세계에서 가장 안전하고 자유롭게 기업 활동을 할 수 있는 나라 중의 하나가 될 것입니다. 우리는 아주 값진 기회들을 결코 놓치지 않을 것입니다.

국제무역에서도 우리는 시장을 개방할 것입니다. 불공정한 규제를 철폐하고, 외국 상품에 대한 법적 차별도 결코 허용치 않을 것입니다. 자유무역은 우리의 성공을 위해서도 꼭 필요합니다.

이러한 방대한 개혁을 추진해나가는 데 외부의 지원이 필요합니다. 무엇보다도 미국의 아낌없는 지원이 긴요합니다. 한국은 미국의 여덟 번째 가는 무역 파트너이며, 미국의 확실한 동맹국 중 하나입니다. 오늘 이 자리를 빌려 저는 여러분과 미국 국민에게 다음과 같이 호소합니다. 우리 한국의 구조 개혁 노력이 성공하기 위해서, 그리고 한국이 미국의 강력한 무역 파트너로 다시 부상하기 위해서, 우리는 미국 국민의 격려를 필요로 하고 있습니다.

사실 한국은 중요한 때마다 미국에 대해 협력을 아끼지 않았습니다. 미국의 경제 사정이 어려웠던 1980년대, 한국은 특별 구매 사절단을 미국에 보내 수십억 달러의 상품을 구매했습니다. 또한 지금 여러 한국 대기업들이 미국에 대해 각기 10억 달러가 넘는 투자를 하고 있습니다. 1996년 우리나라의 대미 무역 적자는 그해 총 무역 적자의 반 이상인 116억 달러나 되었습니다. 대한항공은 최근 20억 달러에 달하는 비행기 구매 계약을 미국 항공기 제조업체와 체결했습니다.

의장, 상원 의장, 그리고 의원 여러분!

저는 IMF와 IBRD 등 국제 금융기관의 협조에 감사드리고자 합니다. 우리는 IMF의 적극적인 지원을 받아 과감하게, 그리고 성공적으로 우리 경제의 구조를 선진국 수준으로 조정해나가고 있습니다. 미국의 연방준비은행(FRB)이 미국 금융시장에서 최종 대부자로서의 역할을 하듯이, IMF는 국제 금융시장에서 그러한 역할을 하고 있습니다. 앞으로도 IMF는 국제 금융 위기를 방지하고 안정화시키는 데 결정적인 역할을 계속해나가야 할 것입니다. 따라서 IMF에 대한 지속적인 지원이 필요하다는 것을 말씀드리지 않을 수 없습니다.

한국은 올해 1년을 전면적인 경제 개혁의 해로 설정했습니다. 이 개혁이 성공하기 위해서는 한국 국민이 당면한 물가고와 실업, 불경기, 기업 도산 등과 같은 가혹한 시련을 이겨내야만 합니다. 그러나 많은 전문가들은 내년 후반부터는 모든 여건이 상당히 개선될 것이라고 말하고 있습니다. 그렇게 될 때 한국 경제는 탄탄한 성장을 지속할 수 있을 것이며, 2000년부터는 전진과 도약의 단계로 다시 접어들 수 있을 것입니다.

한국은 할 수 있습니다. 우리는 전쟁의 폐허 속에서 일어나 30년간의 노력 끝에 한국을 주요 경제 대국으로 성장시킨 적이 있습니다. 우리는 그런 잠재력을 가지고 있습니다. 우리는 생동력을 가지고 있습니다. 다만 지금 우리에게는 여러분의 도움이 필요합니다.

의장, 상원 의장, 그리고 의원 여러분!

오랜 세월 동안 평탄치 않은 삶을 살아온 저로서도 흥분되는 이 순간, 수백만의 한국 국민들도 지금 저의 연설을 듣고 있을 것입니다. 그들은 민주적 절차를 통해 자신들이 선출한 대통령이 민주주의의 전당인 이곳에서 연설을 하고 있는 것을 자랑스럽게 생각할 것입니다. 한국 국민은 분명 우리 양국이 보다 가까워지고 한 차원 높은 동반자 관계와 우호 관계를 이루어내기를 바라고 있을 것입니다.

지금 아시아 각국은 큰 교훈을 배우고 있다고 생각합니다. 그것은 민주주의가 없이는 진정한 시장경제가 있을 수 없고, 시장경제의 활성화 없이는 세계화 시대의 경쟁력을 갖출 수 없다는 사실입니다. 이제 세계와 아시아의 많은 사람들이 민주주의와 시장경제는 함께 발전할 수 있고, 또 발전해야 한다는 데 동의하기 시작했습니다.

이제 한국이 당면한 경제 위기를 극복하고 다시 일어설 수 있도록 우리 두 나라는 서로에 대한 역할을 함께 모색해야 하는 근본적인 도전

에 직면해 있습니다. 그리하여 전 세계를 위한 모범을 함께 창출해야
합니다.

존경하는 의장, 상원 의장!

민주화된 한국의 대통령으로서 제가 여러분 앞에 설 수 있도록 도와
주신 것을 다시 한번 감사드립니다. 미국이 두 차례나 죽음으로부터 건
져낸 저의 운명을 어찌 생각하지 않을 수 있겠습니까? 우리 두 나라가
진정으로 가치 있는 일이라고 여겼던 한국의 민주화를 위해, 우리는 오
랜 기간 동안 힘겨운 투쟁을 벌여야 했습니다. 이제 우리 양국 국민은
그 투쟁이 정말 가치 있는 일이었다는 사실을 확인할 의무를 지게 되었
다고 말씀드립니다.

25년 전 그리고 18년 전, 미국은 한 개인이 지불할 수 있는 최고의 대
가인 죽음으로부터 저를 결정적으로 구해냈습니다. 오늘 저는 여러분
에게 우리가 깊은 우정으로 손을 맞잡고 민주주의의 빛나는 모범을 만
들어보자고 말씀드립니다.

감사합니다.

21세기 새로운 한·일 동반자 관계 구축

일본 국회 연설
일본 도쿄, 1998. 10. 8.

존경하는 사이토 주로 참의원 의장과 이토 소이치로 중의원 의장, 그리고 참의원과 중의원 의원 여러분!

저는 오늘 일본 민주주의의 본산이자 유서 깊은 역사의 현장인 국회의사당에 서게 된 것을 무한한 영광으로 생각합니다.

25년 전 도쿄 납치 사건과 1980년의 사형선고를 비롯한 민주화 투쟁 과정에서 생명을 잃을 뻔하였던 제가, 이제 대한민국의 대통령으로서 이 자리에 서게 되니 감개무량한 심정을 금할 수 없습니다. 저는 저의 생명과 안전을 지키고자 긴 세월 동안 힘써주신 일본의 국민과 언론, 그리고 일본 정부의 은혜를 결코 잊지 않고 있습니다.

오늘 이렇게 일본 국민을 대표하는 의원 여러분에게 감사의 인사를 드리게 되어 저의 오랜 숙원이 풀린 것 같아 기쁘기 한량없습니다. 일본 국민 여러분, 대단히 감사합니다.

저는 지난 반세기 동안의 정치 역정에서 다섯 번의 죽을 고비를 넘겼습니다. 6년을 옥중에서 보냈으며, 10년 이상 가택 연금과 망명 생활을 강요당했습니다. 저는 폭력을 일삼던 군사독재와 온몸으로 싸우면서 인권과 평화의 소중함을 깨달았습니다.

기적은 기적적으로 이뤄지지 않습니다. 한국의 민주화, 특히 한국 헌정 사상 최초의 평화적 정권 교체는 한국 국민의 피와 땀으로 이루어진 기적입니다. 우리 국민과 저는 이처럼 값지게 얻은 민주주의를 흔들림 없이 지켜나갈 것입니다.

존경하는 의장, 그리고 의원 여러분!

일본은 흥망성쇠의 근대사를 거치면서 이제 세계의 중심 국가로 우뚝 섰습니다. 일본은 메이지유신으로 독자적 근대화에 성공했고, 서구의 문물을 수용하여 큰 발전을 이룩했습니다. 그러나 당시의 일본은 제국주의와 전쟁의 길을 선택함으로써 일본 국민은 물론 한국을 포함한 아시아 각국의 국민들에게 큰 희생과 고통을 안겨주었습니다.

하지만 제2차 세계대전 후 일본은 달라졌습니다. 일본 국민은 땀과 눈물을 바쳐 의회민주주의의 발전과 함께 세계가 놀랄 만한 경제성장을 이룩하였습니다. 그리고 마침내 세계 제2의 경제 대국으로 발돋움한 일본은 아시아 각국의 국민들에게 무한한 가능성과 희망의 길을 보여주게 된 것입니다.

지금의 일본은 개발도상국에 대한 세계 최대의 경제 원조국으로서 자신의 경제력에 상응하는 국제적 역할을 충실히 이행하고 있습니다. 또한 인류 역사상 최초로 원폭의 피해를 체험한 일본 국민은 변함없이 평화헌법을 지켜왔고, 비핵평화주의의 원칙을 고수해왔습니다.

이렇듯 전전의 일본과 전후의 일본은 참으로 극명한 대조를 이루고 있습니다. 저는 전후의 일본 국민과 지도자들이 쏟은 피땀 어린 노력에 대해 깊은 경의를 표하는 바입니다.

그러나 우리 한국을 포함한 아시아 각국에는 아직도 일본에 대한 의구심과 우려를 버리지 못한 사람들이 많습니다. 그 이유는 일본 스스로 과거를 바르게 인식하고 겸허하게 반성하는 결단이 부족하다고 생각하기 때문입니다. 이러한 의혹과 불신이 존재한다는 것은 일본을 위해서나 아시아 각국을 위해서 매우 불행한 일이라고 하지 않을 수 없습니다. 하지만 저는 과거를 올바르게 인식하고 반성하는 도덕적 용기를 지닌 수많은 일본의 민주 시민들이 있다는 것도 잘 알고 있습니다.

존경하는 의원 여러분!

한국과 일본의 관계는 참으로 길고 깊다고 할 수 있습니다. 우리 양국은 1,500년 이상이나 되는 교류의 역사를 가지고 있습니다. 수많은 사람들이 한반도에서 일본으로 건너갔습니다. 한일 양국은 다 같이 우랄알타이 계통의 언어를 쓰고 있으며, 불교·유교의 문화도 공유하고 있습니다. 도쿠가와 300년의 쇄국시대 당시에도 일본은 한국과 많은 왕래를 했었습니다.

그에 비해 역사적으로 일본과 한국의 관계가 불행했던 것은 약 400년 전 일본이 한국을 침략한 7년간과 금세기 초 식민 지배 35년간입니다. 이렇게 50년도 안 되는 불행한 역사 때문에 1,500년에 걸친 교류와 협력의 역사 전체를 무의미하게 만든다는 것은 참으로 어리석은 일입니다. 또한 이는 그 장구한 교류의 역사를 만들어온 우리 두 나라의 선조들에게, 그리고 장래의 후손들에게 부끄럽고 지탄받을 일이지 않겠습니까?

1965년 한일국교정상화 이후 우리 두 나라 사이의 교류와 협력은 비약적으로 확대되었습니다. 이제는 서로에게 필요 불가결한 동반자적 관계로 발전한 것입니다. 1965년 당시 2억 달러에 불과했던 우리 두 나라 사이의 무역 규모는 작년엔 430억 달러를 달성함으로써 무려 200배 이상이나 늘어났습니다. 작년 한 해 동안에만 167만 명의 일본 국민이 한국을 다녀갔고, 112만 명의 한국인이 일본을 다녀왔습니다. 또한 우리 양국은 안보상의 이해도 공유하고 있습니다.

이처럼 우리 양국 간에 오고간 엄청난 인적·물적 교류는 그 누구도 막을 수 없고 거스를 수 없는 시대의 도도한 흐름이었고, 앞으로도 계속 이어가야 할 두 나라의 끊을 수 없는 인연입니다. 이제 한일 두 나라는 과거를 직시하면서 미래 지향적인 관계를 만들어나가야 할 때입니다. 과거를 직시한다는 것은 역사적 사실을 있는 그대로 인식하는 것이고, 미래를 지향한다는 것은 인식된 사실에서 교훈을 찾고 보다 나은 내일을 함께 모색한다는 뜻입니다. 일본에게는 과거를 직시하고 역사를 두렵게 여기는 진정한 용기가 필요하고, 한국은 일본의 변화된 모습을 올바르게 평가하면서 미래의 가능성에 대한 희망을 찾을 수 있어야 합니다.

존경하는 의원 여러분!

저는 오늘 오부치 총리대신과 정상회담을 통해 '21세기의 새로운 한일 파트너십' 선언을 함께 발표했습니다. 일본은 이 공동선언을 통해 과거에 대한 깊은 반성과 사죄를 표명하였고, 저는 이를 양국 국민 간의 화해와 앞으로의 선린우호를 향한 일본 정부와 국민의 마음의 표현으로 진지하게 받아들였습니다. 저는 이 선언이 한일 양국 정부 간의 과거사 인식 문제를 매듭짓고, 평화와 번영을 향한 공동의 미래를 개척하기 위한 초석이 될 것으로 확신하는 바입니다.

저는 먼저 새 시대의 한일 우호 관계를 보다 증진시키기 위해 일본 대중문화의 한국 진출을 단계적으로 개방할 것입니다. 문화는 상호 교류하면서 발전한다는 것이 저의 소신입니다. 국교 정상화 후 30여 년이 지나 21세기를 눈앞에 둔 시점에서 일본 대중문화 개방의 첫발을 내딛는 것은 미래 지향적인 한일 관계를 위해 그 상징적 의미가 매우 크다고 생각합니다.

나아가 청소년 간의 교류를 포함하여 모든 분야에서 양국 국민 간의 교류를 활발히 추진하는 것이 참으로 필요하다고 생각합니다. 우리 양국 간에는 이미 학자들의 역사에 대한 공동 연구를 비롯하여 예술인과 시민 단체, 그리고 지방자치 단체들 간의 교류가 왕성하게 이루어지고 있습니다. 저는 사람들이 만나면 서로를 이해하게 되고, 또 이해하면 서로 믿고 협력하게 될 것이라고 확신합니다.

2002년 월드컵 대회는 양국 국민들 간의 단합된 힘과 우호를 세계에 과시할 수 있는 절호의 기회입니다. 서로 합심하여 대회를 성공적으로 개최하게 되면, 21세기 우리 두 나라 국민들 간의 우호와 친선은 더욱 공고해질 것입니다. 저는 이 대회가 1억 7,000만 한일 양국 국민들 모두가 협력하는 우정의 축제가 되기를 진심으로 기대하는 바입니다.

저는 또한 60만 재일(在日) 한국인의 미래를 생각하지 않을 수 없습니다. 이분들이 앞으로 일본 사회에 더 많이 기여하는 훌륭한 구성원이 될 수 있도록, 제도적 여건과 사회적 분위기가 보다 개선되기를 진심으로 바랍니다. 특히 지방 참정권의 획득이 조기에 이루어진다면 재일 한국인만이 아니라 한국 국민도 크게 기뻐할 것이며, 세계 또한 일본의 이러한 열린 정책을 적극 환영해 마지않을 것입니다.

존경하는 의원 여러분!

많은 동서양의 식자들이 '아시아적 가치'라는 것을 말하면서 아시아에서는 서구식 민주주의가 적합하지 않다거나 시기상조라는 말을 해왔습니다. 그리고 이런 주장은 권위주의적 통치와 관치경제를 합리화하는 데 쓰여졌습니다. 그러나 이런 주장은 분명한 오류입니다. 아시아에도 서구 못지않은 인권 사상과 국민주권 사상이 있었으며 그러한 전통도 있었습니다.

맹자는 "임금은 하늘의 아들, 즉 천자다. 천자는 하늘의 뜻에 따라 백성에게 선정을 베풀 책임이 있다. 만일 이를 거역하고 백성에게 악정을 한다면 백성은 하늘을 대신해서 일어나 그 천자를 몰아낼 권리가 있다"고 말한 바 있습니다. 이는 서구 근대 민주주의의 기초를 세운 존 로크보다 3,000년 전에 이미 맹자가 주장한 사상인 것입니다.

뿐만 아닙니다. 부처님은 '천상천하 유아독존'을 외치면서 인간의 존엄성을 강조했으며, "일체중생이 평등하다"고 선언한 바 있습니다. 우리 한국에도 그러한 전통이 있었습니다. 동학이라는 민족종교의 창시자들은 "사람이 곧 하늘이다"(人乃天), "사람 섬기기를 하늘같이 하라"(事人如天)고 했습니다.

이러한 인권과 국민주권의 사상만이 아니라 이를 뒷받침하는 많은 제도들도 있었습니다. 다만 근대 민주주의 제도를 서구가 먼저 발견한 것입니다. 물론 이는 천재적인 발견이었지만, 그러나 발견은 어디까지나 발견입니다. 서구의 강물에 설치된 수력발전기에서 전기가 생산되듯이 같은 발전기를 아시아의 강물에 설치해도 전기는 생산됩니다. 우리 아시아에서도 민주주의는 본질적인 것이었습니다.

지금 한국을 비롯한 동아시아는 심각한 경제적 어려움에 직면해 있습니다. 저는 이러한 위기도 민주주의와 시장경제의 병행 발전을 통해서 극복할 수 있다고 굳게 믿고 있습니다. 특히 한일 양국은 민주주의와 시장경제라는 보편적 가치를 증진시키는 데 모범이 됨으로써, 정치적·경제적으로 아시아태평양 시대를 선도하는 주역이 될 수 있다고 확신합니다.

또한 한일 양국은 아시아 지역의 인권과 민주주의 신장을 위해 공동의 노력을 아끼지 말아야 합니다. 아울러 환경, 마약, 빈곤 문제 등 범세계적 과제에서도 우리 두 나라는 서로 협력해나가야 할 것입니다.

존경하는 의원 여러분!

동북아 지역은 세계에서 가장 주목받고 있는 역동적인 역사의 현장입니다. 현 단계에서 동북아 지역의 안정과 번영을 위한 열쇠는 한반도에 평화를 뿌리내리는 것입니다. 저는 한반도에서는 통일에 앞서 남북한 간의 평화와 협력이 무엇보다도 중요하다고 생각합니다.

저는 취임과 동시에 새 정부의 대북정책과 관련하여 다음과 같은 세 가지 원칙을 발표했습니다. 첫째, 북한의 어떠한 군사적 위협이나 무력 도발도 용납하지 않을 것이고 둘째, 우리는 북한을 해치거나 흡수통일을 추구하지 않을 것이며 셋째, 남북 간 화해와 교류협력을 통하여 남북 관계를 실질적으로 개선한다는 것입니다.

우리의 이러한 대북정책에 대해 한국 국민은 물론 일본을 포함한 전 세계가 지지를 보내고 있습니다. 저는 확고한 안보 태세를 바탕으로 한 남북한 화해와 협력의 증진이, 궁극적으로 북한을 국제사회의 책임있는 일원으로 이끌어내는 데 기여할 것이라고 확신합니다.

최근 북한은 인공위성 발사 실험을 통해 중장거리 미사일을 개발할 수 있는 능력이 있음을 보여주었습니다. 북한의 이러한 미사일 개발 능력은 이 지역의 평화와 안정을 심각하게 위협하고 있습니다.

저는 이런 사실에 대한 일본 국민의 충격과 우려를 충분히 이해하고 있으며, 이럴 때일수록 한국과 일본, 그리고 미국이 함께 협력하여 튼튼한 대북한 공조 체제를 유지할 필요가 있다고 생각합니다. 다만 북한을 상대함에 있어 우리는 일희일비하기보다는 단호한 안보 태세와 함께 인내와 포용의 자세를 견지해야 합니다. 고립되었을 때의 북한이 가장 위험한 존재가 될 것이라는 사실을 우리는 잊어서는 안 될 것입니다.

우리는 1970년대 중반 이래 힘을 바탕으로 미국이 추진한 데탕트정책이 소련을 위시한 공산권의 변화를 가져온 것에서 교훈을 배울 수 있을 것입니다. 또한 일본이 중국에 대해서 취한 정경분리와 국교 정상화의 결단이 동북아시아의 평화와 발전에 기여한 점을 우리는 잘 알고 있습니다. 그런 연장선상에서 저는 일본이 한국, 미국과 함께 KEDO 사업의 주요 참가국으로서 한반도와 동북아의 평화와 안정에 중요한 역할을 담당하고 있는 것을 높이 평가하는 바입니다.

존경하는 의원 여러분!

우리 민족은 지난 반세기 동안 조국의 분단과 동족상잔의 전쟁이라는 쓰라린 경험을 했습니다. 그러나 그 가운데에서도 우리 한국 국민은 결코 좌절하지 않고, 1948년 건국 이래 네 가지의 큰 과업을 수행해왔습니다.

첫째는 공산주의자들의 반대에도 불구하고 유엔 감시하에 압도적인 수의 국민이 참가한 민주 선거를 통하여 대한민국 정부를 수립한 것이고, 둘째는 건국한 지 불과 2년 만에 일어난 북한 공산주의자의 남침을 수백만의 희생을 치르면서 격퇴한 것입니다. 그리고 셋째는 전쟁의 폐허 속에서 다시 일어나 세계 열한번째 규모의 경제 대국을 이룩한 것이고, 넷째는 밑으로부터의 운동에 의해 한국 국민 자력으로 민주 정부를 수립한 것입니다.

그러나 급속한 산업화와 고도성장 과정에서 정경유착과 관치금융이 팽배하였고, 세계 경제의 변화에 제대로 적응하지 못한 결과, 마침내 외환 위기를 맞게 되었습니다. 그리고 우리 국민은 지금 전면적인 경제 구조조정에 따른 고통을 감내하고 있습니다.

작년 12월 19일 제가 당선되었을 때 우리나라의 총 외채는 1,550억 달러에 달했습니다. 그 중 당장 갚아야 할 단기 외채가 230억 달러였던 데 비해 외환 보유고는 불과 38억 달러에 지나지 않았습니다. 그야말로 국가 파산의 위기에 처했던 것입니다.

이러한 외환 위기를 극복하는 과정에서 일본의 도움이 참으로 컸습니다. 일본은 단기 외채 중 1/3이 넘는 79억 달러를 중장기 외채로 전환해주었습니다. 세계 어느 나라보다도 큰 협력을 해준 것입니다.

'어려울 때의 친구가 진정한 친구'라는 말이 있습니다. 저는 이 자리를 빌려, 다시 한번 일본의 적극적이고 성의가 담긴 협력에 대해 마음 깊이 감사의 말씀을 드리는 바입니다.

지금 한국 국민은 하나가 되어 경제 난국을 극복하기 위해 매진하고 있습니다. 현재 한국의 가용 외환 보유고는 상당한 정도에 이르렀고, 외국의 투자도 꾸준히 늘고 있습니다. 국내적으로도 금융·기업·노동, 그리고 공공 부문에 대한 개혁이 착실히 진행되고 있습니다. 저와 한국 국민은 현재 추진 중인 개혁을 반드시 성공시켜 경제 재도약의 발판을 만들고자 모든 힘을 쏟고 있습니다.

한국이 경제 위기를 극복하는 데 무엇보다도 절실한 것이 외국의 투자입니다. 우리 정부는 외국 투자가가 국내 투자가와 동일한 조건하에서 활동할 수 있도록 관련 제도와 법률을 과감히 개선하였습니다. 한국은 지금 외국 투자가들이 안심하고 자유롭게 기업 활동을 할 수 있는 나라를 만들어가고 있습니다.

저는 우리 한국 국민에게 "외국 자본도 우리나라에 투자하면 우리 기업이다. 지금은 자본 소유주의 국적이 문제가 아니라, 그 기업이 어디에 투자하고 있느냐가 중요하다. 이제는 외국 자본을 환영하고 적극적인 협력을 아끼지 말아야 한다"고 설득해왔습니다. 저는 일본의 투자가들이 이러한 한국 정부의 노력을 믿고 한국에 대해 적극적으로 투자를 확대해줄 것을 기대합니다.

세계 경제와 아시아 경제에서 일본의 역할은 아무리 강조해도 지나침이 없습니다. 저는 일본의 구조 개혁과 내수 진작 노력이 성공을 거두어 일본 경제가 조속히 회복되고, 아시아 경제 위기 극복의 견인차가 되어주기를 진심으로 기대하고 있습니다.

존경하는 의장, 그리고 의원 여러분!

우리 두 나라는 모두 막강한 인적 자원을 가지고 있습니다. 우리 두 나라에는, 문맹률이 제로에 가까우며 높은 교육 수준과 근면성을 지닌 국민이 있습니다. 또한 동서양의 문화에 대해 깊고 균형 잡힌 식견을 가지고 있는 지식인들이 있습니다. 그리고 서구에서 시작한 민주주의와 시장경제를 자기의 토양에 뿌리내리게 한 정재계의 지도자들이 있습니다. 우리 양국이 좋은 이웃, 좋은 친구로서 함께 손잡고 21세기를 개척해나가는 데 극복하지 못할 장애는 없을 것입니다. 오직 두 나라 정부와 국민들의 강력한 실천 의지가 요청될 뿐입니다.

1,500여 년에 걸친 한일 교류의 역사가 우리를 지켜보고 있습니다. 우리 양국은 깊고도 오랜 교류의 역사만큼이나 폭넓고 활발한 협력의 역사를 만들어나가야 합니다. 세계화를 지향하는 우리 모두의 미래는

양국 국민의 우호와 친선을 기다리고 있는 것입니다.

　이번 저의 일본 방문이 이러한 양국의 국민적 기대와 시대적 요청에 부응하여, 21세기의 한일 동반자 관계를 구축하는 튼튼한 초석이 될 것을 바라 마지않습니다.

　경청해주셔서 감사합니다.

동북아 지역의 평화와 안정을 위한 한·중 협력

중국 베이징대학(北京大學) 연설
1998. 11. 12.

존경하는 천지아얼(陳佳洱) 총장님과 교수 여러분, 그리고 중국의 장래를 짊어진 베이징대학 학생 여러분!

저는 지난 1994년과 1996년에 이어 베이징대학을 세번째 방문하게 되었습니다. 사실 이처럼 같은 대학을 세 번이나 방문한 것은 한국에서도 별로 없었던 일입니다. 그만큼 베이징대학과 저의 인연이 각별하다고 생각하며, 이는 저에게 큰 영광이 아닐 수 없습니다.

저는 먼저 중국의 근현대사를 이끌어 온 베이징대학의 개교 100주년을 진심으로 축하드리고자 합니다. 베이징대학은 신문화운동과 5·4운동을 주도하면서 근대 중국의 운명을 개척해왔으며, 20세기의 파란 속에서 중국을 지키고 발전시켜왔습니다. 저는 이렇게 빛나는 업적을 쌓아온 베이징대학의 저력이야말로 중국의 밝은 미래를 약속해주고 있다고 확신하는 바입니다.

교수님과 학생 여러분!

먼저 개인적으로 베이징대학 여러분과 중국 인민, 그리고 정부 지도자들에게 심심한 감사를 드려야 할 일이 있습니다. 제가 40여 년에 걸쳐 고난의 정치 역정을 거쳐오면서 군사정권으로부터 죽음의 위협과 감옥 생활, 그리고 연금 등 수십 년 동안 정치적 핍박을 받고 있을 때, 중국 조야(朝野)의 여러분이 저를 성원하고 도와주셔서 큰 힘이 되었습니다. 중국 인민 여러분, 대단히 감사합니다.

중국은 지난 여름 사상 유례가 없는 대홍수로 막대한 인명과 재산 피해를 입었습니다. 같은 시기에 큰 수해를 당했던 한국이기에 저는 4,500만 한국 국민의 간곡한 위로의 말을 중국 인민에게 전해드리고자 합니다. 그리고 장쩌민 주석의 탁월한 지도 아래 이를 훌륭하게 극복한 중국 인민에 대해서 찬사를 드려 마지않습니다.

교수님과 학생 여러분!

중국과 한국은 과거 2,000년 이상 세계 어느 나라보다도 지리적으로나 역사적으로, 그리고 문화적으로 서로 긴밀한 관계를 유지해왔습니다. 그리고 과거 냉전 시대를 거치면서 불행한 관계에 있었던 시기도 있었지만, 우리 양국 관계는 지극히 평화적이며 협력적이었습니다.

특히 한국은 중국으로부터 2,000년 동안 정치·경제·종교·문화 등에서 지대한 영향을 받았습니다. 그 중에서도 종교와 문화 면에서의 영향은 컸습니다. 그러나 우리 민족은 과거 중국이 그랬던 것처럼 이것을 반드시 한국적인 것으로 발전시켰습니다. 불교를 받아들여 해동불교로 발전시켰고, 유교를 받아들여 조선유학으로 심화시키는 등, 중국에서 받아들인 윤리와 문화의 모든 부문을 우리 것으로 더욱 발전시키고 유지해왔던 것입니다.

중국과 한국은 다 같이 민본주의 정신을 사상의 중심으로 삼아왔습니다. 중국에서는 "백성을 가지고 하늘을 삼는다"(以民爲天), "하늘을 공경하고 사람을 사랑한다"(敬天愛人)라고 했으며, 한국에서도 "사람이 곧 하늘이다"(人乃天), "사람 섬기기를 하늘 섬기듯 하라"(事人如天)고 했습니다. 이것은 서구의 어떠한 인권 사상에 못지않은 위대한 가르침이라고 할 것입니다.

교수님과 학생 여러분!

한국과 중국은 근대에 들어와서 다 같이 제국주의 열강의 침략을 받았습니다. 그러나 양국은 모두 불행했던 과거를 떨쳐버리고 민족의 해방과 자주를 찾았으며, 새로운 번영과 발전을 위한 역사의 전진을 위해 일어서고 있습니다. 우리 양국은 같이 협력하여 21세기의 세계사를 이끌어가는 든든한 동반자가 되어야 합니다.

한국은 '한강의 기적'이라 불리는 경제적 성장을 이룩했으며, 그 과정에서 야기된 폐해를 극복하기 위해 지금은 민주주의와 시장경제의 병행 발전이라는 국정 철학을 바탕으로 과감한 개혁과 구조조정을 추진하고 있습니다.

중국 역시 덩샤오핑 지도자와 현재의 장쩌민 주석을 비롯한 탁월한 지도자들의 영도 아래 중국 인민들의 열성적인 노력이 더해져 경이적인 성장과 발전을 이룩하고 있습니다. 지난 1978년 중국 공산당 11기 3중전회에서 개혁과 개방을 선언한 이후 연평균 10%에 가까운 놀라운 성장으로 세계 7위의 경제 대국을 이룩했습니다.

이렇게 자립의 길을 개척해온 한국과 중국은 수교 이후 6년이라는 짧은 기간 동안 커다란 성과를 만들어냈습니다. 일곱 차례의 정상회담과 양국 지도자들의 빈번한 상호 교환 방문 등 관계개선을 위한 꾸준한 노력은 동북아 지역의 평화와 안정, 그리고 경제 발전에 큰 기여를 하고 있습니다.

특히 활발한 경제 교류는 양국의 교역량을 수교 당시보다 무려 3.7배나 증가시켜, 한국과 중국은 서로에 대해 네번째 이내의 교역 대상국이 되었습니다. 지금은 한국 어디에서나 공산품에서 농수산물에 이르기까지 중국 상품을 쉽게 접할 수 있게 되었습니다. 한편, 수천 개의 한국 기업들이 중국에 진출해 사업 활동을 하고 있습니다.

사실 한국 내 일부에서는 중국 경제의 급속한 성장을 보고 중국을 우리의 경쟁 상대로만 보려는 시각이 있습니다만, 저는 의견을 달리합니다. 오히려 이웃나라가 발전할 때 상호 협력과 경쟁 속에 자신도 함께 발전할 수 있는 동반 상승의 기회가 주어진다고 생각합니다.

교수님과 학생 여러분!

우리는 20세기를 불과 400여 일 남겨두고 있습니다. 인류 역사상 최대의 대혁명적 변화가 이루어지고 있는 시대의 한복판에 우리는 살고 있습니다. 인간의 탄생, 농업혁명, 도시혁명, 사상혁명, 산업혁명의 5대 혁명을 거치고, 이제 지식정보혁명의 시대를 우리는 맞이하고 있습니다.

사실 하루가 다르게 발전하는 정보 통신과 교통망은 명실상부한 하나의 지구촌 시대를 열었으며, 세계화된 경제체제는 국경을 무의미하게 만들어가고 있습니다. 산업혁명 이래 계속된 민족주의와 민족 단위의 경제는 이제 세계주의와 세계 단위의 경제로 급속히 바뀌어가고 있습니다. 이제는 컴퓨터 하나만으로 전 세계가 동시간대에 모든 분야의 정보를 교환하고 경제 활동을 처리할 수 있게 되었습니다.

이러한 세계화의 추세 속에 경제적 위기와 빈곤, 개발과 환경 문제,

그리고 대량 살상 무기의 확산, 마약, 테러 등의 문제가 더 이상 한 나라만의 문제가 아닌 시대가 온 것입니다. 어느 나라도 이러한 범세계적 문제들로부터 자유로울 수 없으며, 한 국가의 힘만으로는 이 과제들을 해결할 수도 없는 상황에 처한 것입니다.

그러하기에 모든 국가는 한편으로 자국의 이익을 위해서 경쟁하되, 다른 한편으로는 공동의 이익을 위해서 협력해야 합니다. 특히 중·미·일·러 등 4대 강국과 남북한의 이해가 교차하는 동북아 지역에 살고 있는 우리 모두는 공동 운명체라는 인식 아래 이제 선의의 경쟁과 협력의 역사를 만들어가야 합니다.

교수 여러분, 그리고 학생 여러분!

지난해 동남아에서 시작된 외환 위기는 우리 한국을 포함한 아시아 전체의 위기로 확산되었으며, 그 결과 그동안 세계를 놀라게 했던 아시아 경제의 고도성장 추세에 먹구름이 덮이기 시작했습니다.

우리 한국에서의 이러한 경제적 위기는 성장 만능의 경제정책을 추진하는 과정에서 나타난 정경유착과 관치금융, 그리고 부정부패에 연유한 것이었습니다. 이제 우리는 한국 경제를 근본적으로 재건한다는 결심으로 금융·기업·노동·공공 등 4개 분야의 개혁을 단행하고 있으며 상당한 진전을 보이고 있습니다.

한국 경제는 개혁의 성과가 나타날 내년 후반부터 회복 추세로 들어가고, 내후년인 2000년부터는 본격적인 발전 단계로 들어설 것입니다. 이는 우리만의 희망적인 주장이 아니라, 한국의 개혁 과정을 지켜보고 있는 IMF 등 국제기구를 비롯한 권위 있는 세계 기관과 인사들의 공통된 평가입니다.

그러나 우리 한국이 이렇게 경제 회복의 길을 걷게 된 데는 많은 국제기구와 중국을 비롯한 여러 나라들의 협력이 큰 힘이 되었습니다. 중국은 자기 스스로가 안고 있는 경제적 어려움에도 불구하고, 위안화 평가절하의 압력을 이겨냄으로써 다른 나라의 통화 가치의 연쇄 하락을 막아냈습니다. 그 공이 참으로 크다 할 것입니다. 저는 세계 경제, 특히 아시아 경제의 안정에 크게 기여한 중국의 용기 있는 결단을 높이 평가합니다.

존경하는 교수님들과 학생 여러분!

저는 한중 간 경제협력의 확대가 양국이 지금 겪고 있는 경제적 어려움을 극복하고 새로운 도약과 번영을 향한 대로를 여는 데 크게 기여할 것으로 확신하는 바입니다. 한중 양국은 경제적으로 서로 보완성을 지니고 있으며, 가지고 있는 성장 잠재력 또한 큽니다. 앞으로 교역과 투자를 바탕으로 정보 통신·에너지·과학 기술 등 다양한 협력을 확대해 나갈 때, 공동의 발전을 위한 보다 많은 기회를 잡을 수 있을 것입니다.

또한 중국은 부가가치와 기술 집약도가 높은 부문으로 산업구조를 바꾸고, 사회간접자본 시설의 확충과 도시 건설을 가속화함으로써 새로운 중국을 건설하려는 원대한 계획을 가지고 있습니다. 여기에 대해서도 한국은 어느 나라보다 긍정적으로 기여하고 협력할 수 있을 것으로 믿습니다. 저는 중국을 진정한 우방으로 여기면서, 이번 저의 방중을 계기로 양국 경제가 더한층 굳게 협력하는 기틀이 만들어지길 바라 마지않습니다.

교수님들과 학생 여러분!

한중 양국 모두 21세기를 준비하는 데 가장 중요한 것이 바로 동북아 지역의 평화와 안정이라 할 수 있습니다. 한국 국민과 중국 인민 모두는 그 역사적 경험으로 평화와 안정이 없이는 발전도 번영도 있을 수 없음을 누구보다 잘 알고 있습니다.

6년 전 한중 수교는 동북아의 평화와 안정에 큰 기여를 했습니다. 그러나 그러한 진전에도 불구하고 동북아 정세는 아직도 불안정한 상태입니다. 한반도는 여전히 냉전 지대로 남아 있고, 역내 국가 간 영토 분쟁 등 군사적 긴장 또한 만만치 않으며, 무역 통상 마찰 등 아직도 많은 갈등 요인이 상존하고 있습니다. 특히 최근 북한의 로켓추진체 발사는 역내 국가 간 군비 경쟁을 촉진할 가능성마저 초래하고 있는 상황입니다. 그럼에도 불구하고 동북아시아는 평화 유지를 위한 지역 협력 체제가 없는, 세계에서 유일한 지역으로 남아 있습니다. 동북아시아가 당면한 문제, 즉 지역 내 갈등을 해소하고 평화와 발전을 위한 협력을 생각할 때, 우리는 동북아시아 내 협력 기구의 필요성을 생각하지 않을 수 없습니다.

이제 21세기를 동북아의 공존과 공영의 세기로 만들기 위한 협력의 기틀을 마련해나가야 합니다. 핵무기, 미사일 등 대량 살상 무기로부터 이 지역의 안전이 보장되어야 합니다. 위대한 중국 인민과 중국 정부는 아시아와 세계 사람들의 기대에 반드시 부응하는 역할을 다할 것으로 믿어 의심치 않습니다.

동북아 평화와 안정의 핵심은 한반도의 평화에 있습니다. 우리 한국은 한반도에서의 평화와 협력을 위해 확고한 입장을 천명한 바 있습니다. 저는 대통령에 취임하면서 대북한 3대 원칙을 발표했습니다. '첫째, 북한에 의한 무력 도발은 절대 용납하지 않는다. 둘째, 북한에 대한 흡수통일은 추구하지 않는다. 셋째, 남북은 서로 화해하고 협력하자' 는 것이었습니다. 우리 정부의 이러한 입장은 확고부동합니다. 이러한 우리 정부의 입장과 노력에 대해 국제사회는 지지를 아끼지 않았습니다.

한반도의 평화 정착에 관련하여 중국의 역할은 아무리 강조해도 지나치지 않습니다. 중국은 한국과 북한 모두와 수교를 맺고 있는 나라입니다. 실제 중국은 2년 전 제가 이 자리에서 중국 측에 요청한 그대로 한반도의 평화와 안정을 위한 4자회담의 한 주체로서 중요한 역할을 담당하고 있습니다. 저는 4자회담을 통해 한반도에 평화 체제를 정착시킬 수 있도록 중국의 보다 적극적인 역할과 협력을 다시 한번 부탁드리고 싶습니다.

교수 여러분, 그리고 학생 여러분!

우리는 결코 북한을 해치거나 침략하지 않습니다. 북한도 우리 남한에 대해서 같은 태도를 취해야 할 것입니다. 한반도의 평화는 중국의 국익을 위해서도 절대적으로 필요합니다. 중국의 적극적이고 건설적인 역할을 기대해 마지않습니다.

최근 저는 한국 기업이 북한 정부와 합의하여 금강산 관광 및 기타 경제협력을 추진하는 것에 대해 적극 지원하고 있습니다. 또한 문화인·종교인·언론인 들이 북한을 방문하도록 권장해왔으며, 지금 상당한 수가 왕래하고 있습니다. 저는 이 모든 것이 한반도에서의 긴장 완화와 화해 협력의 길로 연결될 수 있다고 믿습니다. 여러분의 적극적인 지지와 성원을 바라 마지않습니다.

존경하는 베이징대학 교수 여러분, 그리고 학생 여러분!

이미 지적한 바와 같이 우리 두 나라는 역사적으로 그 어느 나라보다도 가깝게 교류해왔고, 앞으로도 협력을 통한 공동 번영이라는 무한한 가능성을 갖고 있는 관계입니다. 저와 장쩌민 주석은 이번 정상회담을 통해 21세기를 앞두고 양국 간의 협력 동반자 관계를 구축하는 데 합의했습니다. 이는 지금까지의 경제협력 위주의 관계로부터 모든 분야에서의 협력 관계를 말하는 것입니다. 우리 두 사람이 이러한 인식에 도달한 것은 한중 양국의 보다 확대된 협력이 양국 국민들에게 더 나은 미래를 기약하고 동북아의 평화와 번영에 기여하며, 21세기 세계화 시대에 능동적으로 함께 대처하는 데 도움이 된다는 확신을 가지고 있기 때문입니다.

친애하는 학생 여러분!

한중 두 나라 사이에 놓여진 포괄적인 동반자 관계의 다리를 딛고 양국의 젊은이들이 21세기 세계 무대 위에 다 같이 주역으로 등장할 것을 저는 열렬히 바라 마지않습니다. 우리나라 젊은이와 여러분은 그러한 가능성을 충분히 가지고 있습니다. 손에 손을 잡고 전진하십시오. 귀국 정부의 지도자들과 저는 그 다리를 놓는 역할을 기꺼이 할 것입니다.

저는 우리와 문화적 뿌리를 나누고 있는 중국의 젊은이들을 우리나라 젊은이 못지않게 한없이 사랑하고 적극적으로 성원하고자 합니다. 저는 여러분 모두가 새로운 시대를 열어갈 선구자로서, 중화인민공화국 헌법 그대로 '세계 평화를 확보하여 인류의 진보를 촉진하는 중국'을 건설하는 주역이 되시기를 바랍니다. 아울러 베이징대학교와 귀국의 무궁한 발전을 빌어 마지않습니다.

장시간 경청해주셔서 감사합니다.

민주주의와 시장경제는 수레의 두 바퀴

│ '민주주의와 시장경제' 국제회의 기조연설
│ 서울, 1999. 2. 26.

존경하는 아리아스 전 대통령, 존경하는 곤잘레스 전 총리, 존경하는 나카소네 전 총리, 존경하는 라모스 전 대통령, 존경하는 슐뤼터 전 총리, 존경하는 울펜손 세계은행(IBRD) 총재, 존경하는 센 교수, 그리고 신사 숙녀 여러분!

오늘 이 자리에 여러분을 모시고 귀중한 시간을 갖게 된 것을 진심으로 기쁘게 생각합니다. 우리는 최근 2년여 동안 세계 도처에서 경제 위기를 경험하면서 앞으로 무엇을 할 것인가에 대한 각자의 의견을 나누고 비전을 제시하기 위해 이 자리에 모였습니다.

지난 1년여에 걸쳐 한국을 비롯한 많은 나라들은 경제 위기를 극복하기 위하여 각고의 노력을 기울여왔습니다. 그동안 많은 사람들이 직장을 잃거나 빈곤의 위협에 처하여, 불안과 절망에 빠지기도 했습니다.

그러나 우리 한국에서는 이 모든 희생과 고통이 결코 헛된 것은 아니었습니다. 오히려 우리는 귀중한 교훈을 얻을 수 있었습니다. 그것은 위기 극복의 방안으로서, 단순히 일부 법규를 개정하고 제도와 정책을 보완하는 단기적이고 단편적인 대응만으로는 부족하다는 사실을 깨닫게 된 것입니다. 나아가 민주주의와 시장경제의 기본 철학 위에 그동안 압축적 발전 과정에서 경시되어왔던 균형 발전과 경제정의, 사회보장, 사회구조의 개혁 등 총체적인 사회·경제적 변화가 필요하다는 인식이 점차 확산되고 있습니다.

존경하는 여러분!

지금으로부터 1년 전 저는 대통령으로 취임하면서 민주주의와 시장경제의 병행 발전을 국정의 기본 이념으로 내세운 바 있습니다. 이는 한국 경제가 파탄의 위기에 처하게 된 원인을 근본적으로 성찰한 데서 연유한 것이었습니다.

여러분께서도 익히 알고 있듯이 한국은 지난 30여 년 간 세계가 놀랄 만한 눈부신 경제성장을 이룩했습니다. 그러나 1997년 말 한국 경제가 위기에 봉착하면서 허약한 내실과 왜곡된 구조를 드러내자 세계는 다시 한번 놀랐습니다. 그러나 외국인들의 눈에 잘 보이지 않았던 문제점들을 모두가 모르고 있던 것은 아닙니다. 대부분의 사람들이 한국 경제에 대하여 낙관적인 견해를 피력할 때도 저 자신은 우리가 가지고 있던 문제들을 끊임없이 제기해왔었습니다. 그 하나는 경제 발전에 상응하는 민주주의의 발전을 소홀히 한 점이었습니다. 민주주의 없이는 투명하고 공정하며 경쟁력 있는 시장경제의 발전을 기대할 수 없습니다. 건전한 시장경제 없이 억압적인 구조 속에서 이룩된 경제성장은 일시적인 현상일 뿐이지, 결코 건실하고 항구적인 것은 되지 못한다는 것이 저의 일관된 주장이었습니다. 그것은 민주주의와 시장경제는 수레의 양

바퀴나 동전의 양면과 같다는 저의 오랜 지론에 근거한 것이었습니다.

저는 또한 개방적인 경제로의 전환을 계속 강조했습니다. 특정 재벌에 대한 보호주의적인 관치경제를 청산하고, 안으로는 중소기업에게까지 좀더 자유롭고 공정한 기회를 보장해야 하며, 밖으로는 외국 상품과 외국자본에 대해 문을 여는 개방화가 우리 경제의 체질 개선을 위해서 매우 중요함을 주장해왔습니다.

한국이 산업화를 본격적으로 시작한 1960년대 초에는 단기간에 발전을 이루기 위해 정부가 적극적인 역할을 수행했습니다. 정부가 자원을 동원하고 투자와 분배에 결정권을 행사함으로써 단기간에 상당한 성과를 올릴 수가 있었습니다. 반면 정부가 그러한 자의적이고 막강한 권한을 행사할 수 있었던 것은 정권이 민주주의를 억압하고 권위주의적 통치를 했기 때문이었습니다.

권위주의적 통치는 부족한 자원을 소수 특정 부문에 집중시키거나 이해 갈등을 억제하기 때문에, 단기적으로는 매우 효과적인 것처럼 보일 수 있습니다. 아시아의 개발 독재자들이 그러한 길을 걸어온 것입니다. 하지만 그 성장의 배후에는 도덕적 해이와 비효율, 그리고 관료적 경직성과 정실주의가 만연하게 됩니다. 또한 지역 및 계층, 산업, 그리고 빈부 간의 격차가 큰 문제로 대두되었습니다. 공정하고 투명한 경쟁 질서가 확립되지 못하여 경제력 집중이 심화되었고, 관치금융이 횡행하여 금융산업이 낙후되었습니다. 견제와 균형의 제도가 없었기 때문에 그런 폐해는 계속 쌓여왔던 것입니다.

만약 한국이 처음부터 민주주의와 시장경제를 병행 발전시켰다면 정경유착과 관치금융, 그리고 엄청난 부정부패의 여지를 막고, 투명하고 건전한 경제가 힘차게 발전하여 세계시장의 경쟁에서 승리할 수 있었을 것입니다. 그랬다면 우리를 고통 속에 몰아넣은 파멸적인 외환 위기는 피할 수 있었을 것입니다.

존경하는 신사 숙녀 여러분!

이제 한국은 과거를 교훈삼아 새로운 시작을 하기 위해 노력하고 있습니다. 지난 1년 동안 한국은 금융·기업·공공·노동에 대한 4대 개혁을 추진해오고 있으며, 이미 상당한 성과를 거둔 바 있습니다.

먼저 금융 개혁에 대해 말씀드리면, 관치금융의 폐해를 단절하기 위해 경영에 대한 자율권을 최대한 보장하고, 정부는 건전성에 대한 규제만을 수행하면서 금융 제도 정비를 적극 추진했습니다. 경쟁력이 취약한 수많은 금융기관을 퇴출시키는 한편, 합병과 인수도 추진했습니다. 고통과 희생이 뒤따랐지만 금융산업의 장기 발전을 위하여 반드시 필요한 조치였다고 확신합니다. 이제 관치금융은 사라졌고, 금융의 자율화가 적극 추진되고 있습니다. 올해는 우리 금융이 세계시장에 대한 문호 개방 속에 강력한 경쟁력을 발휘할 것으로 기대됩니다.

전근대적 기업 지배 구조를 청산하고 공정한 시장 경쟁을 확립하기 위한 기업 개혁도 단행되었습니다. 재벌들은 경영의 투명성 제고는 물론 상호 지급보증의 금지, 재무구조의 건전화, 주력 업종 중심의 산업 구조 재편 및 지배 주주와 경영 책임성 강화 등을 실천하기로 약속하여, 지금 이러한 개혁이 관계 입법을 포함해서 강력히 추진되고 있습니다.

이는 주주와 투자자들의 권익을 보호하고 효율적인 경영을 유도할 뿐만 아니라, 새롭고 창의적인 기업들의 출현을 보장하기 위한 조치였습니다. 이러한 가운데 한국 경제의 보편적 현상이었던 정경유착, 권력형 부정부패가 그 자취를 감추게 되었습니다.

공공 부문 개혁도 추진되었습니다. 공공 부문의 개혁이 없이는 국민에게 고통을 참아 달라고 설득할 수가 없고, 다른 분야의 개혁을 촉구할 수도 없기 때문입니다. 중앙정부 조직을 21개 부처에서 17개 부처로 축소하고, 지방정부도 줄여서 4만 명 이상의 공무원을 감축하는 과정에 있습니다. 공기업 민영화와 정부 산하기관의 경영 혁신이 강력히 시행되고 있습니다.

아울러 보다 열심히 일하는 공직 사회의 분위기를 조성하기 위해 여러 가지 제도적 틀이 마련되었습니다. 예를 들면 연봉제, 성과상여금제, 목표관리제, 예산절약 인센티브제도 등을 도입했습니다. 한국 정부는 앞으로도 정부 기능을 수요자 중심으로 재편하고 공직 사회 내의 경쟁 체제를 강화해나갈 것입니다.

또한 정부는 과감한 규제 개혁을 추진했습니다. 그 결과 모두 1만 1,000개에 달하는 정부 규제를 절반으로 줄였습니다. 이와 같이 신속하고 광범위한 규제 개혁은 부정부패의 소지를 없애고, 국민의 권리와 편의를 신장시키며, 시장경제의 발전을 촉진하고, 외국인 투자 환경을 개선하는 등 수많은 성과를 가져오게 된 것입니다.

노동시장에 대한 개혁도 큰 진전이 있었습니다. 세계에 유례가 드문 노·사·정 간의 합의 속에 노동시장에 대한 개혁이 이루어진 것입니다. 노동자는 정리 해고의 법적 보장을 수용하는 대신에 노동운동의 자유, 노동자의 정치 활동 허용, 체불 임금에 대한 보장, 통합 의료보험법 등 많은 소득을 얻었습니다. 실업자 대책을 위한 대대적인 정부 지출도 얻어냈습니다.

지금 한국에서는 실업자에 대한 재취업과 직업훈련이 적극 실시되고 있습니다. 그리고 모든 실업자에 대해서 입는 것, 먹는 것, 병을 치료하는 것, 그리고 자녀의 중등교육 등 네 가지를 정부 예산으로 보장하고 있습니다. 아울러 실업자에 대한 사회적 지원 활동도 범국민적으로 전개되고 있습니다.

우리는 단 1년 동안 정말 많은 일을 성취했다고 저는 이 자리에서 감히 여러분께 말씀드리는 바입니다. 한국은 1년 사이에 39억 달러의 외환 보유고를 500억 달러로 늘렸고, 87억 달러의 무역 적자를 399억 달러의 흑자로 전환시켰으며, 외국인 직접 투자 유치를 69억 달러에서 89억 달러로 늘리는 등 사상 최대의 기록을 세우기도 했습니다.

또한 1달러에 2,000원 가까이 올랐던 환율이 1,100원대로 안정되었고, 30%에 달하던 시중금리도 6~8% 수준으로 하락하여 사상 최저 수준에 있습니다. 이에 따라 대외 신인도도 모든 국제 신용 평가 기관에 의해서 투자 부적격에서 적격 수준으로 향상되었습니다.

신사 숙녀 여러분!

저는 지난 12개월간의 개혁이 결코 용이하지 않았으며, 완벽하지도 않았음을 여러분 앞에 솔직히 말씀드립니다. 개혁은 지난한 과정일 수밖에 없습니다. 개혁은 낡은 질서를 극복하여 새로운 사회질서를 만들고 새로운 삶의 양식을 찾아가는 과정이기 때문입니다.

저는 지난 50여 년이라는 오랜 세월 속에 굳어진 관행과 의식, 그리고 기득권층의 저항을 하루아침에 고칠 수 있다거나 변화된 환경에 적응시킬 수 있다고 생각하지 않습니다. 개혁의 당위성에 대해서는 절대 다수가 찬성하지만, 구조조정의 방법이나 과정에 대해서는 모두가 일치된 의견을 갖고 있었던 것은 아니었습니다. 각자가 처한 입장이나 이익에 따라 견해가 달랐으며, 고통의 깊이에 따라 반대를 하기도 하고, 기대 수준에 비추어 실망을 하기도 했습니다.

그런 지난 1년여의 개혁 과정을 돌이켜보면서, 저는 큰 교훈을 얻었습니다. 무엇보다 개혁은 법과 제도를 고치는 것만으로는 충분하지 못하고, 국민의 의식과 관행의 변화가 따라주어야만 성공할 수 있다는 것이 바로 그것입니다.

예를 들어, 법적으로 외국인 투자를 자유화하더라도 국민들이 과거의 폐쇄적인 민족주의 의식에서 벗어나지 못하면 활발한 외국인 투자는 일어나지 않을 것입니다. 노동시장 유연화 조치를 입법했어도 노동자가 평생고용에 대한 주장을 버리지 못하면 의미가 없습니다. 기업가의 경우도 마찬가지입니다. 법적 강제만으로는 투명한 경영, 책임지는 경영이 확립되기 어렵고, 기술력과 아이디어로 세계시장에서 승부하려는 기업 문화가 정착되기 어렵습니다.

저는 분명히 말씀드립니다. 이제 사회의 모든 분야에서 새로운 의식 개혁이 일어나야 합니다. 첫째는 과거 수십 년 동안 내려온 부패, 부조리, 비능률, 적당주의, 각종 이기주의 등이 청산되어 민주 시민으로서의 책임과 권리의식이 고조되고, 공정한 경쟁력에 의해서 성패가 좌우되는 시장경제에 대한 믿음이 확립되어야 합니다.

그리고 둘째는 21세기의 대격변기에 대처하는 전 국민의 지식인화가 필요하며, 세계화·과학화·정보화 시대를 기회로 활용할 수 있는 의식 개혁 또한 이루어져야 합니다. 우리는 이와 같은 교훈을 받아들여 국민적 의식 개혁을 지향하는 '제2의 건국' 운동을 시작했습니다. '제2의 건국' 운동은 국민 모두가 국정 개혁의 주체로 참여하는 범국민적 운동입니다.

우리 한국은 21세기 세계에 우뚝 서는 나라를 만들기 위해 모두가 전력을 다할 것입니다. '참여하자', '바르게 살자', '다시 뛰자'는 캐치프레이즈 아래 의식 개혁 운동은 끊임없이 진행될 것입니다. 되풀이 강조하지만, 이러한 의식 개혁으로 우리는 20세기로부터 물려받은 부정적 요소를 총체적으로 청산할 것입니다. 그리고 21세기를 지향하여 전 국민의 신지식인화와 전 국민의 세계인화를 추구하면서, 세계 속에서 미래를 개척하기 위한 의식 개혁을 이룰 것입니다.

이러한 의식 개혁 운동은 민간이 주도하고 정부가 참여하되, 민·관이 하나되어 추진해야 합니다. 실제 관(官)이 적극적으로 참여해야만 깨끗하고 능률적이며 봉사하는 정부를 만들 수 있습니다. 의식 개혁의 기본에는 민주주의와 시장경제라는 철학이 확고하게 자리잡고 있어야 할 것은 두말할 필요가 없습니다.

친애하는 신사 숙녀 여러분!

21세기는 인류 최대의 혁명의 시대입니다. 인간은 지금까지 다섯 번의 혁명을 겪었습니다. 첫째는 인간의 종이 태어난 것이요, 둘째는 약 1만 년 전 농업을 시작하면서 정착 생활을 한 것이요, 셋째는 지금부터 5,000~6,000년 전 티그리스·유프라테스 상, 나일 강, 인너스 강, 황허 강 유역에 도시문명이 탄생한 것이요, 넷째는 2,500년 전 무렵에 있었던 사상혁명입니다.

사상혁명은 중국의 경우 노자·공자·맹자 등에 의해서, 인도에서는 부처와 바라문 승려에 의해서, 그리스에서는 탈레스·소크라테스·플라톤·아리스토텔레스 등 철학자에 의해서, 그리고 이스라엘에서는 이사야·아모스·학개 등의 선지자들에 의해서 이루어졌습니다. 오늘날 인류가 공유하는 사상들은 이 네번째 사상혁명에 그 뿌리를 두고 있다고 합니다.

그리고 다섯번째의 혁명은 18세기 말부터 시작된 산업혁명이었습니다. 산업혁명은 열정적인 민족주의 시대를 가져왔습니다. 그 이전까지는 민족은 있었지만 민족주의라는 정신적 열정과 국가적 목표는 별로 없었습니다. 근대 민족주의는 산업혁명에 의한 경제의 규모와 성격이 민족을 단위로 하는 것이 가장 효과적이었기 때문에 일어났습니다. 강한 민족은 침략적 민족주의로 나아가는 것을 서슴지 않았으며, 약한 민족은 방어적 민족주의에 전력을 다했습니다. 이러한 가운데 민족주의의 열정은 두 번의 세계대전을 일으켜 인류에게 큰 재앙을 가져다주었습니다.

그러나 이제 민족주의 시대는 가고 있습니다. 세계 경제가 민족의 테두리 안에 안주하기에는 너무도 커졌고, 한 민족의 이기적 독점을 허용하지 않게 되었습니다. 세계무역기구(WTO) 체제는 세계 경제가 민족 규모에서 세계적 규모로 확대되었음을 의미합니다. 이제 세계는 경제적 국경이 급격히 철폐되어가는 과정에 있습니다. 그리하여 최근의 국제 금융 위기에서 본 바와 같이, 한 나라에서의 금융 위기가 전 세계에 걸쳐 영향을 미치고 있습니다. 어떠한 나라도 혼자만 안전하고 자유로울 수 없습니다. '하나의 세계' 시대가 도래하고 있는 것입니다. 그러므로 오늘의 세계 경제는 한편으로는 경쟁하고 한편으로는 협력하지 않으면 안 됩니다.

교통, 통신의 비약적 발전이 세계화를 촉진하였으며, 특히 정보 매체에 의한 정보의 순간적인 교환이 가능해짐으로써 전 세계가 지식과 정보를 공유할 수 있게 되었습니다. 60억에 달하는 세계 인류는 모든 면에서 오랜 민족주의의 낡은 껍질을 벗고 새로운 보편적 세계화의 테두리 속으로 들어가고 있습니다. 경제가 세계화되고 교통, 통신, 정보가 세계화되고 있습니다. 문화도 세계화되고 있습니다. 모든 것이 세계화를 향해서 쉬지 않고 전진하고 있습니다.

우리 한국도 새로운 보편적 세계화의 시대에 적응하는 데 인색해서는 안 되겠습니다. 그것은 우리가 19세기 말 산업화 시대에 뒤져서 나라의 주권까지 상실하고, 제2차 세계대전 후에는 죄 없이 냉전의 제물까지 되어온 지난 100년간의 희생과 비극을 되풀이하지 않기 위해서입니다.

21세기 세계화의 물결에 적극 적응하고 새로운 천년의 미래에 주저 없이 도전하는 것만이 우리가 살 길입니다. 21세기는 세계의 모든 나라가 빠짐없이 민주주의를 향유하는 진정한 민주화의 시대가 될 것입니다. 보편적 세계주의에 적응하기 위해서 한국은 민주주의를 철저히 실천하여 사상과 정보가 자유롭게 교류되게 하고자 합니다.

시장경제를 충실히 이행하되 경제의 모든 분야가 세계와 경쟁하고 협력하도록 하겠습니다. 진정한 시장경제는 철저한 기회균등과 공정한 삶을 모든 사람에게 보장해주기 때문입니다.

무엇보다 문화의 교류를 촉진시켜 인류 상호 간의 이해와 우정을 강화하도록 할 것입니다. 그리고 전쟁·빈곤·범죄·마약의 퇴치와 환경 보전을 위해서 세계 모든 나라의 사람들과 협력할 것입니다.

우리 모두는 하나밖에 없는 지구를 생명같이 아끼고 모든 인류가 이 지구상에서 안전하고 평화롭고 행복하게 사는 그러한 보편적 세계주의를 위해서 적극 협력해야 할 것입니다. 한국은 세계와 같이 가고 세계와 협력해나감으로써 인류의 평화와 번영과 복지에 적극 공헌하는 도덕적 강국이 되고자 최선을 다할 것입니다.

신사 숙녀 여러분!

우리는 이 자리에 모여 앞으로 이틀 동안 민주주의와 시장경제의 발전을 위하여 진지한 토론을 전개할 것입니다. 국제적으로 존경받는 정치 지도자들의 통치 경험과 비전을 경청할 것이며, 세계적인 석학들의 학문적인 통찰을 크게 기대하고 있습니다. 존경하는 국내 학자들과 시민사회의 지도자들로부터 다양한 목소리도 듣고자 합니다.

저는 우리 모두가 민주주의와 시장경제에 대한 믿음과 이상을 계몽하고 전파하는 전도자가 되기를 제안합니다. 그리고 민주주의와 시장경제의 긍정적 이상인 인간의 자유와 정의로운 경제 참여를 위해 힘쓸 것을 기대합니다.

오늘의 모임이 하나의 행사로 끝나는 것이 아니라, 21세기와 새로운 천년을 향한 인류 발전의 토대를 마련하는 데 우리 나름의 공헌이 되기를 희망합니다. 우리의 이상이 단지 이상에서 그치는 것이 아니라, 보편적 가치로 정착되며 구체적인 정책으로 실현될 것을 믿어 의심치 않습니다.

여러분 모두의 앞날에 평화와 행복이 항상 같이하기를 기원합니다.

감사합니다.

인류의 미래는 자유의 편에 있다

| 필라델피아 리버티 메달 수상 연설
| 미국 필라델피아, 1999. 7. 4.

존경하는 리지 주지사, 렌덜 시장, 폴리에타 대사, 에이컨스 독립역사 공원 관리소장, 그리고 자리를 함께하신 귀빈 여러분!

오늘 제223주년 독립기념일에 미국의 독립선언문과 헌법이 작성된 이 유서 깊은 필라델피아에서 권위와 명예가 높은 '리버티 메달'을 받게 된 것은 저에게는 다시없는 영광이고 기쁨입니다.

'자유가 아니면 죽음을 달라'며 목숨을 걸고 싸운 한 한국인이 이제 민주 정부의 대통령이 되어 이 자리에 섰습니다. 그는 작년에는 미국 국회에서 연설을 하고, 금년에는 '리버티 메달'을 받으면서 이렇게 연설을 할 수 있는 영광을 누리고 있습니다. 분에 넘친 행운입니다.

자유와 민주주의를 위한 긴 고난의 세월 동안 저는 미국으로부터 끊임없는 지원과 격려를 받았습니다. 두 번은 죽음 직전에 미국의 개입으로 목숨을 구할 수 있었습니다. 물론 미국이 살리려 한 것은 저 개인이 아니었습니다. 그것은 독재의 억압으로부터 자유로워지려는 한국 국민의 민주화 열망이었고, 미국이 구현하고 있는 자유와 인권 존엄의 가치였습니다.

그러므로 오늘의 이 영광은 자유를 사랑한 우리 한국 국민의 승리인 동시에, 이를 가능하게 해준 미국 국민의 승리인 것입니다. 여러분, 진심으로 감사합니다.

신사 숙녀 여러분!

저는 참으로 긴 세월 동안 자유를 향한 순례를 했습니다. 그 가운데 저를 지탱해준 힘들이 있었습니다.

첫째는 제가 믿는 예수님입니다. 그분은 십자가상에서 목숨을 바쳤습니다. 예수님은 우리에게 자유인이 되라고 말씀하셨습니다. 십자가는 저에게 자유에의 훈련이었습니다.

둘째는 저의 역사관입니다. 역사를 통해서 볼 때 세계 어디서나 자유와 정의를 위해서 싸운 사람이 패배자가 된 법은 없습니다. 저도 제가 비록 현실에서는 좌절하더라도 역사 속에서 반드시 승자가 될 것을 확신했던 것입니다.

셋째는 저의 인생관입니다. 인생의 성공과 행복은 무엇이 되느냐가 아니라 어떻게 사느냐에 따라 결정된다고 믿었습니다. '행동하는 양심'이 제 일생의 좌우명이기도 합니다.

그리고 넷째는 제 아내와 자식들의 지원입니다. 그들은 자유를 향한 저의 순례의 동반자들입니다. 저는 지금도 1980년의 일을 잊지 못합니다. 그때 저는 사형선고를 받고 육군 교도소에서 죽음을 기다리고 있었습니다. 아내는 자식들과 같이 면회를 와서 하느님께 눈물로 기도했습니다. 그러나 제 가족 중 누구도 군사독재자와 타협하라고 권하지 않았습니다. 하느님을 믿고 자유에 대한 신념을 지키라고 격려했던 것입니다.

한편 군사정부는 저를 용공 세력으로 몰아서 그들의 조작된 재판을 정당화하려고 했습니다. 그러나 저는 공산주의를 일관되게 반대했으며, 공산당에 이기는 길은 자유를 신장하는 것만이 유일한 길이라는 확신을 가지고 있었습니다. 인간의 자유에 역행하는 공산주의는 역사의 흐름에 역행하는 것임을 잘 알고 있었던 것입니다.

저는 또한 자유는 관용과 함께 갈 때 더 큰 자유에 이른다는 것을 알고 있었습니다. 그래서 저는 대통령이 된 후 저에게 사형선고를 내리고 박해하던 과거의 권력자들을 모두 용서했습니다. 100년 동안 우리 민족을 박해하거나 우리와 갈등해온 일본과 화해를 성취했습니다.

그리고 지금은 북한에 대해서 공산주의는 반대하지만 같은 민족으로서 서로 전쟁의 공포로부터 자유로워지고, 평화공존 속에 모두 안심하고 번영과 안녕을 누릴 수 있는 새 시대를 열기 위해 화해와 협력을 추구하고 있습니다.

신사 숙녀 여러분!

동서고금을 막론하고 자유는 인간을 가장 인간답게 해주는 가치입니다. 민주주의는 아시아에서는 부적합하다는 논리가 한때 성행했습니다. 민주주의의 근본인 인간 존엄과 자유 정신의 전통은 아시아에도 풍부하게 있었습니다. 이제 아시아는 과반수의 나라가 민주 국가로 전환되었습니다. 최근에 있었던 인도네시아의 선거는 아시아의 민주주의가 또 한번 전진했음을 입증하는 것으로 생각합니다. 아프리카에서도 민주주의는 발전되고 있고, 넬슨 만델라 대통령 같은 위대한 민주 지도자도 나타나고 있습니다. 미국 민주주의의 핵심인 자유가 세계 도처에서 신장되고 있습니다.

개인의 자유와 창의력을 존중하는 민주주의는 경제의 건전한 발전을 위해서도 필수 불가결합니다. 민주주의가 없는 곳에 시장경제는 없습니다. 시장경제가 없으면 경쟁력 있는 경제 발전은 기대할 수 없습니다.

존경하는 신사 숙녀 여러분!

저는 여러분께서 제게 이 상을 준 뜻이, 단순히 과거에 제가 민주주의를 위해 헌신한 것에 대한 보답의 의미만은 아니라고 생각합니다. 그보다는 앞으로 세계 도처에서 자유기 더욱 신장되도록 저의 모든 노력을 다 바치라는 진지한 요구와 격려라고 믿고 이를 엄숙히 받아들이겠습니다.

우리는 이제 머지않아 새천년을 맞이하게 됩니다. 우리의 새천년의 꿈이 무엇이겠습니까? 무엇보다 세계 58억의 모든 사람들의 존엄성과 인권이 보장되고 정치적 자유가 보장되어야 할 것입니다. 둘째는 모든 나라, 모든 사람의 경제적 자유가 보장되어야 합니다. 셋째는 사회적 자유가 보장되어야 합니다. 인종이나 성별에 따른 차별 등 모든 차별이 종식되어야 할 것입니다.

저는 이 세 가지 자유를 우선 저의 조국 한국에서 확립하기 위해 헌신할 것입니다. 저는 자유의 정신을 우리의 북한 땅에, 그리고 세상의 모든 어두운 구석에 전파하기 위해 끊임없이 노력하겠습니다. 저는 자유의 완성이란 없다는 것을 알고 있습니다. 완성을 향해 끊임없이 노력하는 것이 우리 인간의 사명이라 믿고 있습니다.

인류의 역사는 자유를 지향하여 발전하고 있습니다. 자유의 편에 설 때, 우리는 자유에 대한 사랑을 우리 모두에게 심어주신 하느님의 편에 서는 것입니다. 자유의 편에 설 때, 우리의 존엄성은 증진되는 것입니다.

자유라는 것은 공기와 같아서 그 안에서 살 때는 그 가치를 이해하기 어렵습니다. 저는 자유의 가치를 잘 이해하고 있는 사람 가운데 하나입니다. 그래서 오늘 '리버티 메달'을 받았습니다. 이 영광을 받으면서, 저는 여러분께서 저에게 이 상을 주신 것을 두고두고 자랑스럽게 생각할 수 있는 그러한 수상자가 될 것을 다짐합니다. 저는 '자유에 헌신한 사람'으로 기억되기를 원합니다.

　'리버티 메달'과 필라델피아 시와 미국의 영원한 영광을 기원하는 바입니다.

　감사합니다.

희망과 번영의 새천년을 열어나갑시다

제54주년 광복절 경축사
천안 독립기념관, 1999. 8. 15.

존경하고 사랑하는 국민 여러분!

오늘은 광복 54주년을 맞는 날이자 새천년을 앞둔 20세기의 마지막 8·15 경축일입니다. 이 뜻 깊은 자리를 빌려 먼저 나라를 되찾기 위해 희생하신 선열들에게 감사드리며 그 명복을 빕니다. 또한 국민 여러분 모두에게 마음으로부터 사랑과 존경의 인사를 드립니다.

우리는 오늘 한 시대를 마감하고 새로운 시대를 여는 전환점에 서 있습니다. 이 역사적인 시점에서 저는 지난 세기에 걸친 우리 민족사를 돌아보며 아울러 새천년의 미래에 대해서 여러분과 함께 생각해보고자 합니다.

대한민국의 지난 100년은 한마디로 좌절과 불굴의 헌신이 교차한 시기였습니다. 조선왕조 말엽의 위정자들은 세계의 큰 흐름을 깨닫지 못하고 근대화를 외면했습니다. 그들은 당쟁으로 세월을 보냈습니다. 개혁적인 지도자도 있었지만, 그들은 국민과 함께 이를 추진하는 데 실패했습니다. 그 결과, 마침내 우리는 치욕스러운 식민지로 전락해버린 것입니다.

그러나 우리 국민은 끝까지 좌절하지 않았습니다. 나라를 잃은 그 순간부터 해방의 날까지 독립을 위한 무장투쟁을 벌였습니다. 마지막까지 임시정부의 법통과 간판을 지켰습니다. 이는 세계 식민지사(史)에서 유례를 찾아볼 수 없는 일입니다. 이 얼마나 장하고 자랑스러운 일입니까?

해방 후, 뜻하지 않은 국토 분단과 6·25 전쟁을 겪으면서도 우리 국민은 굴하지 않았습니다. 전 국민이 하나가 되어 공산 침략으로부터 나라를 지켰습니다. 또한 전쟁의 폐허 위에서 한강의 기적을 이뤄냈습니다.

반세기에 걸친 독재체제 아래에서도 민주주의를 위한 우리 국민의 희생과 헌신은 계속됐습니다. 그 희생은 헛되지 않았습니다. 마침내 1997년 12월 18일, 아시아에서는 드물게 국민의 투표로 여야 간의 정권 교체를 이루어냈습니다.

그러나 어찌 뜻하였겠습니까? 정권 교체의 그 순간부터 우리는 IMF 체제의 경제 위기에 봉착했던 것입니다. 그러나 우리는 다시 일어섰습니다. 정부와 국민이 하나가 되어 6·25 이후의 최대 국난인 외환 위기를 극복해냈습니다. 이러한 우리 국민의 저력은 세계를 놀라게 만들었습니다.

오늘 20세기의 마지막 광복절을 보내며, 우리는 굳게 다짐해야겠습니다. 다가오는 21세기에는 조선왕조 말엽과 같이 역사의 흐름을 외면하거나, 또다시 내부 갈등과 대립으로 도약의 기회를 놓쳐서는 안 되겠습니다.

존경하는 국민 여러분!

저는 국민과 역사 앞에 반드시 이 땅에 민주화를 이룩하겠다고 약속
드린 바 있습니다. 이를 위해 저는 지난 40여 년 동안 온갖 박해와 죽음
의 공포 속에서도 국민 여러분과 함께 싸웠습니다. 마침내 정권 교체를
실현함으로써 이 약속을 지켰다고 생각합니다. IMF 위기 상황 아래 대
통령에 취임하면서 저는 우리 국민의 저력에 대한 확신이 있었기에 1년
반 안에 외환 위기를 이겨내겠다고 약속할 수 있었고, 또 이 약속을 지
킬 수 있었습니다.

대북정책에서도 안보를 바탕으로 한 포용정책을 일관되게 추진해서
한반도의 전쟁 위기를 완화시키겠다고 한 약속을 지켜가고 있습니다.
그리고 북한의 서해에서의 도전을 초전에 저지했습니다. 남북 교류에
서도 상당한 진전을 이룩했습니다. 북한의 전통적인 우방인 러시아와
중국을 포함해서 우리의 포용정책에 대한 전 세계의 지지를 얻는 데 성
공했습니다.

그러나 제가 지키지 못한 약속도 있습니다. 바로 내각책임제 문제입
니다. 국민 여러분도 아시다시피 이 약속을 할 당시에는 IMF 위기를 예
측하지 못한 상태였습니다. 지금도 경제 불안은 계속되고 있습니다. 남
북 관계는 잠시도 눈을 뗄 수 없을 정도로 미묘하고 복잡합니다. 게다
가 정치는 지금 흐트러질 대로 흐트러져서 국회가 내각제를 수용할 만
한 태세를 갖추고 있지 못하다고 생각합니다. 모든 여론조사 결과를 봐
도 국민의 다수가 지금 내각제를 원하고 있지 않습니다. 그래서 내각제
를 합의했던 자민련과 상의 끝에 이를 연기하기로 합의한 것입니다. 이
유야 어찌되었건, 국민 여러분에게 심려를 끼쳐드린 점에 대해서는 죄

송하게 생각합니다. 여러분의 이해가 있으시기를 바라 마지않습니다.

존경하는 국민 여러분!

이제 우리는 새로운 결의로 21세기를 준비해야 합니다. 무엇보다도 우선 정치를 바로잡아야 하겠습니다. 지금 우리 정치는 스스로 개혁해 나갈 조짐이 보이지 않습니다. 정치가 나라의 발전을 선도하는 것이 아니라, 오히려 발목을 잡고 있습니다. 이제 정치 개혁은 우리에게 가장 시급한 일이 되었습니다.

지역당 구도를 벗어나 전국 정당화를 위한 선거제도가 필요합니다. 지금과 같은 지역 분할 구도로는 이 나라의 미래가 암담할 뿐입니다. 선거공영제를 강화해야 합니다. 돈 안 드는 선거를 정착시켜서 선거 부정의 근원을 끊어야 합니다. 정당법을 고쳐서 정당의 조직과 운영 체계를 간소화하고 비용을 최소화해야 합니다.

정치자금법을 개정해서 정치자금을 투명하게 걷고 투명하게 쓰도록 해야 합니다. 국회법을 고쳐서 상임위 중심의 국회에서 본회의 중심의 국회로 만들어야 합니다. 그리하여 모든 국회의원들이 모든 국정 심의에 책임감 있게 참여하는 생산적 국회를 만들어야 합니다. 의회 정치가 토론과 상호 협력의 장이 되고, 다수결 원칙에 따라 법대로 운영되는 국회가 되어야 합니다. 강행 통과도, 표결 저지도 사라져야 합니다.

일부에서 말하는 저의 대선자금에 대해서 한 말씀 드리겠습니다. 저의 대선자금에 대해서는 역대 정권 아래서 권력 기관들이 수없이 뒤졌지만, 불법적인 것은 하나도 없었습니다. 저도 물론 정치자금을 받아 썼습니다. 그러나 분명하게 말씀드립니다. 저는 결코 부정하거나 불법적인 정치자금을 받아 쓴 적이 없습니다.

인권과 민주주의를 발전시키기 위해서 개혁 입법이 반드시 이루어져야 합니다. 민주화와 인권 보장은 제 일생의 변함없는 소신입니다. 자랑스러운 인권 국가를 만든다는 결의로 '인권법'을 제정하고 '인권위원회'를 설치할 것입니다.

변화하는 남북 관계를 제대로 반영하지 못하고 있는 '국가보안법'도 개정할 것입니다. 인권 침해의 소지가 있는 부분도 고치겠습니다. '부패방지법'의 제정도 차질 없이 추진될 것입니다. 법 제정에 앞서 우선 대통령 직속으로 '반(反)부패특별위원회'를 구성하겠습니다. 부패의 척결 없이 국정의 개혁은 없습니다. 저는 만난을 무릅쓰고 이를 단행할 것입니다. 국민 여러분의 적극적인 지원이 필요합니다.

공정한 법 집행을 통해 밝고 바른 법치를 더한층 발전시킬 것입니다. 이를 위한 사법제도를 이루고자 현재 '사법개혁위원회'에서 개혁 작업을 추진하고 있습니다. 이와 함께 '통합방송법', '민주유공자보상법', '의문사진상규명특별법', '비영리민간단체지원법' 등을 개정 또는 제정함으로써 개혁 정부의 정체성을 더욱 분명히 할 것입니다.

다음으로는 요즘 논의되고 있는 신당에 대해서 말씀드리겠습니다. 우리 정치가 제 역할을 못하는 데 대해서는 집권당으로서 먼저 그 책임을 통감하고 있습니다. 여당인 국민회의부터 새로 태어나겠습니다. 그래서 국민에게 믿음과 희망을 드리는 당이 되겠습니다.

신당은 중산층과 서민 중심의 개혁적 국민 정당으로 등장할 것입니다. 인권과 복지를 중시하는 정당이 되겠습니다. 지역 구도를 타파하는 전국 정당이 될 것입니다. 21세기 지식 기반 시대를 이끌고 갈 정당이 되겠습니다. 신망 있는 인사와 각계의 전문가, 활력 있는 젊은층을 전국적으로 영입하겠습니다. 개혁적 보수 세력과 건전한 혁신 세력까지 맞아들여서 폭넓고 튼튼한 정당을 만들겠습니다. 여성 지도자를 적극

영입하고 여성에게 비례대표 의석의 30%를 배정하겠습니다.

존경하고 사랑하는 국민 여러분!

우리는 더불어 성공할 수 있는 경제 번영을 이룩해야 합니다. 지난 1년 반 동안 금융·기업·공공·노동 등 4대 부문의 구조 개혁에 주력해서 우리는 세계가 놀랄 만한 경제 회복의 성과를 이룩했습니다. 국민과 정부가 힘을 합쳐 노력한 결과인 것입니다.

그러나 아직도 절반의 성공에 불과합니다. 개혁을 더한층 줄기차게 진행시켜나가야 합니다. 특히 재벌 개혁에 역점을 두겠습니다. 우리 경제 최대의 문제점인 재벌의 구조 개혁 없이는 경제 개혁을 완성시킬 수 없습니다.

이제는 시장이 재벌 구조를 받아들이지 않는 시대입니다. 양의 시대가 아니라 질의 시대입니다. 앞으로 무한 경쟁의 세계에서 성공하기 위해서는 재벌 집단이 아닌 개별 기업이 독자적으로 세계 초일류의 경쟁력을 갖추어야 합니다.

재벌 개혁을 위해 그동안 추진해온 투명성 제고, 상호 지급보증의 해소, 재무구조의 개선, 업종 전문화, 경영진의 책임 강화 등 5대 원칙이 금년 말까지 반드시 마무리되어야 합니다.

나아가 계열 금융회사를 통한 재벌의 금융 지배를 막겠습니다. 산업 자본의 금융 지배를 막아야 재벌 개혁을 성공시킬 수 있습니다. 순환출자와 부당한 내부 거래를 억제하며, 변칙 상속을 철저히 막겠습니다.

저는 한국 역사상 처음으로 재벌을 개혁하고 중산층 중심으로 경제를 바로잡은 대통령이 될 것입니다. 최근 국내외에서 우려하고 있는 일부 재벌에 대해서도 투명한 원칙에 따라 엄정하게 처리하여 '제2의 기아 사태'와 같은 일이 결코 일어나지 않도록 하겠습니다.

21세기에 세계 일류 국가로 도약하기 위해서는 지식 기반 경제를 만들어나가야 합니다. 이를 위해 컴퓨터와 인터넷 등 정보를 활용하는 일이 중요합니다. 우리나라가 세계에서 컴퓨터를 가장 잘 쓰는 나라가 되어야 합니다.

지식 경제 시대에는 중소·벤처 기업과 문화·관광 산업과 같은 지식 서비스 산업의 발전이 필요합니다. 이와 함께 전통산업인 농업과 섬유·전자·자동차 등 모든 산업에서도 지식을 활용하여 부가가치를 높여나가야 합니다. 지식을 활용한 농어민의 성공 사례에서 본 바와 같이 전 국민 모두가 신지식인이 될 수 있도록 노력해야 할 것입니다.

저는 지난 1년 반 동안 외환 위기의 극복에 주력해왔습니다. 앞으로 임기 안에는 세계 일류의 경제 발전과 건전한 경제체제를 이룩하는 데 전력을 다하겠습니다. 작년에 1인당 6,800달러 수준으로 떨어졌던 국민소득을 내년에는 1만 달러 수준으로 끌어올리고, 2002년까지는 1만 2,000달러 수준으로 향상시켜나가겠습니다. 또한 내년에는 실업자를 100만 명 이하로 줄여나가겠습니다. 2002년까지는 200만 개의 일자리를 창출하여 사실상의 완전 고용을 실현하겠습니다. 우리나라는 국제 수지 흑자를 계속 유지해서 지난 수십 년간의 채무국에서 벗어나 머지않아 세계에서 몇 안 되는 순채권국가가 될 것입니다.

존경하는 국민 여러분!

깨끗한 나라, 정의 사회를 만드는 데 앞장서겠습니다. 바르고 유능한 사람이 성공하고, 약자에게도 공평한 기회가 보장되는 사회가 되어야 합니다. 이미 말씀드린 대로 부정부패의 척결에 전력을 다하겠습니다. 지역이기주의를 타파해야겠습니다. 저는 대통령으로서 인재 등용에서나 예산 배정에서 어떠한 지역 차별도 하지 않았고, 앞으로도 그런 일은 결단코 없을 것입니다.

공평한 과세를 통해 경제적·사회적 정의를 실현하겠습니다. 세정 개혁의 기본이 되는 '금융소득종합과세' 실시를 추진하겠습니다. 변칙적인 상속과 증여를 통한 부의 부당한 대물림이 없도록 세제를 고치겠습니다. 음성 탈루 소득에 대해서는 엄중한 책임을 물을 것입니다. 또한 봉급생활자의 세 부담을 줄이고 고소득 계층의 소득원을 양성화하겠습니다.

절대다수의 국민이 중산층이 되도록 힘쓰겠습니다. 중산층 육성과 서민 생활 향상을 목표로, 인간 개발 중심의 생산적 복지정책을 적극 펴나가겠습니다. '국민기초생활보장법'이 국회를 통과했습니다. 이제 최저생계비 이하의 모든 어려운 국민에게도 생계·교육·의료 등 기본 생활을 제도적으로 보장할 수 있게 되었습니다.

근로 능력과 의욕이 있는 모든 국민에게는 직업훈련과 평생교육의 기회를 제공하고, 그에 맞는 일자리를 찾을 수 있도록 돕겠습니다. 노인·병약자·소년 소녀 가장 등에 대한 관심과 지원을 큰 폭으로 늘리고, 장애인의 고용과 재활을 촉진하기 위한 법과 제도를 정비하겠습니다.

의료보험·고용보험·국민연금·산재보험 등 4대 보험 제도를 내실화하여 국민들이 평생 동안 안심하고 생활해나갈 수 있도록 하는 사회보장 제도를 확립하겠습니다. 주택 보급률을 임기 안에 100%로 높이겠습니다. 중산층과 서민의 주택 마련을 돕기 위해 주택 구입 자금과 전세 자금에 대한 융자 지원을 크게 늘리겠습니다.

농어민의 소득을 높이겠습니다. 생산자가 제값을 받을 수 있도록 농수산물 유통 부문을 가장 먼저 개선하겠습니다. 농어가 부채의 금리 인하를 실시하고 있습니다. 이와 더불어 농어민의 연대 보증을 농림수산업자 신용보증기금의 보증으로 바꾸겠습니다.

21세기 지식 기반 시대의 세계 일류 국가 대열에 설 수 있도록 교육 개혁을 철저하게 실시하겠습니다. 교육입국을 실현해야 합니다. 유아 교육에서 대학교육에 이르기까지 돈이 없어서 교육을 못 받는 일은 없도록 하겠습니다. 즉, 내년부터 가정이 어려운 중고교생 40만 명에게는 학비를 무상 지원해주고, 대학생 30만 명에게는 장기 저리 융자의 혜택이 돌아가도록 하겠습니다. 또한 서민층의 탁아 보육비에 대한 지원을 늘리겠습니다. 대학 입학 제도를 고쳐서, 2002학년도부터는 과도한 입시 경쟁에서 벗어나 무시험을 원칙으로 하는 다양한 입학 선발 제도를 반드시 실시해나가겠습니다.

개발과 환경의 조화를 통한 삶의 질 향상을 도모하겠습니다. 수해 방지 등 재해에 대한 근원적인 대책을 강화하여 인명 피해와 경제적 손실이 되풀이되는 일이 없도록 하겠습니다. 국민의 삶의 질을 높이기 위해 생활 속에서 쉽게 즐길 수 있는 문화 예술의 여건과 스포츠 레저 시설을 키워나가겠습니다.

친애하는 국민 여러분!

이제 남북 관계에 대해 말씀드리겠습니다.

한반도의 평화 실현을 위해서는 안보와 화해가 같이 정착되어야 합니다. 저는 전쟁 억지를 위해서 안보를 무엇보다 철저히 하겠습니다. 서해 교전에서 입증된 바와 같이 포용정책은 안보를 경시하는 유화정책이 아닙니다. 안보를 위해서 한미 공동 방위 체제를 굳건히 유지해나가야 합니다.

한편 남북 간의 평화와 협력을 위한 포용정책을 계속해서 추진하겠습니다. '국민의 정부'가 들어선 이래 몇 차례에 걸친 북한의 도발이 있었지만, 정부는 한반도의 평화를 위한 남북 간 교류협력 정책을 흔들림 없이 유지해왔습니다. 그 결과, 오늘날 상당한 수준의 남북 교류의 성과를 거두고 있습니다. 그리고 이미 말씀드린 바와 같이, 중국과 러시아를 포함한 전 세계가 우리의 포용정책을 지지하고 있습니다. 이는 한반도 평화는 물론 우리의 안보에도 크게 기여하고 있습니다.

'국민의 정부'는 남북 간 정부 차원의 교류가 이루어질 것을 희망합니다. 북한은 동족끼리의 대화는 거부하면서 미국과의 협상만 고집하는 불합리한 태도를 버려야 합니다. 한반도 문제는 남북 당사자 간에 해결되어야 합니다. 미국, 중국 등 전 세계가 이를 주장하고 있습니다. 우리는 언제든지 남북 당국자 간의 대화에 응할 용의가 있고, 북한을 물심양면으로 지원할 용의가 있습니다.

존경하고 사랑하는 국민 여러분!

다가오는 새천년에는 우리나라가 세계의 일류 국가 대열에 설 수 있는 기반을 조성해나갑시다. 21세기는 인류 역사상 최대의 격변기가 될 것입니다. 21세기는 지식 기반의 세기입니다.

국토의 넓이나 돈과 자원의 많고 적음이 중요하지 않습니다. 지식과 정보, 그리고 문화적 창의력이 국가 운명을 좌우합니다. 우리의 미래가 여기에 달려 있습니다. 이러한 점에서 21세기는 한국인에게 절호의 기회가 될 수 있습니다. 우리에게는 높은 교육 전통과 오랜 중국의 영향권 아래에서도 중국화되지 않았던 문화적 저력이 있습니다.

이제 우리는 새천년의 주체가 될 우리 젊은이들에게 관심과 애정을 더욱 높여야 한다고 생각합니다. 우리는 젊은이들에게 새천년의 주인으로서의 사명을 자각하도록 고무해야 합니다. 젊은이들을 위해 지식 기반 사회, 문화 창조의 기회, 그리고 삶의 질을 높일 수 있는 여건을 만들어주어야 합니다.

존경하고 사랑하는 국민 여러분!

우리나라는 지금 성공과 위기의 갈림길에 서 있습니다. 저는 단임제 대통령으로서 국민의 기대에 부응하는 대통령이 되기 위해서 최선을 다하겠습니다. 대한민국이 세계 일류 국가로 우뚝 서는 새천년을 위해서, 저는 반드시 성공하는 대통령이 되겠습니다.

저는 일시적인 인기에 연연하지 않겠습니다. 국민을 하늘같이 받들고 역사의 심판을 두렵게 생각하면서, 신념과 소신을 가지고 국정을 운영해나갈 것입니다.

IMF 위기가 닥쳤을 때, 저는 국민 여러분이 이 위기의 강을 건너는 다리가 되겠다고 말씀드렸습니다. 저는 이제 또 한번 국민 여러분이 희망과 번영의 새천년으로 건너가는 튼튼한 다리가 되려고 합니다. 여러분이 믿음과 희망 속에 이 다리를 건너가실 수 있도록 정치를 개혁하겠습니다. 경제를 번영으로 이끌어나가겠습니다. 사회정의를 투철하게 실현하겠습니다. 안보와 화해의 대북정책을 추진하겠습니다. 그리고 21세기 일류 국가를 향한 희망을 키워나가겠습니다.

정부와 국민이 함께 잘해야 나라가 일어섭니다. 우리가 바라는 제2의 건국을 성공시킬 수 있습니다. 후손들에게 자랑스러운 조국을 물려줄 수 있습니다. 저도 혼신의 노력을 기울일 것입니다. 국민 여러분께서도 열심히 참여하고 도와주십시오. 다 같이 손잡고 힘차게 나아갑시다.

감사합니다.

위기의 강을 성공적으로 건넌 한국 경제

| 'IMF 2년, 한국의 경제 위기와 구조 개혁 평가를 위한 국제 포럼' 개막 연설
| 서울, 1999. 12. 3.

친애하는 도널드 존스턴 OECD 사무총장과 조지프 스티글리츠 세계 은행(IBRD) 부총재, 그리고 이 자리를 함께하신 내외 귀빈 여러분!

오늘 'IMF 2년, 한국의 경제 위기와 구조 개혁 평가를 위한 국제 포럼'에서 이렇게 여러분을 만나뵙게 된 것을 매우 기쁘고 뜻 깊게 생각합니다.

2년 전 오늘은 바로 한국이 IMF와 구제 금융 협약을 맺은 날입니다. 저는 먼저 이 자리를 빌려 2년 전 국가 부도 위기에 처한 한국 경제를 돕기 위해 보여준 IMF와 IBRD 등 국제기관을 비롯한 선진 각국의 도움에 깊이 감사드립니다. 이러한 과정에서 모든 지원을 아끼지 않으신 IMF의 캉드쉬 총재와 IBRD의 울펜손 총재, 그리고 모든 관계자 여러분의 협조에 대해서 또한 감사드립니다.

돌이켜보면 2년 전 오늘은 한국 국민 모두에게 6·25 전쟁 이후 최대 위기의 날이었습니다. 2년이 지난 오늘 우리는 외환 위기가 종식되었다고 선언할 수 있게 된 것을 매우 기쁘게 생각합니다. 그러나 우리는 기뻐만 해서는 안 됩니다. 우리 국민에게 고통과 시련을 준 위기가 왜 발생했는지를 되새겨봄으로써 오늘의 교훈으로 삼아야 합니다.

그 가장 큰 원인은 민주주의가 거부당한 가운데 정경유착, 관치금융, 부정부패가 금융기관과 기업을 동반부실화시킨 데 있었습니다. 시장의 질서를 바로 세우지 못한 것도 원인이었습니다.

'국민의 정부'는 먼저 국정의 기본 철학으로 민주주의와 시장경제를 확고하게 천명했습니다. 이러한 원칙 아래 개혁과 구조조정을 통해 정경유착을 깨뜨리고, 시장의 질서를 바로잡고, 공정하고 자유로운 경제를 만들기 위해 노력했습니다. 국민들도 정부의 노력에 적극적인 지지를 보내주었습니다. 어린이 돌 반지까지 포함해서 22억 달러의 금을 모아주었습니다. 세계가 놀라고 한국 국민의 결의에 탄복을 했습니다.

저는 이 자리를 빌려 우리 국민을 한없이 자랑스럽게 생각하며 또한 국민들에게 감사드려 마지않습니다.

내외 귀빈 여러분!

한국 경제는 1년 반이라는 짧은 기간 동안에 외환 위기 이전 수준으로 회복되었습니다. 무엇보다도 외환 사정이 크게 개선되었습니다. 외환 위기 발생 당시 39억 달러에 머물렀던 외환 보유고는 697억 달러로 사상 최대 수준에 이르렀습니다. IMF 긴급 구제 금융은 전액을 상환했습니다.

실물경제도 뚜렷한 회복세로 돌아섰습니다. 1998년 5.8%의 마이너스 성장을 기록했던 경제가 올해는 9%를 웃도는 경제성장을 보이고 있습니다. 지난해에는 중소기업 2만 3,000개가 도산하였으나, 금년에는 3

만 개 가까이 창업이 이루어져 중산층의 부흥과 우리 경제의 지속적인 성장 가능성을 예고하고 있습니다.

금리·물가·환율 또한 안정세를 유지하고 있습니다. 국제 신용 평가 기관들은 금년 초 한국의 신용 등급을 '투자 적격'으로 평가하였고, 최근에 또다시 상향 조정하고 있습니다.

외국인 투자가 금년 한 해 동안 총 150억 달러나 유치되어 우리의 외환 보유고를 높이고 있음은 물론, 기업 경영의 투명성을 높이고 선진 경영 기술을 확산시켜 우리 기업의 경쟁력을 높이는 데 큰 기여를 하고 있습니다.

저는 취임 때 국가 부도 상태에 이르렀던 우리 경제를 1년 반 안에 정상화시키겠다고 약속했습니다. 당시 많은 사람들이 이에 회의적이었으나, 저는 결국 국민과 함께 이 약속을 지켜냈습니다. 지난 9월 아시아태평양경제협력체(APEC) 정상회의에서도 클린턴 미국 대통령, 오부치 일본 총리 등 많은 정상들이 한국의 경제 회복을 한결같이 높이 평가했습니다.

이와 같은 경제 회복은 금융·노동·공공·기업 등 4대 부문의 개혁 성과가 그 바탕을 이루고 있습니다.

금융 부문은 구조 개혁과 재무 건전성을 높이는 방향으로 추진되었습니다. 관치금융 관행을 단절함으로써 이제 금융산업도 시장경제 원리에 따르는 경쟁력 있는 산업으로 바뀌고 있습니다.

노사 부문도 커다란 진전을 이룩했습니다. 노·사·정 완전 합의로 노동시장의 유연성을 높이고, 근로자의 권익을 향상시키기 위한 제도를 정비하여 이를 실천하고 있습니다. 그 결과 각 산업 현장에 노사 간의 평화적인 관계가 이루어지고 있습니다. 참으로 획기적인 변화입니다.

공공 부문에서는 12개의 공기업 민영화와 개별 기업의 경영 혁신을 추진했습니다. 아울러 1만 1,000개에 이르는 정부 규제 가운데 이미 절반을 철폐하였으며, 앞으로도 더 철폐해나갈 계획입니다.

재벌 개혁은 재무구조의 개선, 상호 지급보증 해소, 경영의 투명성 제고, 업종 전문화, 경영진의 책임 강화 등 다섯 가지 기본 원칙에 따라 관련 법과 제도를 정비했습니다. 세계에서 유례가 드물 정도로 심각했던 '대우그룹' 문제가 금융시장에 커다란 충격 없이 구조조정이 단행된 점은 국제사회에서도 긍정적으로 평가받고 있습니다.

11월 대란설이 유포될 정도로 우리 경제의 큰 문제였던 투신사의 환매 문제도 무사히 처리되었습니다. 대기업의 부채 비율을 금년 말까지 200% 이하로 낮추고, 그동안 과잉 중복 투자로 경쟁력이 저하된 7개 분야의 사업 구조조정도 연말까지 마무리할 예정입니다. 과거 어느 정부도 하지 못한 재벌 개혁을 성공적으로 추진해가고 있는 것입니다. 여기에는 국내외의 격려와 편달의 힘이 컸다고 생각합니다.

저는 이번 경제 위기 과정에서 하나의 교훈을 배웠습니다. 그것은 훌륭한 국민과 책임 있는 정부가 힘을 합치면 못할 일이 없다는 사실입니다. 한국이 비록 외환 위기를 극복했지만, 저와 한국 국민은 이 같은 성과에 만족하거나 자만하지 않습니다. 우리가 해이해지면 다시 위기를 맞을 수 있고, 새로운 천년에 해결해야 할 수많은 과제를 성공적으로 치르는 데 실패하고 말 것입니다. 우리는 아직도 샴페인을 터뜨릴 수가 없습니다.

내외 귀빈 여러분!

한국 정부는 민주주의와 시장경제, 그리고 생산적 복지를 국정의 세 가지 중심축으로 하여 머지않아 세계 일류 국가의 대열에 들어설 수 있는 기반을 다지기 위해 다음과 같은 일에 총력을 기울이고자 합니다.

첫째, 민주주의를 더욱 완성시켜야 합니다. 인권의 신장, 지방자치의 강화, 인권법의 제정, 방송법의 개정, 국가보안법의 개정 등 개혁 입법을 줄기차게 추진할 것입니다. 그리하여 세계의 선진 국가에 손색이 없는 민주주의를 완성시켜야 합니다. 민주주의야말로 경제와 사회 발전의 원동력이 될 것입니다.

둘째, 앞으로 어떠한 위기에도 견뎌낼 수 있도록 금융·기업·노동·공공 부문의 4대 개혁을 조속히 완성하여 튼튼한 경제 시스템을 구축할 것입니다. 은행과 기업의 구조 개혁이 완성되지 못하면 한국 경제가 다시 후퇴할 가능성도 있다는 국내외 전문가들의 한결같은 지적을 저는 깊이 유념하고 있습니다.

금융 부문은 전문성과 재무 건전성을 갖추어 실물경제의 발전을 원활히 뒷받침할 수 있도록 할 것입니다.

재벌은 선단식 경영을 지양하고 핵심 부문에 기업 역량을 집중해야 합니다. 모든 기업이 전문성을 갖추고 세계 일류의 기업이 되도록 힘을 다해야 합니다. 오늘의 무한 경쟁 세계에서 세계 일류 기업이 못 된 기업은 도태될 수밖에 없습니다.

생산적 노사 협력을 토대로 신(新)노사 문화를 정착시켜나가는 일 또한 우리 경제에 대단히 중요한 과제입니다. 정부는 노사 양자를 똑같이 존중할 것이며, 법과 대화로 공동의 이익이 보장되도록 할 것입니다.

공공 부문 개혁은 정부부터 솔선하여 투명성과 생산성을 높이는 방향으로 지속적으로 추진될 것입니다.

셋째, 지식 기반 경제 사회로 이행하여 세계 일류 국가의 대열에 들어설 수 있는 기반을 다져나갈 것입니다. 21세기는 자본이나 노동력,

토지와 같은 눈에 보이는 물질, 즉 하드웨어가 핵심 요소가 아니라, 눈에 보이지 않는 지식과 정보와 문화 창의력, 즉 소프트웨어가 경쟁력의 원천이 되는 시대입니다.

따라서 우리는 '네트워크' 경제의 구축을 최우선으로 추구해나갈 것입니다. 2002년까지 초고속 정보통신망을 완성하고, '1인 1PC' 환경을 조성하면서 인터넷 이용자 수를 1,000만 명 수준으로 확산시킬 계획입니다. 새천년에 맞는 전자 정부를 구현하고, 공공 조달 부문의 전자상거래를 조기에 추진하여 민간 부문으로의 확산을 촉진해나갈 것입니다. 그리고 '차세대 인터넷' 개발을 적극 추진할 것입니다. 이와 같은 '네트워크' 경제 구축을 실효성 있게 추진하여 10년 안에 10대 지식정보 강국으로 발전시켜나갈 것입니다.

또한 한국 정부는 문화·관광·영상·디자인·보건·의료 등 서비스 산업을 집중적으로 활성화시키려고 합니다. 이들 분야는 부가가치도 높고 국제수지 개선 효과도 높습니다. 특히 제조업 등 다른 분야보다 훨씬 많은 일자리를 창출하게 될 것입니다.

지식 기반 경제 시대에는 국민 모두가 신지식인이 되어야 합니다. 누구든지 창의적인 지적 능력을 발휘하여야 높은 부가가치를 실현하고 자기 소득을 증대시킬 수 있는 시대입니다. 국민 모두가 언제 어디서나 쉽게 고등교육의 기회를 갖고 자신의 능력을 개발할 수 있도록 '평생교육법'을 제정 시행하고, 직업교육·직업훈련 시스템을 더욱 발전시켜나갈 것입니다.

넷째, 생산적 복지를 실현해나갈 것입니다. 이제 많이 개선되고 있습니다만, 지난 외환 위기 과정에서 높은 실업률과 중소기업의 연쇄 부도로 중산층이 줄어들고 서민 생활이 어려워졌습니다. 서민 생활이 향상되고 중산층이 튼튼해져야 지속적인 경제 발전이 가능합니다. 이러한 인식에서 한국 정부는 '중산층 육성과 서민 생활 향상'을 위한 종합 대책을 수립하여 시행하고 있습니다.

우선 근로 능력이 없거나 소득이 낮은 국민에게는 생계·교육·의료 등 기본 생활을 제도적으로 보장하기로 했습니다. 이를 위해 '국민기초 생활보장법'을 제정하여 내년부터 시행에 들어갈 것입니다. 의료보험·고용보험·국민연금·산재보험 등 4대 보험 제도를 내실화하여 국민들이 평생 동안 안심하고 생활할 수 있는 사회보장 제도를 확립하고 있습니다. 근로 능력과 의욕이 있는 모든 국민에게는 고부가가치를 창출하고 자기 소득을 증대시킬 수 있는 능력을 배양하도록 인간 개발 교육에 적극적으로 노력할 것입니다.

전 국민이 신지식인이 되도록 해야 합니다. 새천년의 주체가 될 청소년들을 위해 무엇보다도 학교 교육의 질을 획기적으로 향상시켜야 합니다.

'삶의 질'을 높이는 데도 힘쓸 것입니다. 문화·관광·스포츠·레저 활동을 위한 기회를 확충하며, 국민 건강의 증진과 환경 개선에 노력할 것입니다. 21세기 국민은 의식주의 충족만으로는 만족할 수 없습니다. '삶의 질'까지 향상되어야 비로소 행복을 느끼게 됩니다. 소득 분배를 개선해나가기 위해 '금융소득종합과세'를 실시하고, 변칙적인 상속 및 증여를 통한 부당한 부의 대물림이 없도록 관련 세제를 개선할 것입니다.

우리가 민주주의, 시장경제, 생산적 복지의 3대 정책을 실현할 때 우리 경제의 앞날은 매우 밝을 것으로 확신합니다. 앞으로 매년 6%대의 경제성장이 가능함으로써 1인당 국민소득이 지난해의 6,800달러에서 2000년에 1만 달러 수준을 다시 회복할 것입니다. 그리고 2003년에는

1만 3,000달러까지 증가할 것으로 전망됩니다. 향후 4년 동안 200만 개의 일자리가 창출되어 2003년에는 실업률이 3%대로 낮아져 사실상 완전 고용을 실현하게 될 것입니다. 그리고 수출 경쟁력이 높아져 국제수지의 흑자 기조가 장기간 지속됨에 따라 세계에서 몇 나라 안 되는 순채권국의 위치를 지켜나가게 될 것입니다. 이는 우리나라의 국제적 위상을 한층 높여줄 것으로 믿습니다.

현재 공공 채무가 GDP 대비 23% 수준이나, 이는 미국 56.7%, 캐나다 89.8%, 독일 63.1%, 프랑스 66.5%, 일본 97.3% 등에 비하면 현저하게 낮은 것입니다. 그러나 우리는 건전 재정을 확고히 하기 위해서 계속적으로 재정 적자를 축소하여 2004년 안으로 재정수지의 균형을 실현시킬 계획입니다. 그래서 '국제수지 흑자', '재정수지 흑자'라는 쌍둥이 흑자의 국가가 되도록 할 것입니다.

내외 귀빈 여러분!

우리 한국은 이제 위기를 딛고 일류 국가 대열로 도약하면서 국제사회에서의 역할과 책임도 다하고자 합니다. 저는 '글로벌' 경제 시대에는 경쟁과 협력이 반드시 병행되어야 한다고 생각합니다. 국가 간 경제적·사회적 격차가 커지면 선진국이든 후진국이든 모두 어렵게 됩니다. 특히 '네트워크' 경제 시대에는 빈부 격차가 더욱 커져 갈등과 대립의 우려가 큽니다.

그 때문에 저는 지난 9월 APEC 정상회의 연설과 지난 11월 초 IBRD 심포지엄에 보낸 메시지, 그리고 이번 동남아시아국가연합(ASEAN)+3(한·일·중) 정상회의 연설을 통해서 선진국과 개발도상국 간의 경제적·사회적 격차 완화를 통한 공동 번영과 사회적 화합 방안을 역설한 적이 있습니다.

이제 한국은 보다 더 책임 있는 국제사회의 일원으로서, 개발도상국들이 그동안 우리가 쌓아온 경제 발전 경험과 노하우를 공유할 수 있도록 물심양면의 지원을 아끼지 않겠습니다.

내외 귀빈 여러분!

우리 한국민은 정부와 손을 잡고 위기의 강을 성공적으로 건넜습니다. 이제 희망과 번영의 새천년의 탄탄대로로 힘차게 나아갈 준비를 해야겠습니다. 저는 이 자리를 빌려 간곡히 호소합니다. IMF · IBRD · OECD · ADB 등 국제기구와 선진 각국의 더 많은 충고와 지원을 부탁드립니다. 그리고 4,500만 모든 국민이 우리의 목표인 21세기 세계 일류 국가의 내일을 위해서 적극 동참해주시기 바랍니다.

여러분의 건승을 빕니다. 감사합니다.

독일 통일의 교훈과 한반도 문제

▌ 독일 베를린자유대학 연설(베를린 선언)
▌ 독일 베를린, 2000. 3. 9.

`

존경하는 페터 궤트겐스 총장, 존경하는 교수 및 내외 귀빈, 그리고 친애하는 학생 여러분!

저는 먼저 이 자리를 빌려 폐허와 분단을 딛고 일어서서 오늘의 번영과 통일의 위대한 역사를 창조한 독일 국민에게 마음으로부터 경의와 축하를 드리고자 합니다. 이러한 심정을 간직하면서 오늘 이 유서 깊은 베를린자유대학의 교수 및 학생 여러분과 더불어 '독일 통일의 교훈과 한반도 문제'라는 주제 아래 대화를 갖게 된 것을 매우 뜻 깊게 생각합니다. 그리고 여러분의 우정 어린 환영에 대하여 깊이 감사드립니다.

저는 베를린자유대학과 이 대학 출신들이 지난 1948년 개교 이래 동·서독 간의 화해와 협력, 그리고 독일 통일을 앞장서서 이끌어왔다는 역사적 사실을 잘 알고 있기에 여러분으로부터 많은 것을 배우기 위해 이 대학을 찾았습니다. 분단국인 한국의 대통령으로서 독일 통일의 교훈을 배운다는 것은 더없이 중요한 일이라고 생각합니다.

독일과 한국 양국은 전쟁과 민족 분단의 쓰라린 고통과 경험을 함께 가지고 있습니다. 또한 이러한 시련 속에서도 여러분은 '라인 강의 기적'을, 우리는 '한강의 기적'을 이룩하였습니다.

한국은 지난 2년 동안 아시아 지역을 휩쓴 경제적 위기를 국민과 정부의 헌신, 그리고 독일을 포함한 국제사회의 협력에 힘입어 성공적으로 극복하였습니다. 1997년 말 39억 달러에 불과했던 외환 보유고는 이제 800억 달러에 도달했습니다. 1998년에 마이너스 5.8%였던 경제성장률이 작년에는 10.2%로 상승했습니다. 물가·금리·외환·증시 등이 모두 전례 없이 안정되어 있습니다. 실업률도 금년 내에 4%까지 내릴 수 있을 것입니다.

또한 한국과 독일은 이러한 경제 발전과 더불어 자유와 민주주의를 수호하고 발전시킨 공통의 역사를 가지고 있습니다. 따라서 우리 한국 국민은 비록 독일과 지리적으로는 멀리 떨어져 있지만, 역사적이고 현실적인 유사성 때문에 독일과 독일 국민에 대해 남다른 애정과 연대감을 가지고 있습니다.

존경하는 교수 및 학생 여러분!

세계는 이제 대립과 갈등의 20세기를 뒤로하고 화해와 협력을 통한 공동 번영의 뉴밀레니엄 시대로 접어들었습니다. 여러분도 잘 아시는 바와 같이, 지난 20세기 말 소련과 동구권이 붕괴되고 독일이 통일됨으로써 50여 년 간 지속되어온 냉전 구조가 해체되었습니다. 뿐만 아니라 공산주의 이념을 고수해온 중국과 베트남도 시장경제 체제를 도입하여 새로운 변화와 개혁을 시도하고 있습니다. 이제 중국이나 베트남은 우리에게 더 이상 위험한 경계의 대상이 아니라 좋은 친구이자 가장 유망한 경제협력의 상대입니다.

그러나 한반도는 아직도 이러한 세계사적 변화를 수용하지 못한 채 지구상의 유일한 냉전 지역으로 남아 있습니다. 북한의 완고한 폐쇄정책 때문입니다. 이러한 북한의 태도에도 불구하고 대립과 갈등의 냉전 구조를 해체하고 한반도에 평화를 정착시키기 위해 우리 한국은 최선의 노력을 다하고 있습니다.

한반도의 평화는 우리를 위해서는 물론 동북아의 안정과 세계의 평화를 위해서도 매우 중요한 과제입니다. 이를 위해 여러분들이 먼저 성공적으로 이룩한 동서독 관계와 통일의 경험은 우리가 대북정책을 추진하는 데 매우 소중한 교훈이 되고 있습니다.

우리가 독일로부터 얻은 교훈은 첫째, 독일의 통일은 민주주의와 시장경제를 함께 발전시켜온 서독 국민의 저력이 있었기에 가능했다는 사실입니다. 동서독의 대결은 민주주의와 공산주의, 시장경제와 사회주의경제의 대결이기도 했던 것입니다.

둘째, 서독은 '접촉을 통한 변화'로 요약되는 동방정책을 일관되게 추진하여 동서독 간의 상호 공존과 긴장 완화의 틀을 구축하였습니다. 이러한 지속적인 교류와 협력을 통하여 동독 주민들의 서독에 대한 의혹과 불신을 해소하고, 이데올로기적 반목을 완화시켰습니다.

셋째, 서독은 진지하고 성의 있는 노력으로 통일 독일에 대한 주변국들의 우려를 사전에 불식시켰으며, 놀랍게도 소련과 동구 공산권의 이해와 협력을 얻을 만큼 적극적이고 성공적인 외교를 전개하였습니다.

넷째, 서독 정부는 여러 가지 현실적인 어려움과 제약이 있었음에도 불구하고 인내심과 성의를 가지고 동서독 간의 화해와 교류협력 정책을 일관되게 추진하였습니다.

이러한 서독의 대동독정책은 우리 한국의 햇볕정책 추진에 매우 귀중한 교훈이 되고 있습니다. 저는 지난 수십 년 동안 평화공존, 평화교류, 평화통일의 단계적 통일을 주장해왔습니다. 이러한 가운데 저의 가장 존경하는 친구인 빌리 브란트 전 총리, 폰 바이체커 전 대통령, 그리고 겐셔 전 외무장관 같은 지도자들과 여러 차례 귀중한 의견을 교환한 바 있습니다. 서독의 동독에 대한 정책, 통일 이후의 상황 등 모든 것이 우리에게는 매우 소중한 교훈이 되어왔습니다.

또 하나 간과할 수 없는 교훈은 독일 통일 이후에 동서독 간 경제적 격차의 해소와, 특히 심리적 갈등을 극복하는 것이 얼마나 어려운 과정인가를 심각하게 배운 것입니다.

우리는 독일 통일을 보고 한없는 부러움을 느꼈습니다. 그러나 동시에 충격도 컸습니다. 그것은 첫째, 엄청난 자금의 소요입니다. 2,000억 마르크면 된다던 통일 비용이 그 10배나 들었다는 점이 바로 그것입니다. 그리고 동서독 간 경제적 격차의 해소는 아직도 남아 있는 숙제라고 합니다. 둘째, 구(舊)동서독인 사이의 심리적 갈등이 아직도 많은 문제를 야기하고 있다는 것도 큰 과제가 아닐 수 없습니다.

서독은 경제 규모 면에서 보더라도 한국보다 훨씬 더 크고 부유한 위치에 있었습니다. 동독과 전쟁을 한 일도 없고, 통일 전에 많은 교류도 있었습니다. 그럼에도 불구하고 그 같은 어려움을 겪고 있다는 것을 볼 때 통일 문제에 대해서 우리는 깊이 생각하지 않을 수 없었습니다.

우리의 경제는 북한을 떠안을 능력이 없습니다. 우리는 전쟁을 겪었고, 극도의 무장 대립 속에 있습니다. 동독 국민에게는 바이마르공화국 시절에 만개했던 민주주의의 경험이 있었습니다. 그러나 북한 주민은 자유에 대한 어떠한 경험도 없을 뿐만 아니라, 오랫동안 고립되어 북한

밖의 외부 세계에 대해서는 전혀 모르고 있습니다. 이러한 문제들을 그 대로 둔 채 통일을 서두른다는 것은 현실적으로 무리인 것입니다.

따라서 가장 현실적이고 합리적인 정책은 당장 통일을 추구하기보다 는 한반도에 아직도 상존하고 있는 상호 위협을 해소하고 남북한이 화 해 협력하면서 공존 공영을 추구하는 것입니다. 통일은 그 다음의 문제 입니다.

저는 1995년에 『한반도 3단계 통일론』을 저술한 바 있습니다. 1단계 는 일종의 독립국가연합의 단계이고, 2단계는 연방 체제 아래 남북이 광범위한 지방자치를 실시하는 것이요, 3단계는 완전 통일의 단계입니 다. 저의 이러한 통일 방식은 앞서 말한 빌리 브란트 전 총리 등 독일의 지도자로부터도 많은 찬성과 격려를 받은 바 있습니다.

존경하는 자유대학 교수 및 학생 여러분!

저는 대통령에 취임한 이래 아직까지도 개방과 변화를 망설이고 있 는 북한을 상대로 세 가지 원칙을 제시하였습니다. '첫째, 북한의 무력 도발을 절대 용납하지 않는다. 둘째, 우리도 북한을 해치거나 흡수통일 을 추구하지 않는다. 셋째, 남북이 화해 협력하자'는 것입니다. 이것이 바로 우리가 추구하는 햇볕정책의 핵심이며, 냉전 종식을 위한 주장입 니다. 우리는 확고한 안보를 유지하지만 그것은 어디까지나 평화와 화 해 협력이 목적입니다.

이와 같은 햇볕정책의 기조 위에서 우리는 북한에게 세 가지를 보장 하고 있습니다. '첫째, 우리는 북한의 안전을 보장한다. 둘째, 북한의 경제 회복을 돕는다. 셋째, 북한의 국제적 진출에 협력한다'는 것이 그 것입니다. 그 대신 북한도 세 가지를 보장해야 한다고 우리는 주장하고 있습니다. '첫째, 대남 무력 도발을 반드시 포기해야 한다. 둘째, 핵무기 포기에 대한 약속을 준수해야 한다. 셋째, 장거리 미사일에 대한 야망을 버려야 한다'는 것입니다. 즉, 이는 '줄 것은 주고 받을 것은 받자'고 하는 상호주의에 입각한 포괄적 접근 방안입니다. 우리는 이를 한·미·일 3국의 긴밀한 공조 속에 북한에 제시했습니다. 이러한 제안은 북한에게도 도움이 되고 우리에게도 이익이 되는 윈-윈(Win-Win)정책인 것입니다.

이에 대해서는 독일을 포함하여 전 세계가 지지해주고 있습니다. 북한의 전통적 우방인 중국, 러시아, 베트남도 적극 지지하고 있습니다. 이러한 세계적인 지지는 한반도의 평화와 안정을 위협하는 불안 요인을 크게 감소시키고 있습니다.

우리는 북한과의 전쟁을 결코 원하지 않습니다. 우리는 북한과 평화적으로 공존하고 교류하는 가운데 북한을 도와주고 싶습니다. 저 역시 굶주린 북한 동포들의 참상을 텔레비전 화면으로 보면서 눈물을 금하지 못할 때가 한두 번이 아닙니다.

북한이 피폐한 경제를 회복하여 굶주린 북한 동포들이 배불리 먹을 수 있고, 주민들의 생활을 향상시킬 수 있도록 협력할 것을 우리는 열망하고 있습니다. 북한의 거부로 비록 정부 간의 대화는 하지 못하고 있지만, 민간 차원의 교류협력은 적극 지원하고 있습니다. 우리는 국제적인 대북한 교류나 협력을 환영하며, 필요한 협력을 아끼지 않을 것입니다.

지난 2년 동안 이와 같은 노력의 결과로 경제·문화·체육 등 여러 분야에 걸쳐 남북 간 교류협력이 어느 정도 활발하게 추진되고 있습니다. 이미 18만 명이 넘는 우리 국민이 북한에 있는 금강산 관광을 다녀왔습니다. 남북 간의 교역도 작년에는 사상 최고치인 3억 4,000만 달러를 기록하였습니다. 100개가 넘는 남한의 중소기업이 북한에서 활동하고 있습니다. 대기업의 투자도 이미 시작되었거나 협상 중입니다. 금년에는 서해공단이 건설되고, 전자 제품 공장과 자동차 조립 공장 등이 남한 측 대기업의 투자로 세워질 전망입니다. 문화와 스포츠의 교류도 활발합니다.

한편 국제적으로는 작년에 여러분이 계신 이곳 베를린에서 미국과 북한이 회담을 갖고 관계개선을 위한 고위급 회담을 머지않아 열기로 합의하였습니다. 일본도 북한과의 관계개선을 추진하고 있습니다. 이탈리아도 북한과의 국교 개시에 합의한 바 있습니다. 우리 정부는 세계 어느 나라든 북한과 관계를 개선하기를 희망하고 있습니다. 이렇게 함으로써 북한이 국제사회의 책임 있는 일원이 되어 한반도의 안정에 기여하고, 자신을 위한 경제 개방에 성공하기를 기대하고 있기 때문입니다.

존경하는 교수 및 학생 여러분!

저는 오늘 베를린자유대학을 방문한 뜻 깊은 이 자리를 빌려 지구상에 마지막으로 남아 있는 한반도 냉전 구조를 해체하고, 항구적인 평화와 남북 간의 화해 협력을 이루고자 다음과 같이 선언합니다.

첫째, 우리 대한민국 정부는 북한이 경제적 어려움을 극복할 수 있도록 도와줄 수 있는 준비가 되어 있습니다. 지금까지 남북한 간에는 정경분리 원칙에 의한 민간 경협이 이루어지고 있습니다. 그러나 본격적인 경제협력을 실현하기 위해서는 도로·항만·철도·전력·통신 등 사회간접자본이 확충되어야 합니다. 또 정부 당국에 의한 투자 보장 협정과 이중과세 방지 협정 등 민간기업이 안심하고 투자할 수 있는 환경도 조성되어야 합니다. 뿐만 아니라 현재 북한이 겪고 있는 식량난은 단순한 식량 지원만으로 해결될 수 있는 것이 아닙니다. 비료 및 농기구 개량, 관개시설 개선 등 근본적인 농업 구조 개혁이 필요한 것입니다.

이와 같은 사회간접자본의 확충과 안정된 투자 환경 조성, 그리고 농업 구조 개혁은 민간 경협 방식만으로는 한계가 있습니다. 따라서 이제는 정부 당국 간의 협력이 필요한 때입니다. 우리 정부는 북한 당국의 요청이 있을 때에는 이를 적극적으로 검토할 준비가 되어 있습니다.

둘째, 현 단계에서 우리의 당면 목표는 통일보다는 냉전 종식과 평화 정착입니다. 따라서 우리 정부는 진정한 화해와 협력의 정신으로 힘이 닿는 대로 북한을 도와주고자 합니다. 북한은 우리의 참뜻을 조금도 의심하지 말고 우리의 화해와 협력 제안에 적극 호응하기를 바랍니다.

셋째, 북한은 무엇보다도 인도적 차원의 이산가족 문제 해결에 적극 응해야 합니다. 노령으로 계속 세상을 뜨고 있는 이산가족들의 상봉을 더 이상 막을 수는 없는 것입니다.

넷째, 이러한 모든 문제를 효과적으로 해결하기 위하여 남북한 당국 간의 대화가 필요합니다. 저는 이미 2년 전 대통령 취임사에서 1991년 체결된 남북기본합의서의 이행을 위해 특사를 교환할 것을 제의한 바 있습니다. 북한은 우리의 특사 교환 제의를 수락할 것을 촉구합니다.

우리 대한민국 정부는 한반도 문제는 궁극적으로 남북한 당국자만이 해결할 수 있다고 확신하며, 앞으로도 이와 같은 정책을 성의와 인내심을 가지고 일관되게 추진할 것입니다. 독일을 위시한 국제사회도 한반도에서 냉전을 종식시키고 남북한 간 화해와 협력이 조속한 시일 내에 결실을 맺을 수 있도록 더욱더 적극적인 성원과 지지를 계속해주시기 바랍니다.

존경하는 베를린자유대학 교수 및 학생 여러분!

한국에는 '동병상련'(同病相憐)이라는 말이 있습니다. 같은 병을 앓는 사람끼리는 서로 연민의 정을 가진다는 뜻입니다. 독일과 우리 대한 민국은 민족의 분단이라는 크나큰 아픔을 같이 경험한 인간적인 연대 감을 가지고 있습니다. 아울러 우리 한국 국민은 이러한 아픔을 슬기롭게 극복하고 민족통일의 위업을 먼저 이룩한 독일 국민에 대하여 깊은 존경심을 표하며 여러분으로부터 많은 교훈을 배우고자 열망하고 있습니다.

그뿐만이 아닙니다. 우리가 군사독재자의 억압 속에 신음할 때 독일 국민은 세계 어느 나라 국민보다 우리를 성원해주었습니다. 저는 독재자와 싸우다 다섯 번 죽음의 고비를 넘겼고, 6년간 감옥살이를 했으며, 30년에 걸쳐 망명·연금·감시 생활을 강요당했습니다. 그럴 때마다 독일 국민과 지도자들은 자신의 일같이 저와 한국의 민주 인사들을 적극 지원해주었습니다. 이 자리를 빌려 저의 깊은 마음으로부터 뜨거운 감사를 드리고자 합니다.

이제 한국의 민주화는 이루어졌습니다. 이제 남은 과제는 한반도의 통일입니다. 한반도의 통일이 이루어지는 그날까지 여러분의 성원이 계속될 것으로 확신합니다. 우리 한국민은 언제까지나 가장 충실하고 우정이 넘치는 친구로서 독일 국민과 베를린자유대학 여러분들과 함께 새천년 평화의 시대를 열어나갈 것입니다.

감사합니다.

새로운 희망과 확신

▌평양 남북정상회담에서 돌아와 행한 대국민 보고
▌서울 김포공항, 2000. 6. 15.

존경하고 사랑하는 국민 여러분!

역사적인 방북 임무를 대과 없이 마치고 지금 귀국했습니다. 제가 그렇게 임무를 수행할 수 있도록 밤잠도 주무시지 않으면서 환호해주신 국민 여러분께 충심으로 감사를 드려 마지않습니다.

우리에게도 이제 새 날이 밝아온 것 같습니다. 55년 분단과 적대에 종지부를 찍고 민족사의 새 전기를 열 수 있는 그런 시점에 이른 것 같습니다. 이번 저의 방북이 한반도에서의 평화, 남북 간의 교류협력, 그리고 통일로 가는 길을 닦는 데 첫걸음이 됐으면 더 이상 다행이 없겠습니다.

이번에 김정일 위원장은 제가 기대했던 것 이상의 환대를 베풀었습니다. 공항에 직접 출영하고, 오늘 돌아올 때도 공항까지 환송을 나와주었습니다. 회담 과정에서 때로는 절망적인 생각을 가진 때가 몇 번 있었지만, 우리가 최선의 노력을 다한 결과 합의를 도출했습니다.

평양시에 들어갈 때 60만, 나올 때 30~40만, 모두 약 100만 명의 평양 시민이 열광적으로 저를 환영하고 환송해주었습니다. 평양 역사상 가장 많은 군중의 환영이었다고 들었습니다. 저는 이처럼 평양 시민이 같은 혈육의 정으로서 환영해준 데 대해서 여러분과 같이 감사의 박수를 전하고 싶습니다.

세계 여론이 거의 한 나라의 예외도 없이 한결같이 적극적으로 성원해준 데 대해 감사드립니다. 그리고 세계 언론들의 보도에 대해서도 심심한 감사를 드리는 바입니다. 저는 평양에 있으면서 국내의 TV도 보고 신문도 봤습니다. 아마 우리 역사상 전례가 없을 정도의 대대적인 보도였다고 생각됩니다. 아무것도 한 일이 없는 제가 그렇게 보도되는 것이 참으로 죄송하기도 하고 감사한 일이기도 하지만, 우리 언론이 민족의 화해와 협력을 열망하는 증거라고 생각하니 무척 기뻤습니다. 저는 우리 언론에 대해서도 감사의 박수를 보냅니다.

우리 양 정상은 민족과 세계에 대한 책임을 얘기했습니다. 우리가 만일 성공을 못 했을 때 그 엄청난 파장, 우리가 성공했을 때 가져올 세계사적 큰 발전과 전환, 이런 것에 대해 이야기를 했습니다. 그래서 "사명감을 가지고 성공을 위해 노력하는 데 온갖 성의와 지혜를 다하자"고 몇 번이고 다짐했습니다. 저를 수행한 우리 보좌진이나 특별 수행한 분들도 나름대로 자기 분야에서 북측 사람들과 만나서 남북 관계를 발전시키고 저의 일을 지원하는 데 많은 노력을 해줬다는 것을 여러분에게 보고드리는 바입니다.

만난 것이 중요합니다. 평양도 가보니까 우리 땅이었습니다. 평양에 사는 사람도 우리하고 같은 핏줄, 같은 민족이었습니다. 그들도 겉으로는 뭐라고 말하고 살아왔건 간에 마음속으로는 남쪽 동포들에 대한 그리움과 사랑의 정이 깊이 배어 있다는 것을 조금 이야기해보면 알 수 있었습니다. 그것은 너무도 당연합니다.

우리 민족은 반만년 동안 단일민족으로서 살아왔습니다. 통일을 이룩한 지도 1,300년이 되었습니다. 그런 민족이 타의에 의한 불과 55년의 분단 때문에 영원히 서로 외면하거나 정신적으로 남남이 된다는 것은 결코 있을 수 없는 일입니다. 저는 그것을 이번에 가서 현지에서 확인했습니다. 우리는 미래에 화해도 할 수 있고, 협력도 할 수 있고, 통일도 할 수 있다는 확신을 가지고 돌아왔다는 것을 여러분께 말씀드립니다.

저는 김정일 위원장에게 이야기했습니다.

"과거 조선왕조 말엽에 국민이 단합하고 근대화를 서둘러야 할 때 내부가 산산이 분열되고 근대화를 외면하다가 결국 망국의 설움을 얻고 일제 35년과 분단, 6·25 전쟁, 그리고 또 대립, 100년의 앙화(殃禍)를 우리 후손들에게 주지 않았느냐. 지금 세계는 지식 정보화 시대라는 인류 역사상 최대의 혁명 시대에 들어가고 있고, 경제적 국경이 없는 무한 경쟁의 세계화 시대로 들어가고 있다. 이런 때에 같은 민족끼리 내부에서 힘을 탕진한다면 어떻게 되겠는가.

당장 통일은 안 되더라도 남과 북이 서로 협력해서 하늘도 트고, 길도 트고, 항구도 트고, 서로 왕래하고 협력해서 경제도 발전시키고, 교류를 해나간다면 우리 민족이 지니고 있는 높은 교육적 전통과 문화 창조력 등을 바탕으로 21세기의 지식 기반 시대에 우리가 큰 힘을 발휘하지 않겠는가.

이제 4대국이 우리를 지배하는 제국주의 시대가 아니라 4대국을 우리 시장으로 이용할 수 있는 그런 시대다. 이때 우리가 정신차리지 못하고 남북이 협력하지 않고 우리끼리 싸운다면 어떻게 되겠는가. 어떤 일이 있어도 우리는 이제 더 이상 적화통일도 안 되고, 흡수통일도 안 되고, 남북이 서로 공존 공영하면서 차츰 통일의 길로 나가자. 민족을 21세기에는 세계 일류로 만들어야 한다."

저가 이렇게 역설하니까 김 위원장도 동감을 표시했다는 것을 여러분께 말씀드립니다.

국민 여러분!

이렇게 말씀드리지만 모든 것이 다 잘되었고 아무 걱정 없다는 뜻은 절대로 아닙니다. 이제 시작일 뿐입니다. 이제 가능성을 보고 왔다는 것뿐입니다. 시간이 걸릴 것입니다. 인내심이 필요합니다. 또 성의가 필요합니다. 역지사지(易地思之) 자세로 상대방의 입장에서 생각하는 것도 필요합니다. 안보와 대한민국의 주체성, 여기에는 추호도 흔들림이 없되 상대방의 입장도 생각해가면서 협력해서 쉬운 것부터 하나하나 풀어나간다면 종국에는 통일의 길로 이어질 것입니다.

저는 이번에 북측에 대해 서로 하고 싶은 이야기를 다 하자고 했고, 제가 하고자 하는 말의 요지를 문서로 만들어서 전달해주었습니다. 핵 이야기도 했고 미사일 이야기도 했습니다. 주한 미군 문제도 나왔고 국가보안법 문제도 나왔습니다. 그 대화는 매우 유익했으며 그 중에는 아주 좋은 전망을 확인할 수 있는 것도 있었습니다.

이제 여러분께 남북공동선언서에 대해서 간단히 말씀드리겠습니다.

첫째는 민족 문제를 자주적으로 해결해나가기로 했습니다. 이것은 7·4 공동성명에도 있습니다. 그러나 저는 북한 분들에게 이야기했습니다.

"우리 문제는 우리끼리 자주적으로 하는 것이 당연하다. 그러나 7·

4 공동성명 발표한 것이 28년 전인데 아무것도 되지 않았지 않느냐. 자주·평화·민족대단결을 이야기했는데 아무것도 안 되지 않았느냐. 또 1992년 2월에 남북이 합의서를 발표해서 화해·불가침·교류협력·비핵화 선언 등을 했지만 성과가 없었다. 그러므로 이제는 아주 구체적으로 손에 쥔 것부터 실천에 옮기자. 이 정상회담은 바로 실천을 보여주는 회담이다. 옛날하고 똑같이 자주·통일·평화 등 듣기 좋은 말만 해서는 이제 세계도 우리 민족도 그것을 신뢰하지 않을 것이다."

그래서 제2항 이하에는 좀 구체적인 것에 대해 합의했습니다. 당장 실천할 수 있는 일을 합의했습니다. 제2항은 우리가 주장해온 남북연합입니다. 즉 2체제 2정부를 현재대로 놓아두고, 남북 양쪽에서 각료급 회의를 구성하고, 국회 회의를 구성해 서로 합의기관을 만들어서 차츰차츰 모든 문제를 풀어나가자는 것이 우리의 연합제입니다.

그에 비해 북한은 1980년 연방제를 주장했습니다. "처음부터 바로 중앙정부가 외교권과 군대 통솔권을 다 가져야 한다. 남북 양쪽의 지방정부는 내(內)정권만 가져야 한다"는 것인데 이것은 전혀 이행 불가능한 것입니다. 그러나 근자에 북한은 이 점을 수정했습니다. 그래서 '낮은 단계의 연방제'라는 이름으로 중앙연방이 갖겠다는 외교와 군사권을 지방정부가 그대로 가져도 좋다고 하고 있습니다.

이것은 실제로 우리가 주장한 대로입니다. 상통한 점이 많기 때문에 '앞으로 양쪽 대표가 같이 문제를 토론해보자, 학자와 전문가들이 모여서 토론해보자'고 했습니다. 이것은 남북 관계사(史)에서 구체적인 합의 점을 도출하기 위한 하나의 획기적인 계기가 되지 않겠나 생각됩니다.

셋째는 남과 북은 오는 8·15에 즈음하여 이산가족 방문단을 교환하며 비전향 장기수 문제를 해결한다는 것입니다. 여기서 여러분께 말씀드릴 것은, 이 문장 해석에서 어디까지나 실향민, 흩어진 이산가족들의 문제가 초점이라는 것입니다. 오늘도 공항에 나오면서 김정일 위원장하고 다시 이 문제를 이야기했습니다. "이번 8·15까지 북에서 여러분이 말하는 대로 '통 크게' 한번 하시오. 그렇게 하면 여러분이 말한 장기수 문제라든가 그런 것도 내가 국민하고 상의해서 처리하겠소. 먼저 잘하시오"라고 했고, 그래서 그렇게 하기로 합의했습니다.

그리고 바로 이달부터 적십자사가 곧 가동됩니다. 이것도 오늘 합의했습니다. 제가 서울 돌아가는 즉시 적십자사에 북하고 접촉하라고 요청하겠다고 했고, 김정일 위원장도 좋다고 했습니다. 이산가족 상봉 문제는 앞으로 그 범위가 얼마만큼 될지 아직 다 알 수 없지만, 상당한 규모가 될 것이 틀림없다는 것을, 이렇게 북한하고 합의했다는 것을 여러분께 보고드립니다.

그리고 넷째로 남과 북은 경제협력을 통하여 민족 경제를 균형적으로 발전시키고, 사회·문화·체육·보건·환경 등 제반 분야에서도 교류 협력을 증대시키기로 했습니다. 경제협력 문제를 말씀드리면, 북한 경제가 어려운 것은 사실입니다. 우리의 협력이 도움이 될 것입니다. 그러나 우리가 북한으로 들어가서 철도를 건설하고, 전력 문제를 해결하고, 도로·항만·통신 등을 해결해 북한에 공단을 조성해서 진출한다면, 대한민국의 경제는 남한 내부 경제에서 한반도 전체의 경제로 발전되어 나갈 것이고, 그런 가운데 북도 남도 다 같이 큰 혜택을 보게 될 것입니다.

그뿐만이 아닙니다. 지금 우리의 기차가 왜 런던이나 파리를 못 갑니까? 경의선, 경원선이 끊어졌기 때문에 못 갑니다. 만주의 기차들은 자유롭게 가지 않습니까? 경의선은 불과 25km 정도밖에 끊어져 있지 않습니다. 이것만 이으면 곧 갈 수 있습니다. 운송비가 30% 절감되고, 수송 기간이 훨씬 줄어듭니다. 북한하고만 해결되면 우리는 유럽까지 뻗어나갈 수가 있습니다. 이렇게 할 때 새로운 철의 실크로드가 생겨나서 남북 양측이 경제의 번영을 크게 누릴 수 있는 시대가 올 것입니다.

또 북한의 노동력이 대단히 우수하다는 것은 신문에 여러 번 났습니다. 노임도 훨씬 저렴합니다. 남한에서 경쟁력이 약한 중소기업들도 북한에 가면 충분히 경쟁력을 얻을 수 있습니다. 양측이 다 도움이 됩니다. 남북 관계와 관련해 우리가 철칙으로 해야 할 것은 남쪽만 좋아도 안 되고 북쪽만 좋아도 안 됩니다. 양쪽이 다 좋아야 오래가고 그래야 화해하고 협력할 수 있다는 것입니다. 윈-윈정책으로 가야 합니다. 이러한 교류협력을 경제뿐만 아니라 문화·체육 등 모든 분야에서 해나가기로 김정일 위원장과 확실히 합의했다는 것을 여러분께 말씀드리는 바입니다.

시간이 없어서 모두 말씀드릴 수는 없지만, 이런 문제들을 구체적으로 실천하기 위해 남북에서 임명한 당국자들이 곧 접촉해서 추진해나갈 것입니다. 김정일 국방위원장의 서울 방문에 대한 합의에는 힘이 좀 들었습니다. 그러나 결국 김정일 위원장은 우리하고 합의된 시일 중에 서울을 방문하겠다고 결심했습니다. 저는 김정일 위원장에게 이야기했습니다.

"김 위원장이 서울을 와야 우리 민족이나 세계인들이 남북 관계가 지속적으로 발전하리라는 것을 믿는다. 나만 왔다가고 김 위원장은 안 오면 일회성이라고 생각할 것이다. 그리고 김 위원장은 동방예의지국의 예의를 잘 아는 분으로 알고 있는데, 내가 김 위원장보다도 10여 세 위인데, 당신보다 더 나이 먹은 노인이 여기까지 왔는데 당신이 안 온다고 하는 것이 말이 되느냐"고 말입니다.

이상으로 보고를 마치면서 다시 한번 말씀드립니다. 북한도 우리 강산이고, 우리 민족이 사는 곳이고, 북한 주민들도 한국 사람의 생각과 인정을 가지고 있는 사람들입니다. 그러나 또 우리하고 아주 상이한 사상적 토양에서, 그런 정치체제 아래서, 그런 사회주의 제도하에서 살아온 것도 사실입니다. 이런 것은 한국 사람 특유의 급한 성격을 가지고 풀려고 하면 되지 않습니다. 그러니까 합의만 해놓고 7·4 공동선언이 28년간 이루어지지 않은 것입니다.

우리는 '북한도 우리 동포다. 그들도 우리하고 같은 상식을 가지고 있다. 그들도 이익이 되고 우리도 이익이 되는 일을 같이해야 한다'는 생각을 가지고 가능한 것부터, 쉬운 것부터 풀어나가야 합니다. 그러는 동안에 당연히 믿음이 생기고 이해가 일치합니다.

그러나 무엇보다도 중요한 것은 우리 국민들이 '더 이상 전쟁은 없다. 적화통일도 용납하지 않지만 우리도 북한을 해치지 않겠다. 반드시 같이 공존 공영해서 우리 민족이 새로운 21세기에 같이 손잡아 세계 일류 국가로 웅비해보자. 주변 4대국이 이제는 제국주의가 아니라 모두 우리의 시장이다. 한민족이 가지고 있는 뛰어난 지적·문화적 기반을 가지고 정보화 시대에, 지식 기반 시대에 이 거대한 시장을 개척해나가자'는 각오를 가지고 북한을 대해야 합니다.

안보는 철통같이 하되 전쟁을 막기 위한 안보, 그리고 결국은 남북이 화해 협력하기 위한 안보, 이런 방향으로 나갈 때 저는 조상들은 물론 하늘도 도와서 민족의 미래가 열릴 것이라고 굳게 믿습니다. 우리 후손들에게 자랑스러운 한반도 전체의 조국을, 번영된 조국을 물려줄 수 있으리라 확신하는 바입니다.

다시 한번 그동안의 성원에 감사드리며, 앞으로도 최선을 다해 국민 여러분께 봉사하겠다는 것을 말씀드립니다. 그 외에 여러 가지 좋은 일들이 많이 있었지만, 오늘은 이만 줄이겠습니다.

국민 여러분의 건승을 빌면서 저의 보고를 마치겠습니다.

고맙습니다.

남북정상회담과 한반도 평화 정착

| 유엔 천년 정상회의 기조연설
| 미국 뉴욕 유엔본부, 2000. 9. 6.

존경하는 각국 정상과 의장, 사무총장, 그리고 귀빈 여러분!

오늘 제가 이 자리에서 연설할 기회를 갖게 된 것을 매우 영광스럽게 생각합니다.

새천년의 기적이 한반도에서 일어나고 있습니다. 55년 동안 남북을 가로막아온 냉전의 빙벽에 따뜻한 햇볕이 비치고 얼음이 녹기 시작하고 있습니다. 여러분께서는 지난 6월 15일에 있었던 남북정상회담과 8월 15일에 있었던 이산가족 상봉의 장면을 보셨을 것입니다.

이러한 기적 같은 상황이 일어난 것은 남북한 당사자의 노력은 물론 유엔과 전 세계 지도자 여러분의 끊임없는 지지와 격려의 결과라고 생각하며 감사해 마지않습니다. 더욱이 이번에 유엔 천년 정상회의의 공동 의장이 남북공동선언에 대한 지지 성명 발표를 결정해주신 데 대해서 저는 큰 격려를 받고 다시 한번 감사를 드립니다.

저는 2년 반 전 대통령에 취임할 당시부터 남북 간의 평화와 화해 협력을 추구하는 햇볕정책을 추진해왔습니다. 유엔을 위시한 세계 각국이 빠짐없이 이를 지지해주었습니다.

남북정상회담을 통해서 우리 두 정상은 어떠한 일이 있어도 전쟁이 다시 일어나지 않도록 노력하기로 다짐했습니다. 적화통일도 흡수통일도 다 같이 배제하기로 했습니다. 그것은 전쟁으로 가는 길이 되기 때문입니다. 민족이 자주적으로 통일을 추구하되, 당장의 과제로는 남북한이 평화 정착과 경제·사회·문화 분야에서의 교류협력을 증진시키는 데 노력을 집중하기로 했습니다. 이러한 노력들은 지금 모든 분야에서 점차 이루어지고 있습니다.

통일은 우리 민족의 궁극적 목표입니다. 이것은 아무리 오랜 세월이 걸리더라도 반드시 평화적으로 이루어야 하며, 남북 모두가 더불어 성공하는 통일을 이룩하기로 남북 정상 간에 합의한 것입니다. 앞으로 남북 정상 간의 교환 방문, 각료급 회담 등을 계속하여 한반도에서의 항구적인 평화 정착과 교류협력의 증대에 모든 노력을 집중할 것입니다. 한반도에서의 이러한 발전은 동북아시아는 물론 세계의 평화에도 크게 기여할 것입니다.

우리의 평화를 위한 노력을 지원하는 선두에 유엔이 있고 이를 적극 뒷받침하는 여러분이 있는 한, 한반도에서 일어난 새천년의 기적은 성공의 역사로 발전되어나갈 것입니다. 여러분의 끊임없는 관심과 지원을 간곡히 부탁드리는 바입니다.

존경하는 의장과 지도자 여러분!

유엔은 지난 20세기에 인류의 평화와 복지를 위하여 빛나는 업적을 이루었습니다. 만일 유엔이 없었다면 얼마나 많은 인권이 유린되고 전쟁과 재난이 인류를 괴롭혔겠습니까? 유엔의 창설이야말로 20세기 인류 최대의 위업이었다고 믿어 의심치 않습니다.

그러나 앞으로 21세기에 유엔이 해결해야 할 임무는 더욱 막중합니다. 세계 평화의 실현, 개발도상국가의 경제적 발전 지원, 인권 신장, 빈곤 퇴치, 테러 방지, 지구 환경 보존 등 수많은 문제가 기다리고 있습니다. 유엔은 이러한 사명을 성공적으로 수행해내야 할 것입니다.

세계 각국은 유엔을 중심으로 굳게 단결하여 21세기를 인류 역사상 가장 평화롭고 가장 희망에 찬 세기로 만들도록 힘써나가자고 여러분께 호소하는 바입니다. 우리 한국은 앞으로도 유엔의 고귀한 역할에 대해서 모든 협력을 아끼지 않을 것을 굳게 다짐하는 바입니다.

경청해주셔서 감사합니다.

아시아와 유럽은 새천년 번영과 안정의 동반자

제3차 아시아유럽정상회의(ASEM) 개회식 연설
서울, 2000. 10. 20.

친애하는 아시아와 유럽의 정상과 대표단, 그리고 내외 귀빈 여러분!

여러분의 서울 방문을 진심으로 환영하면서, 대한민국 국민을 대표하여 마음으로부터 따뜻한 인사를 전하고자 합니다.

오늘 저는 특별한 감회 속에 여러분을 맞게 되었습니다. 하나는, 이나라 역사상 최대 규모의 외국 정상들을 맞이하여 제3차 아시아유럽정상회의(ASEM)라는 큰 경사를 열게 된 사실입니다. 다른 하나는, 부족한 제가 노벨평화상 수상자로서 여러분을 맞게 된 것입니다. 저의 이러한 수상의 영광은 오직 우리 국민과 여러분의 성원의 덕으로 생각하고 깊이 감사드립니다.

각국 정상과 대표단 여러분!

ASEM은 불과 4년의 짧은 역사에도 불구하고 두 지역 간 명실상부한 협력의 중심축으로서 확고하게 발전해나가고 있습니다. 우리 인류는 지난 세기에 두 차례의 세계대전을 비롯하여 격심한 분쟁과 수많은 갈등을 겪었습니다. 국가와 이념, 종교와 인종 간의 첨예한 대립 속에 커다란 희생을 치러야 했습니다. 이러한 역사의 뼈아픈 교훈을 바탕으로 세계는 이제 화해와 협력을 통한 21세기 공동 번영의 길을 향해 나아가고 있습니다. 아직도 세계 도처에서 갈등이 계속되고 있지만, 화해와 협력은 결코 포기될 수 없는 인류 공동의 염원입니다. 남북한 관계의 진전이 그 대표적 사례가 될 것입니다.

저는 오늘 이 자리를 빌려, 최근의 남북 관계에 대해 잠시 말씀드리고자 합니다. 지난 6월 15일 남북정상회담을 계기로 꽁꽁 얼어붙었던 한반도 내 냉전의 빙벽이 마침내 녹아내리기 시작했습니다. 50년 동안 떨어져 있던 이산가족들이 만나고, 휴전선으로 폐허가 되었던 남북한 철도를 연결하는 기공식이 있었습니다. 남북 국방장관 회담이 열려 다시는 전쟁을 하지 말자고 다짐했습니다. 시드니 올림픽에서는 남북한 선수들이 손을 맞잡고 함께 입장함으로써 전 세계를 감동시켰습니다.

또한 지난주에는 북한과 미국이 양자 관계를 전면적으로 개선한다는 공동선언도 발표했습니다. 저는 이를 전폭적으로 지지하면서, 머지않아 북일 관계도 획기적으로 개선되기를 바라 마지않습니다. 이 모든 것이 여러분의 성원 없이는 불가능한 일들입니다. 다시 한번 여기 모이신 여러분께 감사드리면서, 앞으로도 더욱 적극적인 성원을 부탁해 마지않습니다.

각국 정상과 내외 귀빈 여러분!

우리는 지금 이미 '정보혁명'의 시대, '지식산업사회'를 살고 있습니다. 그러나 여기에는 그늘진 곳도 있습니다. 이른바 '정보화 격차'(Digital Divide) 현상이 지구촌의 균형 발전에 새로운 장애 요인으로 대두되고 있습니다. 이제 '정보화 격차' 문제는 아시아와 유럽이 함께 해소해나가야 할 필수적 정책 과제로 떠오르고 있습니다.

한 국가의 내부는 물론 국가와 국가 간의 갈등과 국제적 분쟁의 원인이 되어온 빈곤과 소득 격차 문제는 인적 자원의 개발을 통해 진정한 해결책이 모색될 수 있을 것입니다. 모든 인류가 정보화의 혜택을 고루 누리고 삶의 질이 향상되는 시대를 열어가기 위해 아시아와 유럽의 적극적인 상호 협력을 기대해 마지않습니다.

각국 정상 여러분!

ASEM의 협력 사업은 역내 모든 국민들에게 실질적인 혜택을 가져다주는 방향으로 추진되어야 할 것입니다. 이를 위해 저는 이번에 특히 다음의 몇 가지 분야에서 가시적인 성과가 도출되기를 기대합니다.

첫째, 아시아와 유럽 간 협력의 기본 방향을 정하는 지침이 필요합니다. 이를 위해 이번 회의에서는 ASEM의 원칙과 비전 등을 규정한 '2000 아시아 · 유럽 협력 체제(Asia-Europe Cooperation Framework 2000)'가 채택될 예정입니다. ASEM은 이를 계기로 아시아와 유럽 각국의 정부 간 공식 협의체로서 보다 확고한 역할을 수행하게 될 것입니다.

둘째, 아시아와 유럽의 두 지역 간 정치 · 안보 대화가 더욱 강화되어야 합니다. 우리 정상들은 최근 아시아와 유럽의 정세 변화에 대한 논의와 함께 유엔 개혁 · 군축 · 대량 살상 무기 비확산을 비롯한 범세계적 정치 · 안보 이슈에 대해서도 깊이 있는 의견을 나누게 될 것입니다.

셋째, 아시아와 유럽 각국이 공동으로 직면하고 있는 경제적 현안들을 함께 풀어나가기 위한 논의가 보다 구체적이고 내실 있게 이루어져야 하겠습니다. '유라시아 초고속 정보통신망'의 구축, 전자상거래의 부흥과 같은 지식 · 정보 분야에서의 보다 실질적인 협력이 필요합니다.

경제와 금융 위기의 재발을 막기 위한 상호 협력에 대해서도 구체적인 노력이 이루어져야 할 것입니다.

넷째, 두 지역 간 교육·문화·사회 분야의 협력을 보다 강화하고 민간의 참여를 활성화해야 합니다. 이번 회의에서 'ASEM 장학사업'이 신규 사업으로 채택되면 두 지역의 인적 교류에 큰 도움이 될 것입니다. 또한 '아시아유럽재단'(ASEF), '아시아유럽 비즈니스 포럼'(AEBF)을 비롯해 민간의 참여를 활성화하는 문제에 대해서도 깊이 있는 논의가 이루어지기를 기대합니다.

마지막으로, ASEM은 민주주의와 인권이라는 인류 보편의 가치를 위해서도 중지를 모아나가야 할 것입니다. 아울러 환경·마약·테러·전염병 등과 같은 초국경적 문제들 역시 어느 한 나라만의 과제가 아닙니다. 인류와 지구촌 공동의 과제에 대한 협력 방안들이 보다 전향적으로 논의되기를 바랍니다.

친애하는 각국 정상과 내외 귀빈 여러분!

저는 이번 제3차 ASEM이 아시아와 유럽의 '새천년 번영과 안정의 동반자' 관계를 이루어나가는 든든한 토대가 될 것으로 믿습니다. 우리 정상들의 노력과 헌신이 회원국들의 번영과 교류 증진은 물론, 세계 평화와 인류 공영에도 크게 이바지할 것으로 확신해 마지않습니다.

내실 있는 논의와 큰 성과를 기대하면서, ASEM의 무궁한 발전과 회원국 모두의 번영을 기원합니다.

감사합니다.

영광인 동시에 무한 책임의 시작

▍노벨평화상 수상 연설
노르웨이 오슬로, 2000. 12. 10.

국왕 폐하, 왕세자와 공주 등 왕실 가족 여러분, 노르웨이 노벨위원회 위원 여러분, 그리고 내외 귀빈과 신사 숙녀 여러분!

노르웨이는 인권과 평화의 성지입니다. 노벨평화상은 세계 모든 인류에게 평화를 위해 헌신하도록 격려하는 숭고한 메시지입니다. 저에게 오늘 내려주신 영예에 대해서 다시없는 영광으로 생각하고 감사를 드립니다.

그러나 저는 한국에서 민주주의와 인권, 그리고 민족의 통일을 위해 기꺼이 희생한 수많은 동지들과 국민들을 생각할 때 오늘의 영광은 제가 차지할 것이 아니라 그분들에게 바쳐져야 마땅하다고 생각합니다. 또한 우리 국민의 민주화와 남북 화해를 위한 노력을 아낌없이 지원해주신 세계의 모든 나라와 벗들에게도 진심으로 감사드립니다.

오늘 이 노벨평화상을 저에게 주신 이유 중의 하나는 지난 6월에 있었던 남북정상회담과 그 이후에 전개되고 있는 남북 화해 협력 과정에 대한 평가라고 알고 있습니다.

존경하는 여러분!

노벨위원회가 긍정적으로 평가해준 최근의 남북 관계에 대해 몇 말씀 드리겠습니다. 저는 지난 6월에 북한의 김정일 국방위원장과 역사적인 남북정상회담을 가졌습니다. 북한에 갈 때 여러 가지 걱정이 많았지만, 오직 민족의 화해와 한반도 평화를 위한 일념으로 출발했던 것입니다. 회담이 잘된다는 보장도 없었습니다. 남북은 반세기 동안 분단된 가운데 3년에 걸친 전쟁을 치렀으며, 휴전선의 철책을 사이에 놓고 불신과 증오로 50년을 살아왔습니다.

이러한 남북 관계를 평화와 협력의 방향으로 돌리기 위해 저는 1998년 2월 대통령에 취임한 이후 햇볕정책을 일관되게 주장했습니다. 그것은 '첫째, 북에 의한 적화통일을 용납하지 않는다. 둘째, 남에 의한 북한의 흡수통일도 결코 기도하지 않는다. 셋째, 남북은 오로지 평화적으로 공존하고 평화적으로 교류협력하자' 는 것이었습니다. 완전한 통일에 이르기까지는 얼마가 걸리더라도 서로 안심하고 하나가 될 수 있을 때까지 기다려야 한다는 것이 저의 생각이었습니다.

북한은 처음에는 우리의 햇볕정책을 북한을 전복시키려는 음모로 여기고 강하게 반발했습니다. 그러나 우리의 일관되고 성의 있는 자세와 노르웨이를 비롯한 전 세계 모든 나라의 햇볕정책에 대한 지지는 북한의 태도를 바뀌게 만들었습니다. 그리하여 마침내 남북정상회담이 열리게 되었던 것입니다.

남북정상회담은 예상했던 대로 참으로 힘든 협상이었습니다. 그러나 우리 두 사람은 민족의 안전과 화해 협력을 염원하는 입장에서 결국 상당한 수준의 합의를 도출해내는 데 성공할 수 있었습니다.

첫째, 우리는 조국의 통일을 자주적이고 평화적으로 이룩하자, 또 통일을 서두르지 말고 우선 남과 북이 평화적으로 공존하고 평화적으로 교류협력하기 위해 전력을 다하자는 데 합의했습니다.

둘째, 종래 남북 간에 현격한 차이가 있었던 통일 방안에 대해서도 상당한 합의점을 도출하는 데 성공했습니다. 북한은 우리가 주장한 통일의 전 단계인 '1민족 2체제 2독립정부'의 '남북 연합제'에 대해 '낮은 단계의 연방제'라는 형태로 접근해왔습니다. 분단 반세기 만에 처음으로 통일에 대한 제도적 접점이 이루어진 것입니다.

셋째, 한반도에 미군이 계속 주둔해서 한반도와 동북아시아의 안정을 유지하도록 하자는 데에도 합의했습니다. 북한은 지난 50년 동안 남한에서의 미군 철수를 최대 쟁점으로 주장했습니다. 저는 김정일 위원장에게 다음과 같이 강조했습니다.

"미·일·중·러의 4강에 둘러싸여 세계에서도 유례가 없는 특수한 지정학적 위치에 있는 우리로서는 미군의 한반도 주둔은 필수 불가결하다. 미군은 현재뿐 아니라 통일 후에도 필요하다. 유럽을 보라. 당초 북대서양조약기구(NATO)의 창설과 미군의 주둔은 소련과 동구 공산권의 침략을 막는 것이 목적이었다. 그러나 공산권이 멸망한 지금도 NATO와 미군이 있지 않느냐. 유럽의 평화와 안정을 위해서는 그 존재가 계속되는 것이 필요하기 때문이다."

여기에 대해 김정일 위원장은 뜻밖에도 종래의 주장을 접고 적극적인 찬성의 뜻을 나타냈는데, 이는 한반도는 물론 동북아시아의 평화를 위해 참으로 뜻 깊은 결단이었습니다.

그 외에도 우리는 이산가족이 만나는 데 합의했으며 여러분이 아시는 대로 원만하게 실천에 옮겨지고 있습니다. 경제협력에 대해서도 합의를 했습니다. 이미 투자 보장, 이중과세 방지 등 4개의 협정을 체결하는 합의서에 서명했습니다. 우리는 그동안 북한에 대하여 인도적 차원에서 비료 30만 톤과 식량 50만 톤을 지원했습니다. 그리고 사회·문화 교류에 대해서도 합의해 스포츠, 문화 예술, 관광 분야 교류가 점차 활기를 띠고 있습니다.

또한 남북 간 긴장 완화와 평화 정착을 논의하기 위한 남북 국방장관 회담이 열려 '다시는 전쟁을 하지 말자'는 데 합의했습니다. 남북 간의 분단된 철도와 도로를 다시 연결하기 위해 양쪽 군이 협력하는 데에도 합의했습니다.

한편 저는 남북 관계의 개선만으로는 한반도에서 평화와 협력을 완벽하게 성공시킬 수 없다는 판단 아래, 북한이 미국과의 관계를 개선하고 나아가 일본과 다른 서방 국가들과도 관계를 개선할 것을 적극 권유했습니다. 그리고 서울로 돌아와서 클린턴 대통령, 모리 총리 등 미일 양국의 정상에게도 북한과의 관계개선을 권고했습니다.

또한 저는 지난 10월 서울에서 열렸던 제3차 아시아유럽정상회의 (ASEM)에서 유럽의 우방 국가들에게도 북한과 관계개선을 하도록 권고했습니다. 여러분이 아시는 바와 같이 지금 북미 관계와 유럽·북한 관계는 상당한 진전을 보이고 있습니다. 이러한 일들은 한반도의 평화에 결정적인 영향과 진전을 가져다줄 것입니다.

존경하는 귀빈 여러분!

제가 민주화를 위해서 수십 년 동안 투쟁할 때 언제나 부딪힌 반론이 있었습니다. 그것은 아시아에는 서구식 민주주의가 적합하지 않으며, 그러한 뿌리가 없다는 주장이었습니다. 그러나 이는 사실과 다릅니다.

아시아에는 오히려 서구보다 훨씬 더 앞서 인권 사상이 존재했고, 민주주의와 상통한 사상의 뿌리가 있었습니다. '백성을 하늘로 삼는다', '사람이 곧 하늘이다', '사람 섬기는 것을 하늘 섬기듯 하라', 이런 것은 중국이나 한국 등지에서 거의 3,000년 전부터 정치의 근본 요체로 주장되어 온 원리였습니다. 또한 2,500년 전 인도에서 시작된 불교에서는 '이 세상에서 나 자신의 인권이 제일 중요하다'는 교리가 강조되었습니다.

이러한 인권 사상과 더불어 민주주의와 상통하는 사상과 제도도 많이 있었습니다. 공자의 제자인 맹자는 "임금은 하늘의 아들이다. 하늘이 백성에게 선정을 펴도록 그 아들을 내려보낸 것이다. 그런데 만일 임금이 선정을 하지 않고 백성을 억압한다면 백성은 하늘을 대신해 들고일어나 임금을 쫓아낼 권리가 있다"고 주장했습니다. 이것은 존 로크가 그의 『사회계약론』에서 설파한 국민주권 사상보다 2,000년이나 앞선 것입니다.

중국과 한국에서는 이미 기원전에 봉건제도가 타파되고 군현제도가 실시되었습니다. 공무원을 시험으로 뽑는 제도는 1,000년 이상의 역사를 가지고 있습니다. 이와 병행해서 임금을 포함한 고관들의 권력 남용을 감시하는 강력한 사정 제도도 존재했습니다. 이와 같이 민주주의에 대한 풍부한 사상과 제도의 뿌리가 있었던 것입니다. 다만 아시아에서는 대의적 민주제도의 기구를 만들어내지 못했습니다. 그것은 서구 사회의 독창적인 것으로서, 인류의 역사에 크게 기여한 훌륭한 업적이라고 할 것입니다.

서구의 민주제도는 민주적 뿌리가 있는 아시아에서 이를 채택할 때 훌륭하게 기능하고 있습니다. 한국·일본·필리핀·인도네시아·태국·인도·방글라데시·네팔·스리랑카 등 수많은 사례들이 있습니다.

동티모르에서는 주민들이 민병대의 혹독한 학살과 탄압에도 불구하고 용기있게 독립을 지지하는 투표에 참가했습니다. 미얀마에서는 아웅산 수지 여사가 고난의 투쟁을 계속하고 있습니다. 아웅산 수지 여사는 미얀마 국민의 폭넓은 지지를 받고 있습니다. 저는 언젠가 미얀마에 민주주의가 반드시 회복되고 국민에 의한 대의정치가 다시 부활하는 날이 오리라고 믿어 의심치 않습니다.

존경하는 여러분!

민주주의는 인간의 존엄성을 구현하는 절대적인 가치인 동시에 경제발전과 사회정의를 실현하는 유일한 길이라고 저는 믿습니다. 민주주의가 없는 곳에 올바른 시장경제가 존재할 수 없습니다. 또한 시장경제가 없으면 경쟁력 있는 경제의 발전은 기대할 수 없는 것입니다.

저는 민주주의적 기반이 없는 국가 경제는 사상누각일 뿐이라고 확신했습니다. 그래서 1998년 대통령으로 취임한 이후 민주주의와 시장경제의 병행 발전과 함께 생산적 복지정책을 추진하고 있습니다.

한국은 지난 2년 반 동안 민주주의와 시장경제, 그리고 생산적 복지의 병행 실천이라는 국정 철학 아래 국민의 민주적 권리를 적극 보장하고 있습니다. 금융·기업·공공·노동 부문의 4대 개혁을 지속적으로 추진해왔습니다. 복지의 중점을 저소득층을 포함한 모든 국민의 인력개발에 둠으로써 이제 상당한 성과를 올리고 있습니다.

한국의 개혁은 앞으로도 계속될 것입니다. 이러한 개혁을 조속히 마무리함으로써 전통산업과 정보산업, 생명산업을 삼위일체로 발전시켜 세계 일류 경제를 실현하고자 노력하고 있습니다.

21세기는 지식 정보화 시대로서 부가 급속히 성장하는 시대입니다. 동시에 정보화 시대는 부의 편차가 심화되어 빈부 격차가 급격히 확대되는 시대이기도 합니다. 국내뿐만 아니라 국가 간의 빈부 격차도 커져 갑니다. 이것은 인권과 평화를 위협하는 또 하나의 심각한 현상이라 하지 않을 수 없습니다.

우리는 21세기에도 계속해서 인권의 탄압과 무력의 사용을 적극 반대해야 합니다. 아울러 정보화에서 오는 새로운 현상인 소외 계층과 개발도상국의 정보화 격차를 해소함으로써 인권과 평화를 저해하는 장애 요인을 제거해야 합니다.

존경하는 국왕 폐하, 그리고 신사 숙녀 여러분!

마지막으로 저 개인에 대해서 잠시 말씀드릴 것을 허락해주시기 바랍니다. 저는 독재자들에 의해서 일생 동안 다섯 번에 걸친 죽을 고비를 겪어야 했습니다. 6년의 감옥살이를 했고, 40년을 연금과 망명과 감시 속에서 살았습니다.

제가 이러한 시련을 이겨낸 데에는 우리 국민과 세계 민주 인사들의 성원의 힘이 컸다는 것은 이미 말씀드렸습니다. 동시에 제 개인적인 이유도 있습니다.

첫째, 저는 하느님이 언제나 저와 함께 계시다는 믿음 속에 살아오고 있으며, 이를 실제로 체험했습니다. 1973년 8월 일본 도쿄에서 망명 생활을 하고 있을 당시 저는 한국 군사정부의 정보기관에 의해 납치되었습니다. 전 세계가 이 긴급 뉴스에 경악했었습니다. 한국의 정보기관원들은 저를 일본 해안에 정박해 있던 그들의 공작선으로 끌고 가서 전신을 결박하고 눈과 입을 막았습니다. 저를 바다에 던져 수장하려 했던 것입니다. 그때 저의 머릿속에 예수님이 선명하게 나타나셨습니다. 저는 예수님을 붙잡고 살려 달라고 호소했습니다. 바로 그 순간 저를 구원하는 비행기가 와서 저는 죽음의 찰나에서 구출되었던 것입니다.

또 하나 저는 역사에 대한 믿음으로 죽음의 위협을 이겨왔습니다. 1980년 군사정권에 의해 사형선고를 받고 감옥에서 6개월 동안 그 집행을 기다리고 있을 때, 저는 죽음의 공포에 떨 때가 자주 있었습니다. 그러나 이를 극복하고 마음의 안정을 얻는 데는 '정의필승'(正義必勝)이라는 역사적 사실에 대한 저의 확신이 크게 도움을 주었습니다.

모든 나라 모든 시대에, 국민과 세상을 위해 정의롭게 살고 헌신한 사람은 비록 당대에는 성공하지 못하고 비참하게 최후를 맞이하더라도 역사 속에서 반드시 승자가 된다는 것을 저는 수많은 역사적 사실 속에서 보았습니다. 그러나 불의한 승자들은 비록 당대에는 성공하더라도 후세 역사의 준엄한 심판 속에서 부끄러운 패자가 되고 말았다는 것도 읽을 수 있었습니다. 거기에는 예외가 없었습니다.

국왕 폐하, 그리고 귀빈 여러분!

노벨상은 영광인 동시에 무한한 책임의 시작입니다. 저는 역사 속의 위대한 승자들이 가르치고 알프레드 노벨 경이 우리에게 바라는 대로 나머지 인생을 바쳐 한국과 세계의 인권과 평화, 그리고 우리 민족의 화해 협력을 위해 노력할 것을 맹세합니다. 여러분과 세계 모든 민주 인사들의 성원과 편달을 바라 마지않습니다.

감사합니다.

'대화와 협력'으로 세계 평화를 실현합시다

노벨평화상 100주년 기념 심포지엄 연설
노르웨이 오슬로, 2001. 12. 6.

　존경하는 베르게 노벨위원회 위원장, 그리고 위원 여러분! 존경하는 역대 노벨상 수상자와 귀빈 여러분!

　먼저, 역사적인 노벨상 제정 100주년을 여러분과 함께 진심으로 축하해 마지않습니다. 그리고 지난 100년 동안 이 위대한 과업을 이끌어오신 노벨위원회에 대해서 마음으로부터 찬양과 경의를 표하는 바입니다. 무엇보다도 제가 이처럼 영예로운 자리에서 말씀드릴 기회를 갖게 된 것을 다시없는 영광으로 생각하는 바입니다.

　존경하는 여러분!

　지금 세계는 미국에서 일어난 테러 사태 이후 평화에 대한 우려를 금치 못하고 있습니다. 때마침 노벨평화상 제정 100주년을 계기로 우리가 지난 세기의 전쟁과 평화를 되돌아보면서 21세기의 인류 평화와 복지를 함께 생각해보는 것은 매우 의미 깊고 시의적절한 일이 아닐 수 없습니다.

지난 20세기에는 전 세계적으로 250여 차례의 크고 작은 전쟁이 있었습니다. 그 때문에 무려 1억 1,000만 명이 목숨을 잃었습니다. 그중 60%인 약 6,300만 명은 민간인들이었습니다.

20세기 전쟁의 주된 원인은 크게 두 가지였습니다. 하나는 '민족주의의 대결'이고, 다른 하나는 '이데올로기의 대결'입니다. 민족주의의 대결은 20세기 전반기에 그 세를 떨쳤습니다. 두 차례의 세계대전을 통해서 인류는 이를 철저하게 경험했습니다. 중동 일부에서 지속되고 있는 민족 대립 양상은 지금도 세계 평화에 큰 위협이 되고 있습니다. 이데올로기의 갈등 역시 1950년의 한국전쟁을 비롯해서 20세기 후반기의 40여 년에 걸친 첨예한 동서 냉전을 가져왔습니다. 그리고 아직도 우리 한반도에는 냉전의 잔재가 남아 있습니다.

민족주의와 이데올로기 외에도 지금 세계 각지에서는 인종·종교·문화 간의 갈등이 끊이지 않고 있습니다. 테러리스트들은 미국에 대한 테러 사건에도 종교적 명분을 내세우고 있습니다.

존경하는 신사 숙녀 여러분!

우리는 21세기가 '평화의 세기'가 되기를 원합니다. 세계 평화야말로 온 인류가 걸어가야 할 가장 숭고한 목표이며, 반드시 성취해야 할 지상과제입니다. 21세기를 평화의 시대로 만들기 위해서는 먼저 평화를 위협하는 요인이 무엇인지 올바로 파악해야 합니다. 그리고 이에 대처하기 위한 국제사회의 공동 노력이 필요합니다. 이 시간 저는 이런 문제들에 대한 저의 소견을 간략히 말씀드리고자 합니다.

인류는 지금까지 다섯 번의 혁명을 겪었습니다. 첫째는 인간 종의 탄생이요, 둘째는 1만 년 전 농업의 시작이요, 셋째는 5,000~6,000년 전

나일 강·티그리스-유프라테스 강·인더스 강·황허 강 유역에서 일어난 4대 문명의 발상이요, 넷째는 2,500년 전 무렵 중국·인도·그리스·이스라엘 등을 중심으로 이루어졌던 사상혁명이요, 다섯째는 18세기 말 영국에서 시작되었던 산업혁명입니다.

산업혁명은 근대국가 형성의 경제적 토대를 제공했고, 동시에 본격적인 민족주의 시대를 열게 했습니다. 강한 민족은 '침략적 민족주의' 즉, 제국주의로 나아가는 것을 서슴지 않았고, 약한 민족은 '방어적 민족주의'에 전력을 다했습니다. 이러한 대결이 결국 20세기 들어 두 차례의 세계대전이라는 비극을 초래했던 것입니다. 산업혁명은 분명 인류 문명의 발전과 풍요에 찬란한 빛을 가져다주었습니다만, 그 이면에는 약소민족의 비참한 희생과 강대국 간의 제국주의 전쟁이라는 어두운 그림자를 짙게 드리우고 있었던 것입니다.

여러분, 그렇다면 여섯번째 혁명기라고 할 수 있는 21세기 정보화·세계화 시대의 빛과 그림자는 무엇이겠습니까?

'제3의 물결'로 불리는 정보화혁명은 인류에게 '지식 기반 경제'라는 새로운 가능성을 열어주었습니다. 지식과 정보가 부를 창출하는 핵심 요소로 등장한 것입니다. 가난한 나라와 가난한 계층도 컴퓨터를 잘 활용하면 누구나 새로운 부의 창조에 참여할 수 있게 되었습니다. 이것은 과거 토지와 자본, 노동력 등 거대한 유형적 자원에 의존했던 산업사회의 한계를 극복하는 새로운 패러다임입니다. 아울러 시공을 초월한 엄청난 규모의 정보 유통으로 세계화는 더욱더 가속화되고 있습니다.

특히 지난 1995년 WTO 체제의 출범은 본격적인 세계화 시대의 개막을 알렸습니다. 상품과 서비스, 자본이 국경을 자유롭게 넘나들게 되면서, 말 그대로 '하나의 지구촌' 시대가 열리고 있는 것입니다. 인류는 더욱 가까워지고 부는 더욱 크게 창출될 수 있게 되었습니다.

이러한 것들은 모두 정보화·세계화의 밝은 빛입니다. 그러나 그 이면에는 역시 어두운 그림자가 있습니다. 이른바 '정보화 격차'의 문제가 바로 그것입니다. 정보화에 앞선 나라가 뛰어난 경제력을 가지고 개도국의 경제를 압도하고 있습니다.

오늘날 지식 경제 시대에서 국가 간의 정보화 격차는 급격한 소득 격차를 가져옵니다. 이런 현상을 그대로 방치한다면 개도국과 선진국의 격차는 더욱 심화될 수밖에 없을 것입니다. 지금 세계 도처에서 일어나고 있는 파괴적인 원리주의나 반세계화 운동의 저변에는 이러한 빈부 격차에 대한 분노가 짙게 깔려 있습니다. 또한 정보화 격차는 개도국들의 자기 생존을 위한 난개발을 초래함으로써 전 지구적인 환경 파괴도 촉진시키게 됩니다.

우리는 이미 각종 국제회의가 열릴 때마다 세계화의 부작용으로 인한 빈부 격차와 사회적 불평등의 심화에 분노한, 격렬한 항의 사태를 목격한 바 있습니다. 빈부 격차의 해결 없이는 21세기의 세계 평화를 보장할 수 없습니다. 핵무기도 미사일도 완전하지 못합니다. 그것은 전쟁의 양상이 달라지고 있기 때문입니다. 이제는 테러와의 전쟁이 문제인 것입니다.

지난 9월의 미국 테러 참사는 지금까지의 전쟁 개념을 근본적으로 바꿔놓았습니다. 테러는 선전포고 없는 전쟁입니다. 얼굴도 없습니다. 언제 어디서 일어날지도 모릅니다. 무슨 무기를 쓸지도 모릅니다. 민간인을 무차별 살상합니다. 국제법이나 조약도 소용이 없습니다. 개인의 생활도 유지될 수 없습니다. 안심하고 비행기 여행도 할 수 없고, 고층 빌딩에 올라갈 수도 없고, 마음 놓고 우편물을 열어볼 수도 없습니다.

우리는 이처럼 비겁하고 잔인한 반문명적 테러 행위를 근절시켜야 합니다. 그러나 당면한 테러 세력을 응징하는 동시에 장기적으로는 그 뿌리를 다스려야 합니다. 빈부 격차의 문제야말로 종교·문화·인종·이념 갈등의 저변을 차지하고 있습니다.

정보화와 세계화의 혜택은 인류 전체가 함께 누려야 합니다. 모든 국가, 모든 민족의 이해관계와 다양성이 존중되어야 합니다. 가난하고 고통받는 나라와 사람들이 언제까지나 참아주기를 기다려서는 안 됩니다. 저는 이러한 문제에 대한 국제사회의 보다 진지하고 적극적인 논의를 촉구하는 바입니다.

이와 함께 인권과 민주주의가 인류 보편의 가치로서 존중되고 실천되어야 할 것입니다. 가난이 해소되고 민주주의가 실현될 때 21세기의 세계 평화는 가능해지고, 인류는 안전과 행복을 누릴 수 있다고 저는 확신합니다. 누구보다도 노벨평화상의 수상자인 우리들이 그러한 노력의 선두에 서야 할 것입니다.

존경하는 여러분!

다음으로 저는 20세기 냉전의 마지막 유산으로 남아 있는 한반도 문제에 대해서 말씀드리고자 합니다. 한반도 평화는 7,000만 민족의 문제일 뿐 아니라 동아시아와 세계 평화에도 직결된 문제입니다. 저는 1998년 대통령에 취임한 이래 햇볕정책을 일관되게 추진해왔습니다. 햇볕정책은 남북한이 평화공존과 평화교류를 확고히 이룩하는 가운데 장차의 평화통일에 대비하자는 정책입니다. 세계 각국과 유엔을 비롯한 모든 평화 애호 기구들이 이를 지지하고 있습니다.

저는 작년 6월 평양을 방문하여 북한의 김정일 국방위원장과 역사적인 남북정상회담을 가졌습니다. 그리고 무슨 일이 있어도 전쟁의 비극을 되풀이하지 말고 교류와 협력을 위해 함께 노력하자는 데 합의했습니다. 그후로 한반도에서는 긴장이 크게 완화되고, 많은 긍정적인 변화들이 일어났습니다. 남북 간의 교류와 협력이 때로는 빠르게, 때로는 천천히 진전되어왔습니다.

지난 9월 11일 미국에 대한 테러 참사가 있은 지 4일 후인 9월 15일, 서울에서는 남북장관급회담이 열려 이산가족 교류와 남북 철도 연결 등 열 가지에 걸쳐 합의를 했습니다. 때가 때인 만큼 참으로 자랑스러운 민족적 성취였습니다. 지금 남북 관계는 다시 정체 상태에 있습니다만, 저와 우리 국민은 인내심과 일관성을 가지고 최선의 노력을 경주하면 반드시 성공의 길이 다시 열리게 될 것으로 확신하고 있습니다. 그것은 햇볕정책 이외에는 대안이 없기 때문입니다. 햇볕정책은 남북한은 물론 전 세계의 평화와 안전에 기여하는 윈-윈정책입니다. 여러분의 계속적인 지지를 바라 마지않습니다.

존경하는 여러분!

이제 결론을 맺겠습니다. 20세기는 세계대전과 동서 냉전 그리고 각종 무력충돌이 계속된 세기였습니다. 그러나 그러한 가운데서도 우리는 평화에 대한 희망을 버리지 않았습니다. 제1차 세계대전 이후에 결성된 국제연맹, 그리고 제2차 세계대전 이후 구성된 국제연합은 그러한 인류의 소망과 노력의 대표적 소산이라 할 것입니다. 노벨위원회가 지난 100년 동안 수상자 지명 활동을 통하여 인류에게 준 평화 메시지의 힘도 매우 컸습니다.

21세기에도 평화를 위한 우리의 전진은 계속될 것입니다. 저는 그러한 전진의 원동력을 '대화와 협력'이라고 생각합니다. 대화와 협력의 실천을 통해서 인류는 빈곤 문제를 위시한 21세기의 새로운 문제에도 슬기롭게 대처해나갈 수 있다고 저는 믿어 의심치 않습니다.

국가·문명·종교·인종 간의 대화를 통해서 상생의 협력 관계를 이끌어내야 합니다. 대화가 있는 곳에 이해가 있고, 이해가 있는 곳에 협력이 있습니다. 협력이 있는 곳에서만이 빈곤의 해소를 기대할 수 있습니다. 그렇게 될 때 전쟁의 그림자는 사라질 것입니다. 유네스코 헌장 전문에 "전쟁은 인간의 마음에서 시작한다"라고 나와 있습니다. 우리 모두 마음속에 있는 전쟁의 문화를 씻어냅시다. 그리고 그 자리에 대화와 협력의 문화를 심읍시다. 21세기를 평화의 세기로 만듭시다.

경청해주셔서 감사합니다.

세계 평화와 한·EU 협력

유럽의회 연설
프랑스 스트라스부르, 2001. 12. 11.

존경하는 퐁텐느 의장, 프로디 EU 집행위원회 위원장, 그리고 의원 여러분!

저는 오늘 특별한 감회 속에 이 자리에 섰습니다. 유럽 통합의 상징이자 민주주의의 전당인 이곳 유럽의회는 제가 늘 마음속으로 흠모해 오던 곳입니다. 이 자리야말로 유럽 통합이라는 전인미답의 대업에 큰 공헌을 이룩한 자리입니다. 유럽과 세계의 민주주의와 경제적 번영, 그리고 정의의 실현을 위해 선두에서 애쓰고 계시는 유럽의회 의원 여러분이 자리하신 곳입니다.

그러한 영광된 자리에서 제가 연설의 기회를 얻게 된 것은 저에게 다시없는 기쁨입니다. 더욱이 퐁텐느 의장께서 우정 어린 환영의 말씀을 해주신 데 대해서 깊이 감사드립니다.

저는 4년 전 대통령에 당선되었습니다. 그때 우리나라는 외환 위기의 절박한 상황 속에 있었습니다. EU 회원국들은 저의 호소를 받아들여 투자 사절단을 파견하는 등 한국의 위기 극복을 적극 지원해주었습니다. 그 덕으로 우리는 외환 위기를 성공적으로 극복했습니다. 저와 우리 한국민은 이러한 여러분의 우정을 언제까지나 잊지 않을 것입니다. 여러분, 감사합니다.

존경하는 의장, 그리고 의원 여러분!

우리가 지금 맞고 있는 21세기는 인류 역사상 최대의 혁명기입니다. 지식 정보화와 세계화라는 대혁명기인 것입니다. 지난 20세기에는 토지와 자본, 노동력과 같은 하드웨어가 경제 발전의 원천이었습니다. 그러나 21세기에는 지식과 정보, 창의력과 모험심 같은 눈에 보이지 않는 소프트웨어가 경쟁력의 핵심이 되고 있습니다. 18세기 산업혁명에서 시작된 산업화 시대의 패러다임이 200여 년 만에 막을 내리고, 이제 지식 기반 경제 시대가 전개되고 있는 것입니다. 가난한 나라와 가난한 사람도 컴퓨터 하나만 잘 활용하면 부를 창출할 수 있는 시대가 온 것입니다.

그러나 그에 앞서 인류는 지금 매우 심각한 문제에 직면해 있습니다. 이른바 '정보화 격차'의 문제가 바로 그것입니다. 75% 이상의 정보화 혜택이 선진국들에게 집중되고 있습니다. 개도국들은 외면당하고 있습니다. 선진국과 개도국 간의 정보화 격차는 곧 빈부 격차의 확대를 말합니다. 그리고 정보화의 속도가 빠를수록 빈부 격차의 진행 속도도 빨라질 것입니다.

한편, 이러한 정보화혁명은 필연적으로 개방화·세계화를 촉진합니다. 순식간에 엄청난 양의 정보가 전 세계를 넘나들면서 물리적인 국경이 사실상 무의미해지고 있습니다. 문화적 갈등이 일어납니다. 빈곤과 문화적 갈등의 확대는 각종 과격주의의 원천입니다. 정보화와 세계화가 오히려 21세기의 세계 평화를 해칠 수도 있는 것입니다. 저는 이를 매우 심각한 문제라고 강조하고 싶습니다.

존경하는 의원 여러분!

정보화 격차는 한 국가 내에서도 빈부 간의 대립을 더욱 확대시키고 있습니다. 우리는 이것을 막아내야 합니다. 우리의 경험을 잠시 말씀드리겠습니다. 우리 한국은 이러한 문제를 극복해나가기 위해 생산적 복지정책을 추진해오고 있습니다. '생산적 복지' 란 저소득층의 기초 생활을 보장하면서, 인적 자원의 개발과 삶의 질적 향상을 통해 그들이 자립하고 발전할 수 있는 기회를 제공하는 정책입니다.

특히 자라나는 세대와 소외 계층에 대한 체계적인 정보화 교육에 중점을 두고 있습니다. 전국의 모든 초·중등학생을 비롯해서 수백만의 가정주부와 60만의 군인, 노인과 장애인, 그리고 교도소의 재소자에 이르기까지 광범위한 국민들이 정보화 교육을 받고 있습니다. 이를 통해 정보화 격차가 소득의 격차로 이어지지 않도록 대비하는 동시에, 부모의 가난이 아들딸에게까지 이어지는 '가난의 대물림'을 막자는 것입니다. 한국은 세계 최초로 전국적인 초고속 통신망을 구축했으며 4,600만 인구의 절반 이상이 인터넷을 사용하고 있습니다.

정보화 격차 문제를 근본적으로 해결해나가기 위해서는 국제적인 관심과 협력이 필요합니다. EU를 포함한 선진국들이 개도국의 정보화 인프라 구축을 지원하는 등 주도력을 발휘해야 한다고 생각합니다. 한국도 이에 적극 참여할 것입니다. 이미 개별적으로 그러한 노력을 시작하고 있습니다.

존경하는 의장, 그리고 의원 여러분!

이제 한국과 EU의 미래에 대해 말씀드리고자 합니다. 저는 지난해 서울에서 열린 ASEM에서 '유라시아 초고속 정보통신망 구축 사업'을 제안한 바 있습니다. 이에 대해 모든 회원국 정상들이 적극적인 지지를 보내주었습니다. 이 사업은 한마디로 아시아와 유럽을 하나로 연결하는 21세기의 '정보화 실크로드'를 구축하자는 것입니다. 'e-유라시아'를 실현함으로써 아시아와 유럽 간에 더욱 활발한 교류를 이룩하자는 뉴밀레니엄 프로젝트입니다.

이런 점에서 현재 EU를 비롯한 ASEM 회원국들의 협조 아래 유라시아 초고속 정보통신망 사업이 순조롭게 진행되고 있는 것을 매우 다행스럽게 생각합니다.

유럽과 아시아의 교류를 획기적으로 증진시킬 수 있는 또 하나의 사업이 있습니다. 한국과 유럽을 육로로 직접 연결하는 '철의 실크로드'를 완성하는 것입니다. 이를 위해서는 반드시 선행되어야 할 일이 있습니다. 남북한 간의 철도 연결입니다. 이 철도는 지난 50년 동안 휴전선으로 단절되어 있습니다. 그러나 지난해의 역사적인 남북정상회담을 계기로 남북한 간의 철도와 도로를 다시 연결하는 문제에 합의했습니다. 앞으로 14km만 건설하면 남한과 유럽이 연결되는 것입니다.

한반도 종단 철도가 중국 대륙 횡단 철도나 러시아의 시베리아 횡단 철도와 연결되면, 런던에서 출발한 기차가 파리를 거쳐 동유럽과 중앙아시아, 시베리아 또는 중국을 지나서 한국의 서울과 부산까지 도달하게 됩니다. 그리고 세계 제3의 컨테이너 항구인 부산항을 통해서 태평양 전역으로 이어집니다. 물류비가 30% 이상 절감되고, 수송 기간도 1/3로 단축되는 것입니다. 'e-유라시아' 구축과 '철의 실크로드'가 완성되는 날, 아시아와 유럽은 실질적인 하나의 대륙이 될 것입니다.

존경하는 의원 여러분!

아시아와 유럽은 본래 지리적으로 하나의 대륙입니다. 역사적으로도 아시아와 유럽은 이미 오래 전부터 활발한 교류를 해왔습니다. 5~6세기경부터 육지의 실크로드를 통해서, 또한 인도양과 페르시아 만의 바닷길을 통해서 많은 물자와 사람들이 왕래했습니다. 그러면서 두 지역의 문명이 서로의 발전에 상당한 기여를 해온 것을 역사는 잘 말해주고 있습니다.

근대에 이르러 서구의 민주주의 제도, 산업혁명, 그리고 문화적 성취는 아시아의 정치·경제·문화에 큰 영향을 끼쳤습니다. 한편 아시아는 메소포타미아·인더스·황허 문명 등 3대 문명과 유교·불교 등 정신문화의 발원지로서 유럽을 비롯한 전 세계에 지대한 영향을 주었습니다. 화약과 제지 기술을 유럽에 전했고, 중앙집권적 정치제도도 유럽 각국에 많은 영향을 주었습니다.

오늘날 아시아와 유럽은 공통적으로 민주주의와 시장경제를 지향하고 있습니다. 지금 이 두 지역에는 세계 인구의 3/4이 살고 있습니다. 경제적으로도 세계 총생산의 절반을 일구어내고 있습니다. 이러한 아시아와 유럽이 서로에 대한 이해의 폭을 더욱 넓히고 더한층 긴밀히 협력해나가는 것은 두 지역의 발전과 번영을 위해서뿐 아니라 세계의 평화와 번영을 위해서도 매우 중요한 일이 아닐 수 없습니다.

ASEM의 목표와 이상도 바로 여기에 있다고 생각합니다. 한국과 EU의 긴밀한 협력은 ASEM의 이상을 실현하고 아시아와 유럽을 하나로 묶는 데 크게 기여할 것으로 확신합니다.

존경하는 의장, 그리고 의원 여러분!

EU는 한국에게 매우 중요한 실질 협력의 파트너입니다. 한국에 대한 제1위의 투자자이며, 세번째로 큰 한국의 교역 상대입니다. 앞으로도 한국과 EU가 교역과 투자를 확대해나갈 여지는 무한합니다. 한국은 지리적으로 미·일·중·러라는 거대 시장의 한가운데에 자리하고 있습니다. 지속적인 경제 개혁을 통해서 기업과 투자의 환경이 크게 개선되었습니다. 또한 21세기 지식 경제 시대에 매우 적합한 인적 자원과 기반을 보유하고 있습니다. EU가 한국을 기반으로 중국과 일본 등 동아시아의 거대 시장에서 동반자적 협력을 확대시켜나가기를 바라는 바입니다. 우리는 '윈-윈'의 성공을 이룩할 것입니다.

여러분이 아시는 바와 같이 지난 4월 한·EU 간 기본협력협정이 발효되었습니다. 한국과 EU가 투자와 무역 등 실질 협력을 더욱 강화할 수 있는 제도적인 장치가 마련된 것입니다. 의회 차원에서도 '한·유럽 의원 외교협의회'가 결성되어 매년 한·EU 관계 발전 방안을 진지하게 논의해오고 있습니다. '도하 개발 아젠다' 협상 과정에서도 한국과 EU는 긴밀히 협력하고 있습니다. 우리는 앞으로도 EU와 더불어 더한층 협력을 강화해나갈 것입니다.

존경하는 의원 여러분!

여러분이 아시는 바와 같이 세계는 지금 전반적인 경기 침체를 겪고 있습니다. 이제 우리는 미국 일변도의 수출 의존도를 줄이면서 별도의 활로를 열어야 합니다. 그 하나가 각국의 내수를 진작시키는 것입니다. 내수의 진작을 위해서는 재정과 금융의 유연한 운영이 필요합니다. 그리고 저소득층의 구매력이 일어날 수 있도록 경제적·사회적으로 정책이 추진되어야 할 것입니다.

다른 하나는 EU와 동아시아 같은 큰 시장 간에 보다 활발하고 규모 있는 교역 및 투자 교류가 추진되어야 할 것입니다. 우리 한국은 EU 여러 나라에 문호를 개방하고 있습니다. 그리고 우리도 EU를 향해서 적극적으로 진출하고자 합니다. 그리하여 한국과 EU 모두가 오늘의 경제적 불황을 극복하고 새로운 번영을 향해 힘차게 활로를 개척해나가기를 기대해 마지않습니다.

존경하는 의장, 그리고 의원 여러분!

저는 이 자리를 빌려, 여러분이 큰 관심을 갖고 지원해오신 한반도 문제에 대해 말씀드리고자 합니다. 한반도 평화는 7,000만 한민족을 위해서뿐만 아니라 동아시아와 세계 평화에도 직결된 문제입니다. 저는 한반도에서의 전쟁 재발을 막고 평화를 정착시키기 위해 일관되게 햇볕정책을 추진해왔습니다. 그리고 마침내 지난해 6월, 역사적인 남북정상회담이 실현되었던 것입니다.

햇볕정책은 한마디로 남북한이 평화공존과 평화교류를 이룩하자는 정책입니다. 그러다가 10년 후든, 20년 후든, 서로가 안심할 수 있게 될 때 평화통일을 이룩하자는 것입니다. 통일은 반드시 이루어질 것입니다. 7세기의 통일 국가 실현 이래 1,300년간이나 통일을 유지해온 우리 민족이 반세기의 분단 때문에 통일을 영원히 포기한다는 것은 상상도 할 수 없는 일입니다. 저는 우리 민족의 통일 염원이 살아 있는 한, 그리고 한반도 평화통일을 위한 여러분과 세계의 성원이 계속되는 한, 우리는 민족통일을 머지않은 장래에 반드시 이룰 것이라고 확신하는 바입니다.

그동안 EU는 KEDO 사업에 참여하고, 북한에 대한 인도적·경제적 지원을 제공해오고 있습니다. 그리고 기술 지원, 시장경제 연수 등 다양한 프로그램을 추진 중입니다. 또한 많은 EU 회원국들이 대북 수교 등을 통해서 우리의 한반도 평화 정착 노력을 적극 지원해주고 있습니다. 남북 대화가 잠시 정체 상태에 있었던 금년 5월에는 전 EU 의장인 페르손 스웨덴 총리와 패튼 집행위원 등 EU 대표단이 북한을 방문해서 남북 대화 재개에 직접적인 도움을 주기도 했습니다.

EU는 한반도의 평화와 남북 간의 교류협력을 위한 중요한 지원자입니다. 유럽의회 여러분은 우리 한국민의 다시없는 친구입니다. 한반도에 평화가 정착되고 통일의 서광이 비치는 그날까지 여러분의 아낌없는 지원이 계속되기를 바라 마지않습니다.

존경하는 의장, 그리고 의원 여러분!

지금 전 세계에는 테러에 대한 불안과 긴장이 가시지 않고 있습니다. 지난 9월의 미국 테러 참사는 전 인류에게 엄청난 충격과 비탄을 안겨주었습니다. 선전포고도, 얼굴도 없는 테러, 무고한 민간인을 살상한 테러는 가장 비겁하고 잔인한 도발 행위입니다. 그 어떤 이유로도 용납될 수 없는 반인류적·반문명적 범죄입니다. 이러한 테러를 근절하지 못한다면 국제 질서는 무너지고 말 것입니다. 개인의 안전한 생활도 유지될 수 없습니다. 이번 기회에 테러는 반드시 근절되어야 합니다.

저는 EU가 이러한 국제사회의 노력에 신속하고 능동적으로 협력해 온 것을 높이 평가합니다. 우리 한국도 테러 근절을 위한 국제 연대에 적극 동참하고 있습니다. 그러나 어떠한 경우에도 특정 종교나 문명이 적대시되어서는 안 될 것입니다. 오히려 종교 간, 문명 간의 대화와 협력을 더욱 강화하고, 날로 심화되고 있는 빈부 격차와 사회적 불평등을 해소해나감으로써 테러 발생의 근원을 해소시켜야겠습니다. 중동 평화의 실현은 무엇보다 중요하고 시급한 과제라 하겠습니다.

존경하는 퐁텐느 의장, 그리고 의원 여러분!

지금 전 세계인들은 '평화와 안전'을 갈망하고 있습니다. 전쟁과 테러가 없는 '평화와 안전'은 이 시대 우리 모두에게 주어진 시대적 과제입니다.

그런 점에서 저는 내년에 한국과 일본에서 개최되는 월드컵 축구 대회에 큰 의미를 부여하고자 합니다. 이번 월드컵 대회를 '세계 평화와 인류의 안전'을 입증하는 일대 계기로 삼고자 하는 것입니다. 저와 우리 한국민은 최선을 다해서 이번 월드컵을 가장 안전한 대회로 만들 것입니다. 전 세계인들이 한데 어우러져 참여하고 화합하는 평화의 축제로 만들 것입니다.

이제 월드컵의 개막이 6개월 앞으로 다가왔습니다. 32개 참가국 중 EU 회원국이 10개국이나 됩니다. 의원 여러분께서도 한국을 많이 방문하여 주십시오. 우리는 모두 손님맞이 준비를 하고 기다리겠습니다. TV로 경기를 관람하시는 분들을 위해서도 생생한 중계가 이루어지도록 최고의 설비로 최선의 노력을 다하고 있습니다. 2002년 월드컵을 세계인의 축제답게 성공적으로 개최할 것입니다. 여러분의 큰 관심과 성원을 바라 마지않습니다.

존경하는 의장, 그리고 의원 여러분!

1907년 노벨문학상을 받았던 키플링은 "동은 동, 서는 서, 이 둘은 서로 영원히 만나지 못한다"(Oh, East is East, and West is West, and never the twin shall meet.)고 노래했습니다. 그러나 그가 지금 살아 있다면 그의 시는 이렇게 바뀌었을 것입니다. "동과 서, 서와 동, 이 둘은 서로 영원히 갈라지지 않을 것이다."

감사합니다.

ASEM의 이상 실현과 '철의 실크로드'

제4차 아시아유럽정상회의(ASEM) 개회식 연설
덴마크 코펜하겐, 2002. 9. 23.

존경하는 의장, 그리고 각국 정상과 대표 여러분!

제4차 아시아유럽정상회의(ASEM)의 개막을 진심으로 축하합니다. 덴마크 정부와 국민 여러분께도 축하와 감사의 인사를 드립니다. 또한 이 자리를 빌려, 2000년 제3차 서울 회의가 성공을 거두도록 모든 협력을 아끼지 않고 도와주셨던 정상 여러분께 다시 한번 깊은 감사를 드립니다.

ASEM은 불과 6년의 짧은 역사 속에서도 발전을 거듭하여 명실상부한 아시아·유럽 협력의 중심축으로 확고히 자리잡아가고 있습니다. 특히 저는 1998년 제2차 런던 회의 때의 고마움을 잊을 수가 없습니다. ASEM은 당시 우리 한국을 비롯한 아시아 국가들이 절박한 금융 위기에서 벗어나는 데 지대한 역할을 수행했습니다. 2000년 제3차 서울 회의에서 채택된 유라시아 초고속 정보통신망 사업도 21세기 'e-유라시아’ 실현을 앞당기는 데 크게 기여하고 있습니다.

존경하는 의장과 각국 대표 여러분!

얼마 전 우리는 9·11 테러 참사 1주년을 맞았습니다. 테러는 어떤 이유로도 용납될 수 없는 전 인류의 적입니다. 세계 평화와 인류의 안전을 위협하는 테러를 근절하기 위해 모든 회원국은 의지와 노력을 한데 모아야 할 것입니다. 우리 한국도 ASEM과 국제사회의 이러한 노력에 적극 동참해나갈 것입니다.

아울러 저는 우리 ASEM이 세계적인 빈곤 문제의 해결을 위해서 보다 적극적으로 대처해나갈 것을 강조하는 바입니다. 오늘날 거의 모든 범세계적 테러 사건들은 직·간접적으로 빈곤 문제와 연관되어 있습니다. 종교·인종·문화 간의 갈등과 분쟁들의 뿌리에는 빈곤에 의한 절망이 도사리고 있습니다. 빈곤은 절망을 가져오고, 그 절망은 테러리즘의 조직자들에게 침투와 성공의 환상을 심어주는 계기를 제공하고 있습니다. 우리는 한편으로는 당면한 반테러 대응책을 물샐틈없이 강화하는 동시에, 다른 한편으로는 빈곤 문제라는 근본적인 문제의 해결에도 힘써야겠습니다.

또한 불확실성이 고조되고 있는 세계 경제의 회복과 인적 자원 개발, 지속 가능 발전 등의 다양한 과제들을 해결해나가는 데에도 이번 ASEM에서 실천적인 논의가 이루어지기를 기대합니다.

존경하는 의장과 각국 대표 여러분!

지금 한반도에서는 매우 획기적인 변화가 일어나고 있습니다. 2000년 6·15 남북공동선언에서 합의된 내용이 이제 비로소 구체적인 실천의 단계에 접어들고 있습니다. 특히 지난주 착공된 남북한 간 철도와 도로 연결은 참으로 중요한 의미가 있습니다. 무엇보다 군사적 긴장 완화의 의미가 큽니다. 남북 간 군사분계선의 철조망이 마침내 부분적이나마 제거되기 시작한 것입니다. 남북 간의 사회·문화 교류가 크게 증대되고, 경제협력도 활성화됩니다. 하나의 한반도를 위한 획기적인 변화가 올 것입니다.

남북한 간 철도 연결의 또 다른 의미는 유럽과 한국을 육로로 연결하는 '철의 실크로드'가 이룩된다는 사실입니다. 이는 하나의 공동체를 지향하는 ASEM의 이상을 실현하는 데에도 다시없는 기회가 될 것입니다. 유럽 각지에서 출발한 기차가 유라시아 대륙을 관통하여 한국의 서울과 부산까지 도달하게 됩니다. 그리고 세계 제3의 컨테이너 항구인 부산항을 통해서 태평양 전역으로 이어집니다. 물론, 한국을 출발한 기차도 서유럽까지 이르러 대서양과 연결되게 됩니다. 물류비와 수송 기간도 크게 감축됩니다.

그동안 ASEM이 추진해온 아시아·유럽 간 '디지털 실크로드'의 완성은 이미 눈앞에 다가왔습니다. 그 관문이 될 한국과 프랑스 간의 초고속 정보통신망이 지난해 12월 개통되었습니다. 이제 '철의 실크로드'까지 완성되면, 아시아와 유럽은 하나의 협력 공동체를 향해 크게 전진하게 될 것입니다.

존경하는 의장, 그리고 각국 정상 여러분!

햇볕정책이 결실을 맺을 때, 그것은 한반도는 물론 유라시아 대륙 전체, 나아가 세계의 평화와 번영에 크게 기여하게 될 것입니다. ASEM의 적극적인 관심과 지원을 바라 마지않습니다.

경청해주셔서 감사합니다.

제2부

평화의 세기를 향하여

퇴임 이후 2003~2004

아시아의 미래와 한반도 평화

▌하버드 국제학생회의 개막식 특별 연설
▌서울, 2003. 8. 21.

오늘 한국에서 세계의 저명한 대학교 학생과 교수, 그리고 지도자 여러분들이 자리한 가운데 하버드 국제학생회의가 열리게 된 것을 환영합니다. 또한 저에게 연설할 기회를 주셔서 감사합니다. 저는 이 자리를 빌려 아시아의 정치·경제·문화의 역사적 전통과 그 미래에 대해서 여러분과 같이 생각해보고자 합니다. 또한 최근 세계의 초점이 되고 있는 한반도 문제에 대해서도 언급하고자 합니다.

아시아는 18세기까지 긴 세월 동안 서구 사회에 버금가는 독자적 발전을 해왔습니다. 그러나 19세기와 20세기의 양 세기 동안 서구 사회는 아시아를 종속적으로 지배해왔습니다. 20세기 말부터 아시아는 다시 그 힘을 회복해서 민주주의, 경제 발전, 문화적 활력 등 괄목할 만한 성장을 보이고 있습니다.

미국의 저명한 아시아 문제 전문가는 "이제 21세기는 서양이 동양을 필요로 하는 정도가 동양이 서양을 필요로 하는 것보다 더욱 절실해질 것이다"라고 말하고 있습니다. 그는 또 "아시아의 변화는 소련의 붕괴나 유럽의 통합 같은 변화보다 훨씬 더 깊은 의미를 갖는다"라고 지적하고 있습니다. 21세기의 아시아는 민주주의, 경제 발전, 문화 창조에서 서구와 어깨를 나란히 하는 발전을 이룩할 것입니다. 이러한 가능성은 돌발적이거나 일시적인 현상이 아니고 장구한 시일에 걸친 사상적·역사적 발전에 의한 것이라고 생각합니다.

먼저, 민주주의에 대해서 생각해봅시다.

오랫동안 서구 학자들은 아시아에는 민주주의에 대한 문화적 전통이 없기 때문에 민주주의가 자랄 수 없다고 주장해왔습니다. 제2차 세계대전 이후 아시아의 독재자들도 이러한 주장을 되풀이하면서 자기 합리화를 했습니다. 그러나 이것은 사실이 아닙니다.

2,300년 전 중국의 맹자는 "임금의 권력은 하늘이 백성에게 선정을 하라는 천명과 더불어 내린 것이다. 만일 임금이 선정을 하지 않고 백성을 괴롭힌다면 백성들은 임금을 추방할 권리가 있다"라고 말했습니다. 이러한 주권재민의 사상은 근대 서구 민주주의의 사상적 원류가 되고 있는 존 로크보다 2,000년이나 앞선 것입니다. 한국의 민족종교인 동학에서도 '사람이 곧 하늘이다. 사람 섬기기를 하늘 섬기듯 하라'는 말이 있습니다. 불교에는 '나 자신의 인권이 세상에서 가장 중요하다'는 가르침이 있습니다.

그외에 아시아에는 1,000년 전부터 공무원을 세습이 아니라 공개적으로 채용하고, 왕권을 견제하는 강력한 기구를 두는 등 민주주의와 상통하는 수많은 전통이 있었습니다. 이러한 사상과 전통의 기반 위에 서구 민주주의 제도를 받아들인 것입니다.

그동안 약간의 혼란도 있어왔으나 이제 아시아에서 민주주의는 보편적 현실로 확대되고 있습니다. 21세기와 더불어 아시아 민주주의는 더욱 발전하여 서구 사회 못잖은 완전한 정착을 이룩할 것입니다.

둘째, 경제적으로 그동안 많은 사람들이 아시아에서 일본을 제외하고는 봉건 경제체제를 거치지 않았기 때문에 다음 단계인 경제의 근대화는 불가능하다고 했습니다. 그러나 이제 아시아 각국의 경제 발전을 볼 때 이러한 주장은 근거 없는 것으로 입증되었습니다. 더구나 21세기 지식 기반 경제 시대에는 아시아처럼 지적 전통이 풍부한 지역에서는 괄목할 만한 도약을 이미 이루고 있고 앞으로도 더욱 그러할 것입니다.

1840년 아편전쟁 이래 서구의 지배와 착취로 환경의 파괴와 빈곤의 확대에 시달려온 아시아는 이제 새로 태어나고 있습니다. 아시아 경제는 21세기에 NAFTA(북미무역협정), EU(유럽연합)와 더불어 세계 3대 경제블록으로 성장하여 서로 경쟁하고 협력하는 강력한 파트너가 될 것입니다.

마지막으로, 문화적으로 볼 때 많은 사람들이 아시아 문화의 후진성을 지적하면서 폄하해왔지만 이것도 사실이 아닙니다. 서구보다 훨씬 앞서 4,000년 전 황허 문명, 인더스 문명 등 아시아 문명이 번창했습니다. 2,500년 전에는 공자의 유교와 부처의 불교가 탄생하여 문화적 융성에 크게 기여했습니다. 아시아 특히 동아시아에서는 교육이 가장 중요시되고 지적 발전은 세계 어느 지역 못지않게 이루어졌습니다. 또한 지금 아시아는 종교와 문화의 다양성에도 불구하고 상호 공존 속에 평화를 누리고 있습니다. 이러한 아시아의 문화적 기반은 지식산업, 문화산업 등 21세기 주력 산업의 발전에 큰 기여를 하면서 문화 세계의 주역으로서 역할을 할 것입니다.

그러나 이 자리에 계신 여러분!

아시아의 현실과 장래에는 밝은 빛만 있는 것이 아닙니다. 아직도 많은 문제점이 있습니다. 독재가 지배하는 나라들이 있습니다. 민주주의를 한다고 하지만 많은 문제점을 안고 있는 나라들도 있습니다. 정보화 시대를 맞이하여 정보 격차 때문에 빈부 격차가 더욱 심화되는 양상을 보이고 있습니다. 문화가 낙후된 지역에서는 개인의 삶의 질이 등한시되는 경우가 많습니다.

아시아는 안으로는 정치·경제·문화의 21세기적 발전과 개인에 대한 공정한 기회 부여에 힘써야겠습니다. 밖으로는 WTO(세계무역기구)와 인터넷의 영향 아래 급속히 진전되고 있는 세계화 시대에 발맞추어 나가야겠습니다. 한편으로는 협력하고 한편으로는 경쟁하는 '다이내믹 아시아'를 실현하여 21세기 역사를 이끄는 주역이 되어야겠습니다. 그리하여 평화와 공동 번영을 위해 세계와 힘을 합치는 성숙한 아시아가 되어야겠습니다.

특별히 아프리카 등 빈곤과 질병에 시달리고 있는 지역에 대한 지원과 정보화 교육 등에 힘써서 그들도 21세기 번영의 시대에 동참하도록 해야겠습니다. 빈곤이야말로 평화를 파괴하는 최대의 적이며, 오늘날 세계 도처에서 일어나고 있는 테러도 그 근본 원인은 직·간접적으로 빈곤에 의한 것입니다.

친애하는 참석자 여러분!

이제 아시아는 세계의 중요한 한 부분이 되었습니다. 오늘 여러분이 아시아를 이해하고 아시아 속에서 또는 아시아와 더불어 어떻게 살아갈 것인가를 생각하고자 이 자리에 모인 것은 참으로 뜻 깊고 필요한 일이라고 생각합니다.

우리는 이제 민족국가의 일원이라기보다는 세계화 도상의 한 구성원입니다. 급속히 진행되고 있는 세계화에 대비해서 인류 공존을 위한 여러분 젊은 지식인들의 노력의 중요성은 아무리 강조해도 지나침이 없을 것입니다. 지적·문화적으로 성숙된 젊은 여러분들만이 21세기 인류의 보편적 자유와 번영과 문화의 신세계를 열게 될 것입니다. 21세기 세계화 시대에 대비한 오늘 이 회의의 중요성을 저는 다시 한번 강조하는 바입니다.

다음으로 한반도 평화 문제에 대해서 몇 말씀 드리고자 합니다.

한반도는 지정학적 특수성 때문에 많은 시련을 겪었습니다. 19세기 말과 20세기 초에는 청국과 일본, 러시아와 일본 간의 한반도 쟁탈전의 무대가 되었습니다. 두 전쟁에서 승자가 된 일본이 한국을 강제로 식민지화했습니다. 1945년 일본의 패배와 더불어 한반도는 미·소 양국의 분단 점령 시대로 들어가게 되었습니다. 이어서 남북에 각각 두 개의 정부가 생기고 1950년에는 한국전쟁이 일어났습니다.

1953년 휴전과 함께 분단이 고착되어 지금까지 50년의 세월이 흘렀습니다. 아직도 언제 통일이 될지 전혀 기약조차 할 수 없습니다. 거기다 최근 한반도는 북한 핵 문제로 긴장과 전쟁 위기의 어두운 그림자에 둘러싸여 있습니다.

저는 통일은 앞으로의 과제로 하더라도, 우선 남북 간에 평화적으로 공존하고 평화적으로 협력하는 한반도 평화 협력의 시대를 여는 것이 중요하다는 의미의 '햇볕정책'을 일관되게 주장해왔습니다.

대통령이 되어 저는 2000년 6월 15일 남북정상회담을 위해 평양으로 갔습니다. 남북정상회담의 결과로 한반도에서는 긴장 완화, 경제·사회·문화적 교류의 증대, 이산가족 상봉 등이 이루어지고 있습니다. 남북 간에 철도가 연결되고, 북한의 개성지구에 남북 합작의 공단이 착공되고 있습니다. 휴전선을 가로질러 금강산 육로 관광이 시작되었습니다. 또한 오늘 대구에서 열리는 유니버시아드 대회에 북한의 선수와 응원단이 대규모로 참가합니다. 참으로 획기적인 변화라 하지 않을 수 없습니다.

그럼에도 불구하고 지금 한반도는 동북아는 물론 세계적 긴장의 초점이 되고 있습니다. 그것은 북한 핵 문제와 북의 안전 문제로 발생한 북미 간의 대결 때문입니다. 무력 충돌의 위험성조차 있습니다. 만일 한반도에서 전쟁이 발발하면 남북한에 걸쳐 수백만 명이 희생되고 전 한반도가 초토화될 가능성이 있습니다. 이렇게 되면 그 영향은 아시아로, 세계로 확산될 것입니다. 그러므로 우리는 어떠한 일이 있어도 전쟁을 막아야만 합니다.

평화는 우리에게 지상명령입니다. 우리 한국 국민은 북한 핵을 단호히 반대하고 이를 철폐할 것을 주장하고 있습니다. 평화를 위해서입니다. 우리는 또한 한미 동맹의 중요성을 확고히 지지하고 있습니다. 평화를 위해서입니다. 그러나 지금 미국의 일부에서 주장하는 북한에 대한 강경 일변도의 대응에 대해서도 우리 한국 국민은 크게 우려하고 경계하고 있습니다. 역시 평화를 위해서입니다.

우리는 한반도의 평화를 지키기 위해 힘을 합쳐서 북미 관계가 타개되도록 노력해야겠습니다. 지금 열리려 하는 북핵 해결을 위한 6자회담이 반드시 성공해야 합니다. 6자회담의 핵심 과제는 북미 간에 해결되어야 합니다. 북은 핵을 완전히 포기하고 미국은 북의 안전을 보장해야 합니다. 그리고 6자가 공동으로 이를 또 한 번 보장해야 할 것입니다. 원칙은 일괄 타결하고 실천은 필요에 따라 단계적으로 할 수 있을 것입니다. 저는 이러한 북미 관계 해결 방안을 1994년 1차 핵 위기 때부터 계속 주장해왔습니다. 이달 말에 열리는 6자회담의 성공을 우리 모두가 지원하고 격려합시다.

친애하는 여러분!

여러분은 21세기의 주역입니다. 세계의 지도자가 될 분들입니다. 지금 우리는 앞으로 여러분의 시대가 안전하고 행복한 시대가 될 것이냐, 아니면 불안과 파괴의 시대가 될 것이냐의 기로에서 방황하고 있습니다.

우리는 전력을 다해서 평화를 지키는 노력을 해야 할 것입니다. 전쟁을 반대하고 테러를 반대해야겠습니다. 가장 위급한 한반도의 평화에 여러분의 큰 관심과 지원이 필요합니다. 그리하여 평화 속에 21세기를 보편적인 자유와 번영과 행복의 세기로 만듭시다.

경청해주셔서 감사합니다.

통일의 비전을 제시하는 김대중도서관

| 김대중도서관 개관식 축사
| 김대중도서관 컨벤션홀, 2003. 11. 3.

먼저 바쁘신 가운데 이 자리를 빛내주신 노무현 대통령 내외분께 진심으로 감사드립니다. 또한 축하 메시지를 보내주신 세계 각국의 국가 지도자 여러분께 깊이 감사드리며 이러한 축하를 무한한 영광으로 생각하는 바입니다. 그리고 이 자리에 참석하신 내외 귀빈 여러분께도 충심으로 감사의 말씀을 드립니다.

특히 우리나라 사학의 명문인 연세대학교가 제가 운영하던 아태평화재단의 건물과 저의 서적과 자료 등을 인수해서 오늘 이렇게 '김대중도서관'을 개관하도록 수고해주신 데 대해서, 김우식 총장과 관계자 여러분께 깊은 감사를 드리는 바입니다.

저는 이제 오랜 정치 생활을 마치고 조용히 살아가고 있습니다. 지난 세월을 회고할 때 국민 여러분과 세계 벗들의 뜨거운 성원 속에 민주주의와 나라의 번영, 민족의 화해 협력, 그리고 세계의 평화를 위해서 나름대로 헌신할 수 있었던 것을 뜻 깊게 생각하고 있습니다. 제가 공인으로 활동하면서 나타난 잘잘못은 국민과 역사가 심판하게 될 것입니다. '김대중도서관'에서의 여러 가지 연구 성과가 그러한 판단에 좋은 참고가 되기를 바랍니다.

'김대중도서관'은 특별히 한반도 평화와 통일에 대한 국제적 연구 센터로서의 비전을 가지고 운영될 것으로 알고 있습니다. 이는 우리 민족을 위해서는 물론 세계의 평화를 위해서 매우 중요한 일입니다. 큰 성과 있기를 바랍니다.

6·15 남북정상회담은 우리 민족은 물론 세계적 관점에서도 역사적 사건이었습니다. 마지막 냉전 지대인 한반도의 기류에 큰 변화의 시발점을 만들었습니다. 남북한 사이에 있었던 극도의 대립과 적대감을 넘어서, 평화와 화해의 길이 열리기 시작했습니다. 교류와 협력이 크게 늘어났습니다.

'국민의 정부' 이전 50년 동안 300여 명에 불과했던 이산가족 상봉이 이제 6,000명을 넘어섰습니다. 한반도의 동서 양쪽에서 남과 북을 잇는 철도 연결 공사가 진행되고 있습니다. 평양까지 세 시간 걸리는 1일 생활권의 시대가 올 것입니다. 북을 통해서 유라시아 대륙으로 뻗어나가면 한국은 태평양과 대서양을 육로로 연결하는 동아시아 물류의 중심이 될 것입니다.

개성공단 건설이 진행되고 투자 보장, 이중과세 방지 등 국제적 수준의 남북 경협에 대한 협정이 이루어졌습니다. 앞으로 남과 북은 이러한 경제협력을 통해서 공생의 혜택을 얻고 같이 발전하게 될 것입니다. 문화·스포츠 등의 교류가 활발히 이루어지고 있습니다. 남북 문화 협력의 덕택으로 월드컵 대회, 아시안 게임, 유니버시아드 대회가 큰 성공을 거두었습니다. 북이 생존에 위협받지 않아야 남북 간의 평화가 증진되고, 북의 경제가 발전되어야 통일 이후에도 부담이 적어질 것입니다.

이 자리에 계신 여러분!

그러나 지금의 남북 관계는 장밋빛 일색이라고는 결코 말할 수 없습니다. 오히려 걱정스러운 점이 너무도 많습니다. 세계가 우려하고 있습니다. 특히 북한 핵 문제를 둘러싼 현 상황은 위험하기 짝이 없으며 하루속히 해결되어야 합니다. 북한 핵 문제 해결은 세계의 관심사이지만, 가장 핵심적인 해결 당사자는 미국과 북한입니다.

북한은 핵무기에 대한 계획을 완전히 포기해야 하고 철저한 검증을 받아야 합니다. 미국은 북한의 안전을 확실하게 보장하고, 국제사회의 일원으로 받아주어야 합니다. 그리고 모든 6자회담 참가국들은 이러한 합의를 공동으로 지원하고 보장해야 할 것입니다. 유엔의 지지 결의도 바람직합니다. 저는 최근 미국과 북한 양측에서 보이고 있는 긍정적 자세를 환영하며, 이를 통한 6자회담의 성공을 바랍니다.

한국은 남북 문제의 당사자로서, 또한 남북비핵화선언의 체결 당사자로서 북한 핵의 포기와 미북 관계의 정상화에 적극적인 역할을 해야 할 것입니다. 한반도의 평화와 발전을 위해서는 남북 관계의 개선과 더불어 미북 관계의 개선이 절대로 필요합니다. 두 가지 관계개선이 병행 실천되어야 합니다.

저는 다시 한번 강조합니다. 한반도에서의 모든 갈등은 반드시 대화를 통해 평화적으로 해결되어야 합니다. 강대국에 의해서 분단된 지 50년이 넘었습니다. 강대국의 냉전에 휘말려 동족상잔의 전쟁을 치렀습니다. 다시는 이 땅에 민족의 참화를 가져올 전쟁이 있어서는 안 됩니다. 우리는 노무현 대통령의 한반도 평화와 남북 간 협력 증진의 정책이 더욱 성공하도록 격려하고 지원해야겠습니다.

존경하는 여러분!

저는 1971년 대통령 선거에 출마한 이래 30년 이상 일관되게 남북 문제의 평화적 해결을 주장해왔습니다. "냉전의 찬바람 대신 화해 협력의 따뜻한 햇볕을 보내는 햇볕정책을 남북이 실천하자. 평화공존, 평화교류를 해나가다가 서로 안심할 단계에서 평화통일을 이룩하자"는 것이 햇볕정책의 주장입니다. 이러한 햇볕정책이 최선의 방법이라는 것은 많은 국민과 세계의 공감을 얻고 있습니다.

저는 비록 정치에서는 은퇴했지만 민족의 화해 협력과 세계의 평화를 위해서는 제 인생이 계속되는 한 모든 헌신을 아끼지 않을 것입니다. 이 자리에 계신 여러분들의 보다 많은 성원과 지도를 바라 마지않습니다.

오늘 개관된 '김대중도서관'이 이러한 민족적 소망을 위해서 많은 공헌을 하기를 바랍니다. 이 도서관이 남북 간의 화해와 협력, 그리고 통일에 대한 비전을 제시하는 역할을 해주십시오.

감사합니다.

동북아시아와 한반도 평화

'동북아시아의 신세기' 국제 심포지엄 특별 메시지
도쿄대학교 야스다 강당, 2003. 11. 20.

존경하는 참석자 여러분!

오늘 개막하는 '동북아시아의 신세기' 심포지엄을 진심으로 축하하고 그 성공을 빕니다. 제가 이 영광스러운 자리에 초청받았음에도 불구하고 건강 사정으로 참석하지 못한 것을 매우 아쉽게 생각합니다.

존경하는 여러분!

21세기는 인류 역사상 최대의 변혁의 세기입니다. 산업사회 시대가 지식 기반 경제 시대로 변하고 있습니다. 영토국가 시대가 세계화 시대로 바뀌고 있습니다. 단순한 유무선통신 시대로부터 신속하고 다양한 빛의 정보화 시대로 급변하고 있습니다. 21세기는 종래의 공업생산 위주에서 지식 정보와 첨단 기술이 주도하는 시대입니다. 지구의 미래가 염려되는 가운데 환경 중시의 각성이 높아지고 있습니다.

한편, 테러는 21세기 평화를 위협하는 최대의 불안 요인이 되고 있습니다. 군사적 초강대국들이 정규전에서는 쉽게 승리했지만 테러와의 전쟁에서는 힘겨운 대결을 강요당하고 있습니다. 21세기의 평화를 위해서는 세계 각국의 협력이 더욱 중요해졌습니다. 무엇보다도 가난한 나라와 가난한 사람들이 희망을 갖도록 해야 합니다.

이상 말한 바와 같이 새로운 시대를 어떻게 인식하고 어떻게 대처해 갈 것인가가 21세기를 사는 우리들에게 제기된 도전입니다.

존경하는 여러분!

아시아는 1840년 아편전쟁 이래 짧지 않은 서구의 지배를 겪었습니다. 그러나 아시아는 불굴의 투혼을 가지고 서구의 근대화 성과를 받아들이면서 자주적인 경제 발전을 이루어가고 있습니다. 일본은 이미 최선진국의 대열에 서 있습니다.

아시아적 민본주의는 서구식 민주제도를 접목시켜 아시아 각국에서 민주주의를 보편화시키고 있습니다. 아시아 중에서도 한·일·중의 동북아시아가 아시아 발전의 미래를 선도할 것으로 보입니다. 동북아시아 3국은 지식정보화 시대에 진입하여 세계 선진국과 어깨를 나란히 해가고 있습니다. 앞으로 세계 경제는 미국 중심의 NAFTA, 유럽의 EU, 그리고 동아시아권의 3대 블록을 중심으로 운영될 것으로 예견됩니다.

동아시아는 정치 체제와 문화와 종교의 상이함에도 불구하고 평화적인 공존과 협력 관계가 유지되고 있습니다. ASEAN+3과 APEC의 성공적인 운영은 아시아의 지혜를 과시하고 미래의 큰 성공을 약속하는 증표라고 생각합니다.

그러나 한편 동아시아는 발전 단계와 이념의 차이, 빈부의 격차 등에서 오는 많은 문제점을 안고 있습니다. 이러한 가운데 한·일·중 3국은 그 능력으로 조화로운 변화에 큰 기여가 기대됩니다.

존경하는 여러분!

일본은 제2차 세계대전을 통해서 막강한 군사력을 이룩할 수 있는 능력을 보였습니다. 지금은 미국 다음가는 경제 대국으로 자리하고 있습니다. 20세기 전반기 동안 일본은 부러움의 대상인 동시에 두려움의 대상이었습니다. 지금도 아시아 사람, 특히 동북아시아 사람들은 일본의 일거수일투족에 깊은 관심을 가지고 있습니다. 그들은 일본이 이제 아시아의 평화와 공동 번영에 크게 이바지하는 나라가 되기를 바라고 있습니다. 아시아와 세계의 빈부 격차와 질병 문제를 해결하는 데 일본이 선도적 역할을 다하기를 바라고 있습니다. 그리하여 주변 각국들이 일본을 더 큰 신뢰와 존경으로 대할 수 있기를 바라고 있습니다.

존경하는 여러분!

한반도는 지정학적으로 매우 기구한 위치에 있습니다. 세계 4대 강국이 한반도 안에 혹은 주변에 있습니다. 조선왕조 말기에는 일본·청국·러시아의 3국이 한반도를 놓고 각축을 벌이다 결국 마지막 승자인 일본이 우리나라를 강점했습니다. 우리는 우리 역사상 처음으로 주권을 상실한 쓰라린 경험을 했던 것입니다.

그것만이 아닙니다. 일본의 패전 후 우리나라는 미국과 소련 양국에 의해서 분점되었습니다. 냉전의 소용돌이 속에 휘말려 들어갔습니다. 동족상잔의 전쟁까지 하게 되었습니다. 그리고 50년 동안 분단과 대결의 세월을 보내고 있습니다. 한반도야말로 제2차 세계대전의 마지막 유산이고 냉전의 최대 희생자입니다. 남북한의 군사적 위기는 한반도는 물론 일본을 포함한 동북아의 안정과 세계 평화에 직결됩니다. 한반도의 불안은 우리 모두의 불안입니다.

존경하는 여러분!

저는 1971년 대통령에 출마했을 때 일·미·중·소 4개국이 공동으로 한반도 평화를 보장해야 한다고 주장한 바 있습니다. 32년 전의 주장이 이제 남북한을 합쳐서 6자회담으로 실현되려 하고 있습니다. 한반도의 모든 대립은 우리 모두의 협력 속에 반드시 평화적으로 해결되어야 합니다.

저는 작년 2월 부시 대통령이 서울을 방문했을 때 한국 대통령으로서 그분에게 다음과 같이 이야기했습니다.

"우리는 다 같이 공산주의를 반대한다. 북한의 침략 가능성에 대해서도 확고하게 대비하는 동맹국이다. 그러나 우리는 북한과 대화해야 한다. 한국은 국토가 분단되어 있고 180만의 군대가 남북에서 대치하고 있다. 수백만의 이산가족이 반세기가 넘도록 생사의 소식조차 모르고 있다. 이런 모든 문제를 생각할 때 북한과 대화하지 않을 수 없다.

그리고 무엇보다도 동북아시아의 평화를 위해서 대화해야 한다. 상대방을 싫어한다는 것과 대화한다는 것은 별개의 문제다. 의견이 다르고 이해가 다를수록 대화가 필요한 것이다. 레이건 대통령은 소련을 '악마의 제국'이라고 비난했지만, 그와 그의 후계자들은 소련과 대화하고 경제와 문화의 교류를 추진했다.

이러한 대화와 협력을 통한 개방의 유도는 결국 소련이나 동유럽 국가에서 총 한 발 안 쏘고도 공산주의가 무너지게 만들었다. 오늘날 중국의 변화도 대화의 산물이다. 베트남에서는 전쟁까지 했지만 승리하지 못하고 결국 외교와 통상을 통해 오늘의 변화와 좋은 관계를 이룩했다.

북한에 대한 무력 행사는 전면 전쟁을 초래하고 수백만의 인명 피해와 국토의 초토화를 가져오는 민족적 재앙이 될 것이다. 북한은 지금 미국을 가장 미워하면서도 두려워한다. 그들이 사는 길은 미국으로부터 안전을 보장받고 국제사회의 도움을 얻는 것이다. 북한은 이를 간절히 바라고 있다. 이것은 그들에게 있어서 생사와 직결된 문제다."

부시 대통령은 이에 대해 공감하고, '북한을 공격하지 않겠다. 대화하겠다. 북한에게 식량을 지원하겠다'고 저와의 공동 기자회견 석상에서 약속한 바 있습니다.

존경하는 여러분!

2000년 6월 15일의 남북정상회담 이래 남북한 사이에는 큰 변화가 일어나고 있습니다. 무엇보다도 긴장이 크게 완화되었습니다. 그러한 가운데 월드컵 대회, 아시안 게임, 유니버시아드 대회 등이 성공적으로 개최되었습니다. 북한의 선수와 응원단들이 남한의 동포들과 감동적인 상봉과 우정을 나누었습니다. 한국 국민은 공산주의를 반대하는 것과 동족을 우정으로 대하는 것을 구별하는 모습을 세계 앞에 보여줬습니다.

제가 대통령에 취임하기 전에는 50년 동안 불과 300명 정도의 이산가족이 상봉했는데, 지난 5년 동안에 상봉한 이산가족 수가 6,000명을 넘었습니다. 금강산 관광과 문화·체육 교류 등으로 수십만 명이 북한을 다녀왔습니다. 상당수의 북한 사람도 남한을 다녀갔습니다. 남북 간 철도 연결, 개성공단 건설, 금강산 육로 관광 등의 경제협력이 착착 진행되고 있으며, 이중과세 방지 협정, 투자 보장 협정 등 4대 경제협력 체제가 갖추어졌습니다.

가장 주목할 것은 북한 사람들의 남한에 대한 인식이 크게 바뀌고 있다는 사실입니다. 오랜 적대와 불신의 자세가 이제 이해와 동경심으로 바뀌고 있습니다. 북한 사람들은 지금 남쪽이 자유롭고 풍요롭게 산다는 것을 부러워하기 시작했습니다.

그러나 여러분!

남북 관계가 장밋빛만은 아닙니다. 오히려 빛보다도 그림자가 당장의 위협으로서 우리 앞에 드리워지고 있습니다. 북한 핵 문제가 바로 그것입니다. 지금 6자회담이 열리고 있고 미국과 북한 모두 과거보다는 전향적인 태도를 보이고 있습니다. 그러나 해결의 전망이 확실한 것만은 아닙니다. 6자회담이 비록 유용하지만 핵심은 여전히 북미 간의 대화와 합의입니다.

북한은 핵을 완전히 포기하고, 미국은 북한의 안전과 국제적 진출을 보장해야 합니다. 서로 상대에 대한 깊은 불신이 있기 때문에 이 문제는 동시에 병행해서 해결해나가야 합니다. 6자회담 참가국은 공정하고 성의 있는 자세로 대화의 성공과 그 결과에 대한 공동 보장을 위해 적극 기여해야 할 것입니다.

저는 1994년의 1차 핵 위기 이래 일관되게 북미 간에 서로 '줄 것은 주고, 받을 것은 받는' 일괄 타결 방식을 주장해왔습니다. 그 당시 카터 전 대통령의 북한 방문의 길을 여는 데도 협력했습니다. 또한 저는 2000년 6월 북한을 방문했을 때 김정일 위원장에게 말했습니다.

"지금 북한이 가장 긴급하게 필요로 하는 것은 안전 보장과 경제 재건이다. 이것은 북한의 사활이 걸린 문제이다. 그런데 세계에서 북한에게 이에 대한 해결책을 제공할 수 있는 나라는 미국뿐이다. 미국을 좋아하고 싫어하는 것은 별개의 문제다. 북한의 생존을 위해서 미국과 이 문제를 풀어야 한다. 그러려면 미사일이나 핵 등 미국의 의구심을 해소해야 한다. 이러한 문제를 놓고 미국과 직접 대화를 해야 한다. 당신이 원하면 내가 클린턴 대통령에게 이를 전하고 대화를 권하겠다."

김정일 위원장은 저의 이런 제안에 동의했고, 저는 클린턴 대통령에게 북한의 대미 관계개선에 대한 적극적 의지를 전달했습니다. 그리하여 조명록 국방위원회 부위원장이 미국을 방문해서 클린턴 대통령을 만났고, 올브라이트 국무장관이 북한을 방문해서 김정일 위원장을 만났습니다.

이러한 가운데 북미 양국은 공동 코뮈니케를 통해 양국 간의 적대 관계를 해소하고 외교 관계를 수립하는 데 합의했습니다. 그러나 합의를 실천에 옮기기 전에 클린턴 정부가 물러났고, 부시 행정부는 이전 정부와 다른 입장을 취하게 되었습니다. 그 결과 북미 간의 대화는 진전되지 않았고, 작년 10월 북한의 핵 보유 발언은 일거에 한반도를 긴장으로 몰아넣었습니다. 북에 대한 선제공격까지 거론되었습니다.

그러나 여러분!

한반도에서의 전쟁은 누구에게도 득이 되지 않습니다. 그 중에서도 한국 국민이 엄청난 피해를 입을 것은 이미 말한 바 있습니다. 주변 국가들도 큰 영향을 받을 것입니다. 이러한 우려가 합쳐 6자회담이 성립된 것입니다. 6자회담을 통해서 우리는 한반도에서의 안전과 평화 문제를 확실하게 해결할 뿐 아니라 동북아시아의 안정과 번영에 대해서도 공헌할 수 있습니다. 남북한 간의 평화와 협력 체제가 이루어지면 한반도로부터 동아시아-중앙아시아-유럽의 파리와 런던을 연결하는 '철의 실크로드'가 형성될 것입니다. 태평양과 대서양을 육로로 잇는 철의 실크로드는 남북한은 물론 일본에 대해서도 큰 이익을 가져올 것입니다.

장차는 한일 간의 해저터널도 건설할 수 있을 것입니다. 철의 실크로드는 유라시아 전역에 물자뿐 아니라 사람들의 왕래도 더욱 활발하게 할 것입니다. 중국에는 200만의 한국계 중국인이 있습니다. 중앙아시아에도 50만의 고려인이 있습니다. 그들과의 네트워크는 한반도의 발전에 큰 지평을 열어주게 될 것입니다. 무엇보다 북한을 통한 육로 교통은 한국을 동북아 물류의 중심지가 되게 할 것입니다. 물류가 일어나면 생산이 일어나고, 금융이 일어나고, 보험이 일어나고, 문화 관광 사업이 일어납니다. 한국과 한반도는 일본·중국·몽골·러시아의 연해주 등과 광대한 경제적·문화적 공동 번영의 관계를 발전시킬 수 있습니다. 모든 유라시아 국가 대륙들과 긴밀한 교류 관계가 일어날 것입니다.

존경하는 여러분!

한반도의 평화와 남북 간의 교류 증진은 남북한 7,000만 민족의 안정과 번영을 가져올 것입니다. 뿐만 아니라 일본, 중국 등 동북아시아에 대해서도 안정과 경제적 이익을 가져올 것입니다. 긴 세월 동안 서구에 종속되어왔던 아시아는 이제 조상이 물려준 지적 유산 위에 21세기 지식경제 시대의 강자로서 당당히 부상할 것입니다.

저는 1998년 일본 국빈 방문과 2002년 월드컵의 한일 공동 개최를 통해 한일 양국이 더욱 긴밀한 협력 관계 속에서 새로운 양국 관계를 여는 데 기여할 수 있었던 것을 큰 보람으로 생각합니다. 동북아시아에서 이루려는 모든 꿈의 실현은 한반도의 평화에서 시작됩니다. 한반도의 평화 없이는 동아시아의 안정이나 번영은 언제나 위협 속에 놓이게 될 것입니다.

오늘 '동북아시아의 신세기' 국제 심포지엄이 동북아시아와 한반도 문제의 해결점을 찾는 데 크게 기여할 것으로 확신합니다. 이러한 뜻깊은 노력이 앞으로도 계속되게 해주십시오. 그리하여 빛나는 동북아시아, 나아가 동아시아의 시대를 열어가는 데 크게 기여해주시기 바랍니다. 감사합니다.

21세기 동아시아의 번영을 위하여

▌ 동아시아포럼(EAF) 창립 총회 연설
서울, 2003. 12. 15.

존경하는 윤영관 장관 그리고 동아시아 13개국에서 오신 대표와 귀빈 여러분! 오늘 역사적인 동아시아포럼의 창립 총회를 진심으로 축하합니다. 그리고 이 자리를 빛내주신 말레이시아의 마하티르 전 총리, 베트남의 보 반 키엣 전 총리, 그리고 일본의 하타 츠토무 전 총리에게 충심으로 환영의 뜻을 전합니다.

존경하는 여러분!

1998년 베트남에서 개최된 ASEAN+3 정상회의에서 저는 민간인에 의한 동아시아비전그룹(EAVG)의 창설을 제안했었습니다. 동아시아비전그룹은 2년에 걸쳐서 동아시아의 공동 협력에 대한 훌륭한 안을 ASEAN+3 정상회의에 보고했습니다. 이것을 토대로 저는 또 한번 2000년 싱가포르 회의에서 동아시아연구그룹(EASG)의 창설을 제안했습니다. 이 기구는 다시 2년간의 연구 검토 끝에 2002년 캄보디아 ASEAN+3

정상회의에서 26개 항목에 걸친 매우 통찰력 있고 충실한 내용을 제안하여 이것이 채택되었습니다.

그러한 제안 가운데 단기 협력 사업으로 동아시아포럼(EAF)의 창설이 결정되어 오늘 창립 총회를 갖게 된 것입니다. 1998년 이래 5년에 걸친 정부와 민간에 의한 심도 있는 노력의 값진 첫 성과라 할 것입니다. 이는 또한 동남아시아와 동북아시아를 포괄하는 공동 기구를 향한 큰 발걸음이 되었습니다.

존경하는 여러분!

21세기는 세계화와 지역화가 동시에 진행되는 시대인 것을 우리는 잘 알고 있습니다. 그 가운데 두 가지 극적인 변화가 일어나고 있습니다.

하나는 엄청난 기술 혁신입니다. 정보화·생명공학·문화산업·환경산업·나노산업·우주항공산업 등 첨단 기술이 하루가 다르게 발전하고 있습니다. 우리는 인류 역사상 일찍이 경험하지도 못했고 상상하지도 못했던 격변의 기술혁명 시대에 살고 있는 것입니다.

둘째는 중국, 인도 등 과거의 경제 대국이 재부상하고 있습니다. 1820년경에는 세계 총생산의 27%를 중국이 점했고, 14%를 인도가 차지했습니다. 합계 41%였습니다. 그 당시 영국의 점유율은 5%였습니다. 그러나 산업혁명의 여세를 탄 영국의 경제가 급성장하고 독일과 미국이 이를 추월하기 시작했습니다. 1870년대에 일어난 서구 제국주의 국가들에 의한 제2차 산업혁명은 아시아와 아프리카 지역을 그들의 지배하에 편입시켜 세계 경제를 좌우했습니다. 아시아의 암흑시대가 왔던 것입니다.

이제 아시아는 다시 일어서고 있습니다. 아시아는 유구한 전통과 저력을 가지고 있습니다. 4,000년 전 황허 강 유역과 인더스 강 유역에는 도시국가가 번창했는데, 이것은 세계 4대 도시국가 중 2개가 아시아에 속했음을 의미합니다. 2,500년 전 중국과 인도에서는 유교와 불교 등의 사상혁명이 일어났습니다. 이것 또한 그리스 철학자와 이스라엘의 예언자 등과 더불어 4대 사상혁명을 일으켰습니다. 그 당시 오늘의 서구 사회는 캄캄한 암흑기였습니다. 중국과 인도의 도시문명과 사상혁명은 풍요한 경제 발전과 심오한 지적 전통의 뿌리를 이루어 아시아 전체로 크게 뻗어나갔습니다.

지금 동아시아는 눈부신 발전을 거듭하고 있습니다. 50년 내에 아시아, 특히 동아시아가 세계 경제의 중심이 될 것이라고 많은 전문가들이 말하고 있습니다. 이러한 가능성에도 불구하고 동아시아에는 강력한 지역적 협력 내지 통합 기구를 이루려는 의지가 부족하며, 있다 하더라도 그 강도가 약하고 속도가 느립니다. 이러한 현상은 동아시아의 협력과 발전의 저해요인이 될 수 있습니다.

지금 EU는 15개 회원국에서 내년에는 25개국으로 확장될 것입니다. 강력한 지역 공동체를 이루고 있고, 유럽연방을 지향하고 있습니다. 거기에는 굳건한 정치적 의지를 가진 지도자와 엘리트들이 앞장서고 있습니다. 우리는 유럽의 지혜와 결단에서 많은 것을 배워야 합니다.

NAFTA는 미국의 지도력 아래 공동의 이익을 성공적으로 창출해가고 있습니다. 중남미까지 포괄하는 전 미주적(全美洲的)인 자유무역 지대의 미래도 내다볼 수 있습니다.

세계화에 의한 무한 경쟁과 지역주의의 눈부신 단합 앞에 동아시아도 뒤지지 않는 대응을 해야 할 것입니다. 지금 동아시아는 다시 한번 큰 기회를 맞고 있습니다.

21세기 지식 기반 경제 시대에 동아시아는 심오한 정신세계, 풍부한 지적 자원을 가지고 있으며 급속한 기술혁명을 이룩하고 있습니다. 종교와 문화의 다양성에도 불구하고 이것이 마찰요인이 되기보다는 긍정적인 자극과 상호 협력의 요인으로 작용하고 있습니다. 교육을 중시하는 전통은 무엇보다도 동아시아 발전에 큰 자극이 될 것입니다. 우리가 긴밀한 협력 속에 정치적 결단을 내린다면 동아시아는 다시 한번 세계 속에 빛나는 영광의 시대를 이룩할 것입니다.

존경하는 여러분!

오늘은 지역 협력과 보다 강력한 동아시아 공동체를 지향하는 뜻 깊은 날입니다. 지난 5년간 동아시아비전그룹과 동아시아연구그룹이 제기한 문제들을 동아시아포럼이 적극 검토해야 합니다. 캄보디아 회의에서 채택된 26개 사업의 검토와 시행 방향에 대해서 합의하고 실천해 나가야 합니다.

동아시아 내의 경제 발전 격차를 해소하는 데 힘을 모아 모든 동아시아의 개발도상국에 희망을 주어야 합니다. 빈부 격차의 방치는 지역 공동체 발전에 큰 장애가 될 것입니다 우리는 경각심을 가지고 이에 대처해야 합니다.

동아시아포럼은 동아시아의 균형 잡힌 경제 발전과 문화 교류, 사회적 빈곤 퇴치, 교육 발전 등 각 분야에 대한 합의를 강화해야 합니다. 외환 위기의 경험, 세계 무역량의 32.4%에 달하는 역내 교역 비율, 지역 안보의 중요성 등에 비추어볼 때 이제 동북아시아와 동남아시아를 구별하는 것은 무의미합니다. 동아시아 정상회의가 이루어져서 지역 공동체 발전을 위한 강력한 정치적 의지가 표현되기를 기대합니다. 동아시아포럼의 사무국이 설치되어 이 모든 문제에 대해서 실무적이고 계속적인 대처가 이루어지기를 바랍니다.

존경하는 여러분!

동아시아에는 지금 21세기 미래에 대한 희망의 무지개가 떠오르고 있습니다. 우리는 평화롭고, 풍요롭고, 약자를 위한 정의가 실현되는 동아시아의 도래에 대한 희망을 가지고 있습니다. 동아시아 공동체의 실현이 바람직합니다. 우리는 할 수 있습니다. 그러기 위해서는 결단이 필요합니다. 오늘 이 자리가 동아시아 13개국이 그러한 결단을 촉진하는 자리가 되기를 바랍니다.

마지막으로 한반도 문제에 대해서 한 말씀 드리겠습니다. 한반도의 평화는 동아시아의 안정과 번영에 직결되는 문제라고 생각합니다. 2000년 6·15 남북정상회담 이래 남북 관계는 상당한 수준의 교류협력이 이루어지고, 긴장도 많이 완화되었습니다. 그러나 북미 관계는 여전히 해결의 실마리가 보이지 않습니다. 북한의 핵 문제가 지금 긴장의 초점이 되고 있습니다. 이 문제의 해결을 위해서 북한은 핵을 완전히 포기하고 철저한 검증을 받는 동시에 미국은 북한에 대한 안전과 국제사회로의 진출을 확실하게 보장해주어야 합니다. 이 두 가지를 서로 주고받는 가운데 6자회담이 이를 뒷받침해주어야 할 것입니다. 또한 동아시아 각국도 한반도의 평화 없이 동아시아의 안정적 발전은 없다는 인식 아래 북미 관계의 개선과 6자회담의 성공에 적극 협력해야 할 것입니다.

우리 한국 국민은 한반도의 평화를 절실히 갈망합니다. 다시는 동족상잔의 전쟁이 있어서는 안 된다고 생각합니다. 남북 관계의 개선과 더불어 북미 관계의 개선이 함께 이루어져야 한반도의 평화가 실현될 수 있다고 생각합니다. 동아시아를 대표하는 여러분의 각별한 관심과 협력을 바라 마지않습니다.

존경하는 여러분!

여러분은 오늘의 회의를 통해서 동아시아 역사에 큰 변화를 가져오는 뜻 깊은 한 발을 내디뎠습니다. 동아시아포럼의 창립을 시작으로 동아시아의 지역적 통합과 협력이 크게 전진되어야 합니다. 저는 동아시아의 번영과 영광의 내일이 힘차게 다가올 것을 믿어 의심치 않습니다.

여러분 모두의 건승을 빕니다. 감사합니다.

21세기와 동아시아

| '경제협력개발기구(OECD) 포럼 2004' 기조연설
| 프랑스 파리, 2004. 5. 12.

도널드 존스턴 사무총장, 그리고 귀빈 여러분!

오늘 이 자리에 저를 초청해주신 것을 매우 감사하게 생각합니다.

OECD는 1961년 창설된 이래 3대 가치 즉, 개방된 시장경제와 다원적 민주주의, 그리고 인권 존중을 내걸고 많은 업적을 이룩했습니다.

21세기는 20세기에 비해서 뚜렷이 다른 특징이 있습니다. 즉, 산업사회에서 지식 기반 사회로의 이동, 영토국가 시대에서 세계화 시대로의 변화, 테러의 횡행, 그리고 아시아의 경제적 부상 등 4가지 특징을 생각해볼 수 있습니다. 오늘 저는 이 자리에서 아시아 경제, 특히 세계 3대 경제블록의 하나로 성장하고 있는 동아시아의 경제에 대해서 말씀드리고자 합니다. 그리고 동아시아 평화의 관건이 되는 한반도 평화에 대해서도 언급하고자 합니다.

존경하는 여러분!

아시아의 경제적 발전 중에 특히 주목할 것은 중국과 인도의 재부상입니다. 1820년 중국은 세계 총생산의 27%를 차지했고, 인도는 14%를 차지했다고 합니다. 그때 영국은 5%에 불과했습니다. 오늘날 다시 중국과 인도 양국이 세계 경제 대국으로 부상할 조짐을 보이고 있습니다.

한편 지금 아시아 경제에서 가장 큰 경제적 영향력을 갖는 지역은 한·중·일 동북아시아 3국입니다. 중국은 지난 20여 년 동안 연평균 9%의 성장을 보여서, 금융과 기업들의 부실 문제를 안고 있음에도 불구하고 거대한 세계시장으로 변모해가고 있습니다. 일본은 세계 제2의 경제 대국이며, 개혁과 대중국 수출 증대를 통해서 10년간의 장기 불황도 극복해나가고 있는 중입니다. 한국은 전쟁의 폐허, 1997년의 외환위기 등을 극복하고 세계 12위의 경제 국가로 자리잡았습니다. 개발도상국의 모범으로 평가되고도 있습니다.

한·중·일 3국은 다 같이 유교의 영향을 받은, 지식 기반이 튼튼한 나라들입니다. 한국과 일본은 1,500년 동안 중국 문화의 영향을 받아왔습니다. 지금 3국의 경제는 21세기 지식 기반 경제 시대에 빠르게 적응, 발전해나가고 있습니다. 동북아 3국 경제권, 특히 중국은 21세기 세계 경제의 중심이 될 것이라는 전문가들의 예측도 있습니다.

동북아시아 3국은 지금 동남아시아국가연합(ASEAN)에 참가하고 있습니다. 무역·기술·금융 등의 협력을 통해서 동아시아의 공동 발전에 기여하고 있습니다. 동북아시아와 동남아시아 각국 간의 자유무역협정(FTA) 체결도 진행되고 있습니다. 동아시아는 국가체제·종교·문화 등의 다양한 차이에도 불구하고 안정과 평화 그리고 경제적 상호 협력을 이루고 있습니다.

저는 1998년 베트남에서 있었던 ASEAN+3 회의에 대한민국의 대통령 자격으로 참가하여 동아시아 단일 협력 체제의 필요성을 역설했습니다. 그후 동아시아비전그룹, 동아시아연구그룹 등의 논의를 거쳐서 동아시아 협력체를 위한 캄보디아 선언이 이루어졌습니다. 그에 따라 최근에는 한국에서 동아시아포럼(EAF)이 결성됨으로써 동아시아 통합을 추진하는 첫 발걸음을 내디뎠습니다.

동아시아는 또한 역내 안보를 위하여 러시아·미국·북한까지 포함한 아세안지역안보포럼(ARF)을 운영하고 있습니다. 나아가 미국·칠레·오스트레일리아·러시아 등을 포함한 APEC을 통해서도 시장경제와 자유무역 그리고 금융의 건전 발전 등에 대해서 협력하고 있습니다. 장차 인도 등 서남아시아 국가들과의 협력도 실현시켜나갈 것으로 봅니다. ASEM의 성공적 운영에서 알 수 있듯이 동아시아는 유럽과도 협력을 강화하고 있습니다.

지금 세계 경제는 미국 중심의 NAFTA, 유럽의 EU, 그리고 동아시아의 3개 블록이, 한편으로는 경쟁하고 한편으로는 협력하면서 이끌어나가고 있습니다.

존경하는 여러분!

무엇보다도 중요한 것은 개발도상국들이 오늘날 세계화 시대의 부를 함께 향유하는 것입니다. 지금 세계는 정보화를 위시해서 각종 첨단 기술의 비약적 발전 속에 부가 급격히 증대하고 있습니다. 그러나 그 대부분은 선진국의 몫이고 빈곤국들은 소외되고 있습니다.

그 결과 하루 1달러 미만의 소득으로 생활하는 사람이 세계 인구의 20%인 12억 명에 달합니다. 2002년에 사망한 5세 미만 아동 1,000만 명 중 98%가 개발도상국의 아동들이었습니다. 모두 빈곤이 가져온 슬픈 현실입니다.

지금 세계를 공포와 혼란 속으로 몰아넣고 있는 테러리즘도 그 밑바닥을 살펴보면 빈곤에 의한 절망과 분노에 뿌리를 내리고 있는 경우가 많습니다. 인권과 민주주의를 위해서만이 아니라 세계의 평화와 경제의 안정적 발전을 위해서도 OECD는 빈곤 문제 해결에 주도적 역할을 해야 합니다.

존경하는 사무총장, 그리고 귀빈 여러분!

이미 말씀드린 바와 같이 동아시아는 체제와 종교와 문화의 차이에도 불구하고 안정된 협력 속에 평화를 유지하고 있습니다. 그러나 북한 문제가 평화에 큰 불안 요소로 작용하고 있음을 우리는 알고 있습니다.

한반도는 마치 저주받기라도 한 듯 아무 죄도 없이 국토와 민족이 분단된 채 60년이 흐르고 있습니다. 파멸적인 동족상잔의 전쟁을 겪었고 지금도 유일한 냉전지대로 남아 있습니다. 거기에다 지금 북한 핵 문제로 한반도는 극도의 불안 속에 휩싸여 있습니다.

저는 대통령으로 있을 때부터 북한 핵을 단호히 반대했습니다. 그리고 이에 대한 해결책도 제시한 바 있습니다. 북핵 문제는 해결하려는 의지만 있으면 결코 어려운 문제가 아닙니다. 6자회담도 중요하지만 북핵 문제는 결국 미국과 북한 사이에서 해결될 수밖에 없는 문제입니다. 해결 방안은, 북한은 핵을 완전히 포기하고 미국은 북한의 안전과 국제사회 진출을 보장해주는 것입니다. 서로 상대방을 불신하고 있는 만큼 이 문제는 동시 병행해서 실천하면 됩니다. 그리고 6자회담이나 유엔이 이를 보장해야 할 것입니다. 거대화된 EU도 여기 동참해야 할 것입니다.

저는 2000년 6월 15일 북한 김정일 위원장과의 회담에서 미국과의 관계개선을 강력히 권고했고, 그러기 위해서는 무엇보다도 핵을 포함한 대량 살상 무기를 포기해야 한다고 강조했습니다. 저의 권고로 미국과 북한은 고위층 간의 왕래를 통해서 대화를 시작했습니다. 그리고 문제 해결에 큰 진전을 보이기도 했습니다. 그러나 미국의 정권 교체와 북한의 핵 문제 재돌출로 상황이 지금과 같이 어렵게 되었습니다.

그러나 저는 희망을 가지고 있습니다. 제가 만난 김정일 위원장은 미국과의 관계개선을 무엇보다도 염원하고 있었습니다. 또한 핵을 포기할 용의가 있다고 믿습니다. 조지 부시 대통령도 북한 핵 문제를 평화적으로 해결하겠다고 수차례 공언한 바 있습니다. 저하고도 다짐했습니다. 우리는 모두 힘을 합쳐서 미북 관계가 대화에 의해 평화적으로 해결되도록 협력해야 합니다.

존경하는 여러분!

한국 국민은 한반도에서 다시 무력이 사용되는 어떠한 방식도 단호히 반대하고 있습니다. 주한 미군 사령부가 1994년 1차 핵 문제 위기 발생 당시 추계한 바에 의하면, 한반도에서 전쟁이 일어나면 150만 명의 한국 국민과 수만 명의 미국인이 목숨을 잃게 된다고 합니다. 물론 북한도 엄청난 피해를 입을 것입니다. 지금은 1994년 당시보다도 쌍방간 대량 살상 무기가 훨씬 발달되었습니다.

북한 핵이 완전 폐기되고 한편으로는 북한의 생존권이 보장되어서 한반도 평화가 실현될 때 동북아시아의 평화는 더욱 견고해질 것입니다. 그리고 이는 동아시아와 세계 평화에도 크게 기여할 것입니다.

저는 30년 이상 남북 간의 평화공존, 평화교류, 평화통일의 3단계 통일론인 '햇볕정책'을 주장해왔습니다. 남북이 지금까지와 같이 서로 냉전의 찬바람을 보내던 것을 중단하고 따뜻한 화해의 햇볕을 보내자는 것이 저의 주장입니다. 평화적으로 같이 살다가 남북이 서로 안심할 때 평화적으로 통일하자는 것입니다. 이러한 저의 생각은 유엔을 위시한 전 세계 각국으로부터 지지를 받아왔습니다.

사실 2000년 남북정상회담 이래 우리는 많은 것을 이룩했습니다. 과거 50여 년 동안 200명 정도에 불과했던 이산가족 상봉이 9,000명에 달했습니다. 남북을 왕래하는 민간인의 인적 교류도 6만 명에 달했습니다. 철도를 연결하는 공사가 마무리되고 있습니다. 북한 지구에 남한에서 투자하는 공단이 건설 중에 있습니다. 매년 수십만 톤의 비료와 양곡이 북한에 보내지고 있습니다. 남한에서 금강산 관광도 60만 명이나 다녀왔습니다.

무엇보다 남북 국민 간의 불신과 적대가 이해와 동족애의 회복으로 점차 바뀌고 있습니다. 이번 용천 열차 폭발 사건에도 남한은 정부와 민간이 총동원되어 재난에 신음하는 동족을 돕고 있습니다. 북한은 개방을 확대하고 경제 개혁을 추진하고 있습니다. 만일 북미 관계만 개선된다면 남북 관계는 비약적인 진전을 보일 것이고, 한반도에는 따뜻한 평화의 햇볕이 내리쪼일 것입니다.

OECD의 지도자 여러분!

죄 없이 분단되어 반세기 이상 전쟁의 위협 속에서 살고 있는 한반도에 평화가 올 수 있도록 적극적인 성원을 보내주시기 바랍니다.

이제 저의 말을 맺겠습니다.

21세기는 동아시아에서도 보시다시피 전 세계가 과거에 비할 수 없는 비약적인 경제 발전을 이룩하고 있습니다. 만일 그러한 경제 발전에서 개발도상국도 혜택을 함께 누릴 수 있다면, 세계는 안정과 평화와 번영의 희망 속에서 살아갈 수 있을 것입니다. 테러도 근절시킬 수 있을 것입니다.

이러한 일을 하는 데는 경제적으로 앞선 OECD가 그 이니셔티브를 취하는 것이 가장 효과적일 것입니다. 동아시아는 OECD가 21세기 내 일을 위해 크게 공헌할 것을 기대하고 있으며 그에 협력할 것입니다. 여러분의 각별한 결심과 성취를 바라 마지않습니다.

감사합니다.

햇볕정책 — 과거, 현재, 미래

▌노벨 렉처
▌노르웨이 오슬로 노벨연구소, 2004. 5. 12.

존경하는 신사 숙녀 여러분!

오늘 제가 권위 있는 노벨 렉처에서 여러분께 말씀드릴 기회를 가진 것을 매우 영광스럽게 생각합니다. 저는 이 자리에서 제가 주창해온 한반도에서의 햇볕정책에 대해 몇 말씀 드리고자 합니다.

역사적으로 볼 때 햇볕정책은 1971년 제가 처음으로 대통령 선거에 출마했을 때부터 공식적으로 시작되었다 할 것입니다. 그때 저는 평화공존, 평화교류, 평화통일의 3단계 통일 방안을 제시했습니다. 그리고 미·소·중·일에 의한 한반도 평화보장을 제안했습니다.

그 당시는 냉전이 최고 절정에 이른 시기였기 때문에 공산주의자에 대해서 유화정책을 취한다는 이유로 저는 당시 군사정권과 냉전주의자들로부터 맹렬한 비난을 받았습니다. 그러나 저는 굴하지 않고 다시 남북한 동시 유엔 가입을 주장했습니다.

그후에도 일관되게 남북 간 화해 협력에 의한 평화적 통일의 프로세스를 밟아야 한다고 주장했습니다. 이 때문에 저는 납치·사형선고·감옥 생활·연금·망명 등 갖은 박해를 받았습니다. 그러나 평화적 통일을 갈망하는 우리 국민들의 지지가 계속되어서 1998년 마침내 대통령의 자리에 올랐습니다. 저는 대통령 취임식에서도 3단계 통일 방안의 햇볕정책을 선언하면서 남북 대화를 강력히 주장했습니다.

마침내 2000년 6월 15일 남북정상회담이 성공적으로 이루어졌습니다. 그동안 통일 방안도 평행선을 달렸지만, 우선 남북연합 형태를 취하자는 데 북한도 사실상 합의했습니다. 공동승자(Win-Win)의 통일이 이루어질 때까지 남북은 평화공존하고 평화교류하자는 데도 합의했습니다. 김정일 위원장의 서울 방문에도 합의했습니다. 북미 관계개선의 필요성에 대해서도 합의했습니다. 이산가족 상봉과 경제·문화·체육 등 각 분야에서의 교류도 합의했습니다. 이를 통해 한반도에서의 긴장은 크게 완화되고 남북 간의 교류협력은 급격히 전개되었습니다.

다음에는 6·15 남북정상회담 이후 햇볕정책의 진전에 대해서 살펴보고자 합니다.

과거 수십 년 동안 불과 200명 정도였던 이산가족 상봉은 이제 9,000명에 달합니다. 상봉과 숙박을 위한 상설 건물의 건축에도 합의했습니다. 남북 간의 경제·사회·문화·체육 교류 등 민간인 교류도 6만 명에 달하고 있습니다. 북한에서도 3,000명이 남쪽에 왔다갔습니다. 월드컵, 아시안 게임, 유니버시아드 대회 등의 성공적 개최에는 선수단과 응원단을 보내준 북한의 직·간접적 협력의 힘이 컸습니다. 금강산 관광을 위해서 남한의 60만 명이 북한을 다녀왔습니다.

1억 달러 선에 그쳤던 남북 교역량도 이제 7억 달러를 넘어서, 남한은 중국에 다음가는 북한의 교역국이 되었습니다. 북한은 드디어 개방을 확대하고 시장경제를 지향하는 개혁을 단행하기 시작했습니다. 정상회담 이후 남북 간의 긴장은 크게 완화되었습니다. 특히 많은 수의 인적 교류와 매년 수십만 톤에 달하는 비료·식량·약품 등의 지원은 북한의 민심을 크게 변화시켰습니다.

지금 북한 사람들의 대남의식은 불신과 증오에서 이해와 동경으로 바뀌고 있습니다. 물론 남한 사람들의 대북관(對北觀)도 사상과 동포애를 구별하는 방향으로 크게 변화하고 있습니다. 이번 용천역 기차 폭발 사건을 대하면서 남한에서는 전례 없이 여야가 일치하고 관민이 일치해서 이재민 구호와 복구를 지원하고 있습니다. 북한도 이를 매우 감사히 받아들이고 있습니다.

존경하는 여러분!

이러한 변화에도 불구하고 한반도에는 여전히 긴장이 감돌고 있습니다. 그것은 북미 관계가 개선되지 못하고 있기 때문입니다. 한반도 평화를 위해서는 남북 관계의 개선과 더불어 북미 관계의 개선이 필수적입니다. 지금은 북핵 문제가 가장 큰 걸림돌이 되고 있습니다. 이를 위해서 6자회담이 열리고 있습니다. 그러나 중요한 것은 북미 간에 해결되어야 합니다. 북한은 핵을 완전히 포기하고, 미국은 북한의 안전과 국제사회 진출을 보장해줘야 합니다. 그리고 실천은 동시 또는 병행해서 이루어져야 합니다. 이 문제는 미국 대통령 선거가 끝나면 북미 양자 간에 보다 본격적인 대화와 협상이 있을 것으로 봅니다.

핵 문제에 대한 우리 한국 국민의 태도는 분명합니다. '북한 핵은 절대로 용납될 수 없다. 미국도 정당한 대가는 지불해야 한다. 그리고 어떠한 경우에도 핵 문제는 평화적으로 해결되어야 한다. 전쟁은 절대로 용납될 수 없다'는 것입니다. 전쟁의 피해는 엄청날 것입니다. 만일 전쟁이 나면, 최초 3개월 안에 남한 국민 사상자가 150만 명이 넘고 미군도 수만 명이 희생될 것이라 합니다. 물론 북한의 피해도 엄청날 것입니다. 이런 또 한번의 민족적 재난은 반드시 피해야 합니다.

다행히 현 노무현 정부가 햇볕정책을 계승 발전시키려 하고 있습니다. 평화적 해결을 강력히 추구하고 있습니다. 저는 그러한 노 정부의 정책이 성공하길 바라고 또 이를 지원할 것입니다. 다시 강조하지만, 한반도 평화 문제의 핵심은 북미 관계의 개선입니다. 이것만 이루어지면 남북 관계는 매우 순조롭게 그리고 급속히 진전될 것입니다.

햇볕정책의 내일을 어떻게 볼 것입니까? 한마디로 얘기해서, 한반도에서 전쟁을 하지 않는 한 햇볕정책 이외의 대안은 없습니다. 냉전의 찬바람을 거둬내고 따뜻한 햇볕을 서로 보내자는 햇볕정책은 한반도와 세계 평화를 위해서 반드시 성공해야 합니다. 한민족은 물론 평화를 애호하는 전 세계, 특히 노벨평화상의 대의를 지지하는 노르웨이의 여러분께 햇볕정책의 성공과 한반도 평화를 위한 각별한 지원을 부탁드려 마지않습니다.

저는 한국의 책임 있는 지도자의 한 사람으로서, 또 노벨평화상의 영광을 누리고 있는 사람으로서 앞으로도 한반도 평화 그리고 세계 평화를 위해서 최선을 다할 것을 여러분께 다짐합니다.

감사합니다.

건강과 빈곤 퇴치가 인류 행복의 시발점

제57차 세계보건기구(WHO) 총회 특별 연설
스위스 제네바, 2004. 5. 17.

존경하는 의장, 이종욱 사무총장, 그리고 이 자리에 계신 각국의 보건 장관 및 정부 대표단 여러분!

먼저 저를 이렇게 중요한 자리에서 연설하도록 초청해주신 것에 대하여 영광스럽게 생각합니다. 감사합니다.

세계보건기구(WHO)는 1948년 설립 이후 전 세계인들의 구원이자 희망이 되었습니다. 세계보건기구는 이념과 체제의 차이로 세계가 반목하고 대립하던 시기에도 모든 인류에게 최상의 건강을 실현시킨다는 숭고한 목표하에 국제사회를 하나로 단결시키는 중요한 역할을 해왔습니다. 특히 대한민국이 한국전쟁의 상처와 가난을 딛고 일어설 때 최대의 지원을 아끼지 않았습니다. 우리 국민과 더불어 진심으로 감사드립니다.

존경하는 의장, 그리고 각국 대표단 여러분!

지식과 기술의 급속한 발전으로 인류의 삶도 보다 풍요로워지고 있습니다. 세계화의 과정 속에 여러 분야에서 많은 발전의 기회들이 생겨나고 있습니다. 그러나 안타깝게도 이러한 발전의 혜택은 국가 간에, 그리고 계층 간에 균형 있게 미치지 못하고 있습니다.

가진 자와 못 가진 자 간의 격차가 커지고 있습니다. 세계은행의 최근 통계에 의하면, 발전과 풍요의 이면에서 아직도 약 12억 명에 달하는 사람들이 하루 1달러 미만의 소득으로 생활하고 있다고 합니다. 사하라 이남 아프리카 지역, 중남미 등 여러 지역에서 1990년대 말보다 많은 사람들이 빈곤에 처해 있습니다.

여러분의 노력의 결과로 보건 분야에서는 많은 발전이 이루어졌습니다. 전체적으로 평균수명은 연장되었고, 과학 기술의 발달과 더불어 많은 질병을 보다 효과적으로 통제할 수 있는 능력을 보유하게 되었습니다. 그러나 이는 주로 선진국의 이야기입니다. 많은 수의 인류가 아직도 이러한 혜택을 누리고 있지 못합니다.

이러한 상황은 여러 지표를 통해서 분명하게 나타나고 있습니다. 선진국과 최빈국 국민들 간의 평균수명은 무려 20년 이상 격차를 보이고 있습니다. 특히 우리를 안타깝게 하는 것은 빈곤 속에서 어린이를 비롯한 사회적 약자들이 가장 큰 희생을 치르고 있다는 사실입니다.

세계보건기구에서 파악하고 있는 통계에 의하면, 2002년 전 세계적으로 사망한 5,700만 명의 사람들 중 약 20%인 1,000만 명이 5세 미만의 아동이었습니다. 그리고 이 아동 사망자의 98%는 개발도상국가의 어린이들이었습니다. 많은 개발도상국가에서 인적 자원은 발전을 이루기 위한 가장 중요한 수단입니다. 아이들이 희생된다는 것은 가정과 사회, 그리고 국가의 희망과 꿈이 사라지고 있음을 의미합니다.

저는 이러한 빈곤이야말로 우리 인류가 직면하고 있는 가장 엄중한 도전이라고 생각합니다. 또한 세계보건기구의 최대의 적이라고 생각합니다. 우리는 세계화 시대, 정보혁명 시대, 지식산업사회 시대를 살고 있습니다. 그러나 많은 사람들이 이러한 새로운 시대의 기회와 혜택으로부터 소외되어 있으며, 이 때문에 국가 간 또한 국가 내부의 빈부 격차가 더욱 심화되고 있습니다.

빈곤은 기아와 질병의 일차적인 원인입니다. 지속되는 빈곤은 빈곤 계층에 대한 사회적·문화적 차별을 가져오게 되고, 이는 사회 통합의 중요한 장애요인으로 작용하고 있습니다. 나아가 종교·인종·문화 간의 갈등과 분쟁의 뿌리에도 빈곤 문제가 도사리고 있습니다. 빈곤 문제의 해결 없이는 지금 세계를 불안 속에 몰아넣고 있는 테러리즘도 해결할 수 없습니다. 빈곤 문제는 우리가 21세기에 평화와 협력에 바탕을 둔 인류 공동체를 실현하기 위해 시급히 해결해야 할 과제인 것입니다. 특별히 세계 인구의 절대 다수를 차지하는 가난한 사람들의 수명과 건강을 위해서도 불가피한 문제입니다.

존경하는 의장, 그리고 각국 대표단 여러분!

여러분도 잘 아시다시피 2000년 9월 유엔에서 천년정상회의(Millennium Summit)가 개최되었습니다. 저는 당시 대한민국의 대통령으로서 그 회의에 참석하였습니다. 천년정상회의에서 각국의 정상들은 '천년선언'(United Nations Millennium Declaration)을 채택한 바 있습니다. 각국의 정상들은 천년선언을 통하여 극심한 빈곤의 고통에서 인류를 해방시키는 것을 새천년의 중요한 과제로 설정하고, 이를 위한 국제적·국내적 환경을 조성하기로 결의하였습니다. 아울러 구체적으로 2015년까지 하루 1달러 미만 소득자의 수를 절반으로 줄이는 것을 목표로

정한 바 있습니다. 그러나 최근 세계은행의 울펜손 총재의 보고에 따르면 이러한 목표 달성도 이미 차질을 보이고 있다고 합니다.

빈곤과의 싸움에서 국제사회의 협력은 매우 중요합니다. 세계화 시대에는 어느 국가, 어느 지역에서의 혼란과 불안정도 더 이상 남의 일이 아닙니다. 잘사는 국가가 못사는 국가를 돕는 것은 잘사는 국가 자신들의 안정과 번영을 위해서도 필요한 일입니다. 또한 정보 격차로 발생하는 새로운 불균형을 해소하기 위한 국제적 협력도 필요합니다. 각국 정부가 자국 내에서 행하는 빈곤 타파 정책도 긴요합니다. 저는 1998년 대한민국 대통령에 취임한 후 빈곤층 국민들을 지원하기 위해 '생산적 복지정책'을 실시한 바 있습니다.

생산적 복지정책은 첫째, 활동 능력이 없는 사회적 약자들에게 무료 의료 혜택을 줍니다. 4인 가족에 월 800달러까지 생계비를 지원합니다. 둘째, 이 정책은 이러한 구호 활동에 그치지 않고 구직 교육을 실시합니다. 21세기 지식 기반 경제 시대에 적응시키기 위하여 모든 국민, 즉 학생·주부·노인·재소자·군인·장애인에 이르기까지 컴퓨터 교육을 실시했습니다. 지금 한국은 세계적 정보화 국가입니다. 가난한 집 자식들도 좋은 직장을 얻고 벤처기업을 통해 큰 성공을 거둔 사례가 많습니다.

존경하는 의장, 그리고 각국 정부 대표단 여러분!

질병은 노동력 상실을 가져옵니다. 빈곤 계층에서 질병은 한 가정의 생존권이 위협받는 상황을 의미합니다. 이러한 상황은 종종 아동에게 노동이 강요되고 교육의 기회를 박탈하는 등의 여러 부정적 파급 효과를 발생시킵니다. 질병은 빈곤에서 벗어나려는 많은 개도국 국민들의 노력을 좌절시키고 있는 주요 요인 중의 하나입니다. 빈곤은 질병을 확대시킵니다. 질병의 확대는 빈곤을 더욱 악화시키는 악순환으로 연결

됩니다.

우리는 이미 에이즈 바이러스의 창궐로 사하라 이남의 아프리카 국가들이 겪고 있는 어려움을 잘 알고 있습니다. 사스(SARS), 조류독감 등 신종 바이러스가 지난 30년 동안 30종이나 생겨났습니다. 더욱 심각한 것은 여기에 대한 박멸 대책의 발견이 쉽지 않다는 것입니다.

이러한 맥락에서, 저는 세계보건기구가 보건 분야의 국제적 협력 강화를 통해 우리 인류 공동체의 안녕과 건강 증진에 힘쓰고 있는 점을 높이 평가하는 바입니다. 저는 세계보건기구에서 20여 년을 소아마비 등 전염병 퇴치를 위해 헌신해온 이종욱 박사에게 경의를 표합니다. 또한 2005년까지 300만 명의 에이즈 환자에게 치료를 제공한다는 '3 By 5 이니셔티브' 사업 등, 이종욱 사무총장이 취임 후 적극 추진 중인 세계보건기구의 핵심 사업들이 국제사회의 협력을 얻어 성공적으로 수행될 수 있기를 기대해 마지않습니다.

또한 세계보건기구가 그간 북한 농보들에게 베푼 시원에 감사하며 아직도 열악한 북한의 보건 환경 개선에 적극 나서주시기를 바랍니다. 우리 한국도 식량·비료·약품·의류 등 최대한의 지원을 매년 실시하고 있습니다. 최근 용천역 열차 폭발 사건 후 재난 구조에서도 정부와 민간이 총동원되어 동포애를 가지고 적극 지원하고 있습니다.

존경하는 의장, 그리고 각국 대표단 여러분!

인간에게 굶주리지 않고 건강하게 사는 것 이상 중요한 일은 없습니다. 건강과 빈곤 퇴치가 모든 인류 행복의 시발점입니다. 다 같이 힘을 모읍시다. 감사합니다.

남북정상회담, 그후 4년

▌ 6·15 남북공동선언 4주년 기념 국제 토론회 특별 연설
서울, 2004. 6. 15.

국사에 바쁘신 중에도 참석하시고 격려해주신 존경하는 노무현 대통령 내외분께 감사드립니다.

존경하는 이종혁 아태평화위원회 부위원장과 북측의 대표 여러분! 남쪽 방문을 마음으로부터 환영합니다.

존경하는 도널드 그레그 전 주한 미국 대사와 세계 각국의 귀빈 여러분! 그리고 존경하는 정창영 연세대학교 총장과 국내외 손님 여러분! 오늘 뜻 깊은 6·15 남북공동선언 4주년 기념 국제 토론회에 참석해주신데 대해서 진심으로 환영하고 감사해 마지않습니다.

6·15 남북정상회담 당시와 그 이후 지금까지 4년간 이루어진 여러 가지 일들을 돌이켜 생각하면 감개무량합니다. 저는 4년 전 평양을 방문할 때, 회담의 성과에 대해서 확신을 갖지 못했습니다. 정상회담에서 의례 하는 공동 발표문도 사전에 합의되지 못했습니다. 김정일 위원장

이 공항에 나오는지도 확실히 알지 못했습니다. 무엇이 이루어질지, 무엇이 이루어지지 않을지 모른 채로 평양을 방문했던 것입니다. 그러나 저는 분단 55년 만에 양측의 정상이 만나는 것만으로도 큰 성공이라는 생각으로 방문했던 것입니다. 이산가족 상봉 문제만이라도 제대로 합의되었으면 좋겠다는 생각도 가졌습니다.

그러나 평양에서 벌어진 상황은 너무도 뜻밖이었습니다. 김정일 위원장이 공항까지 출영해서 반갑게 맞이해주었습니다. 우리와 적대하고 있던 북한 인민군의 의장대 사열까지 받게 되었습니다. 연도에 50만 명이 넘는 대군중이 나와서 열렬히 환영해주었습니다. 참으로 꿈같은 광경이었습니다.

그러나 모든 것이 순조롭게 된 것은 아니었습니다. 김정일 위원장과의 회담과 대화는 보좌역 한 사람씩 배석한 가운데 무려 10시간 가까이 이어졌습니다. 밀고 당기는 협상이 진행됐고, 이러다가는 빈손으로 돌아가지 않을까, 하는 절박한 심정이 된 적이 한두 번이 아니었습니다. 그러나 우리는 마침내 해냈습니다.

저는 김정일 국방위원장과 이런 이야기를 주고받았습니다.

"우리는 남북을 대표하고 있다. 마음 한번 잘못 먹으면 7,000만 민족이 공멸한다. 그러나 민족의 미래를 생각하면서 올바르게 문제를 풀어 나간다면 우리 국민과 후손들은 축복받을 것이다. 그리고 우리에게 감사할 것이다. 어느 길을 택할 것인가? 누구도 영원히 그 자리에 있는 사람은 없고, 영원히 사는 사람도 없다. 우리 민족을 위해서나 우리 자신들을 위해서나 오늘의 이 자리는 하늘과 조상들이 마련해준 기회다. 반드시 성공적으로 문제를 풀자."

이러한 다짐들이 오갔습니다. 그리고 합의에 이르렀습니다.

우리는 민족의 통일을 자주적으로 이룩해야 한다는 데 합의했습니다. 구체적인 통일 방안에도 의견의 접근을 보았습니다. 모든 의견 대립과 분쟁 문제들은 대화를 통해 평화적으로 풀어나가야 한다는 데 합의했습니다. 정치·경제·사회·문화 모든 분야에서 교류하고 협력해나가자는 데 합의했습니다. 김정일 위원장의 서울 방문도 합의되었습니다. 가장 격이 높은 공동선언을 두 사람의 이름으로 발표한다는 데도 합의했습니다. 참으로 역사적인 성과였습니다.

2박 3일 동안 제가 만난 김정일 위원장은 남쪽과 세계의 정세를 잘 알고 있었습니다. 매우 총명했으며 결단력도 있었습니다. 그리고 무엇보다도 남북 간에 화해와 협력을 이루어가려는 의지를 가지고 있었습니다. 그후로 그를 만난 올브라이트 미 국무장관이나 페르손 스웨덴 총리도 같은 인상을 받았다고 제게 말했습니다. 최근 방북한 고이즈미 일본 총리도 같은 인물평을 한 것을 신문에서 보았습니다. 저는 민족의 장래를 열어나가야 할 상대가 대화가 가능한 인물이라는 것을 알고 매우 다행스럽게 생각했습니다.

존경하는 여러분!

6·15 남북공동선언 이전에도 7·4 공동성명이나 남북기본합의서 등이 있었습니다. 그러나 앞서의 두 합의는 민족의 평화적 통일을 위한 숭고한 다짐이나 구체적인 방법을 제시하기는 했지만, 그후 실천이 뒤따르지 못했습니다. 따라서 얼마 가지 않아 다시 옛날의 차가운 대결로 돌아갔던 것입니다. 그러나 6·15 합의의 경우는 다릅니다.

첫째, 남북의 정상이 직접 만났습니다. 이것은 참으로 큰 의미가 있는 일입니다. 7,000만 민족을 대표하고 각기 국정을 총괄하며 군을 통수하는 사람들이 공식으로 민족의 평화와 협력과 통일을 위해서 논의하고 합의한 것입니다. 이로써 6·15 공동선언 이후, 남북 양쪽에는 긴장이 급속히 완화되었습니다. 이제는 화해와 협력을 위한 구체적 일들을 실현시킬 수 있겠다 생각하게 된 것입니다. 남북 두 정상도 민족과 역사 앞에 자기 책임을 통감하게 되었습니다. 남쪽에서는 대통령의 교체가 있었지만, 여기 와 계신 노무현 대통령도 남북공동선언 지지를 선언하고 적극적인 자세로 평화와 화해와 공동 번영의 길로 나아가고 있습니다.

둘째, 지난 4년간 구체적인 실천들이 뒤따랐습니다. 이산가족이 상봉하고 있습니다. 금강산 관광이 활성화되고 있습니다. 철도와 육로의 개통을 위한 준비가 진행되고 있습니다. 개성공단의 건설에 매진하고 있고, 많은 기업들이 참가의 열의를 보여주고 있습니다. 남북 군장성급 회담에서는 서해에서의 군사적 충돌 방지, 휴전선에서의 비방 선전 종식 등이 구체적으로 합의되고 실천되고 있습니다.

셋째, 가장 중요한 것은 남북 사이에 사람이 서로 왕래하고 있다는 것입니다. 근 1만 명에 달하는 이산가족의 상봉, 6만 명이 넘는 민간인 교류, 65만 명의 금강산 관광 등 인적 교류가 빈번히 이루어지고 있습니다. 이런 가운데 과거에 가지고 있던 불신이나 적대감은 크게 사라지고, 이제 이웃사촌 같은 친근감을 느끼기 시작하고 있습니다.

우리는 남쪽에서 개최된 아시안 게임이나 유니버시아드 대회에 찾아온 북쪽의 선수와 응원단들을 맞이하는 남쪽 국민들의 따뜻한 환영의 태도를 보았습니다. 북에서도 체육 및 음악 행사 등에서 마찬가지의 감격스러운 장면이 이루어졌습니다. 이러한 행사를 통해 우리가 한 핏줄이라는 자각과 다시 통일할 수 있다는 확신을 갖게 되었습니다.

존경하는 여러분!

우리는 지금 우리의 미래를 생각하고 있습니다. 남북을 합친 이 땅이 동북아 물류의 중심이 되는 날을 꿈꾸고 있습니다. 남북이 평화적으로 협력하는 가운데 철도와 도로가 연결되면 우리는 중국 대륙 혹은 시베리아를 거쳐서 중앙아시아, 유럽 대륙으로 뻗어나갈 수 있습니다. 물류 비용도 크게 감소됩니다. 이렇게 될 때, 남북 양쪽에는 많은 산업 시설과 금융기관, 보험기관, 관광사업 등이 크게 발전되어나갈 것입니다. 7,000만 민족이 모두 경제적 번영과 국민 생활의 풍요를 실감하게 될 것입니다. 그리고 머지않아서 실현될 통일의 꿈을 일구어나갈 것입니다.

이러한 미래를 위해서 절대 없어서는 안 될 일은 남북이 평화적으로 공존하면서 평화적으로 교류협력해야 한다는 것입니다. 우리는 21세기 지식 기반 경제 시대에 살고 있습니다. 교육과 지적 수준이 높은 민족으로서 내일의 도약에 큰 희망을 가지고 있습니다. 오늘 이 자리야말로 21세기 우리 민족의 꿈과 성취에의 청사진을 엮어내야 할 자리라고 생각합니다.

존경하는 여러분!

지금 북핵 문제를 놓고 6자회담이 진행되고 있습니다. 우리는 6자회담을 지지합니다. 그러나 문제 해결의 핵심은, 두 당사자인 북한과 미국이 합의를 이뤄내는 것입니다. 해결책은 간단합니다. 북은 핵 문제와 관련하여 세계가 납득할 결단을 내려야 합니다. 미국은 북의 안전을 보장하고 국제사회로 진출할 길을 열어주어야 합니다. 그리고 서로 불신이 큰 만큼 실천은 동시 또는 병행해서 해야 합니다.

오늘의 이 모임에서도 북미 양쪽이 다 같이 납득하고 수용할 수 있는 방안에 대해서 적극적인 대화와 토론이 있기를 바랍니다. 그리고 강조할 것은, 한반도 문제는 우리 민족의 의사가 존중되는 가운데 그 해결책이 나와야 한다는 것입니다. 최근의 주한 미군 감축 계획에 대해서도 남과 북은 긴장 완화와 군비 태세의 조절에 활용하는 지혜를 발휘해야 할 것입니다.

저는 마지막으로 한 가지 제안을 김정일 위원장에게 하고 싶습니다. 우리는 남북공동선언을 지지하고 있고 그 준수를 다짐하고 있습니다. 남북공동선언에는 김 위원장의 답방이 약속되어 있습니다. 남쪽 국민과 세계가 그 실현을 바라고 있습니다.

김정일 위원장의 남쪽 방문은 매우 중요한 의미를 갖습니다. 답방이 이루어져야 남북 간의 신뢰는 확고해지고, 평화와 교류협력을 위한 진전이 크게 이루어질 것입니다. 전쟁의 그림자도 사라지게 될 것입니다. 남쪽의 국민들은 김 위원장의 서울 방문을 따뜻이 환영할 것입니다. 우리 국민은 남북의 정상이 다시 한자리에 앉아서 민족의 협력과 번영과 통일을 논의하는 모습을 바라고 있습니다.

존경하는 여러분!

오늘의 국제 토론회가 여러분의 참여와 협력으로 큰 성공을 거둘 수 있기를 바랍니다. 그리고 내년 5주년에는 더욱 성대한 모임이 이루어지도록 다짐합시다.

감사합니다.

한반도 평화와 한·중 협력

▌ 중국 칭화대학(淸華大學) 강연
▌ 중국 베이징, 2004. 7. 2.

존경하는 꾸빙린(顧秉林) 총장과 교수 여러분, 그리고 친애하는 학생 여러분!

역사와 전통에 빛나고 오늘날 중국의 발전을 이끌어온 칭화대학에 와서 이야기할 기회를 가진 것을 저의 다시없는 영광으로 생각합니다.

한국과 중국은 수천 년간의 교류와 우호 협력의 역사를 가지고 있습니다. 특히 국교 수복 이후 지난 12년간 양국은 한반도와 동북아시아의 평화, 그리고 한·중 양국과 동아시아의 발전을 위해 크게 협력해왔습니다. 저는 1998년 이래 5년간 한국의 대통령을 지낸 사람으로서, 후진타오(胡錦濤) 주석과 장쩌민(江澤民) 주석을 위시한 중국 지도자와 국민들이 남북한의 화해 협력과 북한 핵 문제의 평화적 해결 등에 적극적인 협력을 아끼지 않으신 데 대해서 이 자리를 빌려 깊이 감사드리고자 합니다.

한반도와 한중 관계를 이야기하려면 참으로 많은 것을 말해야 합니다. 그러나 오늘은 제한된 시간인 만큼 우리의 공통 관심사인 한반도 평화와 한중 협력에 국한해서 말씀드리겠습니다. 기타 문제는 여러분의 질문이 있으면 답변하도록 하겠습니다.

존경하는 여러분!

지난 6월 15일, 한국에서는 2000년 6월 15일 남북정상회담 4주년을 기념하는 국제 토론회가 연세대학교 김대중도서관과 북측의 공동 주최로 열렸습니다. 이 자리에는 남북 양측의 대표가 참석했고, 중·미·일·러·EU의 한반도 전문가들도 참여했습니다. 노무현 대통령도 참석해서 축하해주셨습니다. 행사는 매우 성공적이었습니다.

지금 남북 간의 관계는 어느 때보다도 잘 발전하고 있습니다. 주목할 것은 남쪽 내에서 그동안 남북 관계의 발전에 대해 우려와 비판을 해오던 사람들도 이제는 6·15 기념일을 같이 경축하는 분위기가 되었다는 점입니다. 여야 모든 정당과 모든 언론도 같이 참여했습니다. 햇볕정책은 이제 전 국민적인 지지를 받고 있다고 믿습니다. 6·15 정상회담 이후 4년 동안 남북 간에는 큰 변화가 있었습니다.

첫째, 한반도에서 긴장이 크게 완화되었습니다. 이제 남북 양측 국민들은 과거와 같은 전쟁의 위협을 느끼지 않고 있습니다. 안보와 통일을 위해서 전쟁이 불가피할 수도 있다는 생각 또한 사라지고 있습니다.

둘째, 남북 간의 왕래가 진전되었습니다. 이산가족 상봉, 민간인 왕래, 금강산 관광 등 100만에 가까운 사람들이 이미 왕래하고 있습니다. 이런 추세는 앞으로 더욱 확대될 것입니다.

셋째, 남북 국민 상호간에 이해와 동포애가 싹트고 있습니다. 반세기에 걸친 불신과 증오의 분위기는 크게 약화되고, 이제 상대방을 평화적으로 함께 어울려 살아가고 평화적으로 같이 통일할 동족으로 생각하는 풍조가 크게 일어나고 있습니다.

넷째, 남북 간의 경제협력이 급진전하고 있습니다. 제 임기 중에 교역량이 2억 달러에서 7억 달러로 세 배 이상 늘어났고, 남과 북이 합작으로 개성공단을 건설하고 있으며, 반세기 동안 끊어졌던 철도와 도로가 연결되는 등 경제적 협력이 이루어지고 있습니다.

다섯째, 문화·체육·관광의 교류가 광범위하게 이루어짐으로써 남북 국민 간의 이해를 더욱 증진시키고 있습니다. 특히 아시안 게임과 유니버시아드 대회에 북한의 선수단과 응원단이 대거 참여하여 민족 화합의 일대 축전이 벌어졌습니다. 시드니 올림픽에 이어 오는 8월 아테네 올림픽에서도 남북한 선수단이 같은 옷을 입고 공동 입장하기로 합의하였습니다.

마지막으로, 군장성급회담이 이루어져서 서해안과 휴전선에서의 무력 충돌 방지와 상호 비방 근절을 위한 조치가 취해지고 있습니다. 군사 분야에서의 협력의 시작은 한반도 평화 진전을 위해 무엇보다 가치 있는 성취라 할 것입니다.

존경하는 여러분!

햇볕정책의 구호 아래 우리는 평화공존, 평화교류, 평화통일의 3원칙에 입각한 통일정책을 꾸준히 추진해왔습니다. 지금까지 열거한 남북 관계의 발전에서 세계 여론의 지지, 특히 중국의 적극적인 협력과 격려가 크게 도움이 되었습니다. 저는 대통령 재임 시 장쩌민 주석, 후진타오 부주석, 주룽지(朱鎔基) 총리 여러분들을 자주 만났습니다. 그분들은 그때마다 저의 햇볕정책을 지지·격려하고, 한반도 평화와 한중 관계의 발전에 지대한 관심을 보여주면서 모든 협력을 아끼지 않았습니다.

이런 가운데 한국 국민의 중국에 대한 우호의 감정과 친밀감이 크게 증대되었습니다. 저는 한반도 평화와 남북 쌍방과의 협력 강화를 염원하는 후진타오 정부하에서 한중 관계가 앞으로 더 큰 발전을 이룩할 것으로 확신합니다. 후진타오 현 정부는 북한 핵 문제의 해결을 위해서 6자회담을 주도하면서 최선의 노력을 다하고 있습니다. 제가 대통령으로 있을 때도 중국의 지도자들은 북한 핵에 대해서 강력한 반대를 거듭 표명했습니다.

북한의 핵 개발은 반드시 포기되어야 합니다. 이는 북한의 피할 수 없는 의무입니다. 뿐만 아니라 북한이 핵 무장을 하게 되면, 동북아 일대에서 핵의 도미노 현상이 일어날 가능성이 큽니다. 참으로 위험하기 짝이 없는 일입니다. 지금 6자회담에 대해서 우리 국민과 저는 이를 지지하고 그 성공을 바라 마지않습니다.

6자회담의 성공을 위해서는 궁극적으로 북한과 미국 사이의 입장 차가 해소되는 것이 긴요합니다. 북한은 핵무기 개발을 완전히 포기하고 철저한 검증을 받아야 합니다. 미국과 6자회담 참가국들은 북한의 안전과 국제사회로의 진출을 보장해주어야 합니다. 서로 불신이 큰 만큼 동시에 또는 병행해서 진행시켜나가야 합니다.

저는 북한이 핵을 포기할 용의가 있다고 생각합니다. 미국과 다른 참가국들은 북한이 핵을 포기하도록 권유하고 도와주어야 합니다. 미국의 어느 한반도 문제 전문가가 얘기하듯이, 북한의 핵 문제 해결이 늦어지면 늦어질수록 북한은 영구 핵보유국이 될 가능성이 커질 것입니다.

다행히 지난 3차 6자회담에서는 북미 양측이 한발 전진하는 태도를 보여서 세계가 새로운 희망을 갖게 했습니다. 회의 주최국인 중국의 공헌이 컸다고 생각합니다. 6자회담은 성공해야 합니다. 그리고 북한 핵 문제 해결 이후에도 6자협력기구는 계속 존속해서 한반도와 동북아시아의 평화를 위해 공동으로 노력해야 할 것입니다.

저는 지금부터 33년 전인 1971년 대통령에 출마했을 때 이미 중·미·일·소 4대국이 한반도 평화를 공동으로 보장해야 한다고 주장한 바 있습니다. 우리 한반도의 지정학적 위치가 이러한 강대국들과 긴밀한 평화 체제의 합의를 불가결한 과제로 제시하고 있습니다. 6자협력체제는 19세기 말과 20세기 초의 청국·일본·러시아·미국 등 강대국의 파워 게임에 희생되어 국권을 상실했던 쓰라린 체험이 있는 한민족의 안정과 생존, 나아가 동아시아 지역의 안정과 번영을 위한 절대적인 요구라 할 것입니다.

존경하는 여러분!

7세기 한반도 통일 이래, 한중 양국은 일관된 평화 관계를 유지했습니다. 그뿐 아니라 긴밀한 정치·경제·문화 등의 교류를 계속해왔습니다. 우리는 중국으로부터 유교, 불교 등 정신적 재산도 받아들여서 우리 국민의 지식과 신앙 세계를 풍부하게 했습니다. 우리는 양국의 조상들이 긴 세월 동안 서로 협력하고 좋은 친구로서 관계를 돈독하게 해온 것에 대해서 자랑스럽게 생각합니다.

지금 우리는 그 자랑스러운 역사를 계승해서 가장 긴밀하고 광범위한 협력 관계를 발전시키고 있습니다. 우리는 양국의 평화와 번영뿐 아니라, 동아시아 일대의 안전과 발전을 위해서도 같이 손잡고 노력하고 있습니다. 저는 대통령 임기를 마치고 정계를 은퇴했지만, 한반도 평화와 통일을 위해서 제가 할 수 있는 모든 힘을 다하고자 합니다. 또한 노벨평화상을 수상한 사람의 책임으로서 동아시아와 세계의 평화와 번영, 정의의 실현에 미력이나마 저의 모든 힘을 바치고자 합니다. 제가 존경하는 중국의 지도자와 친구 여러분들의 많은 성원을 바랍니다.

사랑하는 학생 여러분!

1820년 중국의 GDP는 세계 총생산의 27%를 차지했습니다. 그때 영국은 겨우 5%였습니다. 이제 세계는 중국을 주목하고 있습니다. 미국이나 일본의 많은 경제 전문가들은 중국이 21세기 중반까지는 세계 최대 규모의 경제력을 갖게 될 것이라고 말합니다. 젊은 여러분들이 이룩해야 할 과업인 것입니다.

그러나 여러분!

21세기는 산업사회의 민족주의 시대도 아니고, 침략정책을 서슴없이 자행한 제국주의 시대도 아닙니다. 21세기는 세계가 하나가 되는 지구촌 시대입니다. 세계가 한 가족인 것입니다. 교통, 통신, 특히 정보 매체의 발전이 그렇게 만든 것입니다. 따라서 21세기는 선진국이나 후진국이나 균형 잡힌 세계화의 틀 속에서 상생하고 공영해나가야 합니다. 지금과 같이 소수만을 위한 세계화는 다수의 가난한 자로부터 격렬한 저항을 받게 됩니다. 이미 세계 도처에서 폭발하고 있는 테러리즘은 그 뿌리가 빈부 격차에 있습니다.

머지않아 경제 초강대국의 반열에 들어설 중국의 미래의 주인공인 여러분은, 세계의 균형 잡힌 번영 속에 전 인류가 삶의 큰 희망을 안고 살아갈 수 있도록 주도적 역할을 할 사명이 있습니다.

우리 한국은 중국과 비교할 때 작은 나라입니다. 게다가 남북으로 분단되어 있습니다. 그러나 한국은 경제적으로 작은 나라는 아닙니다. 국민 총생산량으로는 세계에서 12위를 차지하고 있고, 교역량으로는 세계 13위 교역국입니다. 따라서 우리의 젊은이들도 이러한 경제력을 바탕으로 상생하고 공영하는 지구촌 건설 노력에 동참할 것입니다.

저는 한중 양국의 젊은이들이 조상 대대의 우호 관계를 굳건히 유지하면서 평화로운 한반도, 상부상조하는 동아시아, 그리고 정의로운 세계의 실현을 위해 손에 손 잡고 나아가는 꿈을 안고 오늘 이 자리에 섰습니다.

이상으로 연설을 마치겠습니다. 감사합니다.

반전·반핵·평화의 원칙과 남북화해협력

| 제54차 과학과 세계 문제에 관한 퍼그워시 서울 총회 기조연설
| 서울, 2004. 10. 5.

존경하는 롯블랫 전 회장, 엘바라데이 국제원자력기구(IAEA) 사무총장, 박세직 의장, 퍼그워시 지도자 여러분, 그리고 이 자리에 모이신 내외 귀빈 여러분!

여러분의 한국 방문을 진심으로 환영하며 제54차 퍼그워시 서울 총회의 개최를 축하해 마지않습니다.

20세기의 위대한 석학이자 반핵 평화 지도자였던 버트란드 러셀과 알베르트 아인슈타인 두 분에 의한 핵무기 반대의 '러셀-아인슈타인 선언'에 기초한 퍼그워시는 그간 수많은 업적을 이룩하면서 세계 평화를 애호하는 인류에게 희망의 상징이 되고 있습니다.

퍼그워시는 '핵무기 없는 세계'를 염원하는 과학자들의 양심적 결단에서 출발했습니다. 그리하여 쿠바 위기 중재, 화학무기금지조약(CWC), 핵확산금지조약(NPT), 전면핵실험금지조약(CTBT) 등 대량 살상 무기 확산을 방지하는 데 큰 영향을 미쳤습니다. 이렇듯 세계 평화와 안보 증진에 기여한 공로가 높이 평가되어 1995년 노벨평화상을 받았습니다.

퍼그워시는 또한 한반도 평화와 북핵 문제 해결에도 많은 노력을 기울였습니다. 2001년 4월에는 서울에서 '한반도 평화와 동아시아'를 주제로 회의를 가졌으며, 그 회의에서는 제가 추진하는 햇볕정책을 지지해주셨습니다. 다시 한번 감사를 드립니다.

저는 당시 현직 대통령으로서 청와대를 방문한 롯블랫 전 회장과 퍼그워시 지도자들을 만나서 뜻 깊은 대화를 나눈 바 있습니다. 저는 지금도 핵무기 없는 세상, 평화롭게 사는 세상, 그리고 한반도에서의 햇볕정책의 실현에 대해서 우리가 동지적인 대화를 나눴던 감격을 생생히 기억하고 있습니다.

존경하는 여러분!

오늘날 세계의 핵무기 감축과 폐기, 핵실험 금지, 비확산 노력에도 불구하고 핵무기는 여전히 우리들의 가장 큰 위협이 되고 있습니다. 그리고 그 위협은 최근 날로 커져가는 상황에 있습니다. 이러한 위협을 제거하고 인류가 평화 속에서 살 수 있도록 하려면 어떻게 해야 하겠습니까?

첫째, 지구를 몇 번이고 파멸시킬 수 있는 엄청난 핵무기를 보유하고 있는 5대 핵보유국들은 이미 약속한 대로 핵무기를 감축하고 나아가서는 완전히 폐기하는 노력을 중단없이 추진하여 세계 각국에 모범이 되어야 할 것입니다.

둘째, 남아시아와 중동에서 공개 또는 비공개리에 핵무기를 보유하고 있는 나라들도 남아프리카공화국의 선례에 따라 핵무기 포기 의사를 천명하고, NPT에 가입하고 IAEA의 철저한 사찰을 받아야 할 것입니다.

셋째, 핵무기를 보유하지 않는 모든 나라들도 자신이 핵무기를 가질 의사가 없음을 밝히고, 핵무기의 확산을 방지하는 데 적극적으로 협력해야 할 것입니다.

넷째, 모든 비(非)핵보유국들에 대한 핵보유국의 핵 공격이나 위협이 철저히 금지되어야 할 것입니다.

다음은 북한 핵 문제에 대해서 말씀드리겠습니다.

남한과 북한은 1992년 한반도 비핵화 공동선언을 통해서 한반도에서 누구도 핵무기를 갖지 않고 사용하지 않기로 합의했습니다. 북한의 핵무기 개발은 이러한 엄숙한 약속을 위배한 것으로서 마땅히 포기되어야 합니다. 북한의 핵무기 개발은 남북 간 합의 위반일 뿐 아니라, 한반도 평화를 크게 위협하는 것입니다. 반드시 포기되어야 합니다.

반면에 미국은 북한의 안전을 보장하고 경제 회생을 위한 국제사회 진출의 길을 막지 말아야 합니다. 그리하여 북한이 미국에 대한 강박관념에 사로잡혀 핵무기 등 대량 살상 부기의 유혹에 빠지지 않게 해야 합니다. 이는 2003년 제53차 퍼그워시 선언문에도 천명한 바와 같이 북미 간 대화와 국제사회의 협조로 가능할 것입니다.

제가 2000년 6월 평양에서 만난 김정일 위원장은 미국과의 관계정상화만 이뤄진다면 모든 대량 살상 무기를 포기할 의사가 있다고 말한 바 있습니다. 북은 핵무기 개발을 포기하고, 미국은 북한과의 관계개선에 나서야 합니다. 그리고 상호 불신이 있는 만큼 이러한 조치는 동시에 또는 병행해서 이뤄져야 할 것입니다.

존경하는 여러분!

저는 대통령 재임 중 반전·반핵·평화의 원칙을 가지고 남북 화해 협력정책을 추진했습니다. 햇볕정책은 서로 따뜻한 햇볕을 보냄으로써 남북을 가로막고 있는 얼음 장벽을 녹여버리자는 것입니다. 그리하여 평화공존, 평화교류, 평화통일의 3원칙 아래 한반도에 흔들림 없는 평화 체제를 수립하자는 것입니다.

저는 남북정상회담의 과정을 전후하여 미국과 주요 우방 국가들, 그리고 전 세계에 이러한 과제를 설명했으며 유엔을 위시한 모든 평화 애호 국제기구와 세계 각국의 아낌없는 지지를 받았습니다. 남북정상회담 이후 한반도는 크게 변화하여왔습니다.

첫째, 한반도의 긴장이 크게 완화되었습니다. 그동안 존재했던 불신과 적개심이 많이 사라지고 평화적으로 협력하면서 같이 살다가 때가 오면 평화적으로 통일하자는 공감대가 형성되고 있습니다.

둘째, 남북 간에 교류협력이 크게 진전되고 있습니다. 1만 명이 넘는 이산가족 상봉, 7만이 넘는 민간인 교류, 75만에 달하는 북한 금강산 관광 등이 이루어짐으로써 상호 이해가 급속히 진전되고 있습니다.

셋째, 올림픽·아시안 게임·유니버시아드 대회 등에서 공동 입장, 혹은 상호 협력과 공동 응원 등 국민과 세계를 즐겁게 하는 일들이 계속 이루어지고 있습니다.

넷째, 북한 땅 개성에 산업 공단을 세우는 일이 진행되고 있고, 남북 간 철도와 도로의 연결 또한 진행되고 있습니다.

다섯째, 북한의 식량 부족을 돕기 위해 매년 40만 톤의 식량과 20만 톤의 비료를 지원하고 있습니다.

이제 북미 관계가 개선되고 핵 문제가 해결되면 한반도는 획기적인 변화와 번영을 기대할 수 있을 것입니다. 우리는 어떠한 경우에도 한반도에서 핵무기를 용납하지 않을 것입니다. 어떠한 경우에도 전쟁을 통해서 문제를 해결하려는 것을 단호히 반대할 것입니다.

우리는 북한 핵 문제의 해결을 당면한 최고 중대 사안으로 생각하며, 이미 말한 바와 같이 북미 간 대화와 6자회담을 통해서 이 문제를 성공적으로 해결해야 한다고 생각합니다. 반드시 그렇게 해야 합니다.

존경하는 신사 숙녀 여러분!

1992년 한반도 비핵화 공동선언 등 한국은 비핵 원칙을 지켜왔습니다. 저는 대통령 재임 기간 동안 이러한 원칙을 준수했습니다. 최근 노무현 정부는 핵의 평화적 이용에 관한 4원칙을 발표하고 다시 한국의 입장을 천명하였습니다. 즉 '한국은 핵무기를 개발하거나 보유할 의사가 없다, 핵 투명성을 유지하고 국제 협력을 강화하겠다, 핵 비확산 국제 규범을 준수하겠다, 핵의 평화적 이용 범위를 확대하겠다'는 것이 바로 그것입니다.

저는 이러한 정부의 입장을 적극 지지하는 바입니다. 한국은 전력 생산의 40%를 원자력 발전에 의존하고 있으며, 핵의 평화적 이용은 국가의 매우 중요한 정책 목표입니다. 한국 정부는 IAEA 등과 협력하여 국제사회의 요구를 성실히 이행할 것으로 믿습니다.

존경하는 여러분!

다시 한번 여러분을 충심으로 환영하며 서울에서 열리는 제54차 퍼그워시 총회가 과거 어느 때보다도 성공적인 자리가 되길 바랍니다. 핵무기 없는 세상을 바라는 세계의 모든 사람들이 그것을 바라고 있습니다.

감사합니다.

노벨평화상의 책임

제5차 노벨평화상 수상자 세계정상회의 개막식 기조연설
이탈리아 로마, 2004. 11. 10.

존경하는 고르바초프 전 대통령과 벨트로니 로마 시장, 그리고 존경하는 모든 노벨평화상 수상자와 세계 지도자 여러분!

저에게 이 뜻 깊은 자리에서 연설할 기회를 주신 데 대해 감사해 마지않습니다.

세계 인류는 4년 전 큰 기대와 희망을 안고 새천년의 21세기를 맞이했습니다. 우리는 20세기 말 당시 소비에트 연방의 지도자였던 고르바초프 대통령의 역사적 결단으로 반세기에 걸친 냉전을 종식시켰습니다. 핵전쟁의 공포로부터 크게 해방되었습니다. 우리는 영구 평화의 밝은 희망에 가슴 벅찼던 그때를 지금도 생생히 기억합니다. 또한 우리는 21세기가 세계화와 정보화의 시대로 발전함에 따라, 통합된 하나의 세계에 대한 기대와 공동 번영의 꿈을 안게 되었던 것입니다.

그러나 지금 우리는 그러한 기대와는 달리 세계 도처에서 테러가 난

무하는 상황에 직면해 있습니다. 빈부 격차는 날로 증대되고 있습니다. 새천년을 맞으며 기대했던 평화와 공동 번영의 꿈은 이제 좌절의 위기에 직면해 있습니다.

이러한 암울한 분위기 속에 우리는 노벨 정신에 따른 해결책을 얻고자 이 자리에 모였습니다. 우리의 사명은 참으로 막중합니다. 우리는 오늘의 세계에 무엇을 요구하며, 또 무엇을 해야 하겠습니까?

첫째, 분열된 세계를 통합된 세계로 만들어야 합니다. 지금 혼란스럽게 분열되어 있는 세계를 통합된 하나의 세계로 만드는 것입니다. 이런 통합을 위해서는 지금 유일 강국으로 부상한 미국이 그에 합당한 주도적 역할을 해야 할 것입니다. 그러나 유감스럽게도 그동안 미국은 일방주의적인 태도를 지녀왔고 세계를 협력의 통합체로 이끄는 데 실패하고 있습니다.

지금 우리는 핵무기, 테러, 빈부 격차 등 많은 난제를 안고 있습니다. 이것은 어느 한 나라의 힘으로 해결할 수 없으며 전 세계의 긴밀한 협력이 필요합니다. 우리는 미국이 자기의 역사적 사명을 깊이 성찰하고, 세계의 힘을 하나로 모으는 다자주의적 협력 체제의 선두에 서기를 바랍니다. 겸손한 미국, 협력하는 미국은 세계인들에게 축복이 될 뿐만 아니라 미국 자신의 존경받는 위상 확립을 위해서도 크게 도움이 될 것입니다. 한편 동서 간의 대화, 남북 간의 대화, 문명 간의 대화가 지속적으로 이루어져 이해와 통합의 21세기를 만들어야 할 것입니다.

둘째, 테러 근절을 위한 근본적 대책을 세워 테러 문제를 해결해나가야 합니다. 지금 전 세계는 테러의 위협 속에 공포와 불안의 나날을 보내고 있습니다. 이제는 대규모 정규전이 아닌 테러가 세계 평화를 위협하고 있습니다. 테러분자는 어디에 숨어 있는지, 언제 나올지, 어디를 공격할지, 무슨 무기를 쓸지 알 수 없습니다. 테러는 전투 요원뿐만 아니라 남녀노소 가릴 것 없이 무차별하게 희생시키고 있습니다. 이러한 반인류적이고 세계 평화를 파괴하는 테러 행위는 절대로 용납될 수 없습니다. 그러면 어떻게 해야겠습니까?

테러의 근절을 위해서는 테러분자의 검거, 테러 조직의 분쇄, 자금원의 단절, 각국 간의 정보 교환 등과 같은 노력이 필요합니다. 그러나 이러한 대증요법만으로는 부족합니다. 전 세계적인 협력을 얻어내는 것이 절대 필요합니다. 그리하여 테러분자가 어디에도 숨거나 발붙이지 못하게 하는 근본적인 대책이 있어야 합니다.

지금 저개발 국가와 극빈 속에 허덕이는 사람들은 절망과 분노 속에 자포자기의 심정으로 테러분자들의 은신처를 제공하는 등 테러 세력의 공급원이 되고 있습니다. 이라크에서 후세인 정권이 타도됐을 때, 다수의 이라크인들은 미군을 열렬히 환영했습니다. 그러나 1년이 넘도록 일자리를 얻지 못하고 생활환경도 회복되지 않아 빈곤 속에 헤매게 되자 이제 절망과 반발 속에 많은 사람들이 테러 세력에 가세하고 있는 것을 우리는 알고 있습니다.

세계 60억 인구 중에 12억 명 이상이 매일 1달러 이하의 돈으로 생활하고 있습니다. 2002년에 5세 미만의 어린이 1,000만 명이 사망했는데 그중 98%가 저개발국가의 어린이였습니다. 200만 년 전 인류가 탄생한 그날부터 굶주린 사람이 먹어야 하고 병든 사람이 치료받아야 하는 것은 인간의 원초적 인권이었습니다. 지금 그러한 원초적 인권을 보장받지 못한 사람들이 세계에는 넘치고 있습니다. 이런 문제가 해결되고, 해결의 희망이 커져야 테러분자가 발붙일 곳이 없어질 것입니다. 그리고 세계는 안정될 것입니다. 세계의 안정은 가진 나라, 가진 사람들을 위해서도 필수적입니다.

셋째, 핵무기가 없는 세계의 실현을 촉구해야 합니다. 지금 핵무기 확산을 막고 세계의 모든 핵무기를 폐기시키려는 노력은 가장 긴급한 우리들의 과제입니다. 이 과제를 풀지 못하면 인류는 언제나 전멸할 가능성을 안고 공포 속에 살아야 할 것입니다.

핵무기 문제 해결을 위해서는 먼저 5대 핵보유국들이 핵무기 감축에 대한 약속을 지키고 궁극적으로 핵무기를 폐기하여 세계 앞에 솔선수범해야 할 것입니다. 남아시아와 중동의 핵보유국들은 남아프리카공화국의 선례에 따라 자진해서 핵무기를 폐기해야 할 것입니다. 세계의 모든 비핵보유국은 영구적으로 핵무기 개발을 포기할 것을 다짐해야 합니다. 또한 비핵보유국에 대한 핵무기 공격 금지가 철저히 준수되어야 할 것입니다.

넷째, 북한 핵 문제의 해결을 서둘러야겠습니다. 이 문제는 해결하겠다는 의지만 있으면 충분히 해결 가능합니다. 북한은 핵무기 개발을 완전히 포기하고 철저한 검증을 받아야 합니다. 미국은 북한의 안전을 보장하고 경제 제재를 해제해야 합니다. 서로 불신이 강한 만큼 동시에 주고받는 협상이 이루어져야 합니다. 6자회담은 이러한 북미 간의 협상을 성공시키는 데 중요한 역할을 해야 할 것입니다.

존경하는 신사숙녀 여러분!

저는 이 자리를 빌려 여러분께서 큰 관심과 성원을 아끼지 않으셨던 남북정상회담 이후의 한반도 정세에 대해 보고드리고자 합니다. 남북정상회담 이후 남북 관계는 많은 발전을 이룩했으며, 여러 가지 우여곡절에도 불구하고 햇볕정책은 성공의 길을 걸어왔습니다. 몇 가지 예를 들겠습니다.

첫째, 남북 간의 긴장이 크게 완화되고 전쟁에 대한 걱정과 공포가 줄어들었습니다. 둘째, 분단 이후 50년 동안 상봉하지 못했던 이산가족 약 1만 명이 서로 만났습니다. 정상회담 이전에는 50년 동안 200명 정도밖에 만나지 못했습니다. 셋째, 북한의 명소 금강산을 찾는 남쪽의 관광객이 75만 명에 달합니다. 넷째, 남북을 왕래한 민간인이 7만 명에 이르렀습니다. 다섯째, 남한은 매년 비료 30만 톤, 식량 40만 톤을 북한에 지원해서 북한의 식량 사정 해결에 크게 기여하고 있습니다. 여섯째, 휴전선 북쪽의 개성시에 대규모의 공단을 건설 중이며 금년 내에 제품이 나올 것입니다. 일곱째, 휴전선을 넘어 남북을 관통하는 도로가 연결됐고 철도도 금년에 연결될 것입니다. 여덟째, 남북 간에 상호 비방과 해상 충돌 방지를 위한 군사 협력 조치가 진행되고 있습니다. 아홉째, 남북 국민 간의 적대감이 크게 감소되고 신뢰와 우정이 싹트고 있습니다.

유감스럽게도 이와 같은 진전에도 불구하고 아직 한반도에는 평화가 정착하지 못하고 있습니다. 그 이유는 남북 관계개선과 더불어 또 하나의 필수조건인 북미 관계의 개선이 잘 안 되고 있기 때문입니다. 지금은 핵 문제가 큰 걸림돌이 된다는 것을 이미 말씀드렸습니다. 저는 북미 관계만 개선되면 한반도의 평화 정착은 급속히 이뤄지고 남북 간의 교류협력이 왕성하게 진전되어 쌍방의 공동 이익에 크게 기여할 것으로 봅니다. 여러분의 각별한 관심과 지원을 바라 마지않습니다.

존경하는 신사 숙녀 여러분!

저는 이 회의가 특별히 한 개인에 대해 아낌없는 지원을 보내도록 요청하고자 합니다. 다름 아닌 미얀마의 아웅산 수지 여사의 안녕과 정치적 활동의 자유에 관한 내용입니다. 수지 여사는 우리와 같은 노벨평화상 수상자입니다. 선거에서 전승에 가까운 승리를 얻고도 군사정권에 의해서 정치 참여를 저지당하고 있습니다. 그녀는 장기간 연금 상태에 있습니다. 민주주의가 보편적 이념인 오늘날 차마 있을 수 없는 일입니다. 저는 이 회의가 민주주의와 인권의 이름으로 아웅산 수지 여사와 그 동조자들의 안전과 정치적 활동의 자유를 즉각 허용하도록 미얀마 군사정권에게 강력히 촉구해주실 것을 요청하는 바입니다.

존경하는 참석자 여러분!

세계는 지금 신음하고 있습니다. 평화가 위협받고, 사태는 날로 악화되어가고 있습니다. 굶주림에 허덕이는 사람들이 넘치고 있습니다. 에이즈, 말라리아, 폐결핵 등의 병에 걸린 사람들이 약도 쓰지 못한 채 죽어가고 있습니다. 무언가 손을 써야 합니다. 그렇지 않으면 사태는 더욱 악화되고 세계는 위기의 늪으로 빠질지도 모릅니다.

노벨평화상과 기타 모든 노벨상을 수상한 사람들은 창설자 알프레드 노벨의 정신을 받들어 통합된 세계, 평화로운 세계, 핵무기가 근절된 세계, 테러와 빈곤 문제를 근원적으로 다스리는 세계를 위하여 상시적인 기구의 설립에 대해서도 검토해볼 필요가 있다고 생각합니다. 우리는 노벨평화상을 수상했습니다. 이는 최고의 영예입니다. 영예가 크면 책임도 크다고 생각합니다. 다 같이 정성과 힘을 모읍시다.

감사합니다.

제3부

신문·방송 대담

퇴임 이후 2003~2004

6 · 15 남북공동선언 3주년 인터뷰

| KBS 〈일요스페셜〉
| 2003. 6. 15.

2000년 6 · 15 남북공동선언은 분단 이후 최초로 남북의 최고 지도자들이 한반도의 운명을 스스로 결정하려는 시도였다. 그러나 3년이 지난 지금, 그 시도는 대북송금 특검, 북한 핵 문제 등으로 위기를 맞고 있다. 그리고 2003년 6월 한반도에는 긴장감이 고조되고 있다. 퇴임 후 최초로 입을 연 6 · 15 남북공동선언의 주역 김대중 전 대통령, 그는 지금 한반도 위기 상황을 어떻게 보고 있나? 그가 말하는 한반도 평화의 길은 무엇인가?

6 · 15 남북정상회담 3주년을 맞이하여

김주영(소설가) 건강이 안 좋으시다는 소식이 있었는데, 저는 청와대에 계실 때에도 서너 번 뵈었습니다만 그때 뵈나 지금 뵈나 거의 같아 보이십니다. 많은 국민들이 염려하고 있으니 건강을 좀 챙기셔야 되겠습니다. 건강은 어떠십니까?

김대중 전 대통령(이하 김대중) 네. 한때는 많이 안 좋았는데 요새는 대체적으로 의시도 좋아졌다고 하고 나도 그렇게 느낍니다.

김주영 역사적인 6 · 15 정상회담이 3년 전에 있었습니다. 3주년입니다. 대통령께서 퇴임하시고 이제 회고하는 입장이 되셨는데 맞이한 소감이 어떻습니까?

김대중 네. 참 그야말로 역사적이죠. 3주년을 맞이해서 그때를 생각하면 가슴 벅찬 감격을 금할 수 없고, 또 현실을 보면 여러 가지 걱정되는 점도 있어서 착잡한 심정입니다. 6 · 15 정상회담은 사실 그때 큰 모험을 했던 것입니다.

북쪽하고 사전에 공동성명 발표가 합의가 안 됐습니다. 남측에서 초안을 보냈지만 만나면 잘된다는 얘기만 하고 (합의가) 안 된 것입니다. 또 김정일 위원장이 공항에 나온다는 말이 있는데, "정말 나오느냐?" 하고 물으면 그에 대해서도 "잘 모르겠다"고 얘기하고, 뭐 하나 확실한 게 없었어요. 그러면서 "북에 오면 김일성 묘소에 참배해라. 세계 각국의 정상이 오면 다 했는데 남한 대통령도 해야 할 것 아니냐"고 하더군요. 그래서 "그건 못 하겠다. 국민들 정서를 봐서 할 수가 없다"라고 대답하니까 "그러면 오지 마라"는 식이었습니다. 이렇게 모든 것이 불투명한 가운데 북한에 갔습니다.

순안 공항에 도착해 비행기에서 나와 보니까 저 앞에 김정일 위원장이 서 있었습니다. 비로소 출영한 것을 알았습니다. 그래서 시내로 들어가는데 그분이 옆에 앉아서 둘이 자동차를 같이 타고 가게 되었어요. 도중에 북한의 대군중이 나와서 그야말로 열광적으로 환영해요. 그때 듣기로 약 60만 명이 나왔다더군요. 그런데 재미있는 것은 그 환영 군중이 '김대중' 소리는 한마디도 안 하고 전부 "김정일! 김정일!" 이렇게 외치는 거예요. 내가 보기에 참 우습다 이런 생각도 했지요. 그래서 그런지 나중에 돌아볼 때는 사람들이 그냥 만세만 하고 '김정일' 연호는 안 하는 것을 봤습니다.

김주영 아직까지 많은 국민들이 매우 궁금해하는 부분이 있습니다. 평양 방문하셨을 때 김정일 위원장과 같이 순안 비행장에서 평양 시내로 가시면서 차에 동승하셨잖습니까? 그 차 안에서 나눈 얘기 한 토막만 소개해주십시오.

김대중 그 문제에 대해서 간혹 그런 질문을 받습니다. 사실 평양 들어갈 때는 아까 말씀과 같이 60만 군중이 양쪽 도로에 늘어서서 막 꽃을 흔들며 환영을 하는 통에 그 사람들한테 손 흔드느라 얘기할 짬도 없었어요. 또 그때는 김정일 위원장하고 처음 만나서 뭐가 잘될지 못될지 모르고, 서로 긴장하고 있으니까 차 안에서 무슨 얘기할 겨를이 없었습니다. 실제로 없었어요.

그리고 나는 백화원 초대소에 가 있었습니다. 그쪽에서 먼저 "대통령께서는 연로하시니까 자기가 그리로 와서 정상회담을 하겠다"고 하더군요. 그래서 거기서 정상회담을 하게 됐습니다. 김일성 묘소 참배 문제는 김정일 위원장이 결국은 안 하는 쪽으로 결단을 내려서 더 이상 문제가 없었습니다.

이래서 정상회담이 시작되었는데, 나는 김정일 위원장한테 이렇게 말했습니다.

"당신은 지금 북을 통치하고 있고 나는 남쪽을 대표하고 있다. 우리 둘이 맘 한번 잘못 먹으면 우리 민족이 공멸한다. 그러나 우리가 바른 민족적 양심을 가지고 서로 화해 협력해나가면 우리 민족과 후손들은 축복을 받을 것이다. 어느 쪽을 선택할 것이냐. 자명하지 않느냐. 따라서 당신네는 절대로 남쪽을 적화한다는 생각을 버려라. 안 그러면 전쟁밖에 없다. 동시에 우리도 북한을 흡수통일하겠다고 안 하겠다. 또 할 능력도 없다. 그러니까 서로 평화공존하고 평화교류하다가 10년이고 20년 후에 안심할 때, 이만하면 됐다 할 때 통일하자."

이렇게 해서 김정일 위원장한테 우리가 북침 의사가 없다는 것을 분명히 믿게 했다고 생각합니다.

아시다시피 '남북공동선언'이라는 것이 성명 이상의 격을 높여서 만들었습니다만, 또 여기서도 난관이 있었습니다. 물론 내용 검토에도 많은 어려움이 있었지만 가장 중요한 문제는 김정일 위원장이 서울 답방에 대해서 약속을 안 하는 것이었습니다. 아무리 설득해도 안 돼요. 한 시간 이상 끌어도 얘기가 안 돼요. 그래서 내가 마지막으로 김정일 위원장에게 "김 위원장, 나는 김 위원장이 대단히 부친을 존경하고 노인을 대접하는 걸로 알고 있소. 하물며 노인인 내가 여길 왔는데, 나보다 젊은 김 위원장이 안 온다는 게 말이 안 되지 않소?" 했지요. 내가 이렇게까지 하니까 결국 '가겠다' 이렇게 합의가 됐습니다.

또 공동선언에 대한 서명을 하는데, "남북의 실무자 대표 선에서 하고 우리는 하지 말자"고 하더군요. 그래서 "김 위원장과 내가 대담을 해서 내는 성명을 어찌 우리 둘이 서명을 안 하느냐"며 한참을 옥신각신해서 마침내 서명을 하게 됐습니다.

결국 우리가 이치를 가지고 설득하고, 많은 문제를 그분이 좋게 이해해주어 좋은 성과를 얻었다고 생각합니다.

김주영　그렇게 어려운 가운데서도 6·15 남북공동선언문이 채택됐지 않습니까? 그 의의는 어디에 있다고 생각하십니까?

김대중　6·15 남북공동선언은 우리 민족이, 남북이 함께 앞으로 나아가는 데 필요한 이정표, 흔한 말로 로드맵 같은 것을 만들었다고 볼 수 있습니다.

첫째, 남북은 긴장을 완화시키고 모든 것을 평화적으로 해결하자는 데 합의했습니다. 둘째는 우리가 자주적으로 통일하되, 북한의 과거 연방제를 철회하고 우리의 연합제와 상통하는 '낮은 단계의 연방제'를 채택하겠다고 북한이 제안했습니다. 우리가 통일의 첫발을 내딛는 방향이 양측 간에 합의됐다고 볼 수 있습니다. 셋째는 정치·경제·사회·문화·스포츠 모든 분야에서 교류를 심화시킨다는 것입니다. 이런 공동선언문에 입각해서 지금 경의선이라든가 개성공단 문제도 진행되고 있는 거지요. 이상과 같이 공동선언의 의의를 세 가지로 압축해서 얘기할 수 있습니다.

김주영　그토록 어려운 가운데 남북정상회담을 성사시켰는데 아쉬운 점이 있다면, 어떤 점이 있겠습니까?

김대중　네. 아쉬운 점에 앞서 우리가 남북정상회담에서 무얼 얻었느냐에 대해 먼저 한번 얘기해보겠습니다.

첫째는 한반도의 긴장이 크게 완화되었다는 것입니다. 우리 국민이 지금 미국에서 9·11 테러가 나고 서해교전이 벌어지더라도 전혀 당황하지 않고 피난 가거나 사재기하지 않는 그런 시대가 왔습니다. 이렇게 평화의 분위기가 무르익으니까 월드컵도 성공적으로 치를 수 있었던 것이지요. 만일 남북 간에 긴장이 존재하여 휴전선에서 무슨 일이라도 일어났다면 월드컵을 성공적으로 치를 수 없었을 것입니다. 특히 아시안 게임은 북한의 대표들과 응원단이 왔기 때문에 그런 성공을 거둘 수 있었습니다. 이런 점들을 볼 때 평화의 대가가 아주 컸다고 생각합니다.

둘째는 이산가족 상봉 문제입니다. 이산가족이 과거에 국내외에서 약 200명 만났습니다. 그런데 이번에는 이산가족 5,000명이 남북을 왕래하면서 만났습니다. 이것이 당사자들에게 얼마나 중요한 일입니까.

셋째는 우리 경제에 크게 기여한 것입니다. 외국의 투자가 쏟아져 들어왔습니다. 한반도는 걱정이 없다는 믿음에서죠. 수치로 한번 얘기해 보면 과거 50년 동안 우리나라에 들어온 외국 투자 총액이 246억 달러인데, 최근 5년 동안의 투자액이 600억 달러입니다. 이렇게 엄청난 투자가 들어오고, 또 우리 경제가 활발하게 발전되기 시작했습니다. 거기에 경의선, 개성공단, 육로 관광 등과 같은 경협이 늘어났지요. 또 이것은 모두 휴전선을 가로지른 것이기 때문에 베를린 장벽 붕괴와 같은 의미가 있습니다.

그리고 아주 큰 의미가 있는 일은 북한이 변화하기 시작했다는 것입니다. 아시다시피 북한은 법을 만들어서 새로운 시장경제 체제로 갈 준비를, 완벽하진 않지만 지금 시작하고 있습니다. 또 무엇보다 우리에 대해 적대심과 부정 일변도였던 북한의 민심이 이제 긍정 그리고 우호의 방향으로 돌아서서 요새 북한 가면 북한 사람들이 남한 사람을 이웃사촌같이 대합니다. 이런 것이 우리의 큰 소득이 아닌가 생각합니다.

아쉬운 점은 그런 좋은 합의, 예를 들면 경의선과 개성공단 건설에 대한 합의를 해놓고서도 자꾸 실천을 뒤로 미루는 바람에 지금쯤 큰 성과를 올렸을 만한 일이 지연되었다는 것입니다. 만일 제대로 북한이 협력했다면 지금 기차가 평양 가고 신의주 가고 있을 겁니다. 개성공단에서 이미 제품이 나오기 시작했을 것입니다. 여름 휴가도 금강산으로 갔을 것입니다. 북한이 약속대로 적극적으로 그것을 지원 안 한 것은 아쉬운 일이죠. 무엇보다도 김정일 위원장이 서울에 왔어야 정말로 남북이 서로 교류하고 평화로 가는 큰 기여를 할 텐데, 그것이 안 된 것이 가장 아쉬운 점이 아닌가 생각합니다.

김주영 그런 가운데 이제 3주년을 맞이했습니다. 그런데 지금 대북송금에 대한 특검 수사가 진행되고 있지 않습니까? 특검 정국에 대해서 어떤 생각을 갖고 계시는지요?

김대중 특검에 대해서는 제가 지난 2월에 대통령으로서 국민 앞에 제 입장을 밝혔습니다. 그 이상 말할 것은 없고요. 저는 이 문제가 특검에 의한 사법적 심사의 대상이 안 된다는 것에 대해서는 지금도 전혀 소신의 변함이 없습니다. 요새 국가와 우리 경제를 위해서 수십 년 헌신한 사람들이 부정비리가 없는데도 불구하고 사법 처리 대상이 되고 있는 상황을 볼 때, 그 당시의 책임자로서 참으로 가슴 아픈 심정을 금하지 못하고 있습니다.

북의 현실과 핵 문제

김주영 다음은 북한의 현실과 핵 문제에 대해서 질문 드리겠습니다. 북한 핵 문제는 한반도는 물론이고 한반도 주변의 이웃나라에도 심각한 문제를 던져주고 있지 않습니까? 먼저 북한의 현실에 대해서 저희들이 알고 싶은데, 이 현실을 어떻게 보시는지요?

김대중 북한의 현실이 대단히 어려운 건 사실입니다. 참으로 어렵고 그래서 심지어 북한 붕괴설까지 나오는 그런 상황입니다. 그런데 우리가 얘기하고자 하는 것은 북한이 어려우니 붕괴되는 것이 바람직하냐는 문제입니다. 스스로 내부적으로 붕괴되든 밖에서 붕괴시키든 그것이 바람직하냐 생각해볼 때, 우리 입장에서는 그것이 하나의 재난이 될 가능성이 많습니다. 북한이 붕괴되면 수십 수백만의 피난민이 남쪽으로 쏟아져 내려옵니다. 170만의 북한군, 엄청난 무장을 하고 있는 북한군들이 통제 없이 방황하게 됩니다. 얼마나 위험한 일입니까?

또 우리가 북한을 흡수통일한다고 할 때, 그것을 감당할 경제적 힘이 있느냐? 없습니다. 독일 같은 나라도 아주 힘들었습니다. 처음에 통일할 때 2,000억 마르크가 든다고 하던 것이 10배가 들었습니다. 그래서 가장 좋은 것은 북한이 핵을 포기하고 우리하고 남북 간의 평화를 증진시키고 협력을 증진시키고 그래서 평화공존하고 평화교류하다가 북한도 경제가 발전되면 큰 부담 없이 적당한 시기에 통일로 가야 한다는 거지요.

그런 의미에서 이번 북한 핵 문제는 반드시 철폐되어야 합니다. 또 그것은 북한에 대해서도 도움이 안 됩니다. 핵을 철폐시키되, 다만 이 것은 어디까지나 평화적으로 해결되어야 합니다. 이것은 내가 대통령으로 있을 때나 지금 노무현 대통령이나 부시 대통령, 고이즈미 총리와 누차 합의된 일이기 때문에 그 약속대로 평화적으로 해결해야 한다고 생각합니다.

김주영 그런데 일부에서는 북한이 핵을 가지고 경제를 해결하려고 하지 않느냐 하는 시선도 없잖아 있습니다. 북한은 이 난관을 어떻게 해결하려 한다고 믿고 계십니까?

김대중 북한은 핵 문제 가지고 난관을 해결할 수 없습니다. 북한에 핵이 있어 봤자 미국 핵 앞에서는 어린애 장난감입니다. 어떻게 얘기가 되겠습니까? 내가 6·15 당시 김정일 위원장에게 얘기했습니다. "당신네가 살 길은 안보와 경제 회생인데 그것을 해줄 나라는 세상에서 미국밖에 없다. 그렇기 때문에 아무리 아니꼽더라도 당신네 국익을 위해서 미국과 관계개선을 해야 한다." 이런 얘기를 김정일 위원장이 받아들였고, 이어 내가 클린턴 대통령한테 전화를 해서 마침내 북미 대화가 시작된 거지요.

나는 확실히 알고 있습니다. 김정일 위원장이 지금 겉으로 무슨 말을 하든, 그가 최고로 바라는 것은 미국과의 관계개선입니다. 그렇게 해서 안전을 보장받고, IMF나 ADB 등 국제기구에서 차관도 얻고, 일본과 국교 정상화해서 약 100억 달러라고 하는 돈도 받아들이고, 세계 각국에서 투자도 받고, 이렇게 해서 북한 경제를 살리는 겁니다. 김정일 위원장이 분명히 그걸 바라고 있는데 지금 잘 안 되고 있는 거예요.

김주영 지금 북한 핵 문제를 보면 미국과 북한이 평행선을 달리고 있지 않느냐 하는 인상을 받게 됩니다. 북핵 문제에 대해서 북한은 어떻게 대응하고 있다고 보십니까?

김대중 북핵 문제는 이미 해결책이 훤히 나와 있습니다. 북한은 핵을 포기하고 다시 돌이킬 수 없을 정도로 완벽하게 사찰을 받고 미국은 북한의 안전을 보장해주고 이러면 되는 것입니다.

그런데 서로 그렇게 한다고 하면서 상대방더러 먼저 하라고 합니다. '너는 믿을 수 없다'는 거지요. 그럼 동시에 하면 되는데 그건 미국이 듣지 않습니다. 문제는 이론이나 이치가 중요한 것이 아니라, 누가 옳고 그르냐가 중요한 게 아니라 현실입니다. 우리는 당장에 이라크의 후세인 정권이 눈앞에서 사라지는 걸 봤습니다. 북한은 그것을 교훈으로 받아들여야 합니다. 그래서 나는 북한이 이번에 큰 결단을 내려야 한다고 생각합니다.

첫째는 한국과 일본이 참가하는 5자회담을 즉각 수락해야 합니다. 그게 뭐 대단한 일입니까? 그런 가운데 미국과 대화하면 되지 않습니까?

그리고 둘째는 북한이 지금 아주 어려운 입장에 있기 때문에, 위기 상황에 빠져들고 있기 때문에, 북한이 먼저 핵을 포기한다고 생각해야 한다는 겁니다. 그렇게 하면서 미국에게 우리 안전을 보장해달라고 하면, 세계 각국에서 북한에 대해 현재 가지고 있는 의혹이나 비판이 사라지게 되겠지요. 부시 대통령 자신도 핵만 포기하면 대단한 어프로치를 하겠다고 말하고 있으니까 이 기회를 놓치지 말고 그런 방향으로 해야 합니다.

지금 북한은 체면이나 벼랑 끝 전술이나 이런 거 아무 소용 없습니다. 이제는 그런 시대가 아니에요. 지금은 클린턴 정권 시대인 1994년이 아니란 것을 알고, 현실에 적응하는 태도를 취해야 한다고 생각합니다.

김주영 지금 하신 말씀 가운데 저도 공감하는 부분은 북한이 미국에게 '우리 핵 포기하겠으니 사찰해라'는 식으로 해서 경제적인 문제를 일단 해결할 수 있다는 점입니다. 그런데도 지금까지 북한이 그 말을 하지 않는 이유는 어디에 있다고 보십니까?

김대중 북한이 안타까운 점은 그렇게 타이밍을 놓치고 오늘 해야 할 일을 내일로 미루다가 결국엔 효과를 얻지 못하고 있다는 겁니다. 내가 보기엔 지금 북한도 대미 문제에서 상당히 생각을 바꿔가는 과정에 있지 않은가 싶습니다. 그런데 문제는 시간이 급합니다. 솔직하게 얘기해서 미국도 공화당 정부 내의 강경파들은 협상을 그다지 바라지 않습니다. 지금 시간을 끄는 것은 강경파들에게 좋은 구실밖에 안 됩니다. 또 북한만 핵을 포기하는 게 아니라 북한이 포기하면 미국도 당연한 대가를, 다시 말해 대단한 어프로치를 해야 합니다. 여기에 대해서는 우리가 적극적으로 그런 방향으로 나가도록 협력해야 할 것입니다.

김주영 지금까지 김정일 위원장이 한국·일본·미국에 대해서 취해온 태도를 어떻게 생각하십니까?

김대중 먼저 한국에 대해서는, 정상회담이라든가 이산가족 문제, 경의선, 개성공단 혹은 금강산 관광, 또 아시안 게임에 선수 및 응원단을 파견해서 성공에 기여한 점 등등 모두 다 잘한 거라고 생각합니다. 아쉬운 점은 그런 약속을 했으면 빨리빨리 이행해야 한다는 거죠. 제대로 했으면 지금 기차가 평양 가고 신의주 가고 있을 겁니다. 그 기차가 유럽까지 갔을 겁니다. 철의 실크로드가 형성되는 것이지요. 개성공단에서 이미 물자가 나오고 있을 겁니다. 그런데 시간을 놓쳐서 결국 남북 정책에 관여한 사람들을 궁지에 몰아 북한에게 끌려다닌다는 말이나 듣게 하고, 결국 북한을 반대한 강경 세력들한테 구실을 주는 등 자기들에게도 아무 도움이 안 되는 이런 실수를 했습니다.

또 정상회담에서 서울에 온다고 했으면 당연히 와야 합니다. 못 오면 우리가 납득할 만큼 설명을 해야 합니다. 이 정상회담에 대해서는 내가 장쩌민 주석을 만났을 때 그도 김정일 위원장한테 "당신 남쪽 가야 한다. 어떻게 상대방이 왔는데 안 가는 법이 있느냐"고 충고했단 말을 들었습니다. 페르손 스웨덴 총리가 EU 대표로 북한에 갔을 때도 그런 충고를 했습니다. 이런 것이 북한에 대해서는 아쉬운 점이지요.

미국 관계에서는 북한이 클린턴 정권 때 참으로 좋은 찬스를 맞이했었습니다. 결국 클린턴 정권하고 합의가 되어 공동성명까지 발표하고, 미국은 북한의 안전과 경제적 활로를 열어주고, 그 대신 북한은 대량 살상 무기, 핵을 포함한 미사일 같은 것들을 포기하기로 했었지요.

나중에 클린턴 대통령이 나한테 편지로 밝혔습니다만, 김정일 위원장을 미국에 오도록 초청했다고 합니다. 그런데 안 갔어요. 왜 안 갑니까? 갔어야지. 그리고 그렇게 합의됐으면 빨리 양측 문서에 서명을 해야 됐는데 그것을 질질 끌다가 미국은 대선을 치르게 되고 결국 정권이 공화당으로 넘어갔어요. 그러니까 모든 게 원점으로 돌아갔습니다.

부시는 선거 기간 중에도 클린턴의 대북 정책을 반대한다고 공언했습니다. 그러다가 2001년 6월 부시가 공개적으로 북한과 대화하자, 만나자, 이렇게 적극적으로 나왔습니다. 그런데 그것에 응하지는 않고 북한은 '과거 클린턴하고 합의된 걸 지킨다고 약속하라'고 요구했어요. 부시가 근본적으로 반대하는 내용을요. 그러니까 합의가 안 되고 점점 시간만 끌었습니다. 결국 다시 2002년 1월 '악의 축' 발언이 나왔습니다. '이란과 이라크, 북한이 악의 축이다,' 이렇게 된 겁니다.

그렇게 해서 사태가 자꾸 악화되었습니다. 그러다가 작년 10월 제임스 켈리 특사가 갔을 때 핵 가지고 있다는 얘기가 나와서 오늘날 이렇게 어려운 지경에까지 이르고 있습니다. 결국 북한이 그런 버티기 전술, 시간 끌기 전술, 벼랑 끝 전술 등을 펼친 것이 지금 북한에게 손해가 됐고, 북한의 위기로 이어졌습니다. 이런 점에서 정말 북한은 '클린턴 정권과 부시 정권은 다르다. 시대가 이미 다르고, 우리가 원하건 원하지 않건 지금은 미국 유일 강국 시대'라는 현실을 정확하게 보지 못한 겁니다.

일본과의 문제를 보면, 일본의 고이즈미 총리가 어떻게 보면 정치적 운명을 걸고 북한을 방문한 겁니다. 고이즈미 총리는 나하고도 얘기했지만 우리 햇볕정책을 적극 지지하고 북한에 대해서도 전쟁을 막아야 한다는 태도를 강력히 표시했습니다. 그래서 갔어요. 북한은 일본 사람들 납치 문제에 대해서 '납치했다, 몇 명 했다, 이 사람 저 사람 이렇게 죽었고, 이 사람 저 사람 이렇게 살아 있다'라고 정확히 밝히고 산 사람들은 일본에 송환해줬습니다. 아주 잘한 것입니다.

그런데 일본 내에서는 사태가 나니까 막 여론이 들끓었습니다. 상상 이상으로 악화됐습니다. 그러면서 '나머지 사람들, 행방불명된 사람들에 대한 입장을 밝혀라. 또 북한에 귀화한 사람들의 가족을, 자식들을 돌려 보내라'고 요구했지요.

그럴 때는 김정일 위원장이 이왕 발표하고 사과했으면 그런 문제까지 시원히 처리했어야 합니다. 그러면 일본의 여론이 저렇게 악화되지 않았을 것입니다. 안 하니까, 결국 잘한 것은 전부 묻혀버린 채 이 문제만 부각되었고, 고이즈미 총리가 아주 궁지에 몰려가는 과정에서 또 핵 문제가 터지고, 이렇게 되니까 고이즈미 총리도 진짜 강경 세력이 되어버린 겁니다. 그래서 어떻게 보면 일본이 지금 우경화하고 유사입법을 한 것에 북한의 그런 태도가 큰 영향을 주었다고 볼 수 있습니다.

미국과 한국

김주영 재임 기간 중에 두 명의 미국 대통령과 만나셨습니다. 클린턴 대통령과 부시 대통령이었죠. 이 두 정부와 국민의 정부와의 관계, 더불어 클린턴 정부 때는 관계가 원만했었는데 부시 행정부 때는 원만하지 못했다는 주장도 있습니다. 남북 협상 과정에서 미국과 어떤 수준의 협의를 하셨는지요?

김대중 양 정부와 한국 정부의 관계에 대해서 여러 가지 말이 있습니다만, 그것이 모두 사실인 것만은 아닙니다. 긴장은 물론 있었지만 그렇게 관계가 나빴다거나 할 정도는 아니었습니다. 클린턴 대통령은 내가 1998년 6월 미국 방문 때 만났습니다. 국빈 방문했는데, 정상회담에서 클린턴 대통령이 "김 대통령이 말한 햇볕정책에 대해서 좀 설명해 달라"고 하더군요. 그래서 "내가 말하는 햇볕정책은 지금까지 냉전의 찬바람을 남북이 서로 보냈는데 그걸 중단하고 이제는 서로 떳떳이 햇볕을 보내서 잘 지내자. 평화공존하고 평화교류했다가 장차 평화통일하자는 것이다"라고 설명을 했습니다. 그랬더니 클린턴 대통령이 즉석에서 "나는 김 대통령의 햇볕정책을 지지한다"고 했습니다. 그러고 밖에 나가서 기자회견 중에 "김대중 대통령의 햇볕정책을 지지한다"고 선언했습니다. 그후로 계속 지지했습니다.

그리고 내가 방북할 때도 사전 사후에 다 협의를 하고 돌아와서 김정일 위원장이 미국과 관계개선하고 싶다는 의지가 강하다는 걸 미국 측에 전달했습니다. 그래서 조명록 북한의 차수가 미국에 가고 올브라이트 장관이 북한 가고, 이렇게 진전이 잘되다가 시간이 부족해서 결국 완성을 못했던 것입니다.

부시 대통령과의 관계를 말씀드리자면, 부시 대통령은 선거 때부터 그러한 클린턴의 정책을 반대했습니다. 그러나 내가 2001년 3월 7일 백악관을 방문했을 때, 우리는 공동성명을 발표했는데 아주 나무랄 데 없는 훌륭한 내용이었습니다. '한미 양국은 북한과 한국의 정상회담을 지지하고 제2차 정상회담이 있기를 바란다. 한반도 문제는 한국이 주체적으로 해결한다. 미국은 한국의 대북 포용정책을, 다시 말해 햇볕정책을 지지한다.' 이렇게 좋은 내용이 합의되었습니다.

문제는 어디서 생겼냐 하면 부시 대통령이 기자회견 하는 데서 생겼습니다. 기자회견 하는 데 나를 앉혀놓고 막 김정일에 대해서 비난하기 시작한 거예요. '자기 국민들 밥도 제대로 못 먹이면서 군사력만 강화한다. 그런 것은 진정한 지도자가 아니다' 라는 거죠. 그랬더니 전 신문들이 그 내용만 쓰고 공동성명 내용은 한 귀퉁이도 안 나왔어요.

나도 굉장히 당황했습니다. 참 문제가 심각했지요. 그래서 그날 점심때 미국 각계 지도자들, 즉 키신저를 위시한 과거 국무장관 지낸 분들, 국방장관 등 군사 전문가들, 정무국 관리들 등 한 150명을 초대해서 오찬회가 아니라 토론회를 열었습니다. 대부분이 공화당 계통인데 제가 계속 질의응답을 해서 많은 이해를 얻었고 설득을 시켰다고 생각합니다. 그것이 나중에 도움이 되었지요.

또 나는 부시 대통령 아버지 조지 H. W. 부시에게 전화를 걸어 회담 여부를 얘기하고 협력해주실 것을 바랐습니다. 부시 전 대통령은 평소에 나하고 친한 분이었는데, 그분이 걱정하지 말라고 하며 "아들은 북한과 대화할 거다. 그렇게 되도록 노력해주마" 하고 약속했습니다.

그후 시간이 흘러 6월에 부시 대통령이 대화하자며 적극적으로 나섰습니다. 그런데 아까도 말한 것같이 북한은 엉뚱하고 비현실적인, 아니 엉뚱함보다도 비현실적인 주장을 하다가 세월만 보냈습니다. 그러다가 1월 마침내 북한은 악의 축으로 규정되었죠. 이후 또다시 북한과 화해 분위기가 재개될 즈음 작년 10월 켈리 특사가 갔을 때 "우리가 핵개발하고 있다"고 얘기해서 오늘날과 같은 핵 위기가 초래되는 등 불안한 상황이 되었다고 생각합니다.

작년 1월에 '악의 축' 발언이 있었고 2월에 부시 대통령이 서울에 오셨습니다. 처음에는 회담이 45분 단독 회담, 45분 전체 회담으로 예정되어 있었는데, 하다 보니까 서로 의기투합하는 상태가 되어서 결국 전체 회담을 취소하고 90분 내내 단독 회담을 했습니다. 내가 부시 대통령한테 얘기했습니다.

"첫째, 우리는 국익을 위해서도 한미 동맹을 중요시한다. 미국이 우리에게 불가결한 우방이라는 걸 알고 있다. 그런 점에서 우리 정부나 우리 국민을 확실히 믿는 게 좋다. 둘째는 당신이 북을 '악의 축' 이라고 했는데 우리도 북을 싫어한다. 단 10명이 집회할 자유도 없는 나라, 자기 백성 밥도 못 먹이는 나라, 사회 전체가 감옥 같은 나라를 누가 좋아하겠느냐? 그러나 북도 우리의 민족이고, 장차 통일해야 할 대상이고, 평화를 위해서는 파트너가 되고, 전쟁 때는 적이 되는 그런 상태다. 그렇기 때문에 대화를 안 할 수 없는 거 아니냐. 상대가 나쁘니까 대화안 한다는 식의 그런 논리는 없다. 내가 당신한테 얘기하고 싶은 건, 훌륭한 미국의 전 대통령인 레이건도 소련을 악마의 제국이라고 했다. 그러면서도 악마의 제국하고 대화를 통해 스타워즈 문제도 해결하고, 여러 가지 교류협력을 해서 소련의 개방을 유도했다. 이런 점에서 당신이 북한을 싫어하는 건 당연하다. 그러나 싫어하는 것과는 별개로 한반도의 평화와 미국의 국익을 위한 통일을 원한다면 우선 대화를 해야 될 게 아니냐."

이렇게 얘기했습니다. 그래서 마침내 우리는 '북을 공격하지 않고 군사력을 행사하지 않겠다, 대화를 하겠다, 그리고 식량 원조를 하겠다' 등등 훌륭한 합의를 이끌어냈습니다. 또 서로 굉장히 친해졌습니다. 결과적으로 말이죠.

우리는 계획에 없던 경의선 연결 지점에도 같이 갔습니다. 그래서 부시 대통령이 침목에 사인도 해주고, "이 철도가 하루빨리 연결되길 바란다"고 말하는 상황까지 왔던 것입니다. 그렇게 그와 좋은 친구가 되기 시작하고 서로 상대방에 대해서 신뢰를 가지기 시작했습니다.

나는 한번도 부시하고 논쟁을 한 일이 없습니다. 그러나 우리 민족을 위해서, 한반도 평화를 위해서 중요하다고 생각한 것은 반드시 설득을 통해서 이해를 얻어냈고, 부시도 나와의 작년 2월 회담 이후에는 주변 사람들에게 "나는 저 사람을 어드마이어(admire)한다"고까지 말했다고 합니다. 작년 10월 로스카보스 한·미·일 정상회담에서도 나는 북한의 핵 문제에 관해 "핵은 절대 안 되지만 평화적으로 대화를 통해서 해결하자"고 강력히 주장했습니다. 대화라는 말 대신 외교적인 경로를 통해서 한다고는 했지만 결국 우리 의견이 채택된 거지요. 미국 내에 일부 상당히 긴장 지향적인 사람들이 있는 건 사실이지만, 부시 대통령은 지금도 여전히 평화적 해결에 우선 순위를 두고 있습니다. 우리는 이것을 잘 활용해야 한다고 생각합니다.

김주영 재임 시에 부시 대통령을 많이 설득하셔서 남북 문제, 핵 문제를 평화적으로 해결한다는 쪽으로 인도하셨습니다. 그런데 9·11 사태 이후 부시 대통령의 생각이 상당히 강경한 쪽으로 진전되고 있다고 생각하거든요. 심지어 선제공격을 한다거나 봉쇄를 한다는 얘기도 있고요. 이런 문제에 대해서는 어떻게 생각하십니까?

김대중 그런 얘기가 나와서 나도 국민과 같이 상당히 걱정하고 있습니다. 나는 대통령 재임 시에도 국무회의에서 "봉쇄정책이란 것은 해서는 안 된다. 그러면 전쟁으로 나갈 위험이 있고 또 봉쇄정책 해서 성공한

적이 없다. 과거 소련, 동유럽, 중국에 봉쇄정책을 폈지만 어디서도 성공 못 하고, 쿠바에 대해서는 지금 50년을 봉쇄해도 바로 눈앞에 있는 조그만 점 같은 그것 하나 해결하지 못한다. 이것은 아니다. 북한을 봉쇄해봤자 결국 옆에 러시아가 있고 중국이 지원하는데 어떻게 성공할 수 있겠느냐? 그건 효과적이지도 않고 결국 사태를 악화시킬 뿐이다"라는 얘기를 한 적이 있습니다. 그때 놀란 것은 국무위원들이 이례적으로 박수를 쳤어요. 그리고 전쟁은 더구나 안 됩니다. 지금 전쟁으로 간다면 결국 회생되는 건 우립니다.

한반도는 우리 땅입니다. 행복하게 사는 것도 우리고, 파멸의 위기로 가는 것도 우리입니다. 그래서 이 문제는 아무리 우방이라고 해도 우리 민족의 생존이 달린 것이기에 강력하게 설득해야 합니다. 아까도 말했다시피 이 핵 문제는 이미 해결책이 나와 있습니다. 가능합니다. 북한은 지금 5자회담도 받아들이려고 하고 있습니다. 지금 선제공격이니 봉쇄니 그런 얘기 할 때가 아닙니다.

여하튼 이 문제에서는 평화를 지키고 전쟁을 막기 위해, 전쟁을 막는 게 아니라 민족의 파멸을 막기 위해서 우리가 확고한 국민적 의지를 가지고 일치해야 됩니다.

우리의 대북정책

김주영 다음은 우리 자신의 문제에 대해 말씀드리겠습니다. 올해는 정전협정 50주년입니다. 분단 과정에서도, 또 세계 질서가 붕괴되는 과정에서도 우리 민족이 우리 스스로의 문제를 해결하지 못했다는 지적을 받고 있습니다. 남북 문제를 민족적인 소명에 따라서 해결할 수 있는 방법은 무엇이라고 생각하십니까?

김대중 남북 문제는 우리 민족의 문제이고, 우리가 주체적으로 해결해야 한다는 사실에 대해서는 6·15 정상회담 때도 거론되었고, 또 모두가 공감한 바입니다. 그러나 현실적으로는 주한 미군이 상징하듯 미국이 큰 변수로 작용하는 것이 사실입니다. 그래서 우리가 한반도 평화를 실현하기 위해서, 또 모든 것을 원만히 해결하기 위해서는 남북 간의 관계가 개선되는 것과 동시에 북미 간의 관계도 개선되도록 노력해야 합니다. 이 둘이 병행될 때 진정한 평화가 있습니다.

우리는 미국과 긴밀한 한미 동맹을 유지하고, 한·미·일 공조를 유지하고, 중국이나 러시아하고도 좋은 관계를 이어가서 반드시 남북 관계의 발전에까지 연결시켜야 한다고 나는 생각합니다. 남북 관계를 발전시켜서 우리 스스로 평화를 위해서, 협력을 위해서 전진할 때 미국이나 일본도 우리의 의사를 존중하게 됩니다.

남북 관계를 우리 스스로 풀어가지 못해 과거 냉전 시대같이 되면 결국 우리는 모든 것을 미국에 매달려 해결해야 합니다. 그 대표적인 것이 1994년 핵 문제 해결을 위한 제네바 합의 때입니다. 그때 우리는 제네바 회의 탁자에도 못 가보고 나중에 경수로 때만 거의 40억 달러 부담을 하게 되지 않았습니까? 아마 세계 외교사에서도 이런 안타까운 일은 유례가 없다고 봅니다. 그것은 남북 관계가 나빠서, 다시 말해 북한이 우리를 배척해서 결국 우리가 그 자리에 가지 못했기 때문입니다.

그래서 지난번에 노 대통령한테도 말했습니다만, 앞으로 대미·대중 등 외교에서 우리가 주도권을 갖기 위해서도, 물론 우리 민족끼리 잘살고 평화적으로 살아가기 위해서도 남북 관계가 더 이상 훼손되면 안 되고 반드시 발전해나가야 한다고 생각합니다.

김주영 노무현 대통령이 취임하면서 햇볕정책을 계승 유지하겠다는 말을 여러 차례 했습니다. 그래서 북과 화해와 교류를 유지해가면서도 한편으로는 북핵 문제에 대해 미국 및 일본과의 관계를 강화하고 있는 듯한 느낌을 받습니다. 참여정부의 대북정책에 대해 어떻게 생각하고 계시는지요?

김대중 노 대통령의 방미·방일에 대해서 뭐 말들이 많은 걸로 알고 있는데, 나는 노 대통령이 기본적으로 '핵 문제를 평화적으로 해결하겠다, 그리고 북한과의 관계를 악화시키지 않고 개선하겠다, 그러기 위해서 햇볕정책을 계승하겠다'는 입장을 취한 것이 잘한 일이라고 생각합니다. 우리는 대통령이 민족 존폐에 관한 중대 사안에 대해서 선택한 기본 원칙이 옳은 만큼 대통령을 적극 지원해서 남북 간의 평화와 화해 협력이 증진되도록 도와줘야 한다고 생각합니다.

김주영 문제는 강경 쪽으로 돌아선 듯한 미국 및 일본과도 공조를 유지해야 하는 것에 노무현 대통령의 고민이 있지 않나 생각됩니다.

김대중 미국과 일본도 평화적 해결에 동의하고 있습니다. 물론 내부에서는 여러 가지 말이 있고 강경한 말도 나오고 있지만, 그건 현 사태에 국한된 상황이고, 또 북한의 정책적 실수가 그러한 것을 조장한 점도 있습니다. 그러나 기본적으로는 3국 정상이 모두 평화적으로, 외교적으로 해결한다는 데 동의하고 있습니다. 그래서 5자회담도 열자고 하지 않습니까? 그렇기 때문에 그런 긍정적인 면을 중요시하고 그것을 대통령이 성공적으로 이끌 수 있도록 국민들이 힘을 보태줘야 한다는 것입니다.

김주영 끝으로 우리 국민들에게 전할 말씀을 해주십시오.

김대중 나는 내가 존경하고 사랑하는 우리 국민들이 몇 년 동안 평화를 누리고 안심하고 살다가 다시 이런 긴박한 사태에 오게 된 것에 대해서 안타깝게 생각하고, 마음으로부터 위로를 하고 싶습니다. 그러나 한반도는 우리 땅입니다. 우리 땅인 만큼 한반도에서 잘살고 못사는 것도 우리들에게 달려 있습니다. 한반도의 중대 위기가 있을 수 있는 절박한 지금 상황에서야말로 국민들이 큰 결심을 해야 한다고 생각합니다. '어떤 일이 있어도 한반도의 평화를 해쳐서는 안 된다, 어떤 일이 있어도 무력을 사용해서는 안 된다, 우리의 목숨이 걸린 문제인 만큼 전쟁은 막아야 한다'는 굳은 결심을 국민 전체가 가져야 합니다. 이것은 정치나 지역을 초월한 문제입니다.

둘째, 미국에 대해서 말씀드리겠습니다. 우리는 미국이 우리에게 불가결한 우방이라는 것을, 우리의 안보나 경제 발전 등 모든 문제에서 소중한 존재라는 것을 명심해야 합니다. 좋고 나쁜 문제가 아닙니다. 외교는 어느 것이 국익이 되느냐가 문제입니다. 미국은 분명히 우리에게 큰 국익을 줄 수 있는 존재입니다.

따라서 미국의 정책에 대해서 비판하는 것, 예를 들면 한미주둔군지위협정(SOFA)을 개정하라는 건 좋지만, 그것이 반미로 가는 것, 즉 미군을 철수하라든가, 미국은 원수라든가 이런 식으로 나가는 것은 절대로 국익에 도움이 되지 않습니다. 그런 것은 진정 민족의 안위를 생각하는 사람들이 함부로 해선 안 되는 얘기입니다. 미국과 확고한 우방으로서의 관계를 유지해가되, 다만 한반도의 모든 문제는 이미 합의한 대로 우리가 주체적으로 또 평화적으로 해결할 수 있도록 미국과의 관계를 발전시켜나가야 한다고 생각합니다.

셋째는, 6·15 남북공동선언을 우리가 발전시켜나가야 한다는 것입니다. 햇볕정책 이외의 대안은 없습니다. UN·EU를 위시한 전 세계의 기구, 세계 180개국 전 국가가 지지한 정책, 이런 예는 외교사에도 유례가 없습니다. 그런 것을 왜 그 사람들이 지지하느냐? 그게 옳기 때문에 지지하는 겁니다. 우리가 햇볕정책을 내놓은 뒤 지난 3년 동안 얼마나 편히 살았어요? 얼마나 덕을 봤습니까?

부산 아시안 게임 하나만 해도 1조 8,000억 원을 투입했는데 9조 원의 소득이 나왔습니다. 약 70억 달러의 이득을 본 셈이지요. 만일 북한이 참가 안 했으면 그런 성공이 없었을 겁니다. 무엇보다도 우리가 편히 맘놓고 살고, 이렇게 이산가족이 상봉하고, 외국 투자가 들어오고 얼마나 다행한 일입니까? 또 우리가 지금 동북아 시대를 원하는데, 동북아 시대가 되려면 우리 기차가 중국 대륙으로 들어가고 유럽으로 가야 합니다. 중앙아시아로 가야 합니다. 북한을 안 거치고 어떻게 갑니까?

한반도, 한반도 하지만 대한민국은 육지와 연결이 안 된, 반도도 아니고 고도도 아닌 상태입니다. 그래서 우리가 북한하고 관계를 개선하려는 것은 남북이 서로 평화공존하는 데도 목적이 있지만, 장래 동북아 시대를 열기 위해서도 반드시 필요합니다. 지금 우리나라에 부동산 투기가 일어난다고 하고 310조 원의 돈이 시중에서 방황하고 있다고 합니다. 투자가 안 되어서 말입니다. 이런 것도 북한과의 관계개선을 통해 북에 투자해야 합니다. 투자의 길을 열어줘야 합니다. 안 열어주니까 중국으로 가지 않습니까? 그러므로 햇볕정책은 그냥 감상적인, 민족적인 문제만이 아니라 실리로 보더라도 엄청난 문제라는 것을 국민 여러분께서 알아주시면 좋겠습니다.

위대한 국민만이 위대한 결단을 내립니다. 우리 국민들은 과거에도 많은 점에서 훌륭한 결단을 내렸습니다. 6·15 남북공동선언 3주년을 맞이해서 우리 국민이 평화와 발전, 그리고 남북 간의 화해 협력, 우방과의 긴밀하지만 우리가 주체가 된 협력 관계 등을 위해서 위대한 결단을 내려주시길 진심으로 바랍니다. 마지막으로 국민 여러분의 건승을 빌고, 제가 치료를 받는 중에 많은 분들이 위로와 걱정을 해주신 점 깊이 감사드리면서 이상 마치겠습니다.

김주영 귀중한 시간을 내주셔서 대단히 고맙습니다.

2004년 신년 회견

『한겨레신문』
2004. 1. 1.

기자　6·15 남북공동선언이 있은 지 3년 반이 지난 오늘 시점에서 남북정상회담을 되돌아볼 때 감회가 남다르실 텐데요. 어떻게 평가하시는지요. 그리고 아쉬운 점은 없습니까?

김대중 전 대통령(이하 김대중)　여러 가지 차질도 곡절도 있었지만, 남북 관계의 방향을 크게 바꾸는 계기가 되었다고 생각합니다. 무엇보다 남북 관계의 긴장을 완화하는 전기가 됐습니다. 또 통일 원칙과 방법에 대해서도 합의했습니다. 통일은 평화적·자주적 원칙에 따라서, 방법은 단계적으로 하자는 것입니다. 인식의 변화도 중요합니다. 부산 아시안 게임, 대구 유니버시아드 대회에서 남쪽 국민들은 공산주의에 반대하는 것과 동포로서의 애정을 구별하는 성숙함을 보여주었습니다. 또한 남북공동선언 이후에 북한이 드디어 개방을 확대하고 경제 개혁을 단행하게 되었다는 사실도 의미가 있겠지요.

아쉬운 점은 김정일 위원장이 답방 약속을 안 지킨 것입니다. 김 위원장이 서울에 와서 국민들을 직접 대할 기회가 있었다면, 남북 관계의 신뢰와 협력에 획기적인 진전의 계기를 만들었을 것입니다. 남북 관계와 한반도 평화 문제는 북미 관계의 진전 없이는 해결될 수 없습니다. 양자는 병행해서 잘 해결되어야 합니다. 클린턴 대통령 정부 때 상당 수준 진전되었는데, 조지 부시 행정부가 들어오면서 정책이 달라지며 어려운 걸림돌에 부딪혔습니다. 앞으로 잘 되길 바랍니다.

기자 2002년 7월 1일 '경제관리 개선조처' 등 북한의 변화에서 주목해야 할 측면은 무엇이라고 보십니까?

김대중 북한은 상당한 변화를 했고, 더 많이 변하고자 하는데, 북미 관계가 잘 안 풀리는 게 문제입니다. 대남 관계는 폐쇄와 적대에서 개방과 협력으로 나아가고 있습니다. 인적 왕래가 엄청나게 늘었고, 하늘 땅 바다의 모든 길이 다 열렸습니다.

경제 면에서는 지난해 7·1 경제관리 개선조처를 통해 가격·임금·환율 등을 개혁하고, 배급제를 단계적으로 폐지하고, 독립채산제와 성과급제를 도입하고, 농민시장을 종합시장으로 나아가게 하는 등 변화상을 보이고 있습니다. 한국은행은 25년 전 중국의 시장 개방과 같은 변화 조짐을 보이고 있다고 분석했습니다. 『워싱턴포스트』도 최근 기사에서 북한이 자본주의로 가고 있다고 전하고 있습니다.

대외적으로도 북한은 미국·일본·프랑스 세 나라를 빼고는 거의 다 수교했습니다. 그러나 북한이 이런 대외 개방을 하더라도 경제 개혁을 하려면 대미 관계를 개선해서 IBRD, ADB 등에서 돈도 빌리고, 일본과 국교 정상화를 해서 배상도 받고 해야 되는데, 거기서 더는 진전을 못 하고 있는 것입니다.

기자 북미 관계가 잘 풀려야 북한도 개방과 변화를 향해 더 적극적으로 나갈 수 있다는 말씀입니까?

김대중 나는 김정일 위원장을 만났을 때 "당신들에게는 두 가지가 중요한데, 하나는 안전이고, 다른 하나는 경제를 살리는 것이다. 그런데 둘 다 해줄 수 있는 나라는 미국밖에 없다"고 말했습니다. 김 위원장도 그걸 알고 있습니다. 나는 김정일 위원장에게 "미국과의 관계개선을 계속하시오"라고 말했습니다. 그 점에서 의견의 일치를 봤습니다. 평양에서 돌아와 빌 클린턴 대통령에게 전화해서 그런 뜻을 전했습니다. 그래서 조명록 차수와 매들린 올브라이트 국무장관이 워싱턴과 평양을 상호 방문한 것입니다.

기자 그렇다면 북한의 바람직한 변화를 위해 남쪽 정부와 국제사회는 어떤 노력을 해야 한다고 보십니까?

김대중 지금 남한과 국제사회가 분명히 인식할 점은, 북한은 핵을 원하기보다 생존의 길을 열기 위해 핵을 카드로 사용하고 있다는 것입니다. 그렇다고 핵의 카드화를 잘했다고 말하는 게 아닙니다. 북한이 진정 원하는 것은 안심하고 살고 경제를 발전시키는 것입니다. 국제사회와 남한은 그걸 도와야 합니다. 기회를 주면서 개방을 유도해야지, 봉쇄하면서 변화를 바라는 건 효과가 없습니다.

기자 참여정부가 화해협력정책을 계승한 평화번영정책을 내세웠음에도 북한 핵 문제 등으로 남북 관계는 큰 진전을 보지 못하고 있는데, 어떻게 해야 한다고 보십니까?

김대중 참여정부가 햇볕정책의 계승을 선언하고, 나름의 노력을 하는 것은 좋은 일이라고 생각합니다. 그러나 핵 문제가 해결돼야 남북 관계가 개선될 수 있다는 말을 하는 사람도 있는데, 오히려 핵 문제 해결을 위해서는 남북 관계가 우선 잘돼야 한다고 봅니다. 북한과의 관계는 잘 될수록 좋습니다. 6자회담에서 중국이 하고 있는 일을 우리가 해야 합니다. 인내심을 갖고 핵 문제 해결과 남북 협력을 병행해야 합니다. 우리는 한반도비핵화선언의 당사자입니다. 주도적 구실을 해야 합니다.

기자 크게 보면 노무현 대통령과 김정일 위원장 간의 정상회담이 필요하다는 뜻으로 들리는데요?

김대중 핵 문제뿐 아니라 남북 관계 전반의 발전을 위해서 양 당사자가 만나야 하고, 남북정상회담을 하는 것은 바람직하다고 봅니다. 북한은 그 점에서 정상회담에 빚을 지고 있습니다.

기자 2003년 이라크 파병과 주한 미군 재편 문제 등으로 한미 관계가 시련을 겪었는데, 한미 관계의 핵심 문제를 무엇이라고 보십니까?

김대중 미국은 우리의 안보나 외교·경제·무역 등 모든 면에서 필수불가결한 우방이라는 점을 인식해야 합니다. 동북아 전체의 안정자로서 미국의 역할은 우리에게 도움이 됩니다. 김정일 위원장에게 "통일 이후에도 미군은 한반도에 있어야 한다"고 했더니, "미군이 북한을 침공하지 않는다면 그렇게 해도 좋다"라고 답했습니다. 김 위원장이 그런 시각을 갖고 있는 것을 보고 놀랐습니다.

한반도처럼 4대국에 둘러싸인 지정학적 환경은 세계 어디에도 없습니다. 국민 전체가 외교관이 되어야 합니다. 이런 정세에서 강대국의 세력 다툼을 부인하기는 어렵습니다. 결국은 세력 균형이 관건이고 미국을 활용해야 합니다. 미국은 자신의 이익을 추구하겠지만 영토적 야심을 갖고 있지는 않습니다. 문제는 한반도 문제는 반드시 우리가 주인이 되어야 한다는 것입니다. 클린턴 대통령은 공개적으로 나에게 "한반도 문제는 김 대통령이 주도하십시오. 미국은 뒷받침하겠습니다"라고 말했습니다. 미국과 잘 지내려 하는 것은 종속이 아니라 한반도 문제를 우리가 주도하려는 것입니다.

기자 임기 중 클린턴과 부시 행정부를 모두 상대하며 한미 관계를 이끌었던 경험에 비춰 노무현 대통령의 대미 외교를 어떻게 평가하십니까?

김대중 지금 노 대통령은 대미 관계에서 참 어려운 환경에 있습니다. 우리 입장을 세우려 고심하고 있는 걸로 보입니다. 요즘 한미 관계가 좀 껄끄러워지고 있다는 것도 우리 뜻을 세우려고 하니까 그런 말이 나오는 것 아닌가요.

기자 보수 세력들은 안보 불안을 이유로 유엔사와 한미연합사를 포함한 용산 기지의 전면 이전을 반대하고 있는데, 어떻게 보십니까?

김대중 용산은 뿌리를 거슬러 올라가면 일본군 사령부가 있던 치욕의 장소입니다. 독립국가에서 외국 군대 사령부가 수도 한복판에 있다는 것은 민족자존을 위해서나 국가독립성을 위해서도 바람직한 일이 아닙니다. 미군 2사단의 경우도 지금은 전략·전술이 크게 바뀌었고 무기 체계도 근본적으로 바뀌었습니다. 군사적 관점에 입각해서 한미 간에 긴밀히 협의해 공동의 결론을 내놓아야 합니다.

기자 임기 후반에 북한 핵 문제가 불거지면서 임동원 특사 파견 등 북미 직접 협상을 위해 마지막까지 노력을 기울이셨는데, 6자회담에 대해서는 어떤 견해를 가지고 계십니까?

김대중 핵 문제는 북한과 미국 당사자가 해결하는 것이 제일 좋습니다. 북한은 핵을 완전히 포기하고, 미국은 북한의 안전을 보장하고 국제사회에 진출하도록 도와주면 해결됩니다. 그런데 서로 불신이 있으니, 서로 먼저 하라고만 하면 끝이 없습니다. 핵과 안전 보장을 맞바꾸면서 동시에 합의하고 단계적으로 이행해야 한다고 봅니다. 그러나 북미 사이에 영 합의가 안 되면, 6자회담에서 나머지 4국이 제3자의 처지에서 공정한 조정안을 낼 수도 있다고 봅니다.

기자 북한 핵 문제를 풀기 위해 김정일 국방위원장과 부시 대통령에게 조언을 한다면 어떤 말씀을 해주시겠습니까?

김대중 부시 대통령은 핵 문제의 평화적 해결에 대한 강력한 의지를 거듭 표명해야 합니다. 또 대북 안전 보장에 대한 확실한 약속을 해줘야 합니다. 침공하지 않는다, 전복하지 않는다, 제재하지 않는다, 이런 것을 해주는 것입니다. 그게 북한이 핵을 결정적으로 포기하는 데 도움이 될 것입니다. 김정일 위원장에게는 지금 과감하게 핵 포기 선언을 해야 한다고 말하고 싶습니다. 아프간이나 이라크 전쟁, 그리고 리비아·이란 등의 사태를 보면서 교훈을 얻어야 합니다.

국제 정세로 보면 지금 상황은 좋지 않습니다. 지난해 10월 로스카보스 APEC 정상회담에서 장쩌민 주석을 만났을 때 중국도 북한 핵에 대해선 큰 우려를 표명했습니다. 미국 대선 전에 해결해야 합니다. 그걸 놓치면, 그 다음에 아주 어려울 것입니다. 북한은 스스로 적극적인 자세로 나서서 세계 앞에 의심의 여지없이 핵 포기를 선언하고, 그 대신 '당신네가 우리한테 내줄 것을 달라'고 해야 합니다. 그랬을 때 4개국도 지지하고, 세계가 다 지지할 것입니다.

기자 북한이 핵 포기 선언을 먼저 해야 한다는 뜻입니까? 지금 북한은 미국이 불가침 보장을 하면 핵 포기를 한다는 입장인데요?

김대중 미국이 먼저 어떻게 하면 포기한다는 게 아니라 먼저 포기하겠다고 선언하는 것입니다. 현 단계에서 핵을 동결시키겠다, 발가벗고 다 내놓을 테니 당신네도 구체적으로 어떻게 할 것인지 얘기하라고 요구하는 거지요.

기자 돌이킬 수 없는 완전한 폐기를 요구해온 미국이 핵 포기 선언을 받아들일지 의문이 드는데요?

김대중 그래서 4개국의 조정 구실이 중요합니다. 4자가 지켜만 보지 말고 양쪽에 공평한 방안을 내놓을 수 있을 것입니다. 중국, 러시아 등이 보증인 구실도 할 수 있습니다. 그랬을 때 6자회담은 의미가 있습니다.

기자 얼마 전까지만 해도 남북정상회담과 월드컵 4강 신화 등 신명 나는 일이 많았는데, 요즘은 여러 가지로 우울하고 답답한 분위기입니다. 국민들에게 희망의 메시지를 전해주십시오.

김대중 한국은 지금 지정학적으로 미·일·중·러 4대국 사이에 있기 때문에 안보 문제가 중요합니다. 그러나 다른 한편 경제적으로는 우리에게 좋은 기회도 오고 있습니다. 중국이 앞으로 세계에서 으뜸가는 국가로 나설 것이고, 일본은 이미 세계 2위 경제 강국입니다.

우리에게는 두 가지가 필요합니다. 하나는 한반도 평화, 또 하나는 북한을 통해 중국 그리고 유라시아 대륙으로 뻗어나가는 것입니다. 그러면 일본이 우리와 연결됩니다. 벌써 한일 간 해저터널 얘기도 나오고 있습니다. 우리가 동북아 물류의 중심이 되면 보험·금융·관광 모두 일어나게 됩니다. 한국 사람은 지적 전통이 강하고 교육 수준이 높고, 문화적으로도 많은 장점이 있습니다. 한국 사람 성질 급한 것이 결점이라고 했는데, 컴퓨터 시대가 되니까 이게 장점이 되지 않습니까.

기자 퇴임 이후에도 남북 관계 발전을 위해 중요한 몫을 하셔야 한다고 기대하는 국민들이 많습니다.

김대중 나는 현실 정치에서 떠났습니다. 모든 일은 맡은 분들이 제대로 하는 게 좋다고 생각합니다. 남북 문제만큼은 마음으로 관심을 기울여 협력할 것입니다.

6·15 남북공동선언 4주년 인터뷰

『문화일보』
2004. 6. 11.

김대중 전 대통령은 10일 '연세대 김대중도서관' 집무실에서 『문화일보』이병규 사장과 6·15 남북정상회담 4주년을 맞이하는 특별 대담을 가졌다. 이날 오후 진행된 대담에서 김 전 대통령은 정상회담 이후 진전된 남북 관계를 평가하고 국가적 이슈로 부각된 외교·안보 현안에 대한 견해를 특유의 달변으로 거침없이 피력했다. 김 전 대통령은 특히 2000년 방북 당시 평양 순안 공항에서 김정일 북한 국방위원장과 같은 승용차에 올라 세계의 이목을 집중시켰던 상황을 회고하고, '승용차 대화'의 맥락을 처음으로 소상히 밝혔다. 재임 당시 국정 노트를 꼼꼼하게 기록했던 김 전 대통령은 이날 특별 인터뷰에서도 답변 자료를 손수 기록한 노트를 보아가며 각종 현안 질문에 상세하게 답변하는 등 올해 80세의 고령을 무색케할 만큼 건강을 과시했다.

"김정일, 美와 관계개선 열망"
철도 유럽까지 연결돼야 남북 잘살아

이병규 사장(이하 이병규)　며칠 뒤면 역사적인 6·15 남북정상회담 4주년이 돌아옵니다. 그 누구보다 소회가 남다를 것으로 보입니다.

김대중 전 대통령(이하 김대중)　이번 4주년은 어느 때 기념일보다 남북관계가 상당히 진척된 가운데 맞이해 참 기쁩니다. 과거 7·4 공동성명, 남북기본합의서 등은 대화와 합의도 있었지만 발표할 때뿐이었습니다. 6·15 선언만이 아슬아슬한 고비를 넘기면서도 여기까지 왔습니다. 최근엔 군장성 회담까지 했습니다. 서해 충돌 방지에 합의했고, 그동안 많은 이산가족 상봉이 이뤄졌습니다. 민간인 수만 명이 왔다갔다 합니다. 금강산 관광도 65만 명이 갔다왔습니다. 철도·도로 등 교통이 연결되고, 개성공단에서는 금년에 남쪽 기업인들이 진출해 만든 제품이 나온다고 합니다.

　하나하나 실천이 이뤄진 6·15는 선언으로 그쳤던 과거의 남북 합의와는 달랐습니다. 참 다행으로 생각합니다. 내년 5주년은 또 다른 상황 속에서 우리가 만나게 될 것입니다. 감개무량합니다. 민족을 위해 다행이라고 생각합니다.

이병규　당시 정상회담 합의 사항 중 실현되지 않은 중요한 내용이 '김정일 위원장의 답방 약속'이라고 생각합니다. 이 기회를 빌려 김 위원장에게 약속 이행을 촉구하실 생각은 없으신가요?

김대중　답방을 해야 한다는 것은 우리가 계속해온 주장이고 남북공동선언에도 들어가 있습니다. 답방 약속을 얻어내는 데 상당 시간 실랑이를 했어요. 김 위원장은 '약속 못 한다, 집어넣을 수 없다'고 했고, 우리는 '집어넣어야 한다, 안 그러면 남측 사람들이 실망을 많이 한다'고 했습니다. 나중에는 김 위원장에게 "나이 먹은 노인이 여기까지 찾아왔는데 젊은 김 위원장이 안 온다는 게 말이 되느냐. 내가 듣기에는 김 위원장이 굉장히 한국적인 도덕을 지키는 사람으로 알고 있는데 그런 법이 어디 있느냐"고 해서 어렵게 합의가 됐습니다.

당연히 답방을 와야 합니다. 만일 방문한다면 양측의 긴장 관계가 한층 더 완화될 것이고, 군사적으로도 평화 체제를 구축하는 데 획기적인 진전을 기대할 수 있습니다. 또 남쪽 국민들도 따뜻하게 환영할 것입니다. 여하튼 남북 정상이 가기만 하고 안 오는 것은 용을 그린 뒤 눈을 안 그린 거나 마찬가지입니다. 김 위원장이 와서 노무현 대통령을 만났으면 좋겠습니다.

이병규 10월 경의선 철도 시험 운행이나 미국 대선을 전후해 김 위원장의 답방 가능성이 거론되고 있습니다.

김대중 나도 모르지요. 꼭 무슨 계기보다도 이제 답방을 하는 것이 여러 가지 남북 간 긴장 완화와 개선을 위해 더 도움이 될 것입니다.

이병규 최근 북한의 변화가 두드러집니다. 김정일 위원장의 중국 방문, 일본 고이즈미 총리의 평양 방문이 이어졌습니다. 김 위원장이 북한 체제 유지 및 변화와 관련해 어떤 구상을 갖고 있다고 보십니까?

김대중 첫째, 김 위원장은 미국과 관계개선을 하려고 열망하고 있다고 봅니다. 북한이 미국과 관계개선을 하고, 그러기 위해 핵 문제를 포기하겠다는 생각을 갖고 있는 것은 틀림없습니다. 그런데 현재처럼 경제 봉쇄가 되면 할 수 없거든요. 미국이 안전 보장하면 군사력을 감축시킬 수 있고, IMF나 IBRD 등에서 차관을 받을 수 있고, 세계 각국이 투자도 할 수 있습니다.

두번째는 김 위원장이 중국의 개혁 개방에 자극받았습니다. 재작년 7·1 경제 개혁도 단행했습니다. 우리가 볼 때 미흡하지만 북한으로서는 큰 변화를 가져왔습니다. 임금·물가·종합시장 등 획기적인 변화가 일어나고 있습니다. 임금·가격·환율 등을 개혁했고, 시장을 활성화시켰습니다. 남쪽과의 경제협력은 특히 북한에 중요합니다. 연구 결과에 따르면, 개성공단 건설이 끝나면 9년 동안 남쪽은 1,000억 달러 이득을, 북쪽은 95억 달러의 이득을 봅니다. 북쪽으로서는 매우 큰 돈입니다. 북쪽은 한마디로 제2의 중국을 지향하고 있습니다. 체제는 유지하면서 경제는 개방 쪽으로 발전시키는 시도를 하고 있다고 생각합니다.

이병규 특히 최근에는 장성급 회담을 통해 서해 우발 충돌 방지, 군사 분계선 선전 장치 제거 등에 합의했습니다. 또 제9차 남북경제협력추진 위원회에서는 개성공단 하반기 기업 입주, 경의선·동해선 10월 개통, 남북 7곳씩의 무역항 개방 등에 합의했습니다. 그 의미를 어떻게 평가하고 계십니까?

김대중 북한이 그동안 굳게 닫았던 군사 분야에서도 긴장 완화와 협력을 하려는 의지를 처음으로 표명했다고 봅니다. 의미가 매우 큽니다. 남북이 협력을 제대로 하려면 북한을 자유롭게 다녀야 합니다. 철도와 도로가 국경선을 넘어 대륙으로 뻗어가야, 철의 실크로드가 유럽까지 가야, 남북이 다 같이 잘살 수 있습니다. 그런 점에서 북한에서 나아가 대륙 전체까지 가는 길을 뚫는 일이 시작됐다고 봅니다. 그동안 뜻있는 일이 많이 있었으나 이번 합의는 상당히 의미가 크고 성과도 아주 클 것으로 봅니다.

"한반도 문제 우리가 주도해야"
美, 한국의 반미를 확대해석 말아야

이병규 주한 미군 감축 문제가 국민적 관심사로 떠올랐습니다. 감축 계획이 알려지면서 심리적 안보 공백, 건강한 한미 동맹 관계의 유지와 발전, 자주 국방력 구축 등의 과제가 부각되고 있습니다. 지혜로운 대응이 필요한 것 같습니다.

김대중 우리가 미국의 정책에 대해서는 비판할 수 있습니다. 그러나 동맹 관계, 우방 관계를 해치는 일이 있어서는 안 됩니다. 반미는 절대로 국익에 도움이 안 됩니다. 그러나 미국에서도 한국의 반미에 대해 지나치게 생각하고 있다고 봅니다. 정말 미국을 미워하고 가라는 반미냐, 그런 것은 아니라는 거죠. 현 정부도 미국과의 관계를 아주 중요하게 생각한다고 보고 그렇다고 확실히 믿습니다.

우리가 처한 지정학적 위치에서 볼 때 미국을 잘 활용해야 합니다. 미국은 미국대로 북핵 문제나 남북 문제에서 평화적인 대화의 해결 원칙을 확고히 지켜야 합니다. 우리가 한반도 주인입니다. 클린턴 정권이나 부시 대통령이나 저와 공동선언을 통해 이 문제는 '한국이 주도적으로 풀어가되 미국이 우리를 도와준다'고 다짐했습니다. 이는 원칙이고 지켜져야 합니다.

'친미' 하라면 굴종하라는 것으로 아는데 그게 아니라 친구로서 소중히 하라는 것입니다. 어디까지나 한반도 문제의 주체는 우리입니다. 미국은 우리와의 협의를 통해 공동 이익을 지키는 것입니다. 미국이 여기에 와 있는 것은 또 자국의 이익 때문이기도 합니다. 한반도 평화는 미국에도 도움 되고 우리에게도 도움 되는 것입니다.

이병규 북핵 문제와 관련해 6자회담이 가동되고 있습니다. 오는 23일에는 제3차 6자회담이 열릴 예정입니다. 북핵 방정식을 풀어가는 데 있어 현재의 6자회담이란 틀이 생산적이고 효율적이라고 보십니까? 해결의 열쇠는 어디에서 찾아야 한다고 생각하십니까?

김대중 6자회담이 도움이 된다고 생각합니다. 그러나 결정적 요체는 미국과 북한이 쥐고 있어요. 6자회담 테두리 안에서 혹은 밖에서 북한과 미국이 이를 해결해야 합니다. 한반도 핵 문제 해결을 위해서는 북한이 핵무기를 완전히 포기해야 하고, 미국은 대북 안전 보장을 해주며 북이 국제사회에 진출할 수 있게 해야 합니다. 그래서 윈-윈 협상이 돼야 합니다. 6자회담은 이를 어기는 나라에 대해서는 공동으로 대처한다는 보증을 해줄 수가 있고요. 미국과 북한, 두 나라가 진정 해결하겠다는 생각이 있으면 해결 못 할 문제가 아닙니다. 서로 주고받으면 되는 것이지요. 동시 병행하면 됩니다.

이병규 현 정부는 국민의 정부에서 추진해온 햇볕정책을 '평화번영정책'이란 이름으로 발전시키고 있습니다. 현 정부의 대미 관계에 이상 기류가 있다는 지적도 적잖게 제기되고 있습니다. 현 정부의 대북정책과 대미정책을 어떻게 보고 계십니까?

김대중 현 정부의 대북정책은 대체적으로 국민의 정부와 큰 차이가 없습니다. 남북공동선언을 지지한다고 발표했고, 남북 협력 발전 사업도 계속하고 있습니다. 현 정부가 하는 일에는 불만이 없습니다. 미국과의 관계도 일시적 갈등이 있어 보이나 박정희, 전두환 정권 때도 있었던 일입니다. 최근 정책 조정 과정에서 주한 미군 재배치 등과 맞물려 오해가 생기긴 했지만 협상을 통해 잘 해결할 수 있을 것으로 봅니다. 또 그렇게 되어야 합니다.

이병규 열린우리당 의원의 50% 이상이 미국보다 중국을 우선적 외교 통상 국가로 삼아야 한다는 의견을 보인 적이 있습니다. 이 점에 대해서는 어떻게 생각하십니까?

김대중 안보 면에서는 미국이 중요하고, 경제는 양쪽 다 중요합니다. 우리는 지정학적으로 '도랑에 든 송아지'와 마찬가지입니다. 양쪽 언덕의 풀을 뜯어먹거든요. 주변에 있는 미국·일본·중국·러시아를 경제적으로 다 활용해야 해요. 그러니 어디가 더 중요하고 덜 중요하다고 생각할 필요가 없지요. 왜 이분법적으로 사고합니까?

이병규 한반도의 평화와 통일을 위해서는 주변 강대국들의 태도가 중요하다고 봅니다. 4강의 최근 움직임을 어떻게 보고 계십니까?

김대중 4강국은 그 어느 때보다 한반도 평화에 관심을 갖고 협력하고 있다고 봅니다. 한반도 평화를 위해 적극적으로 이들의 협조를 계속 받아야 합니다. 지도를 놓고 보면 우리나라는 반도입니다. 그런데 남한은 반도가 아닙니다. 반도는 대륙으로 가야 반도이지요. 그렇다고 육지에서 떨어진 섬도 아니에요. 비륙비도(非陸非島)입니다. 이게 우리의 기구한 운명이에요. 우리가 북쪽을 거쳐 중국 대륙과 중앙아시아, 시베리아와 유럽 대륙으로 가는 길이 열려야 합니다. 유라시아를 관통하는 빛과 철의 실크로드가 열리면 한반도는 남북이 모두 노다지를 캐게 됩니다. 우리도 서방 8개국(G8) 같은 나라가 될 수 있어요. 우리는 인구도 많고 시중에 떠도는 수백조 원의 돈이 갈 데도 없어요. 돈도 사람도 이제 북쪽으로 눈을 돌릴 필요가 있습니다.

이병규 끝으로 역사적인 6·15 정상회담 4주년을 앞두고 국민들, 특히 젊은 세대에게 '평화와 통일 비전'의 메시지를 전해주시기 바랍니다.

김대중 해방 이후 우리가 살아온 역사는 과거의 역사가 아니라 현재의 역사입니다. 분단과 남북 대치가 그것입니다. 젊은이들은 특히 '북쪽 문제가 내 문제'라고 생각하기를 바랍니다. 젊은이들의 영향력이 커졌습니다. 세계는 한국을 주목할 때 젊은이를 주목합니다. 그래서 행동에 조심해야 합니다. 그런 의미에서 젊은이들은 국가의 내일이 아니라 현재의 운명을 좌우하는 중요한 위치에 있습니다. 제가 일생 가졌던 좌우명을 말씀드리겠습니다. '행동하는 양심으로' 살아야 한다는 것입니다. 사람 마음은 항상 양심과 비양심의 갈등을 느낍니다. 우리 젊은이들이 행동하는 양심으로 살아가며 민족의 미래를 잘 이끌기를 바랍니다.

이병규 오랜 시간 감사합니다. 앞으로도 건강하시고, 남북 관계의 진전과 세계 평화를 위해 더욱 기여해주시길 기대합니다.

김대중 전 대통령에게 듣는다

▌ MBC 〈PD수첩〉 6·15 남북공동선언 4주년 기념 대담
▌ 2004. 6. 15.

4년 전 오늘, 남북 정상은 6·15 남북공동선언에 서명했습니다. 반세기 동안 막혔던 역사의 물꼬를 튼 쾌거였습니다. 그러나 남북이 평화롭게 교류하면서 통일의 길로 나아가자는 6·15 정신은 국내에서는 퍼주기 논란과 대북송금 특검으로, 대외적으로는 북핵 문제와 북미 간 긴장 고조로 심각한 도전을 받아왔습니다. 지금 이 순간에도 북핵 문제는 해결의 실마리를 보이지 않고 있고, 주한 미군 감축과 재배치 문제 등으로 한반도 주변 상황은 긴박하게 돌아가고 있습니다. 그래서 〈PD수첩〉에서는 김대중 전 대통령을 모시고 남북 문제를 포함한 한반도 당면 현안에 대한 말씀을 들어보는 시간을 마련했습니다.

2000년 6월 13일, 김대중 대통령은 평양에 첫발을 내디뎠다. 그것은 거대한 변화의 시작이었다. 50년간의 분열과 대립에 마침표를 찍고, 화해와 협력의 역사를 열어젖혔다. 우리 민족끼리 도와야 서로가 잘살 수 있다는 새로운 희망이 제시되었다. 그 결정판이 6·15 남북공동선언이었다. 우리 민족끼리 평화적으로 통일을 이뤄보자, 그 출발은 작은 것부터, 할 수 있는 것부터 실천해보자는 민족사의 새로운 이정표였다. 그로부터 4년, 6·15 공동선언의 주역 김대중 대통령은 야인으로 돌아왔다. 그러나 통일을 위한 그의 노력은 끝나지 않았다. 전직 대통령으로서, 그리고 한반도 문제의 권위자로서 남북 화해를 역설하는 민간 외교를 계속하고 있다. 한반도 현안, 어떻게 볼 것인가? 김대중 전 대통령에게 들어본다.

송일준 PD(이하 송일준) 건강하신 모습을 뵙게 돼서 반갑습니다.

김대중 전 대통령(이하 김대중) 네, 감사합니다.

송일준 지난달 유럽 3개국을 순방하셨는데, 전직 대통령으로서는 우리나라에서 처음 있는 일이 아니었던가 싶습니다. 선진 외국에서는 흔한 일입니다만, 방문하신 소기의 목적은 달성하셨는지요?

김대중 파리에서 OECD, 그리고 오슬로에서 노르웨이 총리를 만나고, 노벨연구소에서 노벨평화재단 사람들을 만나고, 그리고 다시 제네바의 WHO 총회에서 특별 연설을 했습니다. 거기에서 한국의 실정을 소개하고, 특히 한반도 평화 문제, 또 북한에 대한 지원을 요청하는 문제를 얘기했습니다. 또 아시아와 동북아시아의 평화 문제, 세계 빈곤 문제의 해결 등에 관해 연설을 하고, 대화와 질의응답도 하고 했는데, 그 반응으로 봐서 좋은 성과를 올린 게 아닌가 싶어요. 아무튼 그렇게 일정을 마치고 돌아왔습니다.

송일준　열흘간 강행군을 하셨다고 들었거든요. 특히 비행기를 여섯 번 갈아타시고 그러셨다는데, 건강에는 별 무리가 없으셨는지요?

김대중　나도 좀 걱정하고 갔는데 다행히 큰 차질 없이 다 마치고 왔습니다.

송일준　오늘이 바로 6·15 남북공동선언 4주년째가 되는 날 아니겠습니까? 그동안 참 우여곡절도 많았는데, 김 대통령께서는 공동선언을 이끌어냈던 주역으로서 다른 누구보다도 감회가 새로울 것으로 생각하고 있습니다. 남북공동선언 4주년을 맞는 소회를 간략히 말씀해주십시오.

김대중　참 어려운 일이었고, 그 이후에 말도 참 많았습니다. 시련도 있었고……. 그러나 4년이 되는 오늘 현재 청산을 해보면 상당한 일이 이루어졌다 싶고, 매우 기쁘게 생각합니다. 그 이후로 남북 사람들의 생각이 바뀌었습니다. 서로 상대방을 미워하고 적대하던 것에서 이제 상당히 이해하고 같이 살아가야겠다는 생각도 갖게 되었습니다.

그것은 우리나라에서도 부산 아시안 게임이나 대구 유니버시아드 대회를 보면 알 수 있어요. 거기가 가장 반공의식이 강한 지역인데, 그쪽 사람들 태도를 보면 우리 국민들이 공산주의를 반대하는 것과, 같은 동족으로서 애정을 나눈다는 것은 별개라는 생각을 가지고 있다는 것을 알게 됩니다.

북한에서도 그러한 변화가 지금 일어나고 있습니다. 북한 갔다온 사람들은 다 북한 분들이 남쪽에 대해서 그런 이해를 하기 시작했다는 것을 직접 깨닫고 돌아옵니다. 다시 되돌릴 수 없는 그런 방향으로 지금 남북 관계는 접근해가고 있습니다. 그렇기 때문에 거기에 참가했던 한 사람으로서 정말 기쁘게 생각하고, 우리가 지금 성공의 길을 걷고 있지 않은가 생각합니다.

송일준 국민들로서는 6·15 남북정상회담 때의 장면 어느 하나 감격스럽지 않은 게 없었습니다. 김대중 전 대통령께서는 어떠셨습니까? 그리고 평양에서 2박 3일 동안 가장 인상 깊었던 일은 무엇이었습니까?

김대중 북한 갔을 때의 일은 모두가 감격적이고 또 특별한 인상을 받은 일이고 해서 어느 것만이 어떻다고 말하기는 참 어려울 정도입니다. 사실 북한 갈 때, 원래 정상회담이란 것은 대개 사전에 성명의 초안을 만들어 가지고 교환해서 합의를 보고, 그런 후에 회담을 하면서 특별한 일이 있으면 첨가하는 것입니다. 그런데 이번에는 그게 안 됐습니다. 북측에서 오면 잘된다는 소리만 하지, 실제로는 제대로 되지가 않았어요. 게다가 또 '김일성 묘에 참배해라, 안 하려면 오지 마라' 하는 식의 문제가 있었지요.

그런 와중에 가려니 참 무거운 발걸음이었습니다. 과연 성공할 것인가 의구심이 들었거든요. 그래서 최소한 이산가족 문제만이라도 합의됐으면 좋겠다, 이런 생각을 갖고 있었어요. 김정일 위원장이 공항 나온다는 얘기도 또 모르고 갔어요. 그러다가 비행기에서 나와 아래를 내려다보니까 김 위원장이 있더군요. 그래서 온 것을 알았어요. 가서 반갑게 악수하고, 잠시 후 안내하는 대로 따라가니까 인민군 사열을 시킵디다. 그러고 연도에 약 50만 이상의 사람들이 나와 있는데 그걸 쭉 보고 가는 거예요.

또 자동차를 탔는데, 통상적으로 정상이 다른 나라에 국빈 방문하면 의전관 외에는 자동차를 같이 안 탑니다. 그런데 누가 옆에 타더라구요. 보니까 김정일 위원장이 탔어요. 그러니까 말하자면 모든 것이 정상적으로 생각한 것하고 달랐지요. 여하튼 그런 것이 참 인상적이었고,

또 그렇게 우리 동포들이 환영해준 심정이 어땠을까, 평화적으로 살자, 다시 하나가 되자, 그런 심정 아니겠나 생각하니까 정말 감격스러웠습니다.

그리고 역시 김정일 위원장과 대화를 한 10시간 동안 했어요. 뭐 밀고 당기고, '이거 참 안 되겠다, 일어서야겠다' 싶었을 때가 몇 번 있었지요. 그렇지만 결국은 해냈어요. 그렇게 해서 공동 발표문 중에서는 가장 격이 높은 남북공동선언을 만들었지요. 먼저 우리가 민족의 통일은 자주적으로 하자는 대전제를 내고, 남북의 통일 방안이 상당히 차이가 있었지만, 결국 북은 우리의 연합제와 비슷한 '낮은 단계의 연방제' 방향으로 전환했습니다. 그렇게 해서 통일에 대한 접점이 생긴 것이 가장 큰 의의라고 생각합니다. 그건 앞으로 때가 올 것입니다. 또한 남북 교류와 김정일 위원장의 서울 방문 문제 등에 대해 9시간에 걸친 회담을 통해 합의를 이끌어낸 것이 지금도 굉장히 인상에 남습니다.

송일준 아까 북한 측과의 협상 과정에서 좀 밀고 당기고 하는 힘든 과정이 있었다고 했는데, 가장 힘든 건 어떤 일이었습니까?

김대중 두 가지인데, 하나는 공동성명 발표에 앞서 김정일 위원장과 나, 두 사람의 이름으로 하지 않고, 그 옆에 보좌하러 앉았던 김용순 북쪽 보좌관과 임동원 특보 둘의 이름으로 하자고 나오는 거예요. 그래서 "그럼 그건 하나마나다. 이 회담은 우리 정상 둘의 회담인데 그런 법이 세상에 어디 있느냐?" 하면서 한참 또 시간이 걸렸어요.

그 다음 서울 방문 문제를 얘기했는데, 서울 방문에 대해선 가기는 가겠는데 약속을 정식으로 문서화할 수 없다는 겁니다. 그래서 "만일 이 약속을 못 받아 가면 결국은 나만 북한에 간 일방통행으로 끝나고, 앞으로의 남북 간 화해 협력에 대해서 국민들이 믿지를 않는다. 그러니까 김 위원장이 와야 한다," 이런 식으로 또 한 시간 이상 실랑이했을 거예요. 마지막에는 "여보시오, 김 위원장. 김 위원장은 내가 알기로 우리 동방예의에 대해서 상당히 존중하는 사람이라고 하던데, 김 위원장보다 나이가 훨씬 많은 내가 여기 왔는데 김 위원장이 서울을 안 온다는 게 말이 되오?" 그렇게까지 얘길 했어요. 결국 나중엔 서울 오기로 문서화해서 공동선언에 넣었지요. 그럴 땐 참 힘들었다고 지금도 생각합니다.

송일준 방금 김정일 국방위원장 답방 문제를 말씀하셨습니다만, 결국엔 이제 무산되지 않았습니까? 그래서 일각에선 과연 김정일 위원장이 남한을 방문할 진정한 의사가 있었느냐, 이렇게 의심하는 사람들도 좀 있습니다. 김 전 대통령께서는 답방이 무산된 이유가 뭐라고 생각하십니까?

김대중 나는 무산이라고 보지 않습니다. 좀 이례적으로 지연되고 있다, 그렇게 보고 있습니다. 그 이유는 잘 모르겠습니다. 북쪽에서 미국 문제부터 해결해야 하고 남쪽은 다음이다, 하는 생각이 있는 것 같기도 합니다. 또 그쪽 내부에서 남한의 상황으로 봐서 김 위원장을 보내는 것이 바람직하지 않다고 판단한 것 같기도 하지만 그건 확실히 잘 모릅니다. 여하간 그 약속은 공동선언에까지 들어 있고, 또 공동선언을 지키기로 남북이 현 정부 노무현 정권하에서도 서로 다짐한 그런 처지이기 때문에 지키지 않을 것이라고는 생각할 수 없어요. 결국 시간은 늦더라도 지켜져야 하고, 지킬 것이라고 생각합니다.

송일준 '김정일 위원장의 서울 방문이 시간의 문제는 있겠지만 결국은 이루어질 것이다,' 이렇게 생각하시는 거죠?

김대중 이루어질 것입니다. 그리고 세계가 그걸 바랍니다. 내가 장쩌민

주석을 만났을 때도, 그분도 김정일 위원장한테 굉장히 강력히 권고했다는 얘기를 들었습니다. 푸틴 대통령도 그런 말을 했습니다. 또 스웨덴의 페르손 총리가 EU 의장 자격으로 북한 갔을 때도 역시 남한 방문을 권유했습니다. 세계가 그렇게 바라고 있기 때문에 김 위원장에게도 그것이 상당히 큰 부담인 것입니다. 그것은 약속을 안 지킨 사람이라는 하나의 증거가 될 수 있기 때문에 이런 식으로 하는 것은 본인한테도 결코 바람직하지 않습니다. 그래서 나는 다만 '지연되고' 있는 것이다, 이렇게 보고 싶습니다.

송일준 평양을 방문하시기 전에 갖고 있던 김정일 위원장에 대한 인식과 직접 만나본 결과 무슨 차이가 있었는지요? 또 김정일 위원장이 이런 사람이구나 하는 걸 느꼈다든가 하는 점에 관해 말씀해주십시오.

김대중 내가 북한을 가기 전에도, 남한이나 기타 외부 세계에서 김정일 위원장에 대해 굉장히 부정적인 얘기들이 돌지 않았습니까? 그것에 대해선 나도 걱정을 했습니다. 왜냐하면 친구라도 그의 좋고 나쁜 점을 제대로 알아야 하고, 적에 대해서는 더 잘 알아야 하기 때문입니다. 적이 뭐가 좋고 뭐가 나쁜 것인지 알아야 하지만, 만약 사실과 다르게 안다면 문제가 있다고 생각을 했지요. 그건 국민을 오도하는 것이라고 생각했어요. 여기서도 가기 전에 "김정일은 지도자로서 자질을 갖춘 사람이다"라는 얘기를 해서 언론에 보도된 후 일부에서 비판도 받았는데, 가서 만나보니까 사실이에요.

북한이 물론 공산주의 사회고, 또 김정일 위원장 자신이 독재를 하고 있는 건 사실입니다. 그러나 그 사람 자체는 지도자로서 볼 때 상당히 총명하고, 남쪽 사정이라든가 세계 사정을 잘 알아요. 상당히 박식한 사람이고, 논쟁을 할 때도 옳다고 생각하면 자기 생각을 바꾸면서 받아들여요. 그런 점을 나는 직접 봤습니다.

그후 김정일 위원장을 만난 올브라이트 미 국무장관과 페르손 스웨덴 총리 같은 분들도 나중에 얘기를 나누어보니 나하고 의견이 같아요. 이번에 일본 고이즈미 총리가 북한에 갔다왔는데 역시 비슷한 평을 한 것을 봤어요. 그런 점에서 우리는 6·15 회담을 계기로 김정일 위원장이 세계에 어느 정도 면모를 알리게 되었다고 생각합니다.

송일준 저희 〈PD수첩〉에서는 이번 특집을 맞이하여 국민들이 김 전 대통령에게 궁금한 것이 무엇인지를 인터넷을 통해 공모했습니다. 많은 분들이 응모해주셨는데요, 첫번째로 황선호 씨 질문입니다. '혹시 겁은 안 나셨는지 두렵지는 않았는지' 그런 질문을 해주셨거든요?

김대중 나는 북한이 나를 초청해놓고 나에 대해 위해를 가할 거라고는 꿈에도 생각 안 했습니다. 물론 이론적으로는 적지고, 아까와 같이 사전 합의도 없이 진행되니까 좀 어려움이 있었지요. 하지만 그런 불신은 북한에 대해서 전혀 갖고 있지 않았습니다. 다만 김정일 위원장이 저한테 농담으로 "아니 여기 적지에 오셨는데 김대중 대통령 무섭지 않느냐?"고 묻더군요. 이런 농담을 할 정도로 우리는 전혀 걱정하지 않았습니다.

송일준 방금 말씀하셨지만, "두렵고 힘든 길 오셨습니다"라는 말을 김 위원장이 했던 걸로 기억하는데, 혹시 장관들을 포함하여 남쪽에서 오는 사람들이 속으로 그런 심정이 있지 않은가 생각을 했던 모양이죠? 그런 걸 느끼셨나요?

김대중 모르겠습니다. 나는 일생 동안 내가 해야 할 일에 대해서는 내 목숨도 내놓고 살아왔고, 과거에도 사형선고를 받는 등 여러 가지 일을 겪었기 때문에 북한 가는 것을 다시없는 큰 사명으로 생각하고 아주 기쁜 마음으로 갔었습니다.

송일준 두번째 시청자 질문인데요. 혹시 다시 한번 북한을 방문하셔서 답방 문제를 실현하는 데 힘을 보태고 싶은 생각이 없으신지요.

김대중 내가 특사를 하는 것보다 김정일 위원장이 여기 오셔야 합니다. 그건 이미 남북공동선언에 합의되어 있습니다. 다시 이야기할 필요가 없습니다. 그건 김정일 위원장이 안고 있는 책임입니다. 그렇기 때문에 그 문제를 푸는 데는 특사 보내서 와달라고 부탁할 것이 아니라 '당신이 오기로 했으니까 빨리 와라' 하는 것이 좋지 않나 생각합니다.

> 6·15 공동선언의 첫 실천은 이산가족 상봉이었다. 9차례의 상봉 행사를 통해 1,867건에 총 9,020명이 혈육을 만났다. 분단의 장막은 급속히 해체되었다. 경의선과 동해선 등 육로가 열린 것에 이어, 직항로가 개설되고 바닷길까지 활짝 열렸다. 인적 교류도 급속히 늘어났다. 65만 명이 금강산을 구경했고, 사업 등 교류를 목적으로 지난해에만 1만 5,000여 명이 방북했으며, 북측 인사들도 지난해 1,000여 명이 남한을 찾았다. 교역량도 크게 늘었다. 지난해 남북 교역량은 7억 2,000만 달러, 한국은 중국에 이어 북한의 두번째 교역 대상국이 되었다. 장성급 회담은 남북 화해의 결정판이었다. 군부가 만나 군사적 긴장 완화 방안을 논의함으로써 남북 화해 무드는 한층 무르익어가고 있다.

송일준 저희가 짧게 정리했습니다만, 참 많은 변화가 있었던 것 같습니다. 김 전 대통령께서 보시기에 6·15 공동선언 이후에 가장 큰 변화는 어떤 것이었다고 생각하십니까?

김대중 무엇보다 남북 간의 긴장이 크게 완화되었다는 것이 가장 중요한 변화라고 생각합니다. 그동안 우리는 항상 전쟁의 위협에 놀라며 살아왔고, 무슨 일이 조금만 있으면 피난 간다고 보따리 싸고 물건 사재기하고 그랬는데, 이제 그것이 없어졌습니다. 실제 서해에서 실전까지 있었지만 그런 것이 없어졌어요. 이같이 남북 양쪽에 크게 긴장 완화가 됐다는 것, 우리 7,000만 민족이 공멸하는 전쟁의 위협을 덜 느끼면서 살아간다는 것이 얼마나 중요한 일이냐는 겁니다.

그리고 그와 동시에 남북의 민심이 달라졌습니다. 아까도 얘기했지만, 그동안 적으로만 보던 상대를 이제는 내 동포로 보기 시작했다는 거지요. 이전에는 네가 죽거나 내가 죽거나 둘 중에 하나가 죽어야 한다고 생각하던 것이 이제는 둘이 같이 살아야 한다는 생각을 갖기 시작했어요. 내가 잘살려면 너도 잘살아야 하고, 네가 잘살려면 나도 잘살아야 한다는 이런 생각, 이건 참 중요한 변화입니다. 그런 가운데 명분만이 아니라 구체적으로 철도와 도로 등 실질적인 변화가 생기고 있다는 것이 매우 큰 의미가 있다고 생각합니다.

송일준 네. 4년 전의 6·15 공동선언 전에도 남북 간에는 몇 차례 합의가 있었습니다. 예를 들면 7·4 공동성명이라든가 1991년도의 남북기본합의서 등이 있습니다만, 6·15 공동선언과 이런 것들이 다른 점은 무엇이었다고 생각하십니까?

김대중 과거 두 개의 합의서 또한 내용은 다 훌륭한 것이고, 특히 남북합의서는 그대로만 실천하면 바랄 것이 없을 정도로 완벽하게 되어 있습니다. 누구든지 다시 읽어보면 느낄 것입니다. 다만 이것이 그후로 실천과 연결이 안 됐습니다. 그건 아까도 말했지만, 정상들이 직접 만나서 이런 문제를 해결했어야 했는데 그걸 못 했기 때문에 큰 힘을 받을 수 없었던 거지요. 또 남북 양쪽 다 조금 하다 안 되면 그냥 내팽개

치고 서로 욕하고 싸우기 시작하곤 했었어요. 이번에도 참 싸울 기회는 여러 번 있었습니다. 약속을 안 지키는 점도 있었고……. 그렇지만 그 것을 참고 참으면서 결국 하나하나 가능한 것부터 합의해나간 것이 결 국 오늘과 같은 거의 전면적인 합의에 이르게 된 것입니다.

사실 솔직히 얘기하면, 제가 대통령 직에 있던 5년 동안 야당이 대북 정책을 강하게 반대해서 굉장히 어려움을 겪었습니다. 그러나 결국은 그것도 변화했습니다. 그래서 이번 용천 열차 폭발 사고 같은 것도, 야 당이나 과거 북한에 아주 부정적이었던 언론들도 모두 다 참여해서 돕 고 있지 않습니까? 이제 비로소 햇볕정책이 전면적으로 이루어지는 단 계가 왔다고 생각합니다.

송일준 남북 간의 접촉과 교류가 활발해지고, 또 실질적인 성과가 나오 고 있습니다만, 그럼에도 불구하고 여전히 일각에선 북한이 정말 본질 적으로 변화하고 있느냐 하는 의문을 제기하고도 있습니다. 거기에 대 해선 어떻게 생각하십니까?

김대중 이번에 OECD 갔을 때도 그런 질문을 받았습니다. 많든 적든 누 구나 그런 의문을 북한에 대해 안 가질 수가 없을 것입니다. 지금 내가 북한에 대해 햇볕정책을 주장하지만, 북한을 전적으로 믿기 때문에 그 러는 것은 아닙니다. 믿는 점도 있지만, 안 믿는 점도 많습니다. 그러나 결국 꾸준히 해가면 서로 신뢰가 생기고, 같이 실천해나가는 가운데 우 리의 앞날을 기약할 수 있다고 생각하기 때문에 하는 것입니다.

또 중요한 것은 남북이 서로 화해하고 협력하면 북도 이기고 남도 이 긴다는 사실입니다. 오직 명분만 가지고 하는 것은 아닙니다. 이익도 돼야 합니다. 북한도 개혁·개방을 안 할 수 없습니다. 이제 북한은 이 대로 가면 안 됩니다. 핵무기를 갖건, 무슨 무기를 갖건 사람이 무기 가지고 백성을 먹여 살릴 수는 없지 않습니까? 경제가 살아야 하는 것입니다. 그런데 그게 안 돼요. 따라서 북한이 지금 살 길은 미국과 관계개선해서 안전을 보장받고, 미국을 통해 경제적으로 국제사회에서 지원받는 길을 열어야 합니다. 그와 동시에 경제를 살리기 위한 개혁·개방을 해야 합니다.

아시다시피, 재작년 7월 1일자로 북한은 개혁을 선포하고 실천하고 있습니다. 그래서 북한 사회는 가보면 매년 달라지고 있어요. 이것은 누구나 느끼고 있습니다. 그렇게 북한이 변화하면 결국엔 돈 가진 사람들이 생겨납니다. 중산층이 생겨난다 그 말입니다. 중산층이 생겨나면 그것이 민주주의로 가는, 말하자면 전위 역할을 합니다.

산업혁명 이후로 영국이 그랬고 프랑스도 그랬고 세계가 그랬습니다. 중국도 결국엔 개혁·개방으로 나가니까 중산층이 생겨나고, 이제는 공산당 당헌까지 고쳐서 중산층과 기업가를 공산당 당원으로 영입하는 그런 일을 하고 있습니다. 북한도 결국 그와 같은 개혁을 통해 중산층이 생기고 사회가 안정되어야 우리가 안심하고 같이 살아갈 수 있는 사회가 되리라고 생각합니다.

송일준 '북한의 변화는 본질적인 것이다, 의구심을 가질 필요가 없다' 이런 말씀으로 이해하면 되겠습니까?

김대중 북한은 그렇게까지 말할 수 없습니다. 북한은 현재 공산주의 체제 즉, 정치적인 체제는 못 바꾸겠다고 합니다. 다만 경제만 바꿀 것이며 그 모범은 중국이다, 이렇게 생각하고 있는 것 같습니다. 그러나 내가 말하고 싶은 것은, 경제가 발전되면 중산층이 생기고 중산층이 생기면 결국 정치도 안 바뀔 수 없다는 겁니다. 그건 역사적 현실이에요. 그렇기 때문에 북한은 지금 일부만 변화하려 하지만, 결국 그 일부 변화가 장래에 전체적인 변화로 이어질 가능성이 있다고 생각합니다.

송일준　그런 북한의 변화가 6·15 공동선언 이후 시작된 걸로 생각합니다만, 6·15 공동선언의 정신이 지난 4년 동안 국내외적으로 상당한 도전에 직면해왔다고 볼 수 있는 측면 또한 있습니다. 저희가 그 내용을 잠깐 그림으로 정리했습니다. 보시고 말씀 나누시지요.

> 6·15 선언으로 북미 관계도 긍정적인 변화를 보였다. 클린턴 정부 때만 해도 북미 간의 대화가 성숙돼가고 있었다. 그런데 부시 대통령의 당선과 함께 분위기가 급변했다. 미국은 북한을 테러 지원국, 대량 살상 무기 보유국으로 지정하고 선제공격까지 할 수 있다는 강경한 전략으로 북한을 압박했다. 북한은 이에 맞서 핵 보유 의사를 시사했고, 북미 관계가 악화되며 햇볕정책은 위기를 맞았다. 대북송금 의혹도 미국 측에 의해 최초로 제기됐다. 국내 보수 언론과 야당은 이를 받아 퍼주기 논란에 불을 지폈고, 급기야 이 문제는 특별검사의 수사 대상에까지 올라 6·15 정신은 커다란 상처를 입게 되었다.

송일준　대북송금 문제에 대해서는 김 전 대통령께서도 해명하신 바 있고, 결국 특검 수사까지 거쳤는데요. 그럼에도 불구하고 대북송금이 정상회담을 위한 뒷거래가 아니었느냐는 인식이 여전히 존재하는 것 같습니다. 대북송금, 특검에 대한 생각은 어떠신지요?

김대중　대북송금과 정상회담이 관계 있다는 것은 전혀 사실이 아닙니다. 그것은 정몽헌 씨의 증언에도 나와 있고 또 특검 발표에도 나와 있습니다. 그런데 그 중 1억 달러를 정부가 북한에 주려고 했다, 이건 사실입니다. 1억 달러 갖고 정상회담 흥정까지 한 것은 아니란 것은 누구나 상식으로 알지만, 내가 그 돈 주는 데 동의한 것은 사실이에요. 내가 그렇게 말한 적이 있습니다. "잘사는 형님이 가난한 동생 찾아가는데 맨손으로 갈 수는 없지 않느냐, 그러니 그 정도는 성의로 알고 가지고 가는 게 좋겠다" 그렇게 말했지요.

물론 비용은 정부 예산에서 정식으로 내고 국민한테 알리려고 했습니다. 그런데 나중에 보니까 그게 불가능해요, 법적으로. 그러니까 못 줬어요. 그런 상황에서 여러 가지 논의가 있었는데, 현대에서 '우리가 주겠다'고 하더군요. 북한하고 이야기해서 북한으로부터 통신에 대한 전면적인 권리를 받고 또 그 외에도 몇 가지 있었다고 그래요. 그걸 받은 대가로 1억을 추가한 거지요. 그러니까 전부를 현대가 준 겁니다.

결국 처음에 우리가 주려다 못 준 거예요. 그 점에 대해서는 정몽헌 씨도 증언을 했고 또 특검도 얘기했습니다. 정상회담 대가로 줬다는 것은 사실이 아니라고요. 그래서 그 점은 여러 가지 오해가 있었지만 제가 지금 말씀드린 것이 사실이라고 생각합니다.

송일준 특검 수사가 진행됐잖습니까? 거기에 대해서는 어떤 생각을 갖고 계신지요?

김대중 나는 특검 자체가 안 했어야 할 일을 했다고 생각합니다. 우리가 나라를 이끌어나가려면 밖으로 알릴 수 없는 여러 가지 문제들이 있습니다. 더구나 우리같이 민족이 어려운 대결 상태에 있을 때는 더욱 그런데, 그런 것들을 일일이 특검을 해서 문제삼으면 나랏일을 하기가 어렵고 또 외국에서도 우릴 상대로 까다로운 일을 하려고 하지 않습니다. 그런 나라는 믿을 수 없으니 안 하겠다고 생각하는 거지요. 그야말로 이건 참 민족적인 비극이라고 생각합니다.

송일준 최근 민주평화통일자문회의에서 여론조사를 했는데, 남북통일에 가장 적대적인 나라를 어디로 생각하느냐고 했더니 미국이라고 답한 학생들이 가장 많았습니다. 심지어 미국이 남북통일의 훼방꾼이 아니냐 의심하는 시각도 있는 것 같습니다. 남북 문제에서 미국은 과연 무엇인지, 그리고 미국이 어떤 역할을 하는 게 바람직하다고 생각하시는지 말씀 좀 해주십시오.

김대중 그런 여론조사가 있었다고 하는데 그것은 내가 볼 때는 국민 전체적인 생각은 아닐 겁니다. 우리는 외교 문제, 우방에 대한 문제에 대해 굉장히 신중한 태도를 취해야 합니다. 우리가 결코 부인할 수 없는 것은, 누구도 부인할 수 없는 것은, 지난 50여 년 동안 미군이 한국전쟁에 참전하여 지켜주고 또 경제적으로 우리에 대해서 여러 가지 기회를 주고 지원을 안 했으면 우리가 현재 이런 상태로 있을 수 있겠느냐 하는 사실입니다. 만약 그랬다면 우리가 지금처럼 발전할 수 있었겠습니까? 또 안심하고 살았겠습니까? 이건 사실입니다. 그렇기 때문에 고마운 것은 고마운 걸로 알아야 합니다.

그리고 지금 우리가 남북 관계개선에 대해 이야기하고 있지만, 아직 완전하지 않습니다. 아직도 준전시 상태입니다. 평화 협정도 못 맺었습니다. 그렇다면 지금 안보는 여전히 우리에게 가장 큰 문제입니다. 지금 미군 1만 2,500명이 빠져나간다고 하니까 벌써부터 국방비를 늘려야 한다고 합니다. 사회보장이라든가 여러 가지 문화사업이라든가 이런 것들이 줄면서 그쪽으로 돈이 가야 하지 않겠습니까?

그것은 상당히 우리에게 비참한 문제입니다. 결국 미군이 여기 있어주는 것이 우리 국방비를 절감시키고, 안보를 튼튼히 해주고, 외국 투자가들이 안심하고 들어오고, 결국 우리 국민들이 발 뻗고 자는 데 도움이 됩니다.

그러나 한편 미국이 남북 문제를 너무 거칠게 다루어서 잘못하면 전쟁으로 이어지지 않을까 하는 걱정을 우리 국민들이 하는 것도 사실입니다. 국민들이 볼 때, 그렇게 안 하고 대화를 통해서도 해결할 수 있을 텐데, 또 북한은 그렇게 하려는 것 같은데 왜 기회를 안 주냐 싶으시겠죠. 이는 미국 정책에 대한 불만입니다. 그래서 나는 이런 것을 모두 구별해서 봐야 한다고 생각합니다.

우리는 누가 뭐라 해도 혼자 살아갈 수 없습니다. 세계 모든 나라가 다 중요한 것은 아닙니다. 그 중에 제일 중요한 나라들이 있습니다. 안보나 외교·군사 면에서는 미국이 제일 중요합니다. 그리고 경제 면에서는 일본이나 중국도 미국만큼 중요합니다. 그건 우리가 구별할 줄 알아야 돼요. 그런데 그냥 이분법적으로 딱딱 갈라서 '너는 내 편, 당신은 적' 또 '이건 필요하고 이건 필요없고' 라는 식으로 하는 것은 지혜로운 방법이 아닙니다. 더구나 세계화 시대에 세계와 함께 살아가는 데에는 좋은 방법이 아니에요.

우리가 4대 강국 사이에 존재하는 이상은 4대 강국이 우리에게 중요하지 않을 수가 없습니다. 모두와 잘 지내야 합니다. 그런 점에서 반미는 절대로 우리에게 국익이 되지 않는다는 것입니다. 그러나 미국에 대해서 또 할 말은 해야 합니다. 정책적으로 잘못한 것은 이야기해야 합니다. 특히 핵 문제에서 지금 우리 정부는 미국에 협조하면서도 할 말은 하고, 좋은 안을 내서 서로 대화하고 있습니다. 이렇게 우리는 우리에게 가장 필요하고 또 가장 오랫동안 여러 가지 신세를 진 우방국 미국과 관계를 긴밀하게 유지해야 합니다. 그러나 우방이라 하더라도 문제점이 있을 때는 서로 비판도 하고 또 협의도 해나가는 그런 자세가 필요하다고 생각합니다.

송일준 북핵 문제 때문에 촉발된 북미 간 긴장에 대해 국민들은 우려하고 있습니다. 북핵 문제의 본질은 무엇이고 이것을 해결하기 위해선 어떻게 해야 한다고 생각하십니까?

김대중 북핵 사태의 본질은 결국 북한이 핵무기를 만들고 있는 것이라고 미국은 주장하고, 또 그에 대해 북한은 '우리가 살기 위해선 핵무기는 물론 그 이상이라도 만들 수 있다'고 하면서 마치 핵무기를 가지고 있는 것 같은 인상을 주고 있다는 것입니다. 여기에 대해 모두 의혹을 가지고 있으며 동시에 북한과 가장 가까운 중국이나 러시아도 핵은 안 된다는 이야기를 하고 있습니다.

결국 이 문제의 해결을 위해서 미국은, '북한이 농축우라늄을 갖고 있다. 그래서 핵까지 개발하고 있다'고 생각한다면 그 증거를 내놔야 할 것입니다. 또 북한은 핵을 갖고 있으면 있다, 없으면 없다 확실히 이야기를 하고, 핵 무기를 포기하겠으면 포기하겠다는 것을 분명히 이야기해야 합니다.

따라서 북한 핵 문제에 대한 해결 방안은 아주 용이하다고 볼 수 있습니다. 북한은 전 세계가 납득할 수 있게 핵 문제를 포기할 건 포기하고 처리할 건 처리해야 합니다. 그리고 IAEA의 철저한 사찰을 받아야 합니다. NPT에도 재가입해야 하고요. 미국은 북한의 안전을 보장해주고 북한의 국제사회 진출, 즉 IMF나 ADB에 가입하고 세계 투자를 받을 수 있게 해줘야 합니다. 이렇게 하면 해결됩니다. 서로 불신하니까 동시에 같이하면 됩니다. 이런 식으로 이 문제가 풀려나가야 한다고 생각합니다.

송일준 지난달 일본 고이즈미 총리가 두번째로 평양을 방문해서 북일 정상회담을 가졌습니다. 북일 수교 가능성을 어떻게 전망하시는지, 그리고 이 문제가 우리 한반도에 미칠 영향은 어떻다고 생각하시는지 궁금합니다.

김대중　북한과 일본이 수교하면 가장 도움을 받을 곳이 한반도, 우리 대한민국입니다. 북한과 일본의 관계가 가까워지면 긴장이 크게 완화될 뿐만 아니라 미국도 태도가 달라질 것입니다. 동시에 북한과 일본이 국교를 맺게 되면 과거 35년간의 지배에 대한 보상을 해야 하기 때문에, 상당한 돈, 일각에서는 100억 달러라고도 추측하는데 아무튼 그런 거액이 북한에 들어가게 됩니다. 그럼 북한의 경제 발전에 크게 도움이 되고, 북한 경제가 발전되면 우리도 안심이 되고 또 남북 관계도 여러모로 호전이 되기 때문에 북일 수교는 반드시 이뤄져야 한다고 생각합니다.

다만 우선은 핵 문제부터 해결되어야 해요. 또 일본 사람들 납치 문제가 해결되지 않으면 일본은 북한과 국교를 정상화하거나, 북한에 대해 본격적으로 경제 원조를 하는 것이 어렵다고 표명하고 있습니다. 그러나 일본 고이즈미 총리는 가능하면 국교를 정상화하고 싶다는 의도를 갖고 있는 것으로 보입니다. 그래서 이 문제는 결국 핵 문제와 관계가 있다고 말할 수 있습니다.

송일준　주한 미군 감축이 우리 한반도에는 어떤 영향을 미칠 것이고, 주한 미군 재배치 문제나 감축에 우리가 어떻게 대처하는 것이 현명하다고 생각하십니까?

김대중　주한 미군 감축이 우리에게는 아무래도 부정적 영향이 많을 겁니다. 우리 안보에 부분적이라도 공백이 생길 수 있고, 아까도 말했지만 국방비가 증액될 수밖에 없지요. 그리고 국제적으로도 한국에 대한 투자 등을 주저하는 사람이 생길 수 있고, 북한이 잘못하면 오판할 수도 있는 등등의 문제점들이 있습니다.

그러나 이 문제에 대해서 중요한 것은 주한 미군이 감축하냐 안 하냐도 중요하지만 그것이 양국 간의 긴밀한 협의와 이해 속에서 이루어져야 한다는 것입니다. 요즘처럼 그냥 일방적으로 그렇게 뒤통수치듯이 하는 것은 철군 이상의 여러 가지 부정적 의미가 있습니다. 그것이 또 안보 불안의 커다란 원인도 됩니다. 그렇기 때문에 그 점에 대해 우리가 심각한 문제제기를 해야 되지 않나 생각합니다. 또 미군이 철수하더라도 한반도의 안보에 대해서는 확실하게 한국과 공조해서 지키겠다는 의지를 분명히 해야 합니다.

이것은 아주 중요합니다. 6·25 때 경우를 보면 1949년 미국이 철수하면서 애치슨 라인을 만들고 '한국은 미국의 방위권 밖이다'라는 식으로 북한에게 오판의 기회를 주었습니다. 그런 과거의 경험을 보더라도 미국이 최근 무기 체제나 전략이 바뀌었기 때문에 극단적으로 얘기해서 육군이 여기 하나도 없어도 공군·해군만 갖고도 크게 지장없고, 또 유사시에는 육군이 바로 뛰어온다는 조건을 제시할 수도 있는 겁니다. 다만 이 안보 의지만, 한국을 지키겠다는 미국의 안보 의지만 북한 측에 확실히 인식시켜서 오판의 실마리를 주지 않으면 그건 아주 우리가 바람직한 결론을 내리는 거라고 생각합니다.

모든 것은 충분한 대화를 통해서 합의해야 되고, 미국으로부터 한반도 안보에 대한 공약은 흔들림이 없다는 약속을 받아내야 합니다. 그러려면 우리 국민들도 미국에 대해서 불필요한 반미 감정을 드러내서는 안 됩니다. "우리가 무엇 때문에 우리 싫어하는 사람들 목숨을 지켜주냐"라는 얘기가 이미 나오고 있지 않습니까? 그런 것은 절대로 우리에게 바람직하지 않습니다. 몇 번이고 부탁하는데 그래선 안 됩니다. 그래서 우리는 누가 뭐라고 해도 최소한 앞으로 상당 기간은 한미상호방위조약을 유지하면서 안보를 철저히 구축하고, 남북 관계가 완전히 좋아지면 그후에 모두 평화 체제로 바꾸면 되는 거 아닙니까? 평화 협정을 맺고, 그렇게 우리가 문제를 풀어나가는 것이 좋지 않은가 생각됩니다.

송일준 혹시 김 전 대통령께서는 우리 한국민들 사이의 반미 감정이 주한 미군 감축 및 재배치에 일정 부분 영향을 미치고 있다고 보시나요?

김대중 미국의 언론에서는 그런 영향력을 주고 있다고 하고, 또 미국 정부 사람들은 그렇지 않다고 하는 것 같습니다. 어쨌든 지금 그런 상황에 있으니까 여기서 우리가 잘하는 것이 좋다고 생각합니다.

송일준 마지막 질문인데요. 이택진 씨가 보내주셨습니다. 얼마 전 유럽 순방을 하며 세계인을 육성해야 한다는 취지의 말씀을 하셨는데, 세계인은 어떤 의미이며 우리는 어떤 비전을 가져야 하냐는 질문을 주셨습니다.

김대중 좋은 질문입니다. 지금 우리가 살고 있는 21세기는 20세기와 판이하게 다릅니다. 20세기는 산업사회 시기였습니다. 영토국가 시대이자 민족주의 시대였지요. 그러나 21세기는 세계화 시대입니다. 그리고 세계 속에서 살아남아야 합니다. 과거에는 우리 국내에서만 경제가 운용되던 것이 이제는 세계 모든 나라들과 경쟁해야 합니다. 그 경쟁 속에서 이긴 제품과 서비스만이 돈을 벌어서 우리가 살아나갈 수 있습니다. 그렇기 때문에 우리는 세계를 알아야 하고, 세계 어느 나라가 우리에게 이익이 되고 어느 나라가 손해가 되며 어떤 식으로 대응해야 할 것인지를 잘 알아야 합니다. 그래서 이제는 우리나라 문제만 생각하면 '우물 안 개구리'입니다. 그렇게는 도저히 못 살아나갑니다.

그리고 이제 우리가 세계에 대해서 할 일은 우리가 세계로 나아가는 것뿐만 아니라 우리가 세계를 받아줘야 한다는 겁니다. 세계 사람은 누구나 우리나라에 와서 장사할 수 있습니다. 와서 휴지 장사도 할 수 있고, 양말 장사도 할 수 있고, 이발소도 할 수 있고, 다 할 수 있습니다. 그렇기 때문에 우리는 세계 사람들과 어떻게 더불어 살아가느냐 하는 의미에서 세계인이 되어야 합니다.

또 당장 지금만 해도 우리나라에 수십만 명의 외국인 노동자들이 있지 않습니까? 그 사람들 중 앞으로 여기서 자식 낳고 살아가는 이들이 많을 것입니다. 그것을 생각하면 과거 단일민족으로만 살아온 우리에게는 상당한 시련입니다. 그래서 이런 의미의 세계로 나아가는 세계인, 세계를 받아들이는 세계인, 이런 세계인이 되어야 합니다. 그래야만 우리가 성공할 수 있습니다.

또한 우리가 잘살기 위한 세계인도 되어야겠지만 남을 잘살게 하기 위한 세계인도 되어야 합니다. 지금 세계는 너무도 가난합니다. 세계 인구의 약 20%인 12억 명의 사람들이 하루 1달러 이하를 가지고 생활하고 있습니다. 최근 통계를 보면 2002년에 5세 미만의 어린이 1,000만 명이 죽었는데, 그 98%가 제3세계 개발도상국 어린이들이라고 합니다. 이렇게 지금 세계는 빈부 격차가 심합니다. 그렇기 때문에 세계는 불평과 불만이 들끓고 있습니다. 그것이 최근 일어나는 테러의 배경이 되고 있는 거예요. 하늘과 땅을 갈아엎어버리려는 그런 심정에서 테러에 뛰어드는 것입니다. 그렇게 되면 세계에는 평안이 없습니다.

이제부터 전쟁은 눈에 보이는 정규전이 아닌 눈에 보이지 않는 전쟁, 언제 어디서 나올지, 무슨 무기를 갖고 나올지, 누구를 공격할지 아무것도 모르는 전쟁이 될 것입니다. 세계 사람들이 모두 희망을 갖고 살아가는 사회를 만들지 않으면 그 사람들은 그런 짓을 할 것입니다. 이런 점에서 우리는 우리만 잘사는 세계화가 아니라 남도 잘사는 세계화를 해야 합니다. 결국 우리들은 세계 시민으로서 자세를 갖춰나가야 하며, 그래야 우리가 성공할 수 있다는 것이 나의 생각입니다.

송일준 마지막으로…….

김대중 또 있습니까? (웃음)

송일준 앞으로의 계획과 국민들에게 특별히 하고 싶은 말씀을 해주십시오.

김대중 나는 이제 나이도 많이 먹었고 또 건강이 안 좋기도 하고, 그래서 내 활동에는 제한이 있습니다. 그렇지 않더라도 전직 대통령으로서 어떻게 하는 것이 좋은가 하는 생각을 합니다. 그래서 앞으로도 국내 문제나 정치 문제에는 개입하지 않고, 내가 할 수 있으면 민족의 평화적 통일을 위해서 조그만 힘이라도 보태고 싶습니다. 그리고 노벨평화상 받은 사람의 책임으로서 세계 평화를 위해 힘을 보태고 싶고요. 이 두 가지가 나의 계획이자 목표입니다.

우리 국민 여러분께 내가 말하고 싶은 것은, 나는 우리 국민을 참으로 존경하고 사랑한다는 겁니다. 외환 위기 극복 때도 정말 이런 국민이었나 하는 생각을 했고 세계도 그렇게 생각을 했습니다. 또 우리 국민들이 선거 같은 여러 가지 일을 할 때 보면 얼마나 잘난 국민인가 하는 것을 알 수 있습니다. 나는 21세기 한국은 세계에서 우뚝 선 나라가 될 수 있다고 생각을 합니다. 우리가 노력만 하면, G8 이런 얘기도 하는데 우리도 그 안에 당당히 들어갈 수 있는 그런 나라가 된다고 생각합니다.

내가 국민에게 부탁하고 싶은 것은 희망을 가지시라는 것과 앞서의 목표를 달성하기 위해서는 지금껏 말씀드린 대로 남북 관계가 잘되어야 한다는 겁니다. 남북 관계가 잘 풀리지 않으면 안 됩니다. 이건 단순히 안보라든가 남북 간 경제협력만의 문제가 아니라 우리가 대륙으로 뻗어나가기 위해서입니다. 중국 오지로 들어가고, 시베리아로 가고, 중앙아시아로 가고, 그리고 유럽으로 가야지요. 이러려면 북한을 거치지 않고는 갈 수가 없습니다. 철도나 도로가 못 가게 되어 있지 않습니까? 동북아 물류 중심이니 뭐니 하지만 철도나 도로가 없으면 물류 중심이 될 수가 없지요. 그래서 반드시 북한과의 관계가 해결이 되어야 합니다. 또 이것은 북한도 이익입니다. 북한도 이익이기 때문에 윈-윈입니다. 나는 이것만 잘해도 우리가 협력해나가면 과거 영국이 산업혁명 이후에 일어났듯이 우리 민족도 21세기에 일어날 수 있다고 생각합니다.

우리 한국은 대서양과 태평양을 연결하는 한 거점으로서 발전할 수 있을 것입니다. 국민 여러분께서 다른 일은 다 알아서 잘하시겠지만, 21세기에 우리가 충분히 비약할 수 있다는 것, 그러기 위해서는 남북 관계를 앞으로 더 잘 풀어가야 한다는 것을 아시고 다시 한번 세계인이 되기 위해 노력해야 하는 시대가 왔다는 것을 기억하시기 바랍니다. 우리 국민이 외교에 대해서 관심이 조금 부족한 것 같습니다. 그런 점에 더욱 관심을 갖고 뭐든 노력했으면 좋겠습니다.

송일준 오늘 긴 시간 동안 여러 가지 좋은 말씀 들려주셔서 감사합니다. 우리 국민에게도 도움이 되는 유익한 시간이 되었을 것으로 생각합니다. 건강 유의하셔서 앞으로도 나라와 민족을 위해서 많은 일 해주실 것을 부탁드립니다. 감사합니다.

김대중 감사합니다.

송일준 끝까지 시청해주신 시청자 여러분께도 감사드립니다. 6·15 남북공동선언 4주년을 맞아 저희 〈PD수첩〉이 특집으로 마련한 '김대중 전 대통령에게 듣는다' 오늘은 여기서 마치겠습니다.

김대중 전 대통령과의 점심

영국 『파이낸셜타임스』(Financial Times) 인터뷰
2004. 6. 18.

"어서 오십시오." 김대중 전 대통령은 나를 따뜻하게 맞이했다. 그의 자택은 서울 신촌 지역에 위치해 있으며 좁은 복도와 아담한 방들이 딸린 수수한 빌라다. 밖에 평복을 한 경찰들의 모습만이 아시아의 가장 위대한 지도자 중 한 사람이 사는 집임을 알 수 있게 했다. 집 주변은 16개월 전 한국 대통령의 임기를 마친 김 전 대통령의 조용한 생활 모습과 잘 맞는다.

그는 2000년 6월 15일 역사적인 정상회담의 성과를 이룩했다. 하지만 그후 대북송금 스캔들로 비판을 받았다. 이는 50년 정치 생활 동안 납치, 사형선고, 감금 등을 이겨내고 한국을 민주주의로 이끈 그에게 힘든 일이었다. 김대중 전 대통령은 한국을 외환 위기로부터 회생시켰고, 햇볕정책 등으로 2000년 노벨평화상을 수상했다. 퇴임 이후 영어권 신문과 첫 인터뷰를 갖는 그는 햇볕정책이 실패했다고 비판하고 노벨평

화상 수상을 비난하는 사람들에 대한 자신의 생각을 밝혔다.

노령과 반정부 활동 시절 얻은 부상으로 그의 거동은 불편했다. 그러나 퇴임 당시에 비해 그의 건강이 상당히 좋아진 것을 보고 나는 강한 인상을 받았다. 그는 얼굴 혈색도 좋고 눈빛은 총명했으며 목소리는 힘이 넘쳤다.

우리는 한국 음식을 먹으며 인터뷰를 진행했다. 한국에 온 지 거의 3년이 되어가지만 나는 아직도 한국 음식을 가리는 편이다. 절인 야채, 매운탕류, 불고기 등은 즐겨 먹는다. 하지만 낙지, 오징어, 해파리 등 미끌미끌한 갖가지 해물들은 그렇지 못하다. 그래서 어떤 메뉴가 나올지 조마조마했다. 차려 놓은 것은 무엇이든 맛있게 먹는 것이 한국의 예절이기 때문이다.

야채샐러드 전채와 적포도주를 들고 나자 더운 김이 나는 사발이 식탁에 놓여졌다. 메뉴는 비빔밥이었다. 한국에서 가장 대중적으로 인기 있는 음식 중 하나라 할 수 있는 비빔밥은 잘게 썬 야채와 밥, 고추장을 넣고 그 위에 달걀부침을 얹은 것이다. "외국인이 어떤 음식을 좋아할지 몰라 걱정했는데, 아내가 비빔밥을 추천했다"고 그는 통역을 통해 말했다.

김 전 대통령은 기다란 테이블 머리쪽에 앉고, 통역과 내가 한편에, 그리고 김 전 대통령의 측근 두 사람이 반대편에 앉았다. 전 국정원장이자 햇볕정책의 핵심 입안자 가운데 한 사람인 임동원 전 특보도 함께 자리했다. 남북정상회담은 평화적 통일을 향한 첫걸음으로 평가받았다. 하지만 한국이 정상회담을 위해 북한에 대가를 지불했다는 의혹 때문에 위상이 떨어지게 된 것이다.

비판가들은 대북송금 스캔들은 북한이 진정으로 화해에 관심이 있는 것이 아니라는 것을 보여준다고 말한다. 도리어 북한이 포용정책을 자신의 적들을 공감하여 북한 체제 유지에 필요한 원조를 받기 위한 하나의 기회로 보고 있다는 것이다.

이에 대해 김 전 대통령은 정상회담이 지속적인 평화를 가져올 수 있다면 1억 달러는 큰 대가가 아니라고 말했다. 이제껏 행해진 가운데 가장 솔직한 태도로 그는 자신이 승인했고 아직도 그 결정을 지지한다고 이야기했다. "잘사는 형이 가난한 동생을 만나러 갈 때 빈손으로 가지 않는다. 우리는 북한에 도움을 주고자 했다. 하지만 합법적으로 그렇게 할 길이 없었다."

한국의 재벌그룹 현대는 그 당시 북한과 3억 5,000만 달러 상당의 사업을 위한 협상을 벌이고 있었다. 김대중 정부는 1억 달러를 추가로 지불할 것을 설득했고 이는 한국산업은행(KDB)의 대출을 통해 지원되었다. 조사에 따르면, 이는 정상회담 개최에 도움을 준 것으로 드러났다. "그것은 미래에 대한 투자였다. 대통령으로서 나는 승인했고 이에 대해 후회는 없다."

김 전 대통령은 현대의 사업 활동과 더불어 정상회담이 남북 관계개선과 군사적 충돌의 위협 감소를 가져왔다고 말했다. 그는 문화, 경제 교류, 이산가족 상봉, 금강산 관광, 남북한 도로와 철도 연결, 개성공단 등 다양한 교류가 정상회담 이후 일어나고 있다고 설명했다.

그는 개성공단으로 한국이 벌어들일 수 있는 이익만도 1,000억 달러로 전문가들이 예상한다고 말했다. 엄청난 액수라는 생각에 나는 의아한 눈길을 임동원 전 특보에게 던졌다. 이에 김 전 대통령은 "1,000억 달러가 맞다"고 강조했다.

비판가들은 한국의 대북 경제 원조가 자국 국민들을 굶주리게 한 채 핵무기를 개발하는 독재정권의 존립을 돕고 있다고 비난한다. 북한을 변화시키는 유일한 방법은 지원을 중단하는 것이라고 주장한다. 이는 부시 정부의 대북정책과도 일맥상통한다. 김 전 대통령은 직접적으로 부시 행정부를 비판하지는 않았지만, 미국 정책에 반대한다는 입장을 보였다. 그는 "미국은 더 적극적인 입장을 취해야 한다"고 주장했다. 그가 말하는 '적극적인 입장'은 포용과 타협을 의미하는 것이다. 그는 고립과 봉쇄가 왜 효과가 없는지를 예를 들어 설명했다. "미국은 구소련과 동구권에 봉쇄정책을 취했지만 공산주의를 변화시키지 못했다. 하지만 경제·문화 교류를 추구하자 공산주의는 붕괴했다."

그는 미국으로부터 위협을 느끼지 않게 되면 북한은 핵을 포기할 것이라 믿고 있었다. "북한은 핵을 완전히 포기해야 하고, 미국은 북한의 안전을 보장하고 국제사회 진출을 도와야 한다. 하지만 서로에 대한 불신이 있기 때문에 동시에 행동을 취해야 한다."

김대중 전 대통령과 부시 대통령의 북한에 대한 입장 차이는 김정일 국방위원장에 대한 인상의 차이에서도 뚜렷이 나타난다. 부시 대통령은 북한 독재자를 '혐오한다'(loathe)고 말한 반면, 김 전 대통령은 그를 '영리하고 솔직한 사람이며 한국과 세계 정세에 밝은 사람'으로 묘사했다.

김 전 대통령은 "김정일은 냉전의 잔해로부터 벗어나 북한을 개혁의 길로 이끌기 위해 노력하고 있다"고 말했다. 그렇기 때문에 북한 핵 프로그램은 북한이 미국과 협상하는 데 안전 보장 및 최고의 대가를 받기 위한 하나의 협상 카드일 뿐이라는 것이다. 그는 최근 2년 동안 북한에서의 경제 개혁이 이런 변화의 증거라고 말했다. 다만 강경파들의 저항 때문에 김정일이 더 빨리 움직이지 못하고 있다는 것이다.

김 전 대통령은 "북한은 과거 중국 덩샤오핑 체제의 초기 단계와 유사한 변화를 보이고 있다"면서 "덩샤오핑은 개혁을 추진하는 동안 체제가 흔들릴 수 있고 정권 내 보수파의 반대에 부딪힐 수 있다는 점을 우려했었다"고 말했다.

그는 평양에 대한 자신의 생각이 공산주의를 지지하는 것으로 비춰져서는 안 된다고 강조한다. 한국전쟁 때 공산당에 체포되었을 당시, 그는 민주주의에 대한 자신의 신념을 더욱 굳혔다고 설명했다. "나는 굶주렸고 세면조차 허용되지 않았다. 일부 죄수들은 산으로 끌려가 처형당했다."

한국전쟁 이후 그는 박정희와 전두환 독재정권에 항거하는 지도적 인사로 떠올랐다. 이들은 1987년 자유선거가 도입되기까지 한국을 통치했던 인물들이다. 그동안 그는 독재정권으로부터 갖은 압력을 받았다. 1973년 도쿄에서 납치당한 그는 바다로 실려가기도 했다. 무거운 물질이 몸을 감싼 것으로 보아 배 밖으로 던져질 참이었다.

역사책에는 그를 납치했던 한국인들에게 일본 항공기를 보내 그를 죽이지 말라고 경고하도록 한 미국 중앙정보국(CIA)이 그의 목숨을 구한 것으로 되어 있다. 하지만 가톨릭교인인 그는 하느님의 도움으로 살 수 있었다고 설명했다. "너무 절박한 상황이라 기도도 할 수 없었다. 그때 머릿속에서 예수님을 봤다. 그때 나는 '아직 한국을 위해 해야 할 일이 많다. 살려 달라'고 말했다. 그때 큰 소리가 들렸다. 일본 군용기가 경고탄을 울리는 것이었다."

많은 한국인들은 북한이 남한보다 강했던 그 시절, 한국의 경제·군사 발전을 위해서는 군사독재가 필요했다고 생각한다. 나는 전후 한국에서 김대중 대통령과 박정희 대통령이 가장 위대한 정치인으로 평가받을 것이라고 얘기했다. 당시 최대 적이었던 두 사람은 한국을 아시아에서 가장 부유하고 자유로운 국가로 발전시켰기 때문이다.

이에 대해 김대중 전 대통령은 "독재정권은 경제성장을 가져왔지만 성장의 불균형을 가져와 나중에는 큰 대가를 치렀다"고 말했다. "탄탄한 장기적 성장을 위해서는 민주주의, 복지, 그리고 인권 존중이 필요하다"고 그는 설명했다.

점심식사 후 디저트로는 멜론이 나왔다. 김 전 대통령은 전라남도에서 가져온 멜론이라고 설명했다. 지금껏 먹어본 멜론 중 최고라고 이야기하자, 그는 웃으며 자신의 남은 두 조각을 나에게 내민다.

"가장 어려운 일은 자신에 대한 평가를 내리는 것이다. 물론 나도 과거에 많은 잘못을 했고 후회도 있지만, 지금 뒤돌아보면 항상 최선을 다했다. 역사가 공정한 평가를 할 것이다."

김대중 전 대통령 특별 대담

『경향신문』 창간 58주년 기념

2004. 10. 6.

『경향신문』은 창간 58주년을 맞아 김대중 전 대통령과 특별 대담을 나눴다. 남북정상회담과 햇볕정책으로 노벨평화상을 수상한 김 전 대통령으로부터 시계 제로인 '한반도' 해법을 듣고자 함이었다. 김 전 대통령은 한반도 문제 해결의 물꼬인 6자회담의 핵심은 북미 관계개선이라고 진단했다. 따라서 북미 양국의 상호 신뢰 회복 노력이 중요하다고 역설했다. 정치 현안 등에 대해 언급을 자제해온 김 전 대통령은 여권이 추진하고 있는 과거사 규명 등 개혁 작업과 관련해 "국민보다 반발 앞서서 가고 국민이 따라오지 않으면 서서 기다리고 설득해야 한다"며 국민적 합의를 강조했다.

김지영 편집국장(이하 김지영)　중국에서 한국 드라마가 큰 인기를 얻는 등 한류열풍이 상당합니다. 이 같은 한국 문화가 지닌 힘의 원천이 어디에 있다고 보시는지요?

김대중 전 대통령(이하 김대중)　중국에서 하루 저녁에 한국 드라마를 보는 사람이 약 1억 명이라고 합니다. 중국은 왜 그런 드라마를 못 만들까요? 내가 볼 때 우리가 스스로 민주주의를 이룩했기 때문입니다. 우리는 민주주의를 위해 싸웠고 많은 사람이 희생했습니다. 분신자살만 해도 얼마나 많았습니까? 그러면서 민주주의를 쟁취했지요. 반면 중국은 그렇지 못했습니다. 일본은 민주주의라 하지만 쟁취한 게 아니라 미군정에 의해 주어진 민주주의였습니다. 이것이 우리 같은 정신적인 탄력 내지 활력이 나타나지 않는 이유라고 봅니다.

작년 말 '나운규영화제'에 가서 공로상을 수상했습니다. 왜 나한테 그런 걸 주나 하면서 갔는데, 감독협회 대표나 문화관광부 장관 등이 나와서 말하기를, "영화를 만들어도 가위질하거나 국가보안법으로 잡아넣는 게 없어지니까 마음대로 창작이 가능해졌다. 그래서 상을 주는 것"이라고 하더군요.

문광부 국정 보고를 받을 때, "문화·예술은 도와주면 좋지만 간섭하면 죽는다"라고 말했습니다. 영화에만 1,600억 원을 도와줬지요. 엄청난 돈을 도와준 겁니다. 돈 없어 영화 못 만드는 사람들이 영화를 만들 수 있도록 해줬습니다. 스크린쿼터와 관련해서도 청와대에서 미국 대표를 만나 "스크린쿼터는 철폐하는 게 옳다. 그러나 사람을 수술할 때 수술이 치료에 도움이 된다고 해도 몸이 지탱할 만한 체력이 필요하지 않느냐, 그런 체력을 기를 시간이 필요하다"고 했습니다. 그렇게 타협해서 스크린쿼터 철폐를 연기했습니다. 신상옥 씨가 어디에선가 상을 받으면서 "이 상은 내가 받을 게 아니라 김대중 대통령이 받아야 한다"
고 했다더군요.

지금 국제적으로 감독상도 휩쓸고 앞으로 21세기 문화 분야에선 우리가 독보적인 발전 가능성을 갖고 있다고 생각합니다.

김지영 수확의 계절인 올가을에 특히 상념을 많이 하는 부분이 있으십니까?

김대중 금년 가을에는 남북 관계에서 대화가 일시적으로 중단되었고, 미국에서 북한인권법이 제정된 것이 여러 가지 영향을 주고 있습니다. 6자회담도 열리지 않고 있습니다. 비록 잠정적인 상황일 것이라고는 믿지만 그런 점에 대해 신경이 쓰입니다. 또 하나는 경제·민생 문제가 상당히 어려운 것 같아 걱정이 많습니다.

김지영 내년이면 광복 60주년이 됩니다. 일본은 국익외교를 본격적으로 한다고 하고, 중국도 부국강병을 강조하고 있습니다. 우리는 어떤 외교적 노력, 내부적 노력을 기울여야 한나고 보십니까?

김대중 일본과 중국의 예가 있건 없건, 우리나라는 세계에서 가장 외교가 필요한 나라이고 외교가 운명을 좌우하는 나라입니다. 그건 지도를 보면 바로 알 수 있습니다. 중국·러시아·일본이 딱 붙어 있습니다. 또 미국이 여기 와 있습니다. 세계에서 4대국에 둘러싸여 있는 나라는 우리나라밖에 없습니다. 조선왕조 말엽에 이미 이 나라들이 우리나라 운명을 결정하는 데 전부 참가했습니다. 일청전쟁, 일러전쟁 등 역사가 꼭 되풀이되는 건 아니지만 되풀이될 수 있는 것도 사실이라고 봐야 합니다.

그래서 우리는 4대국 외교에 전력을 다해야 한다고 생각합니다. 각 나라마다 관계를 잘 발전시켜야 하고, 또 4대국을 하나로 묶어서 발전시켜야 합니다. 나는 1971년 대통령 선거에 출마했을 때 '4대국 한반도 평화 보장'을 선거공약으로 낸 바 있습니다. 지금의 6자회담이 내가 말한 4대국에 남북한을 합친 것이지요. 이런 점에서 국가 장래를 위해서도 4대국과의 외교에 각별히 관심을 가져야 합니다.

김지영 미국 대선이 11월에 있고, 북한인권법안이 통과되면서 6자회담이 장기 표류할 가능성이 커지고 있습니다. 정부는 구체적으로 어떤 노력을 기울여야 한다고 보시는지요?

김대중 내 생각에 6자회담은 당장에 어떤 성과를 올리기는커녕 미 대선 전에 개최조차 어렵지 않나 생각합니다. 우리가 물론 당사자로서 적극적인 역할을 해야 하는데, 탈북자들이 집단으로 입국하고 김일성 10주기 조문 참가 문제 등으로 북한과의 관계가 긴장되어 있어 쉽게 대화하기는 어려운 입장이지 않은가 생각됩니다. 결국 6자회담에 참가하는 나라들이 비공식적으로라도 대화를 주고받으면서 모멘텀을 끊지 말아야 합니다. 미국 대선이 끝나고 나면 누가 당선되든 한반도 문제는 급속히 발전되어나갈 것으로 생각합니다. 그런 준비를 하는 게 좋지 않은가 생각합니다.

김지영 6자회담 관련국들에게 당부하고 싶은 게 있으시다면 어떤 것들이 있겠습니까?

김대중 6자회담이라고 하지만 핵심은 북미 관계입니다. 왜냐하면 6자회담에서 논의된 것이, 북한은 핵을 포기하고, 미국은 북한의 안전을 보장하고 경제적 제재를 해제하는 게 핵심이기 때문입니다. 따라서 6자회담에서 미국과 북한은 이런 점에서 태도를 아주 분명히 해야 한다고 봅니다.

미국은 북한이 핵을 완전 포기할 경우 북한을 위해 어떻게 하겠다는 걸 손에 쥐어주듯 분명히 밝혀야 합니다. 상호 불신이 있기 때문에 그렇게 해야 됩니다. 또 북한은 미국이 많이 속았다고 생각하니까 이번만큼은 틀림없다는 걸 보여줘야 합니다. 거기에 중국 등이 큰 역할을 하는데, 우리도 응분의 역할을 하면서 6자회담 관련국들과 협의해서 미국과 북한이 매듭을 풀도록 노력하는 것이 필요합니다.

김지영 이런 분위기 속에서 북한 인권 문제에 대해 우리 정부가 기존처럼 조용한 외교로 처리하는 게 맞다고 보십니까?

김대중 북한인권법은 입법한 분들이 설명한 대로 북한 인권을 개선하고 탈북자를 도와준다는 데 목적을 두고 있습니다. 그런 효과를 위해 북한에 압력도 가하고 탈북자 안전 관리도 하는 성과는 있을 거라고 생각합니다. 그러나 양면성이 있습니다. 플러스 요인이 있는 동시에 상당히 마이너스 요인도 있습니다.

첫째, 북한이 이 법에 많은 충격을 받을 것입니다. 북한은 단순히 탈북자 문제가 아니라 북한 제제를 진복할 의도로고 생각하고 있기 때문에 그런 구실을 주지 않기 위해 탈북자들을 철저히 막을 겁니다. 그전에는 식량 가지러 간다고 하면 눈감아줬지만 이제는 탈북하기도 쉽지 않을 것입니다.

둘째는, 그렇게 되면 만주나 몽골을 떠도는 약 10만 명의 기(旣)탈북자들이 주대상이 되는데, 거기에 NGO 등이 관련해 요즘 말하는 '기획입국자'들이 우리나라로 대량 입국할 가능성이 있습니다. 그리고 중국에 있는 사람들을 이동시키고, 일시적으로 수용하는 과정에서 미국과 중국 사이에 마찰이 일어날 가능성도 있다고 생각합니다. 또 그런 사람들을 대량으로 받아들이면 북한은 우리가 미국과 짜고 실질적으로 납치해 데려간다며 남북 관계를 경색시킬 가능성이 있습니다.

북한 인권 문제를 본질적으로 생각하면 이렇습니다. 한국이나 미국, 일본에서의 인권이라면 주로 정치적·사회적 자유를 말하는데 북한에는 그에 앞선 원초적인 인권이 있습니다. 굶어죽게 된 사람들한테는 밥 먹는 게 인권입니다. 그런 인권에 최고로 기여하는 게 우리나라입니다. 매년 비료 20만 톤, 식량 40만 톤을 지원하고 있습니다. 북한 사람들의 또 하나의 원초적 인권은 질병으로부터 생명을 유지하는 것입니다. 말라리아나 폐병이 북한에 참 많습니다. 약품이나 의료기기도 없고, 수술할 때 진통제도 맞지 않고 하는 현실에서 죽어가는 사람한테는 정부 비판할 자유보다 병 고치는 게 중요하다고 생각될 겁니다.

굶어죽는 사람한테는 정치적 자유보다 먹는 게 더 중요합니다. 북한의 인권이란 것은 사회적·정치적 인권보다 원초적 인권이 더 중요합니다. 북한을 탈출해 나온 사람들의 대부분은 식량을 구하러 나오는 것이지, 북한 독재에 반대해 나오는 게 아닙니다. 이런 문제를 볼 때 북한의 원초적 인권을 가장 많이 도와주고 있는 나라가 한국입니다. 한국 정부가 그동안 한 일이 재평가되어야 하지 않는가 생각합니다.

김지영 되돌아보시면 햇볕정책의 성과를 어떻게 평가하십니까? 또 이러한 상황에서 햇볕정책이 앞으로 어떻게 적용되는 게 좋다고 보시는지요?

김대중 햇볕정책은 한마디로 많은 성과를 올렸다고 볼 수 있고, 세계뿐 아니라 우리 국민들로부터도 지지를 받았습니다. 앞으로도 이어져나가야 합니다. 첫째로 긴장이 크게 완화되었습니다. 그전엔 판문점에서 총한 발만 터져도 혼란이 있었지만 이제는 그런 일이 없어졌습니다. 또 남북 간 적개심이 크게 사라지고 화해 협력의 기운이 일어났습니다. 한국에서 가장 반공의식이 강한 부산이나 대구에 북한 사람들이 왔을 때 그들을 대우해주지 않았습니까? 즉 공산주의에는 반대하지만 북한 사람들을 같은 동포로 인식하게 된 것이지요.

구체적으로 말하면 햇볕정책은 근 60년 동안 서로 얼굴 못 보던 친척들, 이산가족들을 상봉하게 했습니다. 국민의 정부 이전에는 상봉한 이산가족이 약 200명에 불과했지만 지금은 1만 명이 넘습니다. 금강산 관광을 갔다온 사람이 74만 명입니다. 남북 간 민간인 왕래도 남측 주민 7만 명이 북한을 다녀왔고, 북한에서도 4,000명이 남한을 왔다갔어요. 개성공단 건설은 남북 양측에 큰 이득을 가져옵니다. 어떤 연구소가 추계한 걸 보면, 앞으로 9년간 개성공단에서 우리가 1,000억 달러를, 북한은 90억 달러의 이득을 볼 거라고 합니다. 양쪽 다 윈-윈하는 것입니다.

또한 철도와 도로가 연결되고 있습니다. 남북한 철도가 연결되면 북한을 거쳐 중국 오지, 시베리아, 중앙아시아, 유럽, 영국 런던까지 가게됩니다. 일본과는 해저터널도 연결할 수 있습니다. 엄청난 문제인데 그게 이미 시작된 것입니다. 재임 중 만일 북미 관계만 좋았으면 훨씬 너많은 일을 했을 것입니다. 그럼에도 불구하고 대통령으로 있으면서 북한이 약속도 안 지키고 자꾸 말썽 부리고 하면 짜증날 때도 있었지만 인내심으로 참고 했습니다.

북한은 두 가지를 안 할 수가 없습니다. 하나는 미국과의 관계개선이고 또 하나는 우리와의 관계개선입니다. 우리 덕을 봐야 합니다. 북한이 자존심에 사로잡혀 있더라도 우리가 대범하게 받아들이고 성의 있게 대하면 그들의 태도가 달라질 겁니다. 내가 지난 6월 프랑스 OECD 회의에 가서 기조연설을 했는데, 시라크 대통령이 나한테 편지를 보내왔습니다. 그 편지에서 시라크 대통령은 "각하가 재임 중 과감하게 추진한 대북 화해정책을 프랑스는 높이 평가하며 지지한다는 것을 말씀드린다. 본인은 각하가 취한 길이 현명한 길이었음이 시간이 흐르면 자명해질 것으로 확신한다"고 썼습니다.

이번 5일 퍼그워시 반핵·반전 대회가 열리는데, 2001년 서울 회의에서 내가 햇볕정책을 지지하는 글을 발표한 적이 있습니다. 햇볕정책은 되돌릴 수 없을 정도로 이어지고 있습니다. 국민의 최소 60% 이상은 계속 지지하고 있습니다. 그동안 성과도 있었고, 그외 다른 대안도 없습니다. 다행히 노무현 정권이 햇볕정책을 계승한다고 발표했기 때문에 많은 성과를 기대합니다.

김지영 한반도 정세가 예민하다 보니 남북정상회담 애기가 나오고 있습니다. 현 정부는 북핵 문제의 가닥을 잡은 뒤에 정상회담을 추진한다는 입장인 것 같습니다. 선후(先後) 관계가 어떻게 되어야 한다고 보십니까?

김대중 그것은 정부 지도자가 판단할 문제입니다. 나는 북한 핵 문제 해결과 남북 간 대화, 정상회담, 이런 것이 병행될 수도 있다고 생각합니다. 실제 그전에 장관급 회담에서 북한이 논의도 안 하려고 하는 핵 문제를 끈질기게 따져 평화적 해결에 합의를 본 적이 있지 않습니까? 언제 하느냐 하는 건 정부가 정할 문제지만, 6자회담을 성공시키기 위해서도 남북정상회담은 할 수 있는 문제라고 생각합니다. 또 내 경험을 봐도 김정일 국방위원장과 무릎을 맞대고 앉아서 애기하는 것이 얼마나 유용한가를 뼈저리게 느꼈습니다. 노 대통령도 그런 기회를 가진다면 좋은 결실을 가져오리라 생각합니다.

김지영 개인 자격으로 김 위원장을 만날 의향은 없으신지요?

김대중 사람은 누구나 자기의 처지와 분수를 알고 처신해야 하는데, 같은 대통령이라도 현 대통령과 전 대통령의 차이는 굉장한 것입니다. 나는 일단 은퇴한 사람이고, 모든 것은 나랏일을 맡은 분들이 중심이 돼서 해야 합니다. 그렇더라도 측면에서 지원할 수 있는 일은 해야죠. 그렇기 때문에 내가 지난번 파리에 갔을 때도 정부 입장을 지원했고, 국내에서도 여러 가지 연설할 때 그런 일을 많이 얘기하고 있습니다. 그러나 지금 내가 북한에 가는 건 아직 때가 성숙되지 않았다고 생각합니다. 그래서 가더라도 어디까지나 나는 지원하는 입장에서, 눈에 안 띄게 조용히 해야 한다고 생각합니다.

김지영 역시 중요한 것이 한미 관계입니다. 전통적인 한미 동맹 관계를 유지하면서 남북 관계도 병행 발전시키기 위한 우리의 자세나 노력은 어떤 게 있습니까?

김대중 한미 동맹은 한반도 평화와 전쟁 억제를 위한 것입니다. 미군은 동북아 전체의 평화와 안정을 위해 있는 것입니다. 이 같은 동북아 평화도 우리가 바라는 것입니다. 북한도 남북정상회담에서 모든 것의 평화적 해결을 원한다고 했습니다. 실제 북한은 지금 전쟁할 능력도, 전쟁할 의사도 없다고 생각합니다. 북한은 지금 일종의 강박관념에 사로잡혀 있습니다. 즉 미국이 자신들의 정권을 전복시킬 거라는 생각을 갖고 있는 거죠. 일구월심 북한이 바라는 것은 미국으로부터 그렇지 않다는 보장을 받는 것이고, 그런 일을 우리가 해주길 바라고 있습니다.

내가 김정일 위원장을 만났을 때 대놓고 얘기했습니다. "당신네가 필요한 게 두 가지다. 하나는 당신네 안전 보장이고, 하나는 경제 해결이다. 그런데 그걸 해줄 나라는 세계에서 미국밖에 없다. 그러니 미국과 관계를 개선해라. 국가 이익을 위해선 좋고 싫은 게 문제가 아니라 무엇이 필요한가가 문제다. 당신이 그렇게 한다면 서울에 돌아가서 클린턴 미국 대통령과 전화해 입장을 전하겠다"라고 말했습니다.

그리고 서울에 돌아와서 클린턴 전 대통령에게 전화했습니다. 클린턴 대통령이 아주 좋아하면서 북한과 자기들이 직접 연락하겠다고 하더군요. 결국 조명록 차수가 미국에서 클린턴을 만났고, 올브라이트 당시 국무장관이 북한에 가서 김정일 위원장을 만났습니다. 당초엔 클린턴이 북한에 가서 만나려고 했는데, 클린턴 대통령이 중동평화회담 하려고 이스라엘과 아라파트를 미국에 불러놓고 시간을 끌다 북한에 못 갔지요.

그래서 클린턴 대통령은 김정일 위원장한테 편지를 썼습니다. "내가 이러저러한 사정으로 북한을 못 가니 당신이 미국에 와달라"고요. 그런데 김정일 위원장이 거절했어요. 난 북한이 그걸 거절한 것은 천재일우의 기회를 놓친 것이라고 생각합니다. 그때 김정일 위원장이 미국에 갔으면 합의가 됐고, 자기에게도 큰 이득이 되었을 것입니다. 그런 내용을 클린턴 대통령이 나에게 편지를 통해 설명해주었습니다. 앞으로도 북미 간 해결이 잘 되어야 한다고 생각합니다.

김지영 남북 대화가 3개월 이상 교착상태입니다. 이 시점에서 대화 재개를 위한 어떤 묘책이 없을까요?

김대중 결국 대화로 해결될 것으로 봅니다. 그런데 북한이 상당히 충격을 받았습니다. 허나 지금도 개성공단은 예정대로 진행되고 있습니다. 금강산 관광도 잘되게 해야죠. 조금 냉각기를 두고 지켜봐야 합니다. 결국은 모든 것이 잘되겠지만, 북한의 입장에서는 미국에서 인권법이 통과되었으니 부정적 변수가 나타난 게 아닌가 생각할 겁니다.

김지영 주한 미군 감축 문제가 논의되고 있는데요, 주한 미군 감축 시대는 어떤 식으로 전개되는 게 바람직하다고 보십니까?

김대중 기본적으로 전략이 바뀐 시대가 아닙니까? 육군을 감군하고 해·공군을 증강한다는 미국 입장이 이해가 안 되는 건 아닙니다. 문제는 그런 정책을 세울 때부터 우리와 합의해야 한다는 것입니다. 그래야 우리도 뭐가 어떻게 돌아가는지를 알고 대비책을 세울 거 아닙니까? 그런데 일방적으로 결정해놓고 '이러니까 그렇게 하라'는 식으로 하고, 또 협의라는 것도 사실상 통과의례로 한다면 그건 수평적 동맹 관계가 아니고 효과적인 방법도 아닙니다.

또 하나는 6·25 때 미군이 많이 희생한 건 우리가 다 아는 일이고, 그 때문에 미국 사람들은 한국에 은혜를 베풀었다고 생각하고, 한국에서 반미 움직임이 조금만 생겨도 배은망덕이라며 화를 내는 사람들도 있어요. 그건 사실입니다. 하지만 또 다른 사실도 있어요. 한국에서 전쟁이 일어난 원인이 어디에 있습니까? 한반도 분단입니다. 그건 누가 했습니까? 미국과 소련이 했습니다. 그 사람들이 둘로 안 갈라놓았으면 전쟁이 일어날 일이 없었습니다.

그보다 더 직접적인 문제가 있습니다. 만약 1949년 미군이 철수할 때 북한과 소련에 대해 '만일 그쪽이 군사적 침략을 한다면 다시 오겠다'고 얘기했다면 전쟁은 일어나지 않았을 것입니다. KGB 비밀문서가 해제되어 책으로 나온 걸 보면, 스탈린은 김일성이 남침하려는 걸 굉장히 말렸다고 합니다. 잘못하면 미군이 다시 온다는 것이죠. 그후 한 1년 가까이 지나 김일성은 모스크바에 가서 스탈린에게 절대 미군은 안 온다며 직접 설득했습니다. 왜냐하면 미국이 그때, 한국은 미국 방위선 밖이라는 '애치슨 라인'을 선포했기 때문입니다. 그것은 어떻게 보면 북한더러 '먹으려면 먹으라'는 식의 결과를 가져온 것입니다. 우리로서는 미국이 악의로 그랬다고 생각하진 않지만, 어쨌든 원망스러운 것은 사실입니다.

지금도 그렇습니다. 미군이 '우리가 이렇게 군대를 축소하면 북한도 거기에 상응하는 태도를 취하라'는 요구를 한다든지, '군사 감축을 보고 오판한다면 절대 용납하지 않겠다'든지, 그렇게 오금을 박는 얘기를 해야 합니다. 그런데 사전에 충분한 협의도 안 한 것 같고, 북한에 대한 경고도 없이 그냥 옮겨간다는 것은, 북한이 오판하리라 보진 않지만, 우리 국민이 볼 때는 불안한 게 아닌가 생각합니다.

김지영 세계적으로 이념 대결이 끝났지만 우리 사회 내부에서는 예민한 문제가 도출될 때마다 분열하거나 이념 대결을 하고 있습니다. 일각에선 아직도 공산주의의 위협이 우리 사회에 상존하고 있다고 말하는데요.

김대중 부시 대통령과 2002년 2월 정상회담을 했습니다. 그런데 정상회담을 앞두고 한 달 전인 1월에 부시 대통령이 이라크·이란·북한을 '악의 축'이라고 선포했습니다. 난 그분이 오면 강경책을 주장할 것으로 보고 어떻게 설득할까 보름간 잠도 제대로 못 자면서 여러 가지 궁리를 했습니다. 부시 대통령과 45분간 단독회담이 예정되어 있었는데 대화가 잘 맞아 다시 45분을 연장했습니다. 장관 회의를 취소한 것이지요. 그때 부시 대통령한테 말했습니다.

"북한을 악의 축이라고 했는데 한국 사람치고 공산주의 좋아하는 사람이 있느냐. 전 사회가 감옥 같은 나라를 누가 좋아하겠는가. 그러나 우린 같은 민족이다. 우리는 통일할 사람들이기 때문에 가능하면 대화해야 한다. 또 200만이 넘는 군대가 대치하는데 전쟁을 막기 위해선 대화를 해야 하지 않나. 대화라는 건 맞는 사람끼리만 하는 게 아니다. 서로 안 맞는 사람, 심지어 증오하고 싫어하는 사람과도 대화한다.

당신들이 존경하는 레이건 전 대통령이 소련을 '악마의 제국'이라고 했다. 그렇게 해놓고도 소련하고 대화했다. 소련이 망했는데, 그 경위를 보면 미국이 추진하던 냉전 정책으로는 통하지 않았다. 미국이 냉전을 완화하고, 소련과 안보 협력 조약을 만들어 경제적·문화적 개방을 유도하고, 동유럽 국경도 보장하고, 이렇게 해서 화해 협력의 길로 갈 때 공산당은 초고속으로 망했다.

중국 마오쩌둥이 그렇게 반미를 철저히 했지만 닉슨은 중국에 찾아갔다. 국교도 없는 나라에 세계 초강국이 찾아간 것이다. 그래서 중국에 대한 안전을 보장하고 유엔 가입과 국교 정상화를 약속해 중국이 변하기 시작했고, 뒤이어 덩샤오핑이 등장해서 개혁·개방을 했다. 지금 중국에 사람들이 여행 가는 것은 물론이고 수백억, 수천억 원씩 투자하지 않느냐. 미국이 쿠바를 50년간 봉쇄했는데, 바로 눈앞에 있는 조그마한 섬 하나를 50년 봉쇄하고도 못 이기고 있다.

공산주의는 철저히 봉쇄하면 봉쇄된 속에서 국민을 옴짝달싹 못 하게 조여대고 억압하면서 자기들이 그렇게 고통받는 건 전부 미제국주의 때문이라고 말한다. 자기들이 못사는 책임은 정부에 있는 게 아니라 미국에 있다는 식으로 설득한다. 아무것도 모른 채 정부의 얘기를 50년씩 들으면 완전히 세뇌되어 무슨 소릴 해도 믿는다. 이런 걸 볼 때, 분명한 건 공산주의 같은 독재체제는 봉쇄하면 더 강해지고 풀어주도록 유도하면 약해진다는 사실이다. 이 점을 알아야 한다.”

이렇게 이야기했습니다.

김지영 북한은 한 손에는 핵 개발을, 한 손에는 경제를 쥐고 벼랑 끝 전술을 펴고 있는데, 북한의 의도가 무엇이라고 보십니까?

김대중 내가 볼 때 핵은 수단이고 목적은 미국과의 관계개선입니다. 미국 핵 앞에서 북한 핵은 장난감도 아닙니다. 북한이 미국과 싸워 이길 수 있겠습니까? 북한 주민의 굶주림을 해결하는 데 무슨 도움이 되겠습니까? 결국 북한의 목적은 사는 거예요. 살기 위해서, '나 죽이면 너 죽고 나 죽는다'는 식으로 얘기하는 것이지요. 또 핵이 쉽게 만들어지는 것도 아니고요. 핵탄두를 만들더라도 미사일에 장착해 쏘는 데에는 상당한 기술이 필요하고, 그건 감시하고 있기 때문에 속이고는 못 합니다.

내가 김정일 위원장을 만났을 때도 얘기했습니다. "당신들이 핵무기 같은 대량 살상 무기를 개발한다는 말이 있는데, 절대 안 된다. 미국의 감정을 조장하고 남한도 절대 지지할 수 없다"고 했지요. 그때 미사일 문제가 중요했는데, 미국과의 대화를 통해 대포동미사일 발사를 유예하고, 미사일을 포기하는 방향으로 합의가 된 것입니다. 그렇게 하다가 미국에서 정권이 교체되어 진전이 안 되고 있는 것이고요. 북한은 핵을 만들어봤자 미국 핵 앞에선 맥을 쓰지 못할 뿐 아니라, 핵 갖고는 북한이 필요로 하는 주민 먹여 살리는 일을 할 수가 없습니다.

북한은 어떻게 하든지 미국과 관계를 개선하는 게 자신들의 철두철미한 정책이고 소원이라고 생각합니다. 우리는 상대방의 입장에서도 생각해봐야 합니다. 북한처럼 전 세계로부터 고립되고 백성을 먹여 살릴 수도 없고 전기가 없어 암흑세계인 나라, 철도는 거북이 기어가듯 하는 나라, 이런 나라가 날로 정보화되고 첨단 기술이 발전하는 세계 속에서 얼마나 좌절하겠습니까? 그런데다 세계 최강국인 미국이 으르렁거린다고 생각하니까 굉장히 두려운 겁니다. 당연한 것 아닙니까? 그렇다고 해서 북한이 핵을 갖고 정책을 펴는 건 잘못이라고 생각합니다. 어떤 일이 있더라도 핵은 없어져야 합니다.

김지영 조금 다른 얘기입니다만, 지정학적으로 보면 동북아의 중심 국가가 되는 것이 참으로 중요한데 정부나 민간에서 어떤 자세로 대비해야 한다고 보십니까?

김대중 앞으로 우리가 발전하려면 태평양과 대서양을 연결하는 유라시아 대륙을 관통하는 물류의 거점이 되어야 합니다. 물류가 일어나면 생산이 일어나고 금융·보험·관광 등 모든 게 해결됩니다. 문자 그대로 21세기 동북아 물류의 중심이 되고, 국부는 굉장히 증대되는 세계적인 부국이 된다고 생각합니다.

1820년경 세계 총생산 가운데 중국이 27%, 인도가 14%를 차지했습니다. 그때 영국은 산업혁명 직후라 제대로 발전이 안 되어 겨우 5%, 미국은 1.5%를 차지했습니다. 그후 순식간에 영국과 미국이 발전하고, 중국은 청나라 말기에 비참한 상태로 떨어졌습니다. 핀란드, 아일랜드 등 엊그제까지 빈국이던 나라들이 정보화를 추진해 급격히 경제가 발전했습니다. 우리에게 일본과 중국은 큰 시장이 되기도 하지만 동시에 무서운 경쟁자이기도 합니다.

그러나 우리나라엔 다른 나라가 침범하기 어려운 두 가지 발전 조건이 있습니다. 하나는 문화 분야에서 우리 한국인이 갖고 있는 탁월한 창의력입니다. 영화를 봐도 알 수 있습니다. 중국에선 하루 저녁에 1억 명이 한국 드라마를 본다고 합니다. 이집트에선 〈겨울연가〉를 집중적으로 시청하고 있어요. 이처럼 문화 분야에서 만화나 애니메이션 등이 큰 시장을 갖고 있고, 조선이나 자동차 못지않게 큰 성공이 가능하다고 봅니다.

한국은 문화적 소비에서도 재창조력이 있습니다. 중국에서 불교를 받아들여 해동불교를 만들었고, 유교를 받아 조선유교를 창조했습니다. 피를 흘리며 민주주의를 이루었기 때문에 문화적 창의력이 아주 강합니다. 얼마나 많은 사람이 죽고 감옥에 갔습니까? 얼마나 많은 사람들이 민주주의를 실천했습니까? 그런 나라이므로 충분한 가능성이 있다고 봅니다.

또 하나는 유라시아를 연결하는 철도와 도로입니다. 우리나라를 반도국가라 하는데, 우리는 반도가 아닙니다. 대륙으로 가야 반도인데 못 가지 않습니까? 비륙비도(非陸非島), 육지도 아니고 섬도 아닙니다. 우리는 북한을 거쳐 대륙으로 진출해야 합니다. 몽골은 없는 자원이 없는 나라입니다. 중앙아시아에 가면 석유가스 사업에 진출할 수 있습니다. 중국 오지까지 시장 개척이 가능합니다. 동유럽, 서유럽, 파리, 런던까지 갈 수 있습니다.

철의 실크로드를 우리가 열어야 합니다. 한국발 제2의 실크로드를 만들어야 합니다. 일본과는 해저터널을 뚫어야 합니다. 고이즈미 일본 총리와 얘기하니까 해저터널 만들겠다고 했습니다. 푸틴 러시아 대통령이 내 재임 중 왔을 때 주요 의제가 철도 연결이었어요. 이건 굉장히 유망한 가치가 있습니다. 길을 열지 못하면 수십억 인구의 방대한 시장에 진출할 수 없습니다. 그러려면 북한과 관계가 좋아야 합니다.

남북정상회담이 끝나고 서울 공항에 와서 그런 말을 했습니다. 남북 관계는 단순한 남북 관계가 아닙니다. 개성공단 하나만 해도 한국 경제에 1,000억 달러의 이득을 9년간 제공할 것입니다. 남한에는 사람이 너무 많습니다. 집은 전부 아파트투성이입니다. 남한 사람들은 북한으로, 중앙아시아로 진출해야 합니다. 그러면 그만큼 우리의 힘이 뻗어나가게 됩니다.

남한에는 400조 원이 넘는 돈이 민간에 있는데, 마땅한 투자처가 없어 부동산에 투자하다가 못 하게 막으니까 미국 LA에 집 사고, 중국이나 동남아 가서 펑펑 쓰고 있는 것입니다. 우리의 돈과 사람을 내보낼, 배출할 장소가 필요한데 그 1차 대상이 북한입니다. 그건 북한에도 도움이 되는 것이고요.

김지영 미국 대선에 출마한 케리 후보는 최근 TV 토론회에서 북한 문제를 양자 회담으로 풀어보겠다고 했는데요.

김대중 나는 항상 미국이 북한 핵에 대해 저렇게 걱정을 한다면 빨리 대화를 해야지, 시간만 보내면 북한이 더 발전시킬 게 아니냐는 걱정을 합니다. 이건 내가 부시 대통령한테도 얘기한 것입니다. 줄 건 주고 받을 건 받아야 합니다. 그런데 줄 건 안 주고 받을 것만 얘기하면 되겠습니까? 그런데 미국은 북한을 못 믿어서 그런다 하고, 북한은 또 미국을 못 믿어 못 준다고 합니다. 그러니까 서로 불신하면 동시에 같이 해야 합니다. 병행해서 조금씩 실천하면 신뢰가 생깁니다. 북한과 우리도 처음에 비해 조금씩 신뢰가 생기지 않았습니까?

김지영 잘사는 사람들은 더 부유해지고 못사는 사람들은 더 어려워지는 경제 양극화 현상이 심해졌습니다. 경제 주체들에게 한 말씀 부탁드립니다.

김대중 인류가 지구상에 나타난 이후 다섯 번의 혁명이 있었습니다. 인간 종(種) 탄생이 첫번째 혁명입니다. 1만 년 전 농업혁명이 두번째이고, 5,000년 전 도시국가가 중국·인도·메소포타미아·이집트에서 형성된 것이 세번째입니다. 네번째로는 2,500년 전 중국의 공자·노자 등과 같은 제자백가, 인도의 부처, 이스라엘의 예언자, 그리스의 소크라테스 같은 철학자 등이 사상혁명을 일으켜 우리가 지금까지 그 사상을 유산으로 살고 있습니다. 다섯번째는 18세기 후반에 있었던 산업혁명입니다.

그런 과정에서 우리는 한번도 주역이 된 적이 없습니다. 농업 경제 때는 농토도 좁고 관개시설도 나빠 주역이 못 되고, 산업혁명 때는 경제 3대 요소인 자본·노동·토지가 부족해서 안 됐습니다. 이제 제6의 혁명, 지식정보혁명 시대에 들어섰는데, 지금이야말로 우리가 때를 만난 거라고 봅니다.

세계에서 우리는 가장 높은 교육 수준을 가진 나라 중 하나이고, 문화적 전통도 재창조력이 강합니다. 21세기 경제 발전의 요소는 우수한 지적 창의력을 가진 사람, 다시 말해 인재입니다. 그런 인재를 많이 가지면 순식간에 성공합니다. 미국의 빌 게이츠는 당대 세계 최고의 부자가 됐습니다. 우리나라에도 정보화 등 기타 첨단 기술 개발에 성공해 이름도 모르는 사람들이 많은 돈을 벌고 있습니다. 아일랜드는 과거 유럽에서 가장 가난한 나라였지만, 지금 가장 부자 국가로 성장했습니다. 이런 시대에 우리 한국인들은 세계가 놀랄 만큼 급격한 정보화를 이뤄 냈습니다.

최근 외국 경제지의 보도를 봐도 한국은 디지털 최강국이라고 말합니다. 초고속통신망이 한국에선 75% 보급됐는데, 미국에선 20% 정도 보급됐습니다. 몇 가지 분야에서는 우리도 세계 1위가 가능합니다. 나는 정보화를 굉장히 강력하게 추진했는데, 걱정스러운 건 정보화란 부를 대량생산하지만 그것이 편재될 수 있다는 점입니다. 그걸 막기 위해 정보화 기술을 보급했던 것입니다. 초·중·고 전 교실마다 정보화 체계를 연결시켰고, 농촌 도시 할 것 없이 노인·군인·재소자·장애인들에게 정보화 교육을 시켜 세계에서 가장 앞선 나라가 됐습니다.

『제3의 물결』을 쓴 앨빈 토플러 박사가 청와대 본관에 왔을 때 내가 '정보화는 되는데 격차가 커진다' 고 걱정을 했더니 그분 얘기가, "산업사회에선 빈부 격차를 해소할 수 없었다. 가난한 사람들이 어떻게 자본금을 만들어 큰 공장을 세울 수가 있겠느냐? 또 부자가 아무리 많아져도 가난한 사람들은 노동해서 임금이나 받아먹게 돼 있다. 그런데 정보화 시대에는 아무리 가난해도 컴퓨터 잘 조작해 우수한 아이디어를 내면 순식간에 부자가 되고 직장도 얻을 수 있다"고 말했습니다.

피터 드러커는 미래는 지식 기반 경제의 시대로, 의사나 변호사, 기자 같은 사람들 외에 그 밑에서 보조하는 사람들도 전부 지적인 능력을 가진 지식노동자라고 말했습니다. 세태는 육체노동자 시대에서 지식노동자 시대로 변해가고 있습니다. 그런 것을 볼 때 우리나라같이 지적 수준이 높은 나라는 굉장히 가능성이 많습니다. 이런 것을 감안해 정책을 펼쳐나가면 빈부 문제 해결에도 많은 도움이 될 것입니다.

김지영 기업 투자를 유도하려면 무엇부터 해야 한다고 보십니까?

김대중 내가 대통령 당선된 뒤 취임 때까지 두어 달 쉬려고 했었는데, 당선 다음날부터 실질적인 대통령 역할을 하게 되었습니다. 그래서 취임 2개월 전인 1월 초에 경제계 지도자, 재벌 총수들을 초청했습니다. 그리고 나는 과거를 말하지 않겠다고 하면서 다음과 같이 두 가지를 다짐했습니다.

"여러분들은 선거자금 문제 등을 걱정하겠지만 걱정할 거 없다. 이젠 권력이 돈을 요구하고, 권력에게 이권을 받고, 정부의 특혜를 받아 돈 버는 일은 꿈에도 없을 것이다. 두번째는, 이젠 국내건 국외건 세계에서 가장 좋고 가장 싼 물건을 만들어 팔아야 한다. 무한 경쟁 시대다. 당신들이 경쟁에 이겨서 돈 벌고 세금 많이 내라. 그게 애국자다. 경쟁은 국내에선 외국 투자자와 하고, 해외에선 외국 시장하고 하는 것이다. 그런 경쟁을 하지 않으면 안 된다."

내가 대통령이 된 후 30개 재벌 중 16개가 문을 닫거나 주인이 바뀌었습니다. 그리고 금융기관 2,000여 곳 중에 600곳이 문을 닫았습니다.

그렇게 해서 우리 기업들이 세계적 경쟁력을 가진 기업이 되고, 튼튼하고 건강한 금융기관이 됐습니다. 그렇게 하면서 정부가 말한 것에 대해선 책임을 졌습니다. 그리고 여러 가지 규제를 완화했습니다. 그 결과, 기업들이 큰 능력을 발휘해 그만큼 세계로부터 경제 모범 국가라는 평가를 받았습니다.

또 하나, 2001년 불경기가 찾아와 수출도 안 되고 국내 경기가 나빴는데, 그때 국민들한테 호소했어요. 과거에는 금전 저축이 미덕이라고 했는데, 이렇게 어려울 때는 돈 있는 사람들이 물건 사주고 가난한 사람들이 노동도 하고 장사해서 돈이 돌게 해야 한다고 호소했습니다. 그 말이 통했어요. 노벨평화상을 받은 시카고대학교의 루카스 교수는 "경제의 요체는 희망이다, 기대다"라고 했습니다. 잘된다는 기대감을 기업과 국민, 노동자에게 심어줘야 합니다. 그래야 기업은 투자를 하고 국민은 물건을 사고 노동자는 신나게 일하게 되는 것입니다.

김지영 국내 현안에 대해서는 되도록 말씀을 하지 않고 계신데요, 보편적 문제이기도 하고 인권의 문제이기도 한 국가보안법, 사형제, 호주제 폐지 등 사회 변혁의 중요한 현안에 대해 어떤 견해를 갖고 계십니까?

김대중 모든 정책은 당위성과 함께 그것이 시간적으로 가능한가, 또 어떤 방법을 취해야 하는가를 구별해야 합니다. 지금 모든 일에 당위성은 있는데, 정치의 중요한 요체는 국민과 같이 가야 한다는 것입니다. 국민의 손을 잡고 반 걸음 앞으로 가야 합니다. 국민과 같이 나란히 서도 발전이 안 되고, 손 놓고 혼자 한발 두발 앞으로 나가도 국민과 유리되어서 안 됩니다. 국민이 옳은 일인데도 안 따라오면 서서 기다리고 설득해야 해요. 그렇게 해서 국민이 따라오게 해야 합니다. 국민은 옳은 것임을 알면 따라옵니다. 그러한 때와 방법이 아주 중요하지 않나 생각합니다.

김지영 가치가 혼란스러운 요즘 같은 상황에서 지도자의 리더십이 매우 중요한 것 같습니다. 리더십의 필수 요건은 어떤 것이라고 보십니까?

김대중 어느 나라나 어떤 조직이든 잘되려면 두 가지가 구비되어야 합니다. 하나는 구성원이에요. 나라는 국민, 회사면 사원이지요. 구성원들이 상당한 수준의 판단력을 갖고, 옳은 것은 옳고 그른 건 그르다는 걸 판단해야 합니다. 난 우리 국민은 외환 극복 경험이 있어 그런 소질이 있다고 생각합니다. 또 하나는 리더가 미래를 내다보는 비전과, 현실을 적절하게 처리하는 실사구시하는 능력이 있어야 합니다. 이 둘이 맞아떨어질 때 모든 것이 성공할 수 있습니다. 그런 것이 중요하지 않은가 생각합니다.

김지영 재임 기간 중 아쉬운 점이 있으시다면…….

김대중 하나는 동서화합입니다. 제대로 하려고 나름대로 정성은 다했지만 거의 인정을 받지 못하고 성공하지 못했다는 점이 아쉽습니다. 또 중소기업을 육성하기 위해 자금을 지원하고, 매일 보고를 받다시피하고, 해외에 나가서도 보고를 받는 등 나름대로 노력을 했습니다. 그런데 그것이 큰 성공을 거두지 못했어요. 그리고 가난한 사람들을 위해 4대 보험을 개혁하고 기초생활보장법을 만들었는데, 빈곤 해결을 크게는 못한 것 같다는 생각입니다.

김지영 경제적 어려움을 겪고 있는 국민들에게 조언이나 위로의 말씀 부탁드립니다.

김대중 한국은 어떻게 보면 21세기에 때를 만난 겁니다. 산업혁명 이후의 영국·미국처럼 도약할 수 있습니다. 우리는 희망을 가져야 되고 구체적인 근거를 갖고 자신을 가져야 합니다. 전체적으로는 지도자와 국민이 힘을 합쳐서 열심히 하면 성공할 수 있을 것입니다. 둘째, 여야 정치 지도자들이 특히 외교 문제, 민족 문제에 대해서는 어떻게 해서든 합의를 봐서 진행해야 합니다. 남한에서 누가 공산주의 하자는 사람이 있습니까? 그러니 합의 보지 못할 일이 없어요. 적어도 민족 문제에 관해서만큼은 흔쾌히 협력했으면 합니다. 그리고 국내 정치에서는 서로 경쟁하는, 구분된 태도를 취해줬으면 좋겠습니다.

지금은 과거의 영토국가나 민족국가처럼 장벽 쌓고 우리끼리 살 수가 없어요. 외국 물품을 관세로 막고 국내 물품을 보조금으로 육성하는 일이 불가능한 시대입니다. 지금은 세계와 경쟁하는 시대예요. 제한없는 경쟁 시대이기 때문에 세계 경제 중 어느 것이 우리에게 적합하고 경쟁력 있는 것인지 빨리 선택하고, 경쟁력이 있는 곳에 집중해야 합니다. 거기엔 자본가와 노동자가 함께 협력해야 합니다. 기업은 투명한 경영을 하고 공정하게 이익을 분배하고, 노동자는 생산력 향상을 위해 경쟁하는 체제가 되어야 합니다.

김대중 대통령을 말한다

첫 방울은 가장 용기 있는 방울*

노르웨이 노벨위원회는 2000년 노벨평화상을 김대중 대통령에게 수여하기로 했습니다. 김 대통령은 민주주의와 인권을 위해 기울인 노력, 특히 북한과의 평화와 화해를 위한 노력으로 이 상을 받게 되었습니다. 오늘 이 자리에 수상자를 모셨습니다.

이제 갓 시작된 화해의 과정에 대해 상을 수여하는 것이 시기상조가 아니냐는 의문이 제기되었지만, 김 대통령은 인권을 위한 그동안의 노력만으로도 수상 후보로서 자격이 충분합니다. 여기에 대북 화해를 위한 김 대통령의 다짐 및 이행과 특히 지난 1년 동안의 업적도 중요한 몫을 더하고 있습니다.

---

* 2000년 12월 10일, 노벨평화상 시상식에서 김대중 대통령의 노벨평화상 수상 이유를 밝힌 노르웨이 노벨위원회 군나르 베르게(Gunnar Berge) 위원장의 축하 연설.

세계 평화를 위한 노력이 위협받는 것에도 대비를 해야겠지만, 노벨위원회는 '해보려는 시도가 없다면 얻는 것도 없다'는 원칙에 충실하고 있습니다. 노벨평화상은 현재까지의 진전에 대한 보상입니다. 하지만 지난 노벨평화상 수상 역사에서도 종종 나타났듯, 올해도 앞으로도 평화와 화해를 위한 노력의 길을 계속해서 가라는 격려 차원에서 이 상을 수여하는 것입니다.

이는 많은 부분, 용기에 달려 있습니다. 김 대통령은 50년 동안의 뿌리 깊은 적대감을 깨고 세계에서 가장 삼엄한 감시 속에 살아가는 국가에게 협력의 손길을 뻗었습니다. 김 대통령의 개인적, 정치적 용기는 안타깝게도 다른 분쟁 지역에서는 흔히 볼 수 없는 것입니다. 평화 활동은 일반적으로 인생에서 가장 높은 산을 정복하려는 것과 같습니다. 첫걸음이 가장 어려운 것입니다. 그러나 거의 정상에 도달했을 때는 많은 사람들과 영광을 함께할 수 있습니다. 노르웨이의 시인 군나르 롤드크밤은 그의 시 「마지막 한 방울」에서 이를 잘 표현하고 있습니다.

옛날 옛적에
물 두 방울이 있었네
하나는 첫 방울이고
다른 것은 마지막 방울

첫 방울은
가장 용기 있는 방울

나는 마지막 방울이

되는 것을 생각했네

만사를 뛰어넘어

우리가 우리의 자유를 되찾는

그 방울이라네

그렇다면

누가

첫 방울이기를 바라겠는가?

김대중 대통령은 오늘날 민주국가인 한국의 대통령입니다. 하지만 대통령이 되기까지의 길은 너무나도 길었습니다. 수십 년 동안 독재정권에 대항해 승산도 없어 보이는 싸움을 했습니다. 도대체 어디서 그러한 용기가 나왔는지 질문을 할 수 있을 것입니다. 그의 대답은 이렇습니다.

"나의 모든 힘을 다해 독재정권에 대항한 것은 그것이 국민들을 지키고 민주주의를 발전시키는 유일한 방법이었기 때문이다. 나는 도둑이 든 집의 주인 같은 느낌이었다. 나의 안전은 생각지도 못한 채 내 가족과 내 재산을 지키기 위해 맨손으로 도둑과 싸워야 했다."

1950년대 김 대통령이 국회의원 선거에 출마했을 때, 정부는 다른 야당 의원이 당선되지 못하도록 경찰 병력을 투입했습니다. 그래서 1961년이 되어서야 김 대통령은 국회의원으로 당선될 수 있었습니다. 하지만 이도 오래가지 못했습니다. 당선 3일 뒤 군사쿠데타가 일어나 국회가 강제 해산되었기 때문입니다. 김 대통령은 그렇다고 해서 포기하지 않았습니다. 10년 동안의 끊임없는 정치적 분투 끝에 1963년 그는 야당 대표로 국회에 가게 되었습니다. 그 당시 여당은 그를 매수하려 했지만 김 대통령에게는 전혀 통하지 않았습니다.

김 대통령은 1971년에 대선 후보로 출마해 독재정권의 상당한 투표 조작에도 불구하고 46%의 지지를 얻었습니다. 이로써 독재정권은 그를 심각한 위협으로 간주하게 됩니다. 그 결과 그는 수년을 감옥살이로, 가택 연금 상태로, 그리고 일본과 미국에서의 망명 생활로 보냈습니다. 또한 납치, 암살의 위협도 받았습니다. 이 모든 도전들을 건디면서 김 대통령은 정권에 대한 반대의 목소리를 높였습니다.

저는 노르웨이 의회 대표단의 한 사람으로서 1979년 한국을 방문했습니다. 그때 김 대통령의 지지자들과 만나게 되었습니다. 저는 그때 제가 북유럽 지역의 중요한 인사들과 그들 간의 연결 고리 역할을 할 수 있었던 점을 기쁘게 생각합니다.

열악한 환경의 옥중 생활 중에도 김 대통령은 삶의 의미를 찾았습니다. 꺾이지 않는 긍정적 사고를 가진 그는 옥중 생활의 '즐거움'에 대해 글을 썼습니다. 신학·정치·경제·역사·문학 등 동서양의 다양한 책을 읽는 즐거움, 가족들과의 짧은 면회 시간의 즐거움, 가까운 사람들에게서 편지를 받고 또 답장을 쓰는 즐거움, 그리고 마지막으로 하루에 한 시간씩 작은 정원에 피어 있는 꽃을 보는 즐거움 등이었습니다.

김 대통령의 이야기는 다른 노벨평화상 수상자들의 경험과도 유사점이 많습니다. 특히 넬슨 만델라, 안드레이 사하로프가 그렇습니다. 또한 노벨평화상을 수상하지는 않았지만 충분히 받아 마땅한 마하트마 간디와도 유사합니다. 외부인들에게 김 대통령의 불굴의 정신은 거의 초인적으로 보일 수 있을 것입니다. 하지만 이에 대해서도 김 대통령은 그렇지 않다고 설명합니다.

"많은 사람들은 내가 예닐곱 번이나 옥중 생활을 하고 생명의 위협을 받았기 때문에 내가 용기 있는 사람이라고 말한다. 하지만 사실 나는 소년시절과 마찬가지로 지금도 내성적이다. 내가 겪은 어려움들을 생각하면 감옥 생활이 나에게 별로 두렵지 않을 것 같지만, 옥살이를 할 때마다 두렵고 불안했다."

그러나 이런 사실이 그의 용기를 평가절하시키지는 않습니다.

김 대통령은 1987년과 1992년 두 차례 대통령 선거에 또 출마했습니다. 지역 감정이 심한 한국에서, 군사정권의 압박을 받지 않을 때에는 특정 지역 출신이라는 이유로 비판을 받았습니다. 힘든 싸움에 지친 그는 1992년 대선 이후 정계를 떠나겠다는 발표를 했습니다.

하지만 김 대통령은 1997년 새로운 기회를 맞았습니다. 정적들 간에 내부 분열이 일어나면서, 군사정권의 가장 큰 대항자가 대통령으로 당선된 것입니다. 이는 한국이 마침내 세계 민주 국가 대열에 서게 되었다는 확실한 증거였습니다.

새로 당선된 김대중 대통령에게 복수에 대한 생각들이 떠올랐을 것입니다. 하지만 넬슨 만델라가 그랬던 것처럼, 용서와 화해는 김 대통령의 정치 기반과 행동의 밑바탕이 되었습니다. 김대중 대통령은 대부분을 용서했습니다. 용서할 수 없는 것들도 용서했습니다.

한국에서 일어난 것은 민주주의 혁명이었습니다. 하지만 혁명 이후에도 옛 규범들이 계속 존재했습니다. 민주적 관점에서 보면 법체제, 보안법 등의 문제에서 한국은 아직 갈 길이 먼 상황입니다. 국제사면위원회에 따르면, 한국에는 아직 많은 장기수 정치범들이 감옥에 수감되어 있습니다. 또한 노동자들의 권익이 제대로 보호되지 못하고 있다는 주장도 있습니다. 저희는 거의 50년 동안 민주화를 이끌어온 김대중 대통령이 이 민주화 과정을 완성하리라는 것을 확신합니다.

현재 아시아에서는 인권 문제에 대한 중요한 논의가 벌어지고 있습니다. 혹자는 인권이라는 개념은 서양에서 온 것으로, 서양의 정치·문화적 지배를 위해 사용되는 도구라고 주장합니다. 하지만 김 대통령은 이러한 관점에 반대합니다. 또한 보편적인 인권과는 다른, 아시아만의 독특한 인권 개념이 있다는 것에도 반대합니다.

이와 같은 맥락에서 노르웨이 노벨위원회는 올해 수상자를 선정하면서, 김 대통령이 동아시아의 인권 신장을 위해 이룩한 성과를 높이 사게 되었습니다. 오늘 이 자리에 나오신 1996년 노벨평화상 수상자 라모스 호르타 씨도 말했듯이, 김대중 대통령은 동티모르를 위해서도 적극적으로 도움을 주었습니다. 몇 년 전까지만 해도 자국에서 야당 탄압에 이용되었던 한국의 군대를 동티모르의 인권 신장을 위해 국제사회에서 활동하도록 한 결정의 상징적 의미는 실로 큽니다.

김 대통령은 또한 1991년 노벨평화상 수상자인 아웅산 수지 여사의 미얀마 독재정권에 대한 용기 있는 대항을 적극적으로 지지했습니다. 오늘도 우리는 아웅산 수지 여사를 생각합니다. 그녀는 받아 마땅한 노벨평화상을 직접 수상하러 노르웨이에 오지 못하는 안타까운 상황에 있습니다. 불행히도 최근 미얀마 정부는 다시 아웅산 수지 여사에 대한 압박을 강화하고 있습니다.

김 대통령은 대통령 취임 후 한국에서 광범위한 개혁과 '햇볕정책'이라는, 북한과의 협력을 도모하는 정책을 추구했습니다. 햇볕정책이라는 단어는 『이솝 우화』에 나오는 이야기에 바탕을 두고 있습니다. 강한 북풍이 지나가는 행인의 외투를 벗기려 했지만 행인은 오히려 옷을 더 여며 입었고, 따뜻한 햇볕이 그를 쬐자 외투를 벗었다는 이야기입니다.

햇볕정책은 바람을 멈추지는 못한다 해도 남북 공동 이익을 추구하고 교류함으로써 찬바람이 가라앉게 하려는 것입니다. 김 대통령은 한국이 북한을 흡수통일하거나 합병할 의도가 전혀 없다는 입장을 확실히 했습니다. 목표는 통일입니다. 물론 남북한 모두 통일을 이루기 위해서는 많은 시간과 준비가 필요하다는 것을 알고 있습니다.

현재 남북한의 긴장 완화와 화해의 가장 큰 힘은 김 대통령입니다. 그의 역할은 서독 빌리 브란트 총리와 비교될 수 있습니다. 빌리 브란트 총리의 동방정책은 서독과 동독의 관계정상화에 중요한 역할을 했고, 이 때문에 노벨평화상을 수상했습니다. 그의 동방정책만으로 독일이 통일된 것은 아니지만, 1989년~1990년 연합을 이루는 데 전제조건이 되었습니다. 한국 입장에서는 독일의 전례를 따르고 싶지만 경제적인 측면에서 이런 방식의 통일은 서독의 경우보다 한국에게 훨씬 큰 부담이기 때문에 성급하게 행동하는 것을 꺼리고 있습니다.

지난 6월 남북정상회담에서 김대중 대통령과 심성일 국방위원장의 대화는 지켜지지 못하는 선언들과 뻔한 수식어구들 이상의 실질적인 성과를 가져왔습니다. 50년 동안 떨어져 있었던 이산가족들이 상봉하는 장면은 전 세계에 큰 감동을 주었습니다. 비록 이런 상봉이 제한되고 통제되어 있어도, 이산가족들이 흘린 기쁨의 눈물은 그때까지 판문점을 방문했던 사람들이 느꼈던 서로에 대한 냉담함이나 증오의 감정과는 크게 상반되는 것이었습니다.

북한 주민들은 오랜 시간 동안 상당히 어려운 환경 속에서 살아왔습니다. 국제사회는 더 이상 북한 주민들의 기아 상태나 북한 정권의 정치적 억압에 등 돌릴 수 없습니다. 또 한편으로는, 북한 지도자들이 남북한 간의 화해를 위한 첫걸음을 내디뎠다는 점을 인정해야 합니다.

세계 대부분의 지역에서 냉전은 종식되었습니다. 세계는 햇볕정책이 한반도에서 냉전의 마지막 잔재들을 녹이는 것을 볼 수 있을 것입니다. 물론 시간이 걸릴 것입니다. 하지만 이미 그 과정은 시작되었고, 그 과정에서 오늘 노벨평화상을 수상하는 김대중 대통령보다 더 큰 기여를 한 사람은 없습니다. 시인 롤드크밤의 말대로 '첫 방울은 가장 용기 있는 방울'이었습니다.

모든 역경을 이겨낸 김대중 대통령
— 그의 인품과 정치관*

개인적 서문

1987년 9월 서울, 우리 일행 네 명은 당시 야당 지도자였던 김대중 대
통령을 만나기로 되어 있었다. 그의 운전사는 혹시 있을 미행자들을 따
돌리기 위해 모든 능력을 발휘했는데, 갑자기 방향을 바꾸고 우회로를
달리는가 하면 가끔은 교통 신호등도 무시하고 달렸다. 그런데 도착하
면서 보니 좁은 골목 양측에는 경찰의 견고한 경계 초소가 설치되어 있
었다. 어찌되었거나 김대중 부부를 만나는 사람은 누구나 감시를 받아
야 하는 상황이었다.

---

* 이 글은 2002년 독일에서 출판된 『김대중 대통령과의 만남』(하르트무트 코쉭 편저)에 실린 베를린자
유대학교 국제정치학과 베르너 페니히(Werner Pfennig) 교수의 기고문이다.

방문객을 맞은 김대중 대통령은 정신을 완전히 집중시킨 다소 긴장된 모습이었고 정세를 잘 파악하고 있었다. 두 달 전에 가택 연금이 해제되었으나, 그에 대한 감시는 그대로 유지되고 있었다. 우리는 한국과 독일의 정세, 하버드대학 시절에 알던 지인들, 그리고 사형과 구금으로부터 그를 보호하려고 한 국제사면위원회의 노력들에 대해 이야기를 나누었다.

김대중 대통령의 미소는 다른 사람들의 마음을 사로잡는다. 그는 상대방의 말을 주의 깊게 경청하고, 대화할 때 상대방에게 감정을 이입하는 능력을 가졌다. 그의 에너지, 의지력, 관심, 그리고 박학다식함은 경탄을 자아낸다. 측근들은 힘겨운 준비 작업을 하고 해외로 장시간 비행기 여행을 하면 현지에 도착할 때쯤에는 너무나 피곤하고 시차 적응도 힘들었다고 한다. 그런데 정작 김대중 대통령은 쾌활하고 활력이 넘치며 도착한 후에는 언제나 곧바로 회의를 가졌다는 것이다.

김대중 대통령은 상대방을 잘 배려하고 호감을 주며 풍부한 유머 감각을 가지고 있지만 자기 자신에 대해서는 언제나 엄격하다. 그리고 때로 다른 사람들에 대해서도 엄격한 면모를 보이기도 한다. 그는 부드러움뿐 아니라 강한 면모도 갖추었다. 그가 최종적으로 발언을 하면 더 이상 토를 달 수 없다고 한다. 한국의 전직 외교관 중 한 사람은 김대중 대통령은 황제처럼 옥좌에 앉아 명령을 하달하는 인상을 준다고 말하기도 했다.

김대중 대통령처럼 이렇게 강한 인상을 주고 다양한 면모를 지닌 인물을 몇 문장으로 평가하는 것은 불가능하다. 따라서 이 글에서는 단지 그의 몇 가지 측면만을 살펴보고자 한다. 김대중 대통령의 '햇볕정책', 대통령으로서의 직무 수행, 한국인이자 세계인으로서의 김대중, 현실적 감각의 이상주의자, 그리고 마지막으로 해외에서는 놀라운 명망을 누리지만 정작 자국에서는 다르게 평가받기도 하는 그에 대한 상이한 평가들을 고찰해보고자 한다.

한국과 독일, 그리고 통일이라는 주제

한국과 독일을 결합시키는 것으로는 많은 것들이 있는데, 이 중에서도 특히 전면에 등장하는 것은 분단과 통일의 경험이다. 김대중 대통령은 여러 차례 독일을 방문하여 독일의 분단과 관계정상화, 통일 문제 등을 연구했다. 김대중 대통령의 '햇볕정책'은 수십 년에 걸친 성찰과 독일에서의 상황 전개를 분석한 결과의 표출이라 할 수 있다.

독일은 전쟁을 일으켰고 전쟁에 패배함으로써 분단을 맞았다. 일종의 자업자득인 셈이다. 그러나 분단에도 불구하고 동서독 간에는 언제나 접촉, 만남, 그리고 다양한 교류가 있었다. 한국은 전쟁을 일으키지 않았음에도 제2차 세계대전 후 남북으로 분단되었다. 자신의 책임과는 무관하게 분단의 운명을 맞은 셈이었다. 무력이 동원된 한국전쟁은 분단을 더욱 고착시켰다. 분단 때문에 한반도에는 아직까지 접촉이나 만남이 거의 이루어지지 않고 있다. 독일은 평화적인 통일을 맞은 10월 3일을 '통일의 날'로 경축하고 있다. 한국에서도 10월 3일이 경축일이기는 하지만 (아직) '통일의 날'이 아니라 건국을 기념하는 개천절(開天節)이다. 이는 비록 우연의 일치일 뿐이지만 많은 것을 생각하게 해준다.

독일 통일에서 얻은 결론들

남북한은 독일의 통일 과정과 통일 이후에 나타난 결과를 예의 주시해 왔다. 한국은 이를 통해 통일은 가능하지만 비용이 너무 많이 소요된다는 결론에 도달했다. 북한은 아마도 통일은 한쪽이 승자가 되고 다른 쪽은 패자가 되는 것이라는 결론에 이르렀을 것이다. 북한은 언제 자신들이 승리할 수 있을지 확신할 수 없게 되었고, 당연히 패자가 되기도 원치 않으며 어떻게든 살아남으려 하고 있다. 평양은 독일 통일의 가공할 교훈들을 결코 잊지 않을 것이다.

과거 동독은 오랫동안 서독에 '현실의 인정'을 요구했다. 에곤 바르가 구상한 '접근을 통한 점진적 변화 정책'과 빌리 브란트 총리 시절의 '동방정책'은 동독의 실체를 완전히 인정하는 것이었다. 서독의 단독 대표성(할슈타인 독트린)의 포기, 1970년 3월과 5월에 열린 브란트 총리와 슈토프 총리 간의 동서독 정상회담, 동서독 기본조약 체결(1972), 동서독 유엔 동시 가입(1973), 독일(문화) 민족의 공동 존속 강조, 그리고 인도적 조치를 통한 분단의 여파 완화(특히 베를린 지역)를 위한 집요한 노력이 이루어졌다. 이러한 정책은 추진에 어려움이 많았으며, 적지 않은 사람들이 '동방정책' 추진 초기에 빌리 브란트 총리를 배신자로 몰아세우기도 했다.

현시점에서 되돌아보면 '동방정책'이 독일 통일을 이끌었거나 최소한 통일을 위한 중요한 여건을 창출한 것은 분명하다. 고르바초프 시절 구소련의 변화는 이런 맥락에서 이해되어야 할 것이다. 현실의 인정, 새로운 구상, 일방적 지원, 많은 시간과 인내, 교류협력 강화, 구동독에서의 평화적 혁명, 그리고 변화된 국제 정세 등이 결국 통일의 길을 열어주었던 것이다. 구동독이 건국된 지 41년, 베를린 장벽이 건조된 지 29년, 그리고 '동방정책'이 시작된 지 21년 만에 독일은 통일을 맞이했다.

"통일은 결국 한민족의 일입니다." 김대중 대통령은 한반도 통일과 관련해 이러한 견해를 갖고 있었지만, 끊임없이 독일 통일의 사례를 연구하고 이로부터 교훈을 이끌어내고자 노력했다. 김대중 대통령은 처음부터 현실을 인정하고 장기적 시각에서 정책을 추진해야 하며, 최장 20년이 걸릴 연방의 단계가 필요하다는 점을 강조했다. 이는 현실을 인정하고 상호 접근과 관계정상화를 하지 않으면 남북통일이 달성될 수 없을 거라고 본 것이었다.

노태우 전 대통령도 독일식 모델을 지향했는데 물론 그 방식은 달랐다. 그는 의도적으로 용어를 차용해 '북방정책'을 발표했다. 북한 지도부는 독일에서 사태 발전을 연구한 후 한 가지 결론에 도달했을 것이다. 즉, 독일의 '동방정책'은 통일과 구동독의 종말을 가져왔는데, 이제 한국이 의도적으로 독일식 모델을 지향해 '북방정책'을 표방하고 있다는 것이다. 북한이 도출한 두번째의 결론은, '동방정책'은 구동독을 개혁으로 유도했는데, 이러한 개혁은 체제를 안정시켜준 것이 아니라 결국 구동독의 붕괴를 촉진했다는 것이다. 동방정책과 북방정책 그리고 개혁정책과 관련하여 북한의 김일성 전 주석이 한 외국 외교관에게 들려준 대답은 "우리에게는 그런 일이 일어나지 않게 하겠다"는 것이었다.

한반도 문제에 정통한 인사 중 한 사람인 한스 마레츠키(전 북한 주재 동독 대사)는 다음과 같이 진단했다. "북한 정권은 놀라울 정도로 잘 작동하는 정권이다. 지구상에서 북한 정권을 제외하면 완전한 전체주의적 국가 권력이 수십 년간 계속 유지된 사례를 찾아보기 어렵다." 김대중 대통령은 이 문제와 관련하여 북한에 대한 현실적인 평가를 내리고 있다. 북한 지도부가 스스로를 어떻게 이해하는지를 잘 통찰하는 것은 '햇볕정책'의 성공을 위한 기본 전제 조건에 속하기 때문이다.

북한의 자기自己 이해

북한은 지구상에서 '가장 안정적인' 공산주의 국가이다. 그럼에도 불구하고 북한은 서서히 변화를 맞고 있다. 공식적으로 조선민주주의인민공화국으로 불리는 북한에는 건국 이후 단지 두 명의 지도자가 있었다. 김일성과 김정일 부자(父子)가 그들이다. 북한은 동독이 아니다. 단지 쿠바와 리비아 정도가 북한이 유지해온 영속성에 좀 근접한다고 할 것이다.

한국에서 민중 봉기, 정치적 암살, 정치 소요, 집단 시위와 쿠데타가 있던 동안, 북한은 대외적으로 안정과 결속의 아성으로서의 면모를 보여왔다. 최소한 외부 시각에서 관찰했을 때, 구소련에서와 같은 공개재판이나 탈스탈린화가 일어나지 않았고, 중국의 문화혁명과 같은 내전에 준하는 사건도 일어나지 않았다. 신격화된 김일성 전 주석은 과거는 물론 현재도 전 인민의 위대한 아버지이며, 그 아들은 아무 문제 없이 권력을 승계한 것으로 보인다.

많은 사람들이 김정일 위원장이 도대체 어떤 인물일까, 무성한 추측만 하고 있었던 반면, 김대중 대통령은 이 문제에서도 솔직하게 자신의 의견을 피력했다. "북한의 김정일 정권과 관련해 여러 시각이 있다. 그런데 한 가지는 분명하다. 현대 역사에서 그가 지난 20년간 해온 것만큼 광범위한 후계자 수업과 준비를 한 경우는 유례가 없다. 김일성 전 주석이 사망했을 당시 김 위원장은 이미 행정과 정국을 파악하고 있었다."

북한은 지난 수십 년간 외부로부터 자신을 폐쇄시켜왔으며 현재도 이러한 폐쇄 상태가 지속되고 있다. 북한 내부의 캠페인이나 논쟁들에 관한 정보는 거의 외부로 유출되지 않으며, 세계 언론들은 북한 내부로 거의 침투하지 못하고 있다. 어떤 지향점이 있다고 한다면 베트남이 몇 가지 측면에서 하나의 모델이 될 수 있는데, 이는 베트남이 불굴의 의지로 미국과의 전쟁에서 승리했기 때문이다.

북한 식 인식에 의하면 진정한 한민족은 북한에 살고 있다. 한민족의 신화적 기원인 성산(聖山) 백두산과 한반도에 첫 나라를 개국(기원전 2333년)한 전설적 인물인 단군의 묘소 등 모든 것이 북한 지역에 있다. 북한 주민들은 의연하고 원칙에 충실하며 민족 공동의 목표를 위해 고난에 동참하고 있는 애국자들이다. 한국에서의 피상적인 현대화, 화려한 소비 문화, 그리고 유행을 좇는 현상들은 아주 비한국적이고 기형적인 것으로서 일본, 미국, 그리고 유럽의 자본주의가 가져다준 산물로 여겨진다. 이것은 모두 겉만 번드레한 무가치한 것이며, 유일하게 중요한 것은 진정한 한국적 가치들이다.

따라서 북한은 결코 불안해하거나 회의적인 모습을 보이지 않는데, 이는 자신과 한반도 전체를 위해, 그리고 결국은 전 세계를 위해 방향을 제시하는 성스러운 역사적 사명을 성공적으로 완수한다는 자부심과 확신을 갖고 있기 때문이다. 북한은 현재 일시적으로 식량난을 겪고 있으나 약해지지 않았고, 특히 불굴의 의지와 정확한 목표 설정이라는 면에서는 더욱 강한 모습을 보이고 있는데, 이는 바로 이러한 자부심과 확신에서 기인하는 것이다. 이러한 막중한 사명을 완수하려면 큰 희생도 치러야 한다. 한반도 전체를 미(美) 제국주의와 일제의 잔재로부터 해방시키려면 희생이 따르는 것은 당연하다고 여긴다.

국제사회의 원조는 북한 정권이 무능하기 때문에 외국이 인도적 차원에서 제공하는 것이 아니라, 국제사회가 강력한 한반도의 필요성을 인식해 실시하는 조치로 받아들인다. 즉, 세계는 강력하고 발전된 한반도를 필요로 하며, 강력하고 발전된 한반도는 모두에게 중요하기 때문이라는 것이다.

북한은 부시 미국 대통령에 의해 '악의 축'으로 지목된 국가 중 하나지만, 실상 미국은 북한에 연간 30만 톤의 식량을 제공하는, 대(對)북한 최대 식량 지원국이다. 북한의 주장에 따르면, 한국전쟁 당시 북한을 완전히 파괴하려고 했던 미국에서 북한을 원조하고 있는 것은 미국이 양심의 가책을 느꼈기 때문이며, 북한은 이제 미국을 용서했다는 것이다. 북한을 연구해보지 않은 사람들에게는 이상의 언급들이 아주 기괴하고 낯설게 보일 수 있다. 이와 관련해서는 아마도 정신분석가들만이 어느 정도 정확한 판단을 내릴 수 있을 것이다.

그럼에도 불구하고 북한 지도부는 현실적인 평가를 내리고 있다. 지구상 어떤 정권도 그렇게 낮은 명망과 부족한 권력 자원을 가지고 그토록 장기간에 걸쳐 생존하면서 지원을 받아내고, 주목을 끌며, 양보를 얻어낸 적이 없었다. 북한과 미국의 관계는 한 약소국이 그동안 국제 관계에서 벌인 가장 성공적인 포커 게임이라고 할 수 있다.

물론 이 게임이 어떻게 종료될지는 아직 확실치 않다. 경제·사회 분야와 외교적 태도 면에서는 변화의 조짐이 이미 확연히 나타나고 있으나 한 가지 문제는 여전히 미해결 상태로 남아 있다. 즉, 접촉이 늘어나고 남북한 간 협력 및 국제사회와의 협력이 이루어지고 있음에도 불구하고 북한 정권은 계속해서 외부(한국과 특히 미국을 포함한 나머지 세계)로부터의 위협을 강조하면서 이를 생존권의 근거로 삼고 있다.

햇볕정책

'햇볕정책'이 추진되기 전부터 한반도에서는 여러 차례 관계정상화를 위한 희망찬 시도들이 있어왔다. 그러나 이러한 희망들은 실현되지 못했다. 1972년의 공동선언과 1991년의 남북한 유엔 동시 가입도 관계정상화에 역부족이었으며, 1991년에 서명된 협약들도 이행되지 못했다. 그 대신 북한의 핵 개발 의혹 때문에 한반도에서는 갈등이 위험 수준으로 고조되기도 했으며, 김영삼 전 대통령은 1994년 김일성 전 주석이 사망하자 북한이 조만간 붕괴될 것으로 전망했다. 김대중 대통령은 여러 전문가들과 함께 미국의 역할을 비롯한 이 모든 것을 면밀히 분석한 후에 햇볕정책을 제시했다.

김대중 대통령의 햇볕정책이 단지 통일만을 위한 정책은 아니지만, 이 정책이 결국은 통일 한반도라는 구상과 연결되어 있다는 사실은 부인할 수 없다. 햇볕정책은 통일에 대비한 정책이며 장기간에 걸친 관계정상화에 역점을 두고 있다. 김대중 대통령은 햇볕정책을 통해 현실을 인정하고 북한의 자기 이해를 고려해 북한의 체면을 살려주는 제안을 한 것이며, 조속한 통일을 배제하고 장기적이고 동등한 상호 접근을 강조한 것으로 보인다.

김대중 대통령은 대북정책의 주요 원칙들을 여러 차례에 걸쳐 설명했다. 특히 2000년 3월 9일 베를린자유대학교에서 행한 연설, 즉 '베를린 선언'에서는 다음과 같이 천명했다.

> 이와 같은 햇볕정책의 기조 위에서 우리는 북한에게 세 가지를 보장하고 있습니다. '첫째, 우리는 북한의 안전을 보장한다. 둘째, 북한의 경제 회복을 돕는다. 셋째, 북한의 국제적 진출에 협력한다'는 것이 그것입니다. 그 대신 북한도 세 가지를 보장해야 한다고 우리는 주장하고 있습니다. '첫째, 대남 무력 도발을 반드시 포기해야 한다. 둘째, 핵무기 포기에 대한 약속을 준수해야 한다. 셋째, 장거리 미사일에 대한 야망을 버려야 한다'는 것입니다. 즉, 이는 '줄 것은 주고, 받을 것은 받자'고 하는 상호주의에 입각한 포괄적 접근 방안입니다.

김대중 대통령은 북한의 붕괴를 기도하지 않는데, 이는 북한의 붕괴가 한국에도 파국적 결과를 가져오고 동북아 지역 전체를 뒤흔들 가능성이 있다고 보기 때문이다. 필요한 것은 한반도에서의 평화 공존이며, 따라서 김대중 대통령은 남북한 상호 간의 협력이 가능할 뿐 아니라 서로에게 이득이 된다는 점을 깨달을 수 있도록 장기적인 정책에 역점을 두고 있다.

그런데 이 과정에서 한 가지 문제는, 김대중 대통령이 이 어려운 장기적 정책을 지속시켜나가는 데 필요한 국민의 지지를 잃지 않으려면 조속히 가시적인 성과를 보여줄 수 있어야 한다는 것이다. 시간이 갈수록 국민들 사이에서는 햇볕정책에 대한 불신이 커지고 있다.

또한 김대중 대통령의 대북정책은 정치와 경제의 분리를 의미하지만, 경제 분야에서 긍정적인 협력 기능을 수행할 수 있도록 정치적으로 지원하는 것도 의미한다. 그동안 햇볕정책의 가장 주목할 만한 성과는 2000년 6월 평양에서 열렸던 남북정상회담이다. 이후 남북한은 적어도 20여 차례에 걸쳐 당국자 간 회담을 가졌다. 남북정상회담 이후 3,600여 명의 이산가족들이 상봉하고, 1만 명 이상에 대한 생사 확인 작업이 이루어졌다.

북한은 햇볕정책 덕분으로 물질적인 이득뿐 아니라 국제적 지위 면에서도 이득을 얻었다. 2000년 10월 올브라이트 당시 미 국무장관의 방북, EU 국가들과의 외교 관계 수립, 2000년 7월 이후 아세안지역안보포럼(ARF) 가입 등은 그 몇 가지 예에 불과하다. 김대중 대통령의 주도로 ADB와 IBRD는 남북한 간의 협력을 지원할 용의가 있음을 밝혔다.

많은 한반도 전문가들이 북한은 군대가 지배하고, 군대는 김정일 위원장이 지배하고 있다는 견해를 가지고 있다. 최소한 대외적으로는 북한이 이러한 인상을 주는 것이 사실이다. 그러나 김 위원장도 집단적 지도부의 여러 규칙들에 매여 있으며 타협도 이루어내야 한다. 그가 자신의 왕국에서 얼마나 확고한 지위를 갖고 있는지는 아무도 정확히 말할 수 없을 것이다.

프랑스의 정치가 토크빌(Tocqueville, 1805~1859)은 취약한 정권이 가장 위험한 때는 개혁을 시작하는 때라고 지적한 바 있다. 북한에는 현재 개혁 움직임이 보이고 있는데 북한의 실질적인 강점이나 약점들에 대해 정확한 설명을 하기는 어렵다. 그러나 확실한 것은 2003년 이후 몇 년간이 결정적으로 중요한 시기가 될 것이라는 점이다.

한국에서는 새 대통령의 선출과 더불어 새 정부가 들어설 것이며, 미국에서는 대통령 선거전이 시작될 것이다. 북한에서는 식량 사정이 조속히 개선되지는 않겠지만 주민들은 점차 외부 세계의 사정을 더 많이 알게 될 것이며, 신중한 개혁의 노력은 자칫 위험한 한계에 부딪히고 주민들에게 실현 불가능한 기대감을 갖게 할 수도 있다. 그런데 이 과정에서 느긋하게 인내심을 갖고 타협을 이루어내는 것은—외국인의 시각으로 지나치게 일반화하는 감이 없지 않지만—잘 알려진 한국인의 성격과 반드시 부합한다고는 볼 수 없다. 한국인들은 서로에 대해서보다 외국인들에 대해 보다 많은 이해심과 호의를 보이는 편이다. 그리고 북한에는 위험스러운 혼합적 상태가 누적되어 있다.

1998년 한국 정부는 경제·금융 위기, 만연한 부패와 여러 스캔들로 국민들의 불신을 받고 있었다. 이 때문에 새로 당선된 김대중 대통령은 국민의 신뢰를 한몸에 받았으며 햇볕정책 추진을 위한 기회도 좋았다. 그러나 남북정상회담의 환희와 감격에 이어 곧 실망과 저항이 찾아왔다.

한국은 햇볕정책의 추진에서 가능한 최대한의 노력을 기울였다. 여러 현안들이 논의되고 많은 합의가 있었지만 실질적으로 실현된 것은 얼마 되지 않았다. 하지만 과거의 위협적인 상황과 비교하면 엄청난 진전이 있었다. 그런데 이러한 성과들은 아무런 진전이 없었던 과거와 비교되어 제대로 평가받지 못하고, 오히려 북한 측이 호응을 보이지 않았다는 점을 들어 일방적으로 북한을 지원만 했다는 비판을 받게 되었다.

관계정상화는 오로지 장기적인 시각의 정책을 통해서만 달성될 수 있는 것이며, 인내를 요구한다. 김대중 대통령은 이러한 인내심을 갖고 있으나 국민의 다수는 더 이상 그렇지 못하다. 아울러 햇볕정책은 아무런 지정학적 변화를 가져다주지 못했다. 김대중 대통령은 서울이 휴전선에서 45km 거리에 있는 반면 평양은 230km 거리에 있다는 안보 현실에 여전히 유념하지 않을 수 없었던 것이다.

나는 이 글에서 아직 완결되지 않은 햇볕정책에 대해 어떤 결론도 내릴 의도가 없으며, 결론을 내리는 일 자체가 불가능하다는 것을 잘 알고 있다. 만약 '햇볕정책'을 비판하는 사람들이 북한은 근본적으로 변화될 수 없는 정권이므로 기본 구상 자체가 잘못된 것이고, 결국은 한 체제가 승리할 수밖에 없으며, 북한이 김대중 대통령으로부터 얻을 것은 얻어냈지만 이에 대해 호응을 보이지 않는 상황에서 김 대통령은 북한의 호응을 필요로 하기 때문에 결국 평양에 끌려 다니고 있다는 식의 주장을 편다면, 이는 나름대로 심사숙고할 만한 비판이라고 생각한다.

그러나 햇볕정책에 비판적인 인사들도 과거와 비교해볼 때 햇볕정책이 얼마나 큰 성과를 가져왔는지, 그리고 국제적인 환경이 변하고 북한도 변화하고 있다는 사실에 대해서는 높이 평가해야 할 것이다. 그들은 또한 햇볕정책 외에 어떤 평화적 대안이 있는지 자문해보아야 할 것이다. 한 한반도 전문가는 다음과 같은 평가를 내리고 있다. "대북 화해 협력 정책은 한반도에서 냉전의 얼음장이 녹아내리도록 한 역사적 사건으로 평가될 것이다."

선의善意의 대통령

김대중 대통령은 자신의 임기 동안 국정 운영에서 운신의 폭이 그리 넓지 못했다. 이는 김대중 대통령의 당선이 대대적인 권력 교체를 수반한 것은 아니었기 때문이다. 김대중 대통령은 국회에서 다수 의석을 점유하지 못했으며, 한국 국회는 유감스럽게도 제대로 의정활동을 펴지 못하고 스스로 교착상태에 빠지는 경우가 많았다.

김대중 대통령은 1997년 12월 대통령 선거에 네번째 도전하여 박빙의 우세로 대통령에 선출되었다. 한국의 제15대 대통령 선거는 많은 사람들에게 그리고 특히 대외적으로 한국의 성숙한 민주주의 제도를 입증해보였다. 이는 한국 역사상 처음으로 야당 후보가 승리했기 때문이다. 그러나 그가 자력으로 승리한 것은 아니었다. 정치적 지역주의를 극복하려 했던 김대중 대통령은 전라도와 충청도 간의 지역연합을 통해 대통령에 선출되었다. 그러나 약 60%의 국민은 그를 선택하지 않았으며, 영남 지역에서는 거의 87%가 그에게 표를 던지지 않았다.

김대중 대통령은 선거를 승리로 이끌기 위해 파트너가 필요했고, 자민련을 파트너로 얻을 수 있었다. 그러나 자민련과의 연합은 진정한 동반자 관계로 발전하지 못했다. 1년 반 동안 어렵게 이룩한 연합은 대선 승리에는 기여했으나, 규모가 작지만 결코 약하다고는 할 수 없는 자민련은 이후 독자적인 노선을 걸었다.

김대중 대통령은 이 연합을 정치적, 사상적, 그리고 지역 간 화해의 시도로 생각했었다. 그런데 그것은 처음부터 불가능한 결합이었다. 김대중 대통령의 선거전을 지원했고 김대중 대통령 정부에서 첫 총리가 된 인물인 김종필 씨는 과거 중앙정보부를 창설했으며, 박정희 전 대통령의 친척이자 측근이었고, (과거에 적어도 한 번은) 김대중 대통령의 암살 기도에 대해 책임을 져야 할 위치에 있었다.

김대중 대통령의 정치적 견해는 시대를 크게 앞서 가는 것이었다. 김대중 대통령은 중앙 권력의 분산, 경제의 구조조정, 사회 내 여성의 역할 확대, 사회보장 제도의 확충 그리고 많은 다른 정치 분야와 관련해 현대적이고, 한국으로서는 거의 혁명적이라 할 만한 계획들을 갖고 있었다. 그런데 막상 권좌에 올라서는 많은 것을 다 실현할 수 없었다.

권력에의 길은 아주 길고 힘든 노정이었다. 많은 정치적 동지들이 김대중 대통령의 당선 후 완전히 새로운 정책을 기대했고, 적지 않은 사람들이 지난 수십 년간의 충성에 대한 보상으로 좋은 자리를 희망했다. 그러나 나누어줄 것은 별로 없었고, 나라의 근본적인 개혁을 위해 필요했던 국회의 다수 의석 확보나 중요한 행동 세력들의 적극적인 참여가 부족했다.

　대기업(재벌)들은 1997년 가을 이후 '아시아의 경제 위기' 때문에 세력이 약화됐지만 어려운 시기가 지나가기만을 시간을 끌며 기다렸다. 대기업들은 덩치가 컸던 것이 위기를 극복하는 데 도움이 되었다. 이는 노동시장에서 이들 대기업이 지배적 위치를 점하고 있는 탓에 근본적으로 해체하거나 구조조정하는 것은 일부의 경우에만 가능했기 때문이다.

　대통령은 자신이 할 수 있는 최선을 다했다. 한국은 신속하게 위기에서 벗어났으나, 근본적이고 구조적인 문제들은 거의 해결될 수 없었다. 대통령은 위기를 기회로 파악했지만, 정치적 지원 세력의 부족으로 이러한 기회를 잘 활용할 수 없었다. 김대중 대통령은 야당 시절 그의 고향 지역 선거에서 90% 이상의 지지를 얻었으며, 전국적으로 학생들과 노동조합, 비판적 지식인 등 각계각층의 지지를 받았다. 그러나 임기 후반부로 접어들면서 더 이상 이러한 지지를 기대하기는 어려웠고, 상당수의 사람들은 그를 비판하는 입장으로 돌아서기까지 했다.

한국적 민족주의자—확고한 신념의 세계시민

김대중 대통령은 애국자로서 자신의 조국을 사랑했으며, 가장 좋은 의미에서 한국적인 민족주의자이다. 한국과 관련된 사안들을 거의 언제나 국제적 시각에서 바라보는 넓은 안목을 가졌다는 점은 김대중 대통령의 인격과 정책의 한 특징이다. 그는 모든 것을 보다 큰 틀에서 바라보고 행동하는 확고한 신념을 지닌 세계시민이었다.

한반도 서해안에 철도를 연결해 열차가 남북한을 통과할 수 있도록 하려면 약 8km 정도의 선로만 있으면 된다. 그러나 아직까지는 북한 지역을 통과할 수 없는 상황이므로 한국 지역은 사실상 고립된 섬과 같다. 이것은 한국적인 차원에서 본 시각이다. 남북 철도망 연결은 실질적이고 상징적인 차원 외에도 국제적인 큰 의미를 갖는다. 남북 철도망이 연결될 경우 예를 들면 일본의 수출품들을 보다 신속하게 유럽시장으로 수송할 수 있게 되고, 이는 모든 이웃나라들에게 이익이 될 것이다.

햇볕정책은 관계정상화의 가능성을 제공한다. 한반도는 지리적으로 중국과 일본 사이에 놓여 있는데, 아시아에서 두 강대국 사이에 끼인 관계는 (중국과 인도의 관계를 제외한다면) 가장 문제가 많고 깨지기 쉬운 관계이다. 햇볕정책을 통해 이룩되는 관계정상화는 동아시아 지역에 완전한 질서 재편의 기회를 가져다줄 것이다. 김대중 대통령이 희망하는 것처럼 한국이 가장 좋은 의미에서 가교의 역할을 수행할 수 있을 것이므로 한국과 동아시아 지역 전체가 이득을 볼 수 있다.

김대중 대통령은 박식하고 견문이 넓다. 그는 한국을 위해서뿐만 아니라 국제무대에서도 적극적으로 활동하고 있는데, 이는 야당 시절이나 대통령이 되어서나 마찬가지였다. 김대중 대통령이 주도적으로 제안한 아태민주지도자회의(FDL-AP)는 미얀마의 아웅산 수지 여사를 지원하는 데 중요한 역할을 했다. 김대중 대통령은 일반적인 의미에서뿐 아니라 북한과의 특별한 관계를 감안할 때 자신의 햇볕정책 추진에 특

히 중요한 국가인 중국과의 관계가 소원해지는 것도 감수하며 적극적
으로 용기를 가지고 회의에 참여했다.

1999년 9월 뉴질랜드의 오클랜드에서 열린 APEC 정상회담에서 김
대중 대통령은 중국 국가 주석의 명확한 반대에도 불구하고 동티모르
문제를 제기했다. 김대중 대통령은 이 문제에 적극적인 자세를 보였고,
이로써 동티모르 사태가 해결되고 훗날 동티모르가 독립하는 데 중요
한 기여를 했다. 이후 중국은 동티모르에서의 유엔 임무 수행에 물자와
인력을 파견해 참가했는데, 이는 다자간 활동에서 중국 측 협력의 중요
한 확대를 의미하는 것이다.

김대중 대통령이 국내 및 국제적으로 특히 적극적 활동을 펼치는 분
야는 민주주의와 인권 분야이다. 이 주제와 관련하여 김대중 대통령은
분명한 소신을 갖고, 서구의 민주주의는 아시아에는 적절치 않으며 아
시아인들에게는 생소한 것이라는 잘못된 명제와 지속적으로 대결을 벌
여왔다. 그는 리콴유 전 싱가포르 총리, 미얀마의 킨 늇을 한마니로 '아
시아의 권위주의적 지도자'라고 지칭하기를 서슴지 않는다.

김대중 대통령은 아시아에 존재하는 민주주의의 뿌리를 강조하면서
아시아에서는 서양의 존 로크보다 거의 2,000년 앞서 중국의 맹자(기원
전 372?~289?)가 비슷한 사상을 설파한 적이 있음을 지적한다. 맹자의
주권재민 사상에서는 백성이 첫째고, 국가가 둘째며, 그 다음이 왕이라
고 했다. 김대중 대통령은 여러 역사적 증거들 중에서 19세기 중엽에
발생했던 한국의 토착사상인 동학사상도 거론한다. 동학의 기본 사상
은 '사람이 곧 하늘'이라는 인내천(人乃天)과 '사람 섬기기를 하늘같이
하라'는 사인여천(事人如天)이다.

김대중 대통령은 1992년 12월 세번째로 대통령 선거에 도전해 고배

를 마신 후 자신의 패배를 담담히 인정하고 정계를 은퇴했다. 그는 조국의 '원로 정치가'로 지내면서 국내외에서 아주 높은 명망을 누렸다. 그러나 그는 여러 가지 이유로 다시 정계에 복귀했다. 1997년 한국이 맞았던 위기, 그리고 한국과 국제사회에서 무엇인가 기여할 수 있고, 또 기여해야만 한다는 확신이 특별히 그의 정계 복귀를 종용했던 것 같다. 그가 당시 한 시민으로 머물러 있었다고 해도 아무도 그를 책망할 수 없었을 것이다. 그러나 그는 스스로 자신을 책망했다. 그의 시각에서 보면 해야 할 일이 너무나 많았다. 그는 모든 저항을 무릅쓰고 자신을 위해서가 아니라 한국 국민과 세계 다른 지역의 사람들을 위해 다시 정계에 복귀하는 용기를 보였다.

현실주의자이자 비전의 인물

김대중 대통령은 정치인이다. 정치인으로서 그는 자신이 뜻하는 바를 관철하기 위해 목표를 설정하고, 결정을 내려야 하며, 타협도 해야 한다. 그는 아주 노련한 전술가로서 오랫동안 정치인 생활을 하면서 여러 정당을 창당했고, 정당의 이름과 조직을 바꾸기도 했으며, 탈당을 결행하기도 했다.

김대중 대통령은 또한 역사가이자 철학자이다. 그는 과거의 교훈을 묻고 미래를 위한 비전들을 발전시킨다. 그가 감옥에서 보낸 시절은 굴욕과 고문에도 불구하고 확고한 신념, 광범위한 독서, 그리고 집중적인 사색의 시기이기도 했다. 그는 1981년 9월 가족에게 보낸 한 편지에서 21세기를 결정하게 될 여덟 가지 사항을 다음과 같이 요약하기도 했다.

1. 21세기는 지구촌 시대가 될 것이다. 즉각적인 통신이 가능해질 것이다.

2. 21세기는 세계시민의 시대가 될 것이다. 대량 이주로 모든 인종이 한 나라에 공존하는 시대가 될 것이다. 민족주의 시대가 물러나고 보편주의 시대가 열릴 것이다.

3. 오늘날 선진국들이 향유하는 특권과 복지의 독점, 그리고 인종차별과 지역차별이 해소될 것이다.

4. 산업 부문에서 힘든 육체노동이 사라지고 자동화가 이루어질 것이다. 21세기에 사는 사람들은 자신들의 여가를 어떻게 의미 있게 활용해야 할지를 중대한 과제로 맞게 될 것이다. 노동이 거의 취미나 스포츠와 같은 것으로 여겨질 수도 있을 것이다.

5. 21세기는 우주의 시대가 될 것이다.

6. 21세기는 해양의 세기가 될 것이다. 수상(水上) 도시들이 조성될 것이다.

7. 21세기는 종교에 어려운 시기가 될 것이다. 교회가 코페르니쿠스적 발상이나 진화론과 같은 문명의 발전을 억압하는 우(愚)를 반복하지 않노록 해야 할 것이다. 무엇보다 교회는 인간의 자유·공의·평화의 수호자 역할을 해야 하며, 정신적 선구자가 되어야 하고, 이러한 가치들이 부분적으로뿐만 아니라 일반적으로 통용될 수 있도록 해야 할 것이다.

8. 21세기에는 오늘날 우리가 상상할 수 없는 정치적·사회적 변화가 있을 것이다. 그러나 헉슬리가 『멋진 신세계』에서 묘사한 것과 같이 통제된 사회에서 인간이 노예화되고 기계에 의해 파괴되는 방향으로 가지는 않을 것이다. 나는 오히려 일반적인 자유와 정의가 구축되고 역사상 처음으로 사람들이 균등한 교육 기회와 경제적으로 보장된 물질생활을 통해 개인적 능력을 충분히 발휘할 수 있는 시대가 올 것으로 본다. 이렇게 되려면 특히 후손들을 위해 우리의 모든 노력과 희생이 요구된다는 사실은 더 이

상 언급할 필요도 없을 것이다.

아마도 김대중 대통령은 이러한 사안들에 대해 긍정적인 영향을 미치고 촉진하며, 그 부정적 영향들을 완화시키기 위해서 정계에 복귀했던 것으로 추측된다. 그는 이에 적극 참여하는 것을 자신의 과제이자 의무로 여겼다.

동아시아의 빌리 브란트, 아시아의 만델라

헬무트 콜 독일 총리가 일찍이 논란이 되어왔던 '동방정책'을 계속 추진하고 독일 통일과 더불어 이를 화려하게 완결지을 수 있었던 것과 같이, 김대중 대통령의 보수적 후임자들이 김대중 대통령의 정책이 뿌린 열매를 거두게 될 가능성도 있다. 한국인들이 인식하고 있듯이 결국 한반도에서 또다시 전쟁이 발발하지 않게 하려면 김대중 대통령이 제시한 기준과 구상을 가지고 해결책을 찾는 것 외에는 한반도 평화를 위한 다른 길이 없다.

김대중 대통령에 관한 자료들에는 매우 놀랄 만한 사실들이 자주 언급된다. 김대중 대통령은 다섯 번에 걸친 암살 기도에서 벗어났고, 사형 판결, 종신형으로의 감형, 6년에 걸친 감옥 생활, 모두 10년에 걸친 가택 연금과 망명 그리고 여러 해 동안 감시를 당하며 살았다. 이러한 고초를 극복한 인물이라면 별로 두려워하는 것이 없을 것이다. 그리고 스스로 고백했듯이 그는 아내의 도움이 없이는 이 어려운 시절을 극복하기 어려웠을 것이다.

김대중 대통령은 자신에게 주어진 소명의 정당성에 대해 흔들리지 않는 믿음을 갖고 있었다. 한국에서 일부 사람들은 김대중 대통령이 거대한 목표들을 추구하면서 작은 일상적 문제들에는 충분한 관심을 기울이지 않았다고 말한다. 국민은 큰 기대를 가졌으나, 북한 측의 호응은 미미했다. 대통령의 권위는 근본적인 변화와 철저한 개혁을 이루어내기에는 충분치 못했다. 김대중 대통령은 국회에서 다수 의석을 확보하지 못했다. 김대중 대통령은 개혁 의지가 있었고 한국은 개혁을 필요로 했으나, 한국의 체제는 전체적으로 개혁 의지가 부족했다. 김대중 대통령 정부가 독재적이라고 비판했다.

그동안 한국에서 대통령을 지낸 여섯 명(이승만에서 김대중까지)은 성격이나 방법은 완전히 상이했지만 모두 강력한 대통령들이었다. 그들의 통치에는 유교적 전통에 부합한 도덕적 가치들이 중요한 역할을 했다. 대통령의 임기는 대부분 희망과 더불어 거대한 개혁들로 시작했으나, 비극적으로 얼룩진 스캔들이나 이런저런 작은 논란, 여러 가시 많은 문제들과 더불어 끝났다.

김대중 대통령은 임기 중에 역사적이라는 평가를 받을 만한 변화들을 이룩해냈다. 김대중 대통령에 대한 대외적 평가와 국내에서의 평가는 큰 차이를 보이고 있다. 김대중 대통령은 국제적으로 높은 명망을 누리지만, 국내에서는 비난에 처하고 일부 세력으로부터는 상당한 미움도 받고 있으며, 적지 않은 사람들이 그를 좌파적 성향의 인물로 여긴다. 한 야당 국회의원은 국회에서 김대중 대통령이 이끄는 여당은 북한 노동당의 자매 정당이 되었다고 발언하기도 했다.

데이비드 코어 IMF 서울사무소장은 대다수 한국인들의 대통령에 대한 평가가 너무 모순적이라고 보았다. "김대중 대통령은 나라를 위기에서 건져낸 분인데 사람들은 전혀 기회를 주지 않았다. 이것은 정말 모순적이다. 이분은 해외에서 넬슨 만델라와 같은 도덕적 권위를 가졌지만, 선지자와 같이 자기 고향에서는 대접을 제대로 받지 못하고 있다." 한국 정치에 정통한 독일 관측통인 로날드 마이나르두스는 그 이유를 주로 정당들 간의 정쟁(政爭) 때문이라고 보았다.

향후 한국의 정책은 예언하기 어려우며, 북한에서의 사태 발전도 예측하기 어렵다. 전진해야 할 거리가 얼마나 남았는지, 그리고 얼마만큼의 속도가 필요하고 가능할지 정확히 제시할 수는 없지만, 김대중 대통령은 한국을 올바른 길로 이끌었다.

유럽의 한 일간신문은 김대중 대통령과의 회견을 실으면서 '아시아의 만델라'라는 제목을 달았다. 김대중 대통령은 외국에서 높은 명망을 누리고 있고, 비전의 인물로 여겨지며 용기 있는 정치인으로 영예를 누리고 존경받고 있다. 그는 소명의식이 확고한 인물로 모든 저항을 무릅쓰고 자기 길을 가는 인물이다. 김대중 대통령은 언젠가 한국에서도 그에 합당한 평가를 받게 될 것이다.

내가 본 인간 김대중과 그 사상*

5년의 세월을 보내고

김대중 전 대통령이 퇴임하여 동교동 사가로 돌아온 지도 이제 3개월이 넘었다. 회고해보면, 긴 시간이 빨리도 지났다. 길다는 것은 DJ가 대통령으로서 한 일이 많았다는 뜻이다. 5년간 죽도록 일했다고 해도 좋을 것 같다. 그는 'DJ 개혁호'를 항상 선두 지휘했다. 그는 소수파로 출발했고 끝내 그 한계를 넘지 못했지만, 역대 어느 대통령보다 강한 의지와 일관된 자세로 많은 일을 했다. 그러나 세월은 강물처럼 흐르는 것. 5년이 지나 DJ도 다시 민간으로 돌아왔다.

---

* 이 글은 2003년 8월 김대중 전 대통령의 제7회 만해상(평화 부문) 수상을 기념하여 서울대 사회학과 한상진 교수가 계간지 『유심』(唯心)(2003년 여름호)에 기고한 글이다.

지난 5년간 나의 생활에도 많은 변화가 생겼다. 1980년대 중반 그를 만나 돕기 시작한 것은 나의 선택이었지만, DJ가 대통령에 당선됨으로써 그 영향이 나에게도 컸다. 나는 처음부터 권력 진입과는 분명히 선을 그은 상태였다. 그러나 물론 DJ의 선택은 아니었지만 나는 한국정신문화연구원의 책임자로서 2년간 일했고, 그후로는 그를 자문하는 정책기획위원회에서 역시 2년 정도 일했다. 이로써 나는 적어도 4년간 연구와 강의보다 현실 참여에 더 많은 시간과 에너지를 쏟게 되었다.

이런 경험을 통하여 많은 것을 배웠다고 말하고 싶다. 물론 잃은 것도 많다. 그러나 대학 안에서는 미처 보지 못했던 세상의 다양한 모습들을 볼 수 있게 된 것은 소득이다. 특히 정책을 기획하고 평가하며 때로는 강한 드라이브를 걸면서 세상의 반응과 변화를 보는 것은 흥미 있는 일이다. 나는 김대중 정부가 출발했던 시점과 마쳤던 시점을 놓고, 감정이나 이념을 떠나 역사적 관점에서 볼 때 그의 성과가 크다고 생각한다. 그러나 이것은 보다 정밀한 분석과 검증을 요하는 것이며, 좀더 시간이 필요한 주제이기도 하다.

때문에 이하에서는 이런 엄밀한 분석 대신 유연한 접근을 취하려고 한다. 즉, 인간으로서의 DJ와 그의 사상을 살펴보고자 한다. DJ는 다양하고 심오한 사상을 가진 정치가이다. 그는 다행히 대통령이 되어 적지 않은 사상들을 정책으로 구현하고자 했다. 따라서 이런 부분들은 새삼 언급할 필요가 없을 것 같다. 인권과 민주주의, 시장경제, 남녀평등, 사회복지, 정보혁명 등이 그 예이다. 반면 현실과 긴장을 보이거나 집권의 경험을 거치면서 새롭게 등장한 것들은 한번쯤 조명할 필요가 있을 것이다.

인간 김대중은 누구인가

DJ를 좋아하는 사람이건 싫어하는 사람이건 분명한 사실은 그가 우리 현대사의 한복판에 서왔다는 점이다. 1971년 대선에서 당시 대통령이던 박정희 후보와 아슬아슬한 경합을 벌인 이래 그는 파란만장한 삶을 살아왔다. 수난과 박해의 상징이었고, 행동하는 양심의 표상으로 존경을 받았다.

그러나 지난 5년간 그는 권좌에 올라 막강한 권력으로 개혁을 이끌었다. 때문에 그를 바라보는 눈은 까다롭고 다양하다. 또한 복잡하게 얽혀 있는 것이 사실이다. 따뜻한 온정의 눈길이 있는가 하면 싸늘한 경멸의 시선도 있다. 그를 존경하는 사람도 많지만, 그의 이름 석자에 알레르기성 반응을 보이는 사람도 적지 않다. '인간 김대중은 누구인가?' 라는 질문 자체가 매우 논쟁적임을 말해주는 대목이다.

DJ의 집권 5년을 되돌아보면, 초기에는 상당히 포용적이고 온건한 색채가 강했던 것 같다. 화합과 협력을 강조했다. 정치적으로 DJP 연합이 국정을 이끌었고 인사와 이념, 이미지 등에서 중도 지향의 느낌을 주었다. 그러나 집권 후반기에는 여론 주도층과 날카로운 대립 구도를 형성했다.

그때 한 주제가 바로 개혁과 반개혁의 이분법이었다. 여론 주도 집단은 DJ 정부가 이런 이분법에 의존하고 있으며, 정부정책에 반대하는 사람들을 무조건 반개혁적으로 몰아친다고 비난했다. 이런 식의 편 가르기를 당장 그만두라고 요구했다. 그러면서 개혁적이라고들 하는 시민운동 집단을 '홍위병' 또는 포퓰리즘으로 규정하고 대안 매체로 떠오르는 인터넷 신문이나 공론장에 대해서도 불편한 심기를 감추지 않았다.

그러나 다른 각도에서 보자면 여론 주도 집단도 나름의 편 가르기를 심화시켰다고 할 수도 있다. 이들은 은연중에 DJ와 그 지지 세력을 주변의 자리로 밀면서 자신들이야말로 사회의 주류, 즉 중심 세력을 대변하는 것처럼 말했다. DJ 진영은 인물·지역·이념·능력 등의 면에서 질이 형편없다는 식이었다. 이것이 의도적 행위인지 의도치 않은 결과인지를 확인하기는 힘드나 드러난 것으로만 보면, 이들은 DJ를 갈수록 협소한 상징의 공간으로 밀어내면서 다수를 자신들이 생각하는 중심으로 끌어들이는 조직적인 담론을 펼쳤다. 여기서 편 가르기는 중심 세력과 주변 세력, 다수와 소수, 정통과 이단의 이분법으로 나타났다.

이런 관찰에 동의하지 않는 사람도 있을 것이다. 그러나 내가 이것을 말하는 것은 다음과 같은 이유에서다. 이들 여론 주도 집단이 DJ에게 원했던 것은 개혁과 반개혁의 잘못된 이분법을 떠나서 자신들이 대변하는 중심, 다수, 주류의 이야기를 경청하라는 것이었다. 이것이 핵심 메시지였다. 그러나 DJ는 끝까지 이런 요구를 일축했다. 그리고 꼿꼿한 자세로 자신의 길을 걸었다. 완고하리만큼 집요하게 대북정책의 기조를 견지했고, 지배적 신문 매체와 타협하지 않았으며, 기업·금융 등 4대 부문의 구조 개혁을 이끌었고, 지식정보화 사업에 박차를 가했다. 가끔 외로운 심정으로 "인기에 연연하지 않겠다"는 말도 했다.

왜 그랬을까? 나는 이 점이 궁금하다. DJ도 인간인데 왜 이런 어려운 길을 택했을까? 누가 봐도 소수파의 한계는 분명한 반면, DJ는 현실 정치의 감각이 탁월한 사람인데 일흔이 넘은 노구를 이끌면서 그는 왜 우직하게 한 길을 걸어간 것일까?

하늘의 뜻에 대한 DJ의 소명의식

DJ와 오랫동안 생사고락을 함께했던 사람들은 좋은 대답을 가지고 있을지도 모르겠다. 그러나 나의 경험과 상상력은 제한되어 있다. 이런 일화가 있었다. 2001년 8월 초에 송월주 스님, 이세중 변호사, 손봉호 교수 등을 포함한 우리 사회 원로들이 신문과 정부의 갈등, 이른바 '언론 개혁'에 관하여 쌍방에 나름대로 주문을 하는 성명서를 낸 일이 있었다. 입장에 따라 평가는 다르겠지만 상당히 공정한 내용으로 볼 수도 있었다. 그러나 지배적 신문들은 그 가운데 자신의 취향에 맞는 것만을 골라 일방적으로 보도함으로써 마치 원로들이 정부를 일방적으로 비판하는 것처럼 보이게 했다. 자연히 이런 이미지에 따라 원로들의 행동을 비난하는 소리도 나왔다.

나는 DJ에게 개혁이 성공하려면 중도 세력 또는 중도 개혁 세력을 품에 안아야 한다고 조언했다. 개혁 그 자체도 중요하지만, 상싱과 이미지의 포섭 효과를 넓혀가는 인물들이 대통령 주변에 많아야 한다고 주장했다. DJ는 이에 반대하지 않았다. 그러나 개혁의 중심은 누구보다 DJ 자신이 잡고 있으며, 참모들이 한편으로 쏠린다 하더라도 이것을 바로잡아줄 수 있으니 너무 걱정 말라는 대답이었다. 나는 솔직히 만족할 수 없었다. 그러나 DJ는 개혁에 대한 확신이 강하고, 자신이 역사의 중심에 서 있다는 신념이 투철한 것처럼 느껴졌다.

이런 DJ의 모습을 이해하려면 지난 5년간 우리가 숨 가쁘게 달려왔던 궤적을 잠시 되돌아볼 필요가 있지 않나 생각한다. 5년 전 우리는 건국 이래 최초의 평화적 정권 교체를 맞이하여 다들 환호성을 내며 기뻐했다. 그러나 바로 그 이면에서는 또한 엄청난 고통의 터널 안으로 빨려 들어가고 있었다. 외환 위기의 여파로 수많은 기업들이 연쇄 도산하고 전대미문의 대량 실업자들이 거리로 쏟아져나왔기 때문이다. 이 참담한 실패를 어떻게 설명할 수 있으며, 이로 인한 민중의 고통에 대해 누가 과연 책임을 질 것인가? 사회 지도층이라면 누구나 가슴을 치며 "내 탓이오" 해야 할 상황이었다.

내가 속한 학문 세계도 마찬가지였다. 사회과학의 책임 윤리에서 볼 때, 수많은 경제학자·정치학자·사회학자들이 있었건만 누구도 우리 경제와 사회체제가 거대한 부실에 휩싸여 국가 부도 사태 직전의 엄청난 국가 위기로 치닫고 있음을 간파한 사람이 없었다는 점에서 부끄럽고 창피한 일이었다.

이런 상황에서 DJ는 대통령에 당선되자마자 취임도 하기 전부터 양팔을 걷어올렸다. 수많은 국제기구 대표·기업인·금융인·학계 전문가들을 만나 협의하고, 수많은 개혁 리포트들을 검토하였으며, 노사정 대타협으로 미래의 청사진과 고통분담의 원칙을 공유하고자 했다. 이런 솔선수범을 보면서 많은 사람들은 외환 위기가 온 것은 실로 어처구니없고 원통한 일이지만 그나마 DJ가 있어서 다행이라고들 말했다. 고난 속에서 국민과 함께 시대의 불의와 기득권에 맞서 싸워온 DJ가 대통령이 되었기에 국민의 마음이 한곳으로 모일 수 있었다는 뜻이었다. 국민들의 자발적인 금 모으기 운동이 폭발한 데서 우리는 이런 민심의 저류를 확인할 수 있었다.

아무튼 우리는 이렇게 해서 6·25 이래 최대의 국난과 함께 평화적 정권 교체를 맞이했으며, DJ는 온갖 폭풍과 풍랑을 뚫고 난파 직전의 '한국호'를 안전하게 운항해야 할 선장으로서의 중차대한 역사적 임무를 떠맡게 되었다. 그에게 필요한 것은 무엇보다 탁월한 위기 관리 능력이었다. 전례 없는 이런 긴장 상황에 빗대어 그는 종종 "대선 승리의 축배 한 잔도 제대로 마시지 못한 채 격무에 돌입했다"고 불평 아닌 불평을 토로한 적이 있다. 그런가 하면 '준비된 대통령'의 이미지를 살려 온갖 박해와 고초, 그리고 죽음의 고비들을 여러 번 넘어 그가 드디어 대통령까지 된 데는 바로 이런 국가적 재난의 극복을 위해 그를 좋은 재목으로 삼아 미리 훈련시키고 키워준 하늘의 뜻이 있었지 않았나 하는 느낌도 든다고 했다.

하나의 키워드는 바로 이 '하늘의 뜻'에 있지 않나 생각한다. DJ는 다른 대통령들과 달리 총체적 위기의 상황에 집권하여 이로부터 국민을 살려내야 할 역사적 책무를 안고 대통령이 되었다. 나사를 단단히 조이고 고도의 긴장감으로 자신을 관리해야 할 필요가 컸다. 다시 말해, DJ가 청와대에 있던 기간 동안 일관된 자세로 한눈을 팔거나 미혹에 사로잡히지 않은 채 그가 옳다고 믿었던 국가 개혁의 길에 온몸을 바칠 수 있었던 것은 이런 '하늘의 뜻'에 대한 그 나름의 주관적 소명의식과 신념이 확고하지 않고는 불가능한 것이 아니었을까 하는 것이 나의 직감이다.

소탈하고 정이 많은 아버지 같은 성품

사실 나는 DJ에게서 권위주의적 딱딱함이나 '제왕적' 권력의 위압성 같은 것을 그리 심각하게 느껴보지 못한 사람이다. 이것은 어쩌면 내가 생생히 기억하는 DJ의 모습은 집권 이후보다 이전의 것들이 많기 때문인지도 모르겠다. 집권 이전에 나는 그를 자주 만났다고 할 수는 없지만 비교적 자유로운 분위기에서 만날 수 있었다. 지성사(知性史)를 포함하여 이런저런 문제들에 관해 의견을 나누면서 그를 정치가 이전에 한 인간으로서, 또는 지식인으로서 가깝게 느껴볼 기회가 있었다.

내가 본 DJ는 밖에 떠도는 그의 이미지와는 너무도 달랐다. 소탈하고 인간적이며 특히 정이 많은 아버지 같은 사람이었다. 연극, 영화를 즐기고 판소리 음악 등에 조예가 깊었다. 역사 지식이 방대했고 동서양의 사상사에 정통한 면이 있었다. 특히 여러 주제들에 관하여 사람들의 의견을 듣고 정리하며 토론하는 것을 매우 좋아했다.

그러나 추측건대 그의 청와대 생활은 이런 자유주의적 기질을 살리기보다 질식하기 쉬웠을 것이다. 청와대의 의례와 격식은 항상 엄숙하고 경건해야 했고, 수평적 대화 대신 수직적 보고와 지시가 주종을 이루기 때문에 DJ의 생활에서 여유와 여백은 갈수록 줄었을 것이고, 대신 공식적이고 규격화된 문화 안으로 DJ가 빨려 들어갔을 것으로 추정해 본다. 그러나 이런 DJ의 모습을 체감하기에는 집권 기간 내내 나는 상대적으로 멀리 떨어져 있었다. 오직 공식적인 틀 안에서만 그를 보았을 뿐이다. 반면 그가 집권하기 전에는 보다 인간적인 면을 많이 접할 수 있었다.

해외에서 본 김대중

1993년 1월 말, DJ가 영국 케임브리지에 체류하던 때로 돌아가보자. 그때 나는 예고 없이 그를 찾아가 며칠을 같이 지낸 적이 있었다. 생각해보면, DJ는 당시 외로웠을 것이고 나는 '말동무'가 된 셈이었다. 아무튼 DJ는 나를 반갑게 맞이했다. 그때 나는 DJ가 한 인간으로서 슬픔과 비애, 원망과 아쉬움의 심정을 속절없이 토해내는 것을 들을 수 있었다. 또한 새로운 출발을 위한 다짐도 들었다. 민족통일은 그에게 새로운 출구를 열어주고 있었다. 나는 그의 내면의 절규와 열망을 들으면서 그에 대해 무한한 연민의 심정과 친근감, 그리고 무엇인가 도와주고 싶다는 마음의 울림을 느꼈다. DJ가 이렇게 새 출발 하는 것이 나라와 민족에게도 큰 힘이 될 것으로 생각했다.

어느 일요일 우리가 성당에 가서 미사를 마치고 나오는데 그를 알아본 많은 한국인들이 인사를 했다. 차를 타고 나올 때까지 인사하는 사람들이 있었는데, 창문이 닫혀 있어 밖에서 볼 수 없는데도 DJ는 일일이 손을 들어 답례했다. 나는 이것을 보고 그가 인간적으로 따뜻한 사람임을 느꼈다. 런던으로 나가 하이드파크를 산책할 때 그는 유쾌하고 호기심 많은 청년처럼 보이기도 했다. 그날 밤 그는 당시 영국 대사였던 이홍구 박사와 밤늦게까지 대화를 계속했는데, 나는 여기서 DJ의 왕성한 지식 욕구를 새삼 확인할 수 있었다.

좀더 멀리 뒤로 돌아가보자면, 나는 내가 대학원에 다니던 시절, 그러니까 1971년 4월에 서울 장충단공원을 꽉 메운 청중들을 향하여 DJ가 40대의 젊은 대통령 후보로서 포효를 내뿜던 모습을 기억한다. 그러나 내가 그를 처음 만난 것은 1988년 4·26 총선 직후였다. 평민당은 이때 원내 제1야당으로 올라섰고, DJ는 나에게 야당의 진로에 관해 공개 강연을 통해 조언해줄 것을 요청했다. 당시의 분위기로는 국립대 교수로서 망설여지는 면도 있었으나, 나는 야당의 발전이 민주화에 긴요하다는 생각으로 이를 받아들였다. 이리하여 DJ를 적어도 가끔 만날 기회가 생겼다. 1992년 대선 때는 내가 뉴욕에서 초빙교수로 재직하고 있던 때라 잠시 귀국하여 TV 찬조 연설을 하기도 했다. 그러나 DJ와 인간적으로 친해진 것은 그가 세번째 시도에서 실패하고 국민에게 작별 인사를 한 후 영국으로 떠난 뒤였다.

영국에서 만난 이후 2월, DJ는 베를린과학원이 주최하는 한반도 통일 문제 세미나에서 주제 발표를 하기 위해 베를린으로 왔다. 그때 나는 베를린에 체류하던 때라 여기서도 DJ와 며칠을 같이 보낼 수 있었다. 세미나 후 우리는 독일 통일 문제 연구소들을 몇 군데 방문했는데, 그의 불타는 지식 욕구는 타의 추종을 불허했다. 이어 우리는 통일 이후 동독의 변화를 살피기 위해 동베를린의 어느 공장을 견학했고 노동자의 가정도 방문했다. 이런 방문은 다소 어색할 수도 있는 것인데, DJ는 독특한 유머로 호의와 친근감을 보이면서 가족들과 대화를 계속했다. DJ의 소탈한 모습의 한 단면이었다. 그를 베를린으로 초청했던 클링게만 교수 댁에서 만찬을 할 때는 DJ도 같이 노래를 불렀다.

언젠가 1990년대 중엽에는 내가 워싱턴 D.C.의 조지타운대학에서 학회 세미나를 하고 있을 때 DJ가 워싱턴을 방문했다. 반갑기도 하고 일요일이 되어 그의 숙소로 찾아갔는데, 그는 마침 스미소니언 자연사 박물관으로 갈 참이었다. 몇 사람들과 동행한 나는 참으로 놀랐다. DJ는 인류의 조상에 유달리 관심이 많은 것처럼 보였다. 특별히 우리를 안내했던 유인원 전문가와 함께 그는 오후 내내 이곳저곳을 유심히 살피면서 인간의 두개골 발전과 유인원의 진화에 관한 수많은 질문으로 대화를 이끌었다. 굉장한 호기심과 정열이 없이는 불가능한 일이었다. 그 전문가는 박물관을 찾는 정치인들이 있지만, DJ만큼 깊은 이해와 관심으로 인류의 기원을 탐구하는 정치인은 본 적이 없다며 진심 어린 표정으로 존경과 경의를 표하는 것을 보았다.

3단계 통일 방안에 심혈을 쏟고

DJ와 나눈 대화 가운데는 한반도 통일 방안을 빼놓을 수 없다. 미국 클린턴 대통령 시절 북미 간의 긴장이 최고조에 달했을 때 DJ가 한 역할에 관해서는 새삼 지적할 필요가 없을 것이다. 마침내 카터가 북한을 방문하여 남북정상회담을 주선했을 때 DJ의 얼굴에는 함박꽃이 피었다. 그러나 이 어찌된 일인가! 정상회담을 얼마 앞두고 김일성 주석이 돌연 사망했다는 긴급 뉴스가 흘러나오는 것이 아닌가. 나는 그때 DJ와 함께 있었는데 그때의 놀람과 허탈함 그리고 막연한 불안감을 잊을 수가 없다. 다들 무엇인가에 크게 얻어맞은 것처럼 어안이 벙벙했다. 시계 제로의 미궁으로 빨려 들어가는 것 같은 느낌이 들었다.

그러나 독일식 흡수통일과는 다른, 평화통일 3대 원칙에 따른 3단계 통일 방안은 계속 논의되었다. 나는 사회·문화 분야의 책임을 맡아 남북한 교류협력의 기조가 될 '사회·문화 공동체'의 복원 문제를 많이 생각했다. 우리는 수시로 DJ와 만나 장시간 토론을 했고, 때로는 1박 2일 코스로 나가 새벽까지 의견을 나누었다. DJ는 놀랄 만큼 강한 체력으로 모든 토론을 끝까지 경청하는 모습을 보여주었다.

아무튼 나는 이런 대화들을 통하여 DJ가 정치가일 뿐 아니라 사상가로서도 손색 없는 능력을 가지고 있다는 점을 발견하고 감탄한 적이 한두 번이 아니었다. 그러나 그가 청와대의 주인이 된 후로는 그런 경험을 이어갈 수가 없었다. 업무 보고나 공식적인 자문 역할로 그를 만났을 때, 그의 담론은 항상 논리적으로 질서 정연했으며 설득력을 갖추고 있었다. 그러나 이것이 곧 대화를 이루는 것은 아니었다. 대화에는 쌍방의 자유로운 발언과 주의 깊은 경청이 필수적이기 때문이다. DJ가 이런 대화의 필요성을 느꼈다는 흔적은 여기저기에서 감지되었다. 그러나 이것은 소망으로 그친 것이 아닌가 싶다.

퇴임 후에 다시 만난 김대중

그러던 중 DJ는 임기를 마치고 청와대를 떠나게 되었다. 나는 다소의 설렘을 안고 그를 찾아갔다. 대통령과의 만남이라는 따따한 형식을 떠나 자유롭고 친근한 마음으로 인사를 드리고 싶었고, 그의 근황이며 심정도 알고 싶었다. 무엇보다 건강 상태가 몹시 궁금했다. 끊어진 대화를 어떻게 이을지 사뭇 흥분되기도 했다.

5년 넘게 지나 처음 동교동 집을 가보니 집 안은 깨끗했고 옛날의 실내 공간을 약간 더 밖으로 낸 것처럼 보였다. DJ가 보행에 많은 어려움을 겪고 있기에 2층으로 가는 승강기가 설치되어 있었다. 그리고 그 승강기 바로 옆에 조그만 온실이 있었다. 화초를 보관하거나 기를 수 있는 작은 공간을 마련했다는 것이다. 이를 두고 한때 신문에서 말들이 많았지만 실제와 유리된 공허한 말장난이었다.

내가 1층 거실로 들어갔을 때, DJ는 거동이 불편한 듯 똑바른 자세로 의자에 앉아 있었다. 그러나 특유의 미소로 나를 반겼다. 내가 의사는 아니지만 그의 얼굴은 염려했던 것보다 건강하게 보였다. 식사도 많이 좋아졌다는 말을 비서관으로부터 들었다. 그러나 목소리는 작았고 힘도 약하게 들렸다. 망가진 몸을 회복시키기 위해 스스로 노력하고 있다는 말을 할 때, 그래도 그의 눈은 빛났다.

놀랍게도 DJ는 그 자리에서 과거의 기억을 떠올렸다. 내가 영국으로

그를 찾아갔던 일, 그후 독일에서 있었던 일, 그리고 내가 귀국하여 『신
동아』에 DJ와의 만남을 적은 긴 글을 발표한 일, 이런 것들을 회상하며
나에게 감사의 뜻을 표했다. 가슴이 뭉클했다. 영광도 컸지만 시련을
안고 물러난 그의 마음 안에 이런 기억이 살아 숨쉰다는 것은 기쁜 일
이 아닐 수 없었다.

그러면서 그는 나에게 런던 하이드파크를 산책했던 것을 기억하느냐
고 물었다. 그 공원의 길목에는 당시 많은 화가들이 나와 그림을 그리
거나 작품을 전시하고 있었고, 여기저기에 공예품도 걸려 있었다. 그때
DJ는 남녀 화합을 상징하는 조그만 공예품을 하나 사서 나에게 주면서
안사람, 심영희 선생에게 갖다주라고 했었다. 그 공예품이 지금 잘 있
느냐고 그는 물었다.

나는 DJ 옆에 앉아서 그의 손을 꼭 잡고 제발 건강해야 한다고 애원
하다시피 말했다. 그러면서 가져간 조그만 선물을 풀었다. 그것은 내가
중국에서 샀던 크리스털인데, 투명함이나 정교함에서는 그리 탁월한
것 같지 않으나 힘차게 하늘로 비상하는 것 같은 말과 함께 그 옆에 '마
도성공'(馬到成功)이라는 네 글자가 새겨진 것이었다. 나는 이 말의 상
징과 DJ의 정신 사이에 유사성이 있다고 느꼈다. DJ와 함께 새로운 도
약을 시작하는 우리 민족의 기상 같은 것이 그 안에 있다고 느꼈다.

그러나 DJ는 선물을 살펴본 다음 "이것은 나보다 한 교수에게 더 필
요한 것 같은데……" 하고 말했다. 나는 곧장 아니라고 대답했다. 대통
령으로서의 임무는 끝났지만 나라와 민족의 장래를 위해, 또 인류의 보
편적 가치 실현을 위해 DJ가 수행해야 할 역할이 아직 남아 있다고 말했
다. 그러나 그는 끝내 고개를 저었다. "아냐, 나는 할 일을 다 했고 이제
는 욕심이 없어. 남은 일은 한 교수 같은 젊은 사람들이 열심히 해야지."

나는 DJ에게 혹시 노무현 정부에 대한 바람이 있는지를 물었다. DJ는 잠깐 망설이는 듯했다. 그러고는 노 대통령이 젊고 사리 판단이 정확해서 매사를 잘할 것으로 믿는다며 이런 요지의 말을 더했다. "어려운 여건 속에서 국민의 정부는 나름대로 여러 분야에 새로운 씨를 뿌리고 뿌리가 자라도록 노력했다. 그러나 과실을 따 먹지는 못했다. 노무현 정부는 이제 나무가 잘 자라도록 물도 주고 거름도 주어서 좋은 성과를 거두었으면 좋겠다."

이런 대화를 뒤로한 채 나는 집을 나왔다. DJ가 속히 건강을 회복하기를 바라는 마음으로. 나는 요즈음 일주일에 서너 번 정도 효창공원에 가면서 김구 선생의 묘소에 들러 이 땅에 김구 선생의 뜻이 이루어지도록 DJ의 건강을 기도한다. 그리고 김구 선생과 DJ의 운명적 연대를 생각해본다. 평심으로 돌아가보면, DJ는 이 시대가 낳은 위대한 인물이자 국제사회로부터 존경받는 지도자임이 분명하다. 그는 우리 민족의 큰 자산이라고 할 수 있다. 오늘의 험난한 국제 환경을 볼 때, 그가 협소한 국내 정치를 넘어 나라와 민족을 위해 큰일을 할 수 있기를 바라는 마음은 비단 나만의 생각은 아닐 것이다.

만해 한용운과 DJ의 공통점

DJ를 방문한 뒤 얼마 되지 않아 금년도 만해상 평화 부문 수상자로 DJ가 선정되었다는 소식을 들었다. 그리고 차제에 DJ에 관한 글 한 꼭지를 쓸 생각이 없느냐는 제안이 들어왔다. 그래서 이 글을 쓰고 있는 것이다.

만해상 심사위원회가 발표한 선정 이유를 보면, "소 떼를 몰고 분단의 상징인 판문점을 넘어간" 현대의 창업자 고(故) 정주영 회장이 그랬듯이, DJ가 추진했던 한반도 긴장 해소 정책이 의미 있는 결실을 맺고 있다는 것이 중요한 이유였다. 발표문을 인용하자면, DJ는 "분단 시대 한반도에 오랫동안 조성돼온 긴장과 갈등을 해소하기 위해 남북 화해의 첫 단계에 진입하는 데 크게 기여했다"는 것이다.

아울러 남북 화해의 짝패로서의 탁월한 외교 역량도 언급되었다. DJ는 한반도 평화를 위해 "관련 4대국의 서로 다른 이해를 넘은 이구동성"을 이끌어냈으며, "지구상의 모든 나라와 유엔의 만장일치 지지를 얻어낸 남북정상회담을 실현했다"는 것이다. 발표문에 의하면, DJ의 평화정책은 민족사적 의미만 갖는 것이 아니다. "냉전 체제의 유물을 청산하는 데 가장 먼저 해결해야 할 한반도 문제의 세계사적 발전"으로서 그의 사상과 정책은 큰 의미를 갖고 있다는 것이다.

그러나 나의 관심을 끄는 것은 만해 한용운(1879~1944) 신생과 DJ 사이의 공통점이다. 주지하다시피, 만해는 구한말의 어지러운 시대에 태어나 3·1 독립운동을 주도하는 등 일제 강점기 내내 민족의 독립과 해방을 위해 온몸을 던져 싸웠던 인물이다. 그러면서도 그는 전투적인 민족주의에서 끝나지 않고 불교의 유신을 통해 인류의 보편적 가치인 자유와 평등, 생명과 사랑, 그리고 평화의 이념을 추구하고 실천하는 데 앞장섰던 시대의 선각자였다. 즉 부조리한 시대와 대결하면서 또한 이를 초월했던 것이다. 이런 양면성이 만해 사상의 풍요로움과 역동성을 잘 보여준다.

나의 소견으로는 DJ의 매력도 바로 여기에 있지 않나 한다. 그는 냉전 세력과 군부독재 세력에게서 무수한 억압과 고통을 받았다. 죽을 고

비도 여러 번 넘나들었다. 만해가 일제 식민 체제에 반대하여 민족 독립을 주장한 것이 지극히 정당했듯이, DJ가 독재에 맞서 싸우면서 민주화를 옹호한 것도 지극히 정당한 일이었다. 그러나 DJ를 진정으로 DJ답게 만든 점은 그가 투쟁과 저항의 상징으로 끝난 것이 아니라, 모든 차별을 넘어선 인간의 보편적 가치, 생태와의 조화, 평등과 평화 같은 보편주의를 지향해나갔다는 사실이다.

DJ처럼 억울한 경험이 많아 한에 사무쳐 있을 법한 사람이 가슴을 열어 세상을 포용할 때 사람들은 감동을 느낀다. 자신을 박해했던 사람을 진심으로 용서할 때 큰 공명을 느낀다. 사실, 누구나 용서를 말할 수 있는 것은 아니다. 또 그래 본들 울림이 없다. 그러나 예수가 운명하기 전에 그를 십자가에 못 박았던 사람들을 용서한 것과 같은 위대한 사랑은 감동을 넘어 무아지경의 숭고함을 느끼게 한다.

화해와 용서의 도덕률

다음과 같은 일화가 생각난다. 1997년 9월 26일, DJ는 서울대 학부생들 앞에서 '아시아 민주주의와 인권'이라는 주제로 강의를 했다. 학부 학생들을 대상으로 한 DJ의 서울대 강의는 처음이었다. 수많은 학생과 교수 그리고 언론인들이 4동 대형 강의실에 몰렸다. DJ가 강의실에 들어오는데 그 입구에서 십수 명의 학생들이 반창고로 입을 막은 채 '전·노(全盧) 사면 절대 반대' 같은 피켓을 들고 시위를 벌였다. 당시 DJ는 가해자의 사과가 없이도 피해자는 용서할 수 있다고 주장했었다. 40여 분에 걸친 강의가 끝난 뒤 질의응답이 계속되었는데, 어느 학생의 다음과 같은 질문에 장내는 긴장감이 감돌았다.(한상진 편, 『동양의 눈으로 세계를 향하여: 김대중 서울대 강의와 인권 논쟁』, 나남출판, 1998: 54~58쪽)

저의 아버지는 김대중 후보의 열렬한 팬입니다. "이번에는 꼭 대통령이 되셔야 할 텐데……" 하고 말씀하시는 것을 여러 번 들었습니다. 마침 김 후보께서 서울대에 오신다고 해서 어젯밤에 아버지와 이야기를 나누었습니다. 김 후보를 좋아하는 아버지께 저는 이렇게 말씀드렸습니다. "김대중 씨가 대통령이 되어 봤자 달라질 게 없습니다." 아버지는 의아스런 눈으로 왜 그러냐고 물었습니다. "그분이 하시는 말씀을 들으니까 전두환, 노태우 이런 사람들 조건 없이 풀어줘야 한다고 하십니다. 그런 사람이 대통령이 되면 이전 대통령과 다를 게 뭐가 있겠습니까?" 이렇게 아버지께 말씀드렸습니다. 사면, 그 자체는 좋습니다. 그러나 사면은 벌 받을 사람이 "다시는 안 그러겠습니다" 그럴 때 용서해주는 것이라고 저는 생각합니다. 나는 잘못한 게 없고 계속 우기는 사람들과, TK 표가 몇 표인지는 모르지만, 그 표를 의식해서 타협을 한다는 것은 군부독재에 맞서 싸우신 양심에 비춰 부끄러운 일이 아닌가 생각합니다.

이에 대해 DJ는 이렇게 말문을 열었다.

정말 좋은 질문을 해주셨는데요, 여러분에게 이 문제에 대해서만은 좀 더 설명을 드리겠습니다. 여러분들이 젊은 학생들이니까 오해가 클 줄 압니다. 그러나 정직하게 바른대로 말씀드리겠습니다. 여러분, 저는 일생에 다섯 번 죽을 고비를 넘겼습니다. 공산당한테 한 번, 박정희 대통령한테 세 번, 전두환 시대 때 한 번, 이렇게요. 그리고 저는 6년을 옥살이했고 10년 동안 망명과 연금 생활을 했습니다. 그래서 16년 인생이 중단됐습니다. 어떤 사람은 저보고 젊다고 하는데요, 저는 "당연한 거 아니냐, 남들은 정상적으로 살았으니까 늙어야 하지만 나는 인생이 16년 중단되었으니 늙는 것도 중단돼야지" 하고 말합니다. 어떻든 16년 동안 굉장히 어려운 고생을 했습니다. 그 중에서도 제일 지독하게 당한 것은 전두환 시대였습니다.

그러면서 그는 1980년 법정에서 사형선고를 받은 후 최후 진술하던 때를 기억했다. 요행히 살아남아서 광주사태의 해법을 찾던 경험을 되살리면서 이렇게 단호하게 말했다.

저는 이 문제에 대하여 일관된 생각을 가지고 있습니다. 이것이 제 정치 철학이고 소신입니다. 최근 이 문제에 관해 저는 전두환 씨에게 사과하라고 했습니다. 사과하면 용서를 넘어서 화해가 됩니다. 최근 어느 주간지와 인터뷰했을 때도 이렇게 말했어요. "화해를 하는 것이 최고로 바람직하다. 그러나 가해자가 사과하지 않는다고 하더라도 피해자는 용서할 수 있다."

요컨대 DJ의 입장은 화해와 용서에는 구별이 있고, 화해가 가장 좋지만 용서하는 마음도 중요하다는 것이었다. 화해를 추구하되 이것이 안되면 차선책으로 용서하는 것이 도덕적 행동이라는 것이다.

DJ가 처음부터 이런 생각을 했던 것은 아니었던 것 같다. 그는 여러 자리에서 광주사태와 같은 과거 청산 문제의 해법을 제시했는데, 진상

규명에서 출발하여 정부에 의한 진실의 확인 및 공표, 이에 따른 피해자의 치유 시작, 희생자에 대한 명예 회복, 보상이나 배상, 인권 또는 민주화 운동의 기념 사업 등을 거론했고, 이런 맥락에서 항상 가해자의 사과를 먼저 요구했으며, 그 위에서 피해자의 용서를 주문했었다. 이것이 DJ의 화해 모델이었고, 어느 정도 국제적으로 통용되던 모델이었다고 할 수 있다.

그러나 그는 서울대 강의에서 피해자만이 행사할 수 있는 권리로서 용서의 가치를 적극 변론했다. 위의 모델에 따르면, 가해자의 사과가 없이는 열기 힘든 화해의 길을 새롭게 열려고 했던 것이다. 그 해법은 진실에 바탕을 둔 피해자의 용서였다. 이것은 물론 법률적인 문제가 아니라 도덕적인 문제였다. 즉, DJ는 피해자와 가해자의 대립을 넘어 진실에 바탕을 둔 도덕성의 우위로 피해자가 화해를 선도할 수 있다고 생각한 것이다. 우리는 여기서 역사를 보는 DJ의 낙관론과 보편주의 성향의 일면을 볼 수 있다.

지구적 민주주의와 생태 문제

DJ의 보편주의 사상은 1994년 11/12월호 『포린어페어스』(*Foreign Affairs*)에 실린 DJ의 글, 「리콴유에 대한 반론: 문화는 운명인가? 아시아의 反민주주의적 가치의 신화」에 잘 드러나 있다. 싱가포르의 지도자 리콴유가 아시아적 가치를 옹호했다는 점에서, 마치 DJ는 이 가치를 부정하고 서구적 인권과 민주주의의 보편성을 옹호한 것처럼 생각하는 사람들이 있는데 이것은 잘못된 해석이다. DJ는 이 글에서 아시아적 가치를 보는 다른 시각을 제시했다. 즉, 동양 문화의 이름으로 권위주의를 정당화한 것이 아니라, 반대로 동양 문화 안에도 인권과 민주주의에 부합되는 요소들이 많이 있다는 점을 논증했던 것이다. 이런 관점에서 DJ는 동양 문화의 눈으로 서구와 당당히 대화하려는 입장을 취했다. 즉, 그는 상대주의자가 아니라 보편주의자였다.

더 나아가 DJ는 '지구적 민주주의'(Global Democracy)의 개념으로 서구 문명의 한계에 도전했다. 국제적 불평등의 심각성을 지적하고, 인간만이 아니라 생태계와의 조화를 실현하는 새로운 문명의 건설을 지구적 민주주의의 과제로 제시했다. 이에 필요한 문화와 전통이 아시아에 풍부히 남아 있다고 역설했다. 그후 국내 계간지 『철학과 현실』(1993년 겨울호, 96~97쪽)과 가진 인터뷰에서 이에 관한 질문을 받고 DJ는 이렇게 대답했다.

> 오늘의 산업사회가 자연에 대해서 잘못을 범한 것은 성서에 대한 편협한 해석 때문이었습니다. 하느님이 세상을 창조하시고 인간에게 '다스리라'고 말씀하신 것을 인간이 자연을 마음대로 짓밟고 착취해도 된다고 해석하여 자연을 훼손하고 파괴하게 된 것이지요. 그러나 하느님께서 자연을 '다스리라'고 말씀하신 것은 '자연을 잘 가꾸고 보살피면서 같이 잘사는 방향으로 활용하라'는 것으로 해석해야 할 것입니다. 그래야 하느님이 창조하신 만물이 제대로 본성을 발휘할 수 있을 것이며, 하느님의 사랑이 보편적으로 실현될 수 있을 것입니다. 나무는 나무대로, 새는 새대로 본성을 잘 발휘할 수 있게 해야지요. 그런 의미에서 불교에서 말하고 있는 만유불성(萬有佛性)의 사상은 참으로 배울 점이 많이 있습니다.

이에 대해 질문자는 인간이 과연 인간 중심적인 사고를 벗어날 수 있는지 의문이라고 응수했고, 최근의 포스트모더니즘적 관점에서 보자면 DJ의 신인도주의와 지구적 민주주의에 대한 낙관론은 '고전적일 만큼 나이브한 감상주의'가 아니냐고 물었다. DJ는 그렇지 않다고 단호하게 대답했다.(위의 책, 107~108쪽)

> 국민국가 내에서는 소수가 다수를 수탈하고 그 권리를 빼앗는 일이 행해졌고, 세계적으로는 제3세계의 희생 아래 선진 국가들이 이익을 챙기고 향락을 누려왔으며, 또 우리들에게 아름다운 세상과 자원을 공급해주는 이 지구를 파괴시키는 등 과학의 힘을 빌린 근대화 과정 속에서 저질러진 비이성적인 일이 너무도 많았기 때문에 이성이 상당히 회의의 대상이 될 수밖에 없지만 (……) 그러나 역사는 지구적 민주주의와 신인도주의가 발전되는 방향으로 나아가고 있습니다.

그러나 자연과의 조화를 강조하는 DJ의 지구적 민주주의 개념은 그의 집권 기간 동안 빛을 보지 못한 채 녹슬어 있었다. 경제 위기의 관리, 경제성장의 과제에 우선 관심을 갖다보니 정책의 차원에서 환경 문제에 심각히 대응하기는 사실상 어려웠다. 물론 대통령 직속으로 '지속가능발전위원회'를 두었고 방대한 예산을 환경 분야에 투입했지만, 경제 구조조정이나 생산적 복지, 햇볕정책, 지식정보화 강국 등과 같은 일관된 환경정책 드라이브를 만들어내지는 못했다는 것이다. 그러나 DJ의 머릿속에 현실과 긴장을 보이는 보편적 생태 사상이 작동하고 있는 것은 분명하다.

보편적 세계주의를 향하여

DJ가 대통령이 된 후 새롭게 제시한 흥미로운 개념의 하나로 '보편적 세계주의'(Universal Globalism)가 있다. 이것은 1998년 11월 6일 DJ가 『코리아타임스』(*Korea Times*)에 기고한 글에서 시작한 것으로서, 어찌 보면 이것은 지구적 민주주의 개념의 연장인 것처럼 보인다. 그러나 역사상 패권국가가 주장하기 쉬웠던 '세계주의'의 시각을 DJ가 보편성의 차원으로 끌어올리려 한다는 점에서 무모한 듯하지만 도전적인 것처럼 다가왔다.

이런 과감한 용어 선택은 전례 없는 일이기도 했다. DJ는 왕년의 대중경제론에서 'DJ노믹스'(DJnomics)에까지 신중한 어법을 구사했다. 민족주의를 주장하되 열린 민족주의를 옹호했고, 분배를 강조하되 생산과의 조화를 중요시했다. 서민을 대변하되 중산층과 함께 가고자 했다. 그러던 그가 대통령이 되고 얼마 안 있어 적어도 사상의 면에서 자신을 얻은 듯 완전 개방 체제를 연상시키는 보편적 세계주의를 들고 나온 것이다.

이런 과감한 발상에 나는 아찔한 느낌과 함께 DJ가 붕괴 직전의 경제를 넘겨받아 전대미문의 과감한 수술을 계속하면서 터득한 21세기의 발전 방향을 이렇게 표현한 것이 아닌가 생각했다. 또한 그 안에는 서구의 패권국가들이 주장했던 세계주의에 대한 비판이 적어도 묵시적으로 녹아 있다고 느꼈다. '과거의 로마, 스페인, 영국 그리고 오늘날 미국의 세계주의는 진정한 의미의 보편적 세계주의가 아니다. 이것은 그들의 문명을 대변하는 지역적·패권적 세계주의에 불과하다. 그러나 이제는 진정한 의미의 보편적 세계주의가 필요하고 또 가능하다' 라는 은

밀한 메시지가 담겨 있는 것처럼 느껴졌다. 이런 새로운 시대를 여는 데 DJ는 아시아의 역할을 강조하고 싶었을 것이다.

그러나 보편적 세계주의의 개념은 체계화되지 못했다. 하나의 규범 또는 이상론으로는 매력적이나, 세계화의 객관적 추세는 DJ의 생각과 반대되는 모순과 문제들을 많이 안고 있다는 점을 직시하지 않을 수 없었다. 또한 우리 사회에 강한 민족주의적 가치를 어떻게 이 안에 포용할 것인가도 쉬운 문제가 아니었다. 그러나 DJ가 이런 사상의 경지에 진입했다는 것은 시사하는 바가 매우 커 보였다. 광대한 사유의 지평이 이로써 열릴 수 있기 때문이다.

또 하나 지적하고 싶은 점은 DJ가 보편적 세계주의의 가능성을 지식 정보혁명에서 보았으리라는 것이다. 현실 세계 안의 차별과 불평등은 아직 심각하지만, 지식정보혁명은 장차 어떤 정치 권력이나 지배 체제 또는 인습도 막을 수 없는 자유로운 정보 소통과 의견 교환을 가능케 할 것으로 예상할 수 있다. 따라서 언젠가는 국가나 인종·종교·계급·성·지역 간 차별의 장벽을 넘어 인간이 각자 이 세상의 주인으로서 자기 의지를 표현할 수 있는 미래를 꿈꿀 수 있다는 것이다. 이런 모습을 DJ는 보편적 세계주의라는 이름으로 응시하고 싶었을 것이다. 또한 이런 관점에서 DJ는 한국의 눈부신 초고속 정보 인프라 구축과 인터넷 공동체의 발전에 고무되어 국제사회에서 활발하게 지식정보화를 주장하고 디지털 디바이드의 문제에 깊은 관심을 피력했을 것이다.

안타까웠던 순간들

그러면 이제 거대 담론을 그만두고 땅으로 내려와 우리 역사 안에서 진보와 보수의 문제를 살펴보자. 이 글을 읽는 사람도 한때는 DJ의 사상이 급진적이고 과격하다고 가정했던 사람들이 적지 않을 것이다. 어쩌면 지금도 그렇게 생각하는 사람이 있을지도 모르겠다. DJ는 정말 과격하고 급진적인 사람인가? 진보적인 면도 있지만 혹시 생각보다 훨씬 보수적인 면은 없는가?

정직하게 말하자면, 나는 DJ가 결정을 내려야 할 때 그러지 못하고 우유부단한 것 같아 안타까움과 실망 속에 번민한 적이 있었다. 어찌됐건 그에게 투사된 강직한 이미지, 그에 대한 국민의 기대에서 보면 그는 빨리 결정을 내렸어야 했다. 무엇보다 도덕성을 중시했고 이것을 생명으로 삼았던 그가 막상 자신과 가족 및 아태재단 등의 문제에 부딪혔을 때, 마음을 비우지 못한 채 애써 쌓아온 도덕성의 자산이 물거품으로 사라질 때까지 주춤거리는 모습을 보고 어쩐지 이것은 내가 기대했던 DJ와는 다른 것처럼 느껴졌다. 그의 마음고생에 비하면 족탈불급(足脫不及)이겠으나 그를 자문해야 할 위치에 있던 나의 마음고생도 적은 것은 아니었다. 도대체 왜 이런 사태가 나오는 것일까?

DJ를 잘 아는 사람은 아마도 속 시원한 대답을 내놓을 수도 있을 것이다. 그러나 나는 여기서 다소 엉뚱한 우회로를 택하려고 한다. DJ는 우리 역사와 문화에 관하여 이런 견해를 피력한 적이 있었다. 우리 민족은 원래 진취적인 기마민족과 보수적인 농경민족의 체질을 같이 가지고 있었지만, 농경 생활이 오래 지속되면서 보수성이 훨씬 강화되었다는 것이다. 우리 민족의 장점은 외부의 침공이나 압제에 맞서 자기를 지키는 의지와 능력이 비상하다는 것이다. 그러나 개혁성이 강한 사람은 단명했다는 말도 그는 여러 번 했다. 장보고, 묘청, 정도전, 조광조, 최수운, 전봉준, 김옥균 등을 자주 거론했다. 요약하자면, 우리 민족은 자신의 본질을 지키는 데는 뛰어나지만 동시에 개혁은 싫어한다는 것이다.

이런 관찰이 맞는가는 논외의 일이다. 긴 역사에 대한 통찰인 만큼 일리가 있을 것이나, 오늘의 상황은 현저히 변하고 있다는 주장도 가능할지 모르겠다. 나의 관심은 이런 DJ의 관찰이 바로 DJ 자신에게 해당되는 것이 아닌가 하는 것이다. 그런 의미에서 DJ의 사상과 행동에는 미래 지향적 진취성이 강하지만 그 자신의 생활방식은 여전히 과거에 속한 인물이라고 할 수도 있지 않을까 한다.

내가 알기로 DJ는 자신의 정체성이나 본질을 부정하는 외부의 압력이나 억압, 협잡, 회유 등에 관해서는 시종일관 단호하게 맞섰다. 때로는 목숨에 연연치 않는 결연함으로 자신을 지키고자 한 것이다. 1973년 8월 6일, 그가 도쿄 호텔에서 납치되어 '용금호'라는 공작선으로 끌려가던 상황은 지금 생각해도 끔찍하고 소름이 끼친다. 그는 전신을 결박당한 채, 눈과 입을 막고 양 손목, 양 발목을 묶어 등에 판자를 붙이고 돌을 달아 바다 속으로 던져지기 일보 직전까지 갔다. 이때 그는 미국의 개입으로 간신히 생명을 건진 것으로 알려져 있지만, 그후로도 죽음의 위협을 당했다. 또한 그를 회유하고 포섭하려는 시도가 많았다. 그러나 그는 이것을 모두 물리쳤다. 이렇게 본다면 그는 분명 강직한 성품이다. 외부에 맞서 자신의 정체성을 지키려는 한국인의 얼을 스스로 실천한 셈이다.

그러나 뜻밖에도 DJ는 안으로는 너무 인정이 많고 부드럽고 약했던 것이 아닌가 한다. 밖을 향해서는 일사분란한 개혁 드라이브를 펼쳤지만 자신의 삶의 방식에 관해서는 한국 정치의 고질적인 인습에서 충분히 자유롭지 못했던 것처럼 보인다. 그는 때때로 "마음을 비워야 한다"고 말했고 스스로도 다짐했지만 실제로 마음을 비워야 할 때 비우지를 못했다.

DJ가 절대적 카리스마를 향유하고 있을 때, 그가 진정으로 원했다면 민주당을 근대적 국민 정당으로 탈바꿈시킬 수도 있었을 것이다. 그러나 그는 이것을 꼭 움켜쥐고 있었다. 그가 추구했던 기업의 투명성 원칙을 아태재단에 적용했다면 지배 구조를 그렇게 놔두지는 않았을 것이다. 두 아들 문제로 정국이 온통 들끓었을 때, 이런 문제에 관해서는 오직 DJ만이 용단을 내릴 수 있다고 보아 다들 그의 일거수일투족을 주시하는 상황에서 그는 끝내 윤리 문제에 대하여 결연한 지도자의 덕목을 보여주지 못한 채 만신창이가 될 때까지 끌려 다녔다. 결국 마음을 대승적으로 비우지 못한 탓일 것이다.

물론 DJ의 생활방식 안에 인습을 타파한 혁신적인 요소들이 많이 있다는 점을 모르지 않는다. 또 DJ만큼 국정의 모든 분야에 걸쳐 일관되게 개혁을 추진했던 인물은 우리 역사에서 찾기 어렵다. 이런 점에도 불구하고 DJ의 정치 스타일은 예민하고 날카로운 21세기형 윤리의식으로 무장되었다기보다는 소유와 통제의 인습 안에 갇혀 있었던 것이 아닌가 한다. 우리는 여기서 DJ의 진보성에 못지않은 그의 보수성을 발견할 수 있을 것 같다.

다시 불교로 돌아가서

마지막으로 나는 다시 이런 질문을 던지고 싶다. 훗날의 역사는 DJ를 어떻게 평가할 것인가?

분명한 점은 DJ는 아직 살아 있으며 그가 뿌린 개혁의 씨앗들이 도처에서 자라고 있다는 것이다. 인권과 민주주의, 생산적 복지, 남녀평등, 남북 화합 등의 가치들이 성장하고 있다. 세계화 시대의 당당한 주권국가 감수성이 개화하는가 하면 인터넷을 따라 새로운 참여문화가 꽃을 피우고 있다. 개방 체제를 향한 보편적 가치 또한 설득력을 얻고 있다.

이런 변화가 미국의 헤게모니를 포함한 국제사회의 변동과 어떻게 맞물릴 것인지, 또는 분단 체제하에서 기득권을 누려온 집단들의 이익과 어떻게 만날 것인지 누구도 단언하기 힘들다. 역사는 끊임없이 움직인다고 할 때, 과거의 사실 못지않게 미래의 발전이 우리의 평가에 영향을 미친다는 점을 놓쳐서는 안 될 것이다. 이런 점에서 우리는 역사 앞에 겸손할 필요가 있다. 열린 눈으로 현장의 흐름을 주시해야 한다는 것이다.

이런 상황에서 불교에 관한 최근 에피소드로 이 글을 끝내는 것을 기쁘게 생각한다. 지난 5월 8일 부처님오신날, 텔레비전에서는 석가탄신을 기념하는 봉축 법요식이 생중계되고 있었다. 나는 중앙종회 의장인 지하 스님이 발표한 '남북공동발원문'에 관심이 끌려 곧장 인터넷에 들어가 읽어보았다. 이것은 '불기 2547년 부처님오신날 조국통일 기원 남북(북남) 불교도 동시 집회'에 참가한 사부대중 일동의 이름으로 발표된 것이었다.

나는 여기서 만해 한용운 선생의 체취를 다시 읽는 느낌이었다. 6·

15 공동선언 이후 3년간의 경험을 명쾌하게 정리한 것을 보았다. "반세기 이상 이 땅을 갈라놓은 분열의 장벽을 헤치고 지맥과 혈맥이 이어지는 극적인 일들이 일어나고 있다." 그러면서 불교도들은 평화와 통일로 가는 길에 아직 많은 난관이 있으나 불심으로 화합하여 '이 땅에서 전쟁을 막고 평화를 정착'시키기 위해 부처님 앞에 다음과 같은 네 가지 서원을 올렸다.

1. 반전 평화옹호 운동을 전개한다.
2. 6·15 공동선언을 지켜나가기 위한 실천행동을 전개한다.
3. 민족의 존엄과 자주권을 수호하기 위한 다양한 활동을 전개한다.
4. 평화와 통일을 실현하기 위하여 7,000만 온 겨레의 뜻과 마음을 합친다.

이 얼마나 멋진 표현이며 결의인가! 나는 순간 만해와 DJ가 서로 손잡고 포옹하는 이미지를 연상했다. 협력 대신 분열, 칭찬 대신 비방, 신뢰 대신 불신, 자기 긍정 대신 자기 혐오의 증세가 판을 치는 척박한 정신 풍토가 한편에 있고 그 해악이 매우 심각하지만, 분단의 현실에서 평범한 상식과 이치에 따라 사물의 본질을 꿰뚫는 다수의 민초가 있다는 사실이 큰 위안이 된다고 느꼈다.

이런 시대의 흐름을 읽을진대 DJ는 결코 외롭지 않을 것이다. 만해 평화상 수상자로서 남북의 화해와 협력을 위해 그동안 해온 일들에 대해 보람과 긍지를 느껴도 좋을 것이다. 지나고 나면 별것 아닌 것 같지만, 역사의 한 걸음을 걷기 위해 얼마나 많은 피땀을 흘려야 했던가! DJ의 노고와 헌신 덕분에 남북 관계는 새로운 지평으로 올라서게 되었다. 또한 그의 깊은 사상과 경륜, 국제사회의 신뢰 등을 고려할 때 인류의 보

편적 가치인 인권과 정의, 그리고 한반도의 평화를 위해 DJ가 수행할 수
도 있는 역할이 아직 남아 있다는 생각에 많은 사람들이 동의할 것이다.

해외에서 바라본 김대중 대통령

한국과 아시아를 위한 새로운 유형의 지도자

미국 『뉴욕타임스』(*New York Times*), 니콜라스 D. 크리스토프(Nicholas D. Kristof), 1998. 2. 23.

머리는 삭발당하고 긴장한 몸에는 수의가 입혀졌다. 김대중 씨는 감옥 안에서 한 장의 담요 속으로 움츠러든 몸을 눕혔다. 그의 몸은 통제할 수 없을 정도로 몹시 떨고 있었으며, 자신의 아내와 세 아들의 인생을 망쳐버렸다는 절망감에 사로잡혔다. 그는 한국의 군사독재정권에 대한 저항 운동을 주도했다는 명목으로 사형선고를 받자, 당면한 죽음 앞에서 하느님에 대한 자신의 믿음을 새삼 느낌과 동시에 그동안 가졌던 모든 의심과 부족했던 용기에 대해 스스로를 힐책했다. 그는 그날 밤 기도하지 못하고 울었다고 한다. 하염없는 눈물이 그의 얼어붙은 뺨 위로 흘러내렸던 것이다.

이 일은 불과 17년 전에 있었던 일이다. 통곡과 절망이 가득한 그날 밤 이후 김대중 씨와 한국은 서로 다른 길을 가기 시작했고, 마침내 25일 김대중 씨는 한국의 대통령으로 취임한다.

김대중 차기 대통령은 흔히 아시아의 만델라로 묘사된다. 이는 만델라가 남아프리카공화국에서 그랬던 것처럼 그가 도덕적 권위로서 정부를 이양받은 데서 기인한다고 볼 수 있다.

대부분의 아시아 국가들이 자기 기반을 잃어버리고 있는 때에, 그리고 보다 견고한 정치·경제 구조를 모색하고 있는 시기에, 김대중 차기 대통령은 새로운 한국과 새로운 아시아에 대한 비전을 선언했으며, 사회정의를 강조하는 정치적 민주화와 시장경제에 기반을 둔 정책을 표방하고 있다. 그는 한국을 보다 새롭게 변모시켜 세계의 모범이 되도록 할 것이라는 의도를 분명히 밝히고 있다.

아시아의 만델라

영국 『타임스』(The Times) 사설, 1998. 2. 27.

이번 주 서울의 코발트빛 겨울 하늘에는 1,500마리의 비둘기가 날아올랐다. 이것의 상징성은 정치적 행사와 잘 맞아떨어졌다. 많은 한국인들이 가장 널리 알려진 정치범으로서 오랜 세월을 보냈던 야당 지도자 김대중 씨가 새 대통령으로 취임한 것을 축하했기 때문이다.

김대중 씨는 한국전쟁 이후 맞은 최대의 국난 속에서 당선되었기 때문에 4년 전 남아프리카공화국의 만델라 대통령이 누렸던 승리의 기쁨을 맛볼 여유도 없었다. 경제 위기에 처해 있지만, 그리고 한나라당이 국무총리 인준을 반대하고 있지만, 평화적 정권 교체의 아시아적 의미가 퇴색되어서는 안 된다.

만델라와 마찬가지로 김대중 대통령은 '승리를 아량으로'의 태도를 슬로건처럼 취했다. 김 대통령은 처음으로 대통령 선거에 출마한 1971년 이후 납치와 사형선고로 최소한 두 차례의 죽을 고비를 넘겼고, 6년간의 감옥 생활과 10년간의 가택 연금 및 망명 생활을 했다.

그러나 지난 12월 대선 승리 이후 그가 취한 첫 행동은 뇌물 수수와 반란죄로 1996년 수감된 두 전직 대통령의 석방을 요청한 것이었다. 이 두 사람들 중 한 명인 전두환 정권은 김 대통령에게 사형선고를 내린 바 있다. 취임식에 초대된 전두환 씨는 청중석에서 새 대통령이 "국민의 정부는 어떤 종류의 정치 보복도 하지 않을 것이다"라고 말하는 것을 들었다.

한국의 강력한 대통령 체제하에서 정치적인 색깔을 보일 수 있는 인물은 김대중 대통령이다. 김 대통령은 이미 지난 12월 재정적인 국가 부도 사태가 드러남으로써 일어난 국민들의 분노를, 고통을 극복하려는 애국적인 결의로 바꿔놓았다. 또한 IMF 구제 금융에 주저했던 그는 그것을 개혁을 위한 기회로 보고 현실적으로 받아들였다.

김 대통령은 "외국의 친구들로부터 도움을 받아야 하며, 이번 위기의 요인으로 한국의 부패한 체제를 비판해야지 외국을 비난해서는 안 된다"면서 외국인에 대한 적대감을 해소하려고 노력했다. 그는 한국의 강력한 노조로 하여금 정치적 해고를 받아들이도록 설득했고, 재벌들에게는 부채에 대한 구조조정과 보다 투명한 재무제표의 관리를 요구했다.

'차별과 우대 철폐'에 대한 김 대통령의 다짐은 정치 부패와 경제 재난을 초래한 정경유착에 타격을 주었다. 그의 메시지는 '수레의 두 바퀴'처럼 민주주의와 자유시장 체제가 함께 가야 한다는 것이다. 이번 금융 위기에 대한 한국의 신속한 대응은 인도네시아의 경우와 비교되어 모든 아시아 국가들에게 교훈을 주게 될 것이다.

한국 경제 회복의 영웅은 김대중 대통령과 그의 정부

『불확실성의 세계』(In an Uncertain World) 중에서, 로버트 루빈(Robert Rubin) 전 미 재무장관

한국에는 경제 위기가 닥칠 염려가 없다고 생각했었다. 한국 경제는 세계 11위로, 수십 년간 놀라운 성장을 해왔고, 멕시코에 이어 신흥 시장으로서는 두번째로 OECD에 가입하는 등 성공을 이룩했기 때문이다. 하지만 1997년 한국에도 외환 위기가 닥쳤고, 외화 유출이 급격하게 일어나기 시작했다.

지정학적으로 그리고 경제적으로 봤을 때, 한국의 위기는 새로운 도전 과제였다. 한국의 경제 불안정 때문에 북한이 군사적 위협을 가해올 수 있었기 때문이다. 또한 한국은 태국이나 인도네시아보다 세계 경제 속에 훨씬 더 밀접하게 연관되어 있었다. 미국에 한국의 은행 지점들이 나와 있고, 영국 같은 선진국에 한국 소유의 공장이 있는 등 세계 경제와 뿌리 깊게 연결되어 있었다. 우리의 초점은 어떻게 신뢰도를 회복하고 외화 유출을 막을 수 있는가에 있었다. 한국의 외환 위기는 한국뿐 아니라 세계 나머지 국가들에게도 중요한 문제였다.

우리 재무부와 정부의 외교정책 담당자들은 외환 위기를 서로 다른 관점에서 바라보고 있었다. 올브라이트 국무장관과 외교정책 자문들은 미국의 중요한 동맹국인 한국과의 관계가 어떻게 변하느냐에 대해 우려하고 있었다. 한국의 불안정을 기회로 북한이 군사적 위협을 강화시킬 가능성에 대해 걱정했던 것이다. 그들은 인도네시아에 도움을 주었던 것처럼 신속하게 한국을 도와야 한다고 주장했다. 하지만 재무부 관리들과 경제학자들은 인도네시아에 돈을 빌려준 것이 별 효과를 올리지 못한 예를 들며, 확실한 개혁 의지나 약속 없이 IMF나 미국이 한국에 도움을 주는 것은 위험하다고 결론을 내리고 있었다.

우리의 견해는 대대적인 개혁만이 한국이 신뢰도를 회복할 수 있는 길이라는 것이었다. 한국과 끊임없는 협상을 벌였고, 결국 한국은 IMF의 조건들을 진지하게 고려하기 시작했다. IMF 차관 도입으로 한국의 경제 상황이 해결되기를 기대했지만, 상황은 조금 호전되다 오히려 악화되었다. 그후 외화 유출은 심화되었다. 설상가상으로 한국은 당시 대선이 얼마 남지 않은 상황이었다.

김대중 대통령이 당선된 후, 재무부 관리 데이비드 립튼은 김대중 대통령의 개혁 의지를 살피기 위해 서울로 떠났다. 립튼의 김대중 대통령 예방은 아주 희망적이었다. 김대중 대통령은 한국인들이 계속 모든 것을 미국과 IMF의 탓으로 돌리면 문제를 해결할 수 없을 것이라고 말했다. 그리고 이 문제는 세 가지 측면에서 해결해야 한다고 얘기했다. 첫째, 정부는 구조조정을 단행해야 하고 둘째, 재벌들도 구조조정을 실시해야 하며 셋째, 한국 기업들이 수익성을 회복하기 위해서는 어느 정도의 정리해고와 임금 삭감이 불가피하다는 것을 노조들은 이해해야 한다는 것이었다.

경제·금융 등 부문별 개혁에 대한 김대중 대통령의 헌신과 국제사회의 재정적 지원 때문에, 우리의 노력은 한국에서 바람직한 결과를 가져오는 듯했다. 한국의 원화 환율과 주식시장은 안정을 되찾았다. 위기가 다른 곳까지 확산될 우려는 수그러들었고, 세계 금융 제도에 대한 우려도 잠재울 수 있었다. 1998년에도 몇 번의 위험한 순간들이 있었지만 전반적으로 한국 경제는 꾸준한 회복세를 유지하게 되었다.

외환 위기 극복에 가장 중요했던 것은 IMF도 미국 재무부의 도움도 아니었다. 바로 한국 스스로의 대처였다. 나는 한국 경기 회복의 영웅들인 김대중 대통령과 그의 정부가, 든든하고 용기 있는 정치 지도자들이 경제적 어려움을 극복하는 데 얼마나 큰 역할을 할 수 있는지를 몸소 보여주었다고 생각한다.

성공적인 구조 개혁으로 경기 회복 지속

『OECD 경제 전망』(*OECD Economic Outlook*), 2000년 상반기

금융 부문의 구조조정과 기업들의 재무구조가 개선되면서 1999년과 2000년 초에 한국 경제는 모든 지표에서 좋은 성적을 내고 있다. 한국전쟁 이래 가장 심각한 경기 침체 이후, 한국 경제는 1999년 거의 11%의 성장세를 기록하며 회복되었다. 실업률은 5% 이하로 떨어졌고, 물가 상승률도 1.5%에 불과하다. 잠시 증가했던 수요가 다시 감소하고, 기업들의 재고가 줄어들며, 재무건전성을 높이기 위한 노력들이 이행되면서 2001년에는 경제성장률이 더 지속 가능한 6%대로 감소할 것으로 보인다.

1998년 거의 7%의 경제성장 둔화세 이후 민간 소비와 기계 설비 투자 때문에 1999년에는 큰 폭의 회복세를 볼 수 있었다. 수입의 증가로 경상수지 흑자는 1998년의 약 13%에서 1999년 6%대로 감소했다. 같은 기간 실업률은 고용의 증가로 1999년 초의 약 8%에서 2000년에는 4.75%로 감소했다. 경제성장의 빠른 속도에도 불구하고 소비자물가 상승률은 에너지와 농산물을 제외하면 낮은 수준을 유지했다. 하지만 아직 경제적 장애물들이 존재하는 것이 사실이다. 실업률은 과거 평균에 비해 아직 높은 수준이고, 노동 참여율은 낮으며, 공장 가동률은 과거 경기 팽창기의 절정 때보다는 낮은 수준이다.

성공적인 구조 개혁과 이를 뒷받침하는 거시경제정책들로 초기의 경기 회복은 지속되었다. 은행들의 콜금리는 1999년 초부터 5% 이하로 유지되고 있다. 1999년 중반 한국에서 두번째로 규모가 큰 대기업이었던 대우그룹의 해체로 환율이 오르고, 장기 금리가 크게 상승되는 결과를 가져왔다.

그러나 정부는 대우그룹의 붕괴가 금융시장에 미치는 영향을 경감시키기 위한 정책들을 통해, 대우 해체가 실물경제에 미치는 부정적인 결과를 줄일 수 있었다. 원화 가치도 다시 오름세를 회복하여, 아직 외환 위기 전보다 20% 낮은 수준이지만, 현재 1999년 9월 달러 대비 가치보다 10% 가량 상승했다.

재정정책 또한 경기 회복에 기여했다. 정부 지출은 1997년~1999년에 이행된 실업 대책을 반영하여 1/4 가량 증가했다. 그 결과 정부 부채는 같은 기간 동안 GDP의 14%에서 22%로 크게 증가했다. 이 수치는 아직 OECD 평균에 현저히 못 미치는 수준이다. 하지만 이뿐만 아니라 64조 원 (GDP의 14%)이 금융 부문 구조조정을 위해 정부 보증 대출로 사용되었다. 1999년 세수의 큰 증가는 1998년 GDP의 4%였던 예산 적자를 3% 이하로 떨어뜨렸다. 2000년 초에는 2004년까지 예산 균형을 이루기 위해 정부 지출 증가율을 명목 GDP 증가율보다 2% 포인트 낮은 수준까지만 허용할 계획이다.

김대중 대통령의 효과적인 리더십으로 한국 경제 강한 회복세

「IMF 의향서」, 2000. 6.

한국 국민의 결의와 김대중 대통령의 효과적인 리더십에 힘입어 한국 경제는 1997년 12월 IMF와 대기성 차관 협약을 체결한 이래 강한 회복세를 보이고 있다. 성장이 급속히 회복되고 물가는 안정되었으며, 실업률은 하락하고 투자와 수출은 증가하였다. 긴급지원자금(SRF)을 조기에 상환하였으며 국가 신인도도 투자 적격으로 상승하였다.

경제 회복은 정부의 고금리정책과 재정 확대에 힘입은 바 크며, 개혁 수행에 필요한 사회 통합을 위해 정부는 사회 안전망 확충에 노력하였다. 경제 회복과 함께 재정수지도 개선되어 2000년에는 이자 비용을 제외한 기초 재정수지가 흑자로 전환될 것이다.

은행 부문의 구조조정은 잘 추진되고 있으며, 향후 금융 개혁은 관행을 개선하는 데 주안점을 둘 것이다. 차주의 미래 상환 능력에 바탕을 둔 새로운 자산 건전성 분류 기준이 1999년 말에 도입되었다. 정부는 기업 구조조정을 강력히 추진할 것이며, 대우그룹의 해체는 이런 점에서 큰 진전이다. 재벌들의 부채 비율은 현저히 낮아졌으며, 향후 진전 상황이 지속적으로 감시될 것이다. 노사 관계는 훨씬 안정되었으며 공공 부문에서는 많은 공기업이 민영화되거나 구조조정되고 많은 정부 규제가 철폐되었다.

남북한의 양 김金이 만나다

영국 『파이낸셜타임스』 사설, 2000. 6. 13.

반세기의 공백 후, 하루는 아무것도 아니다. 오늘 남북정상회담에서 중요한 점은 북한 측의 밝혀지지 않은 이유로 회담이 24시간 연기된 것이 아니라, 마침내 대화의 문을 열었다는 사실에 있다. 비록 갈 길이 멀지만 이번

회담은 가장 위험한 지역에서 긴장 완화를 위한 길을 열었다. 이번 정상회담은 역사적 기회가 될 수 있다. 북한 정권이 몹시 기분 나쁜 것은 사실이나, 그래도 점진적이고 평화적인 변화가 폭력과 무질서의 폭발보다는 훨씬 낫다. 북한이 더 활짝 열릴 수 있도록 용기를 북돋아줘야겠지만, 그것은 그 진행 과정에 대해 북한 자신이 위협이 아닌 편안함을 느껴야 가능할 것이다.

양 김金의 정상회담

독일 『쥐트도이체차이퉁』(Süddeutsche Zeitung) 사설, 헨릭 보르크(Henrik Bork), 2000. 6. 14.

한반도에서 통일이라는 목표의 달성은 상당한 시간이 지나서야 가능할지 모른다. 그러나 김대중 대통령은 6월 13일 북한 독재자 김정일을 만나기 위해 평양을 방문, 화해의 손을 내미는 정상회담에 돌입함으로써 통일을 향한 첫걸음을 내디뎠다. 이는 냉전의 마지막 잔재인 한반도의 분단이 아직 몇 년 또는 몇십 년간 더 지속될 것인가 하는 문제와는 무관하다. 이번 남북정상회담은 1970년 브란트와 슈토프가 만난 동서독 정상회담에 비견될 수 있다. 남북정상회담은 이미 상호 접근 단계가 절정에 와 있음을 의미한다. 이번 정상회담은 훗날 한반도 통일의 출발점으로 기록될 것이다.

남북 정상의 공동선언을 환영한다

일본 『요미우리신문』(讀賣新聞) 사설, 2000. 6. 15.

사상 최초의 남북정상회담을 실시한 한국의 김대중 대통령과 북한의 김정일 국방위원장이 합의의 성과를 의미하는 '남북공동선언'에 서명했다. 남북의 최고 정상이 직접 대화를 통해 얻어낸 합의다. 공동선언의 내용이 착실히 실행되어 최고 정상의 상호 방문이 정착되면 한반도의 냉전 구조가 무너지게 된다. 이번 합의를 환영한다.

최근 들어 남북 관계는 개선되어왔지만, 이번 정상회담과 공동선언으로 보다 크게 진전되었다고 평가할 수 있다. 김대중 대통령이 북한에 대해 끈질긴 접근을 계속해온 결과라고 할 수 있을 것이다.

정상회담의 성과는 김 대통령의 대북정책의 유효성을 증명했다. '햇볕정책'은 흡수통일을 지향하지 않고, 북한의 무력 도발을 용인하지 않으며, 화해와 협력의 진전을 통한 견고한 안보 유지를 기초로 한다.

평화와 화해의 새로운 이정표

중국 『인민일보』(人民日報), 쉬바오캉(徐寶康), 2000. 6. 16.

남북정상회담이 6월 15일 막을 내렸다. 쌍방은 이번 회담이 상호 이해 증진과 남북 관계 발전, 평화통일 실현에 중대한 의의를 가진다고 발표했다.

이는 한반도 분단 55년 이래 남북한 관계의 중대한 변화로서, 남북이 화해·협력·평화통일이라는 길을 향한 새로운 이정표를 만든 획기적 사건으로 환영하고 경축할 가치가 있는 일이다. 삼팔선에 봄바람이 불고 있다. 수많은 역사적 사실이 증명하듯 화해와 협력을 선택하는 민족은 역사적 보답을 받을 것이다.

한반도의 희망

프랑스 『르몽드』(*Le Monde*) 사설, 2000. 6. 18.

아시아의 냉전이 끝나려는 것 같다. 이번 주 남북 정상의 만남은 역사적 사건이다. 반세기 동안 적대 관계를 유지했으며 최근까지도 지구상의 가장 위험한 지역이었던 한반도에서, 6월 15일 남북이 '자주적 통일 실현' '이산가족 문제의 조속한 해결' 등 몇 가지 원칙에 합의했다. 그러나 남북 두 정상이 서로 이야기를 나누고 통일 전망을 함께 검토했다는 사실 자체가 간과되어서는 안 될 중대사이다.

따라서 우리는 한반도 상황을 이해해야 할 필요가 있다. 남북정상회담의 시작은 현재로서 긴장 완화를 약속한 것에 불과하며, 이 약속을 현실 정책의 바탕 위에서 풀어내야 한다. 김대중 대통령이 평양에 간 것은 50년 전부터 독재체제에 예속된 채 살아가고 있는 2,000만 북한 주민을 가능한 한 빨리 해방시켜줄 생각에서가 아니다. 그 반대다. 그는 북한 체제가 폭발하지 않도록 최선을 다하기 위하여 북한에 간 것이다.

노벨평화상이 김 대통령의 통일 노력에 주어져

미국 『뉴욕타임스』, 하워드 W. 프렌치(Howard W. French), 2000. 10. 13.

김 대통령은 민주주의의 오랜 투사로서, 민족 화해를 위한 그의 지칠 줄 모르는 추진력은 분단된 한국의 두 지도자 간에 6월 정상회담을 이루어냈다. 전쟁이 끝난 이래, 남북한 사이에 최종적인 평화가 그 어느 때보다 가능하게 보이는 것은 크게는 북한을 포용하고자 하는 그의 노력 때문이다. 그리고 오늘의 수상 소식으로 5년 임기의 절반을 마친 김 대통령의 희망이 정말로 이루어진 것으로 보인다.

김 대통령의 생애는 행동과 역사, 그리고 다양성으로 점철되어 있어서 그 상세한 내용은 두세 권 분량의 전기가 되고도 남는다. 그의 생애에서 가장 암울한 대목 중의 하나는 1973년 일본에서 망명 생활 중 도쿄의 한 호텔에서 한국 정부 요원들에게 납치되어 온몸이 묶이고 두 눈에 붕대가 감긴 채 바다에 던져지기 직전 미국 기관원이 개입해 구출해준 것이다.

그가 대통령 취임 후 맨 처음 취한 조치는 야당 지도자라는 이유로 그에게 사형을 선고했던 전직 군장성들에 대한 사면이었다. 이것은 그가 오랫동안 지녀온 철학─남아프리카공화국의 지도자이며 노벨평화상 수상자인 넬슨 만델라와 비견되는─에 걸맞은 것이었다. 김 대통령의 투쟁은 낙관주의, 조용한 자기 확신, 그리고 무엇보다 끊임없는 인내로 특징지을 수 있다.

한국을 위한 만델라

독일 『디벨트』(Die Welt), 베른트 바일러(Bernd Weiler), 2000. 10. 14.

그는 추방과 정치적 탄압을 겪었으며, 사형선고까지 받았었다. 그렇지만 김대중 대통령은 결코 자유와 인권 그리고 통일을 위한 강력한 투쟁을 포기하지 않았다. 이제 이 한국의 대통령이 노벨평화상의 수상자로 선정됐다.

김 대통령은 조국과 신념을 위해서라면 목숨까지 버리겠다는 의지를 갖고 있다. 그는 이를 여러 차례 입증해 보였다. 그는 몇 번인가 죽음의 고비를 넘겼다. 그의 목숨을 노린 자들은 민주주의와 인권을 위한 그의 투쟁을 두려워했다.

김대중 대통령에 대한 노벨평화상 수여는 1971년 빌리 브란트 전 독일 총리에 대한 수여와 비견되고 있다. 이 두 인물은 모두 냉전을 종식시키는 데 결정적인 기여를 했기 때문이다. 또한 김 대통령이 '아시아의 만델라'로 불리는 것도 우연한 일은 아니다. 독실한 가톨릭신자인 김 대통령은 역시 노벨평화상을 수상했던 만델라 남아프리카공화국 대통령과 마찬가지로 인내심과 불굴의 의지를 보여주었다.

당연히 받아야 할 상

미국 『워싱턴포스트』(Washington Post) 사설, 2000. 10. 14.

우리는 김 대통령이 이번 상을 받게 된 것은 더 큰 이유에서라는 점을 역사가 조명해주리라고 생각한다. 그는 자유가 보편적인 가치이며 민주주의는 보편적 욕구로서 어느 특정 인종이나 지리, 문화에 국한되는 것이 아님을 증명하는 데 큰 몫을 했다.

오늘날 김 대통령의 모범과 오랜 투쟁 덕분으로 한국뿐만 아니라 대만, 필리핀 그리고 인도네시아에 민주주의가 존재한다. 말레이시아나 홍콩처럼 자유를 아직 획득하지 못한 나라의 국민들은 김 대통령을 통해 영감과 교시를 얻는다. 그리고 중국의 노년 집권층처럼 민주정치가 아시아에 부적합하다고 여전히 우기고 있는 사람들은 김 대통령의 생애를 보고 오직 수치감을 느낄 것이다.

노벨평화상, 전 세계에 용기를 준 김대중 대통령이 수상

일본 『아사히신문』(朝日新聞) 사설, 2000. 10. 14.

한국의 김대중 대통령이 올해의 노벨평화상을 받는다. 누구나 납득이 가는 수상이다. 진심으로 축복하고 싶다. 수상 이유로는 독재정권하에서 한국의 민주화를 위해 목숨을 건 투쟁을 한 점, 그리고 민족의 비원인 남북 간 적대 관계를 해소시키려는 노력의 일환으로 북한의 김정일 위원장과 역사적인 회담을 통해 냉전 종결의 희망을 가져다준 점 등을 들 수 있다.

또한 보편적인 인권을 옹호하며 미얀마의 민주화를 요구하고 동티모르에서의 주민 탄압에 반대한 것, 일본과의 역사 인식을 둘러싼 불화에 종지부를 찍어 화해로 향하게 했다는 공적도 높이 평가받고 있다.

축하합니다, 김대중 대통령. 이 노벨평화상은 민주와 인권, 평화와 화해를 바라는 모든 사람들에게 수여되었다고 할 수 있을 것이다. 분단으로 고생하는 사람들에게 긍지와 용기를 주는 계기가 될 것이다.

김 대통령의 행적은 한반도를 초월한다

미국 『로스앤젤레스타임스』(Los Angeles Times) 논평
로버트 뒤자릭(Robert Dujarric), 2000. 10. 15.

김 대통령의 노벨상 수상은 한반도 화해를 위한 외교적 노력에 대한 보상이다. 수년간 추진되어온 그의 정책은 평화와 궁극적인 통일을 향한 과정이 시작되었음을 보여준다. 이러한 정책을 추진하는 가운데 그는 상당한 위험을 초래하였다. 북한은 아직 양보하려 들지 않고 있고, 야당은 그의 일방적인 몸짓을 심하게 비판해오고 있다.

김 대통령의 노벨상 수상은 한국의 정치가 자유민주주의로 전환한 것에 대한 보상이다. 1960년대와 1970년대, 한국은 고도의 근대화를 이룩하였으

나 정치 분야는 구태를 벗어나지 못했고, 강성 군인들에게 이끌려왔다. 김 대통령의 당선은 민주주의로의 전환을 상징한다. 그는 사형선고를 받고 수감 생활을 하다가 대통령에 당선된 사람이다. 그의 운명은 한국과 대만, 중국 등 아시아의 새로운 자유민주주의 국가들 간에 차이가 있음을 보여준다.

김대중 대통령에게 경의를

프랑스 「르몽드」 사설, 2000. 10. 17.

한국인에게 처음 수여된 이번 노벨상은 수천 년 역사와 문화를 자랑하며 많은 시련을 겪어온 나라에 대한 경의의 표시이기도 하다. 한국은 1945년 일제에서 해방된 후 냉전의 인질이 되어 동족상잔의 비극을 치렀으며, 남과 북에 각각 별도의 정부를 두게 됐다. 대북 유화정책을 통하여 반세기에 걸친 남북 간 적대 관계를 청산하려는 김대중 대통령의 단호한 의지가 노벨위원회의 결정에 주된 동기를 제공했다. 김대중 대통령은 15년 전부터 '노벨상감'이었다. 남북 교류를 촉발시킨 지난 6월 김정일 북한 지도자와의 정상회담이 그가 노벨상을 수상하는 데 촉매제가 됐다. 이번 노벨평화상은 그가 끈질기게 시도해온 남북 화해 노력에 대한 지지의 표현이다.

김 대통령, 노벨상 받을 자격 충분

미국 『타임』(Time), 팀 래리머(Tim Larimer), 2000. 10. 23.

김대중 대통령의 일대기는 끝없는 줄거리 변화, 추락, 재기, 죽을 고비 등으로 점철되어 있어 할리우드조차 억지라고 할 영화 대본을 방불케 한다. 김 대통령은 지난주 노벨평화상을 수상함으로써 영화 같은 일생에 또 한번 큰 변화를 가져왔다. 그는 "나는 나 자신이 용기가 있다고 생각지 않는다" 고 말하며 "한국 역사의 어려운 시기에 내가 그런 투쟁을 한 것을 자랑스럽게 여긴다"고 덧붙였다.

비판가들은 그가 권력욕과 국민의 갈채에 집착한다고 주장한다. 물론 정치인치고 야심이 없는 사람은 없지만, 그런 야심을 어떻게 쓰느냐에 따라 평범한 정치인에서 정치가로 거듭나게 된다. 김 대통령의 경우, 그의 희생과 업적이 단지 개인적인 욕심 때문이라고 주상하기는 어려울 것이다.

노벨평화상의 적임자

노르웨이 『닥사비센』(Dagsavisen) 특별 기고
엔스 스톨텐베르크(Jens Stoltenberg) 노르웨이 총리, 2000. 12. 8.

노벨위원회가 김대중 대통령을 수상자로 결정한 것은 아시아 민주주의를 대표하는 분에게 합당한 예우를 해준 것이라고 할 수 있다. 그는 특히 금년 6월 북한의 김정일 국방위원장과 남북정상회담을 성사시킴으로써 남북한 7,000만 한국인들에게 한반도 평화통일의 희망을 심어주었다.

과거 노벨평화상은 수상자가 발표된 이후 수상자의 자격 문제에 대한 논란이 있었으나, 이번 김대중 대통령의 경우에는 단 한 건의 반대 의견도 없었다. 김대중 대통령은 노벨평화상을 받을 만한 충분한 자격이 있는 분이다.

아시아의 인본주의

노르웨이 『아프텐포스텐』(*Aftenposten*) 사설, 2000. 12. 11.

군사독재하에서 납치, 사고를 가장한 살해 기도, 사형선고 등 온갖 박해를 받아온 김 대통령은 민주주의와 인권이 얼마나 중요한지 잘 알고 있다. 이러한 그의 체험이 한반도에 민주주의를 정착시키고, 북한과의 화해를 도모하는 데 밑거름이 되고 있다. "아시아에는 서구보다 훨씬 더 이전에 인권 사상이 있었고, 민주주의와 상통한 사상의 뿌리가 있었다"라고 하면서, "서구의 민주주의는 민주적 뿌리가 있는 아시아에서 채택될 때 훌륭하게 기능할 수 있을 것"이라고 강조한 김 대통령의 주장을 우리는 귀담아 들을 필요가 있다.

개혁을 선도하는 한국

홍콩 『아시안월스트리트저널』(Asian Wall Street Journal)
도미니크 드보르-프리코(Dominique Dwor-Frecaut), 2002. 5. 8.

이번 월드컵을 보기 위해 한국과 일본에 오는 축구 팬들은 두 나라가 서로 다른 길로 가고 있는 것을 발견할 것이다. S&P는 최근 일본의 국가 신용 등급을 AA-로 하향 조정했으며, 무디스는 A1 혹은 A2로의 하향을 발표할 예정이다. 이렇게 되면 일본은 한국보다 한 단계 위에 놓이게 된다. 무디스는 한국의 구조조정 노력을 인정, 국가 신용 등급을 두 단계 올린 A3로 상향 조정했다.

한국은 이제 세계의 모범 경제국이 되었다. 세계 최고인 80% 이상의 초고속 인터넷 접속률을 자랑하는가 하면, 주식 거래의 65%는 온라인으로 이루어진다. 재벌 개혁의 결과 '현대자동차'와 '삼성전자' 같은 세계적 수준의 기업들이 탄생했다.

국제사회는 선배보다 후배에게 더 가혹하다. 한국이 금융 위기 때 고통을 겪던 것과는 대조적으로 일본이 추락하는 신용 위기 속에서 지속적인 안정을 누린 것도 그 때문이다. 그러나 한국은 위기에서 교훈을 배워 개혁에 착수했다. 그 결과 한국의 신용 등급은 계속 올라가 내년에는 일본과 같아질 것으로 보인다. 이는 시장의 추세가 신흥 경제의 정책 오류에 대해서는 선진 경제에 대해서보다 더 가혹한 형벌을 내린다는 것을 말해준다. 도쿄가 시급한 개혁을 하지 않고 있는 것이 그 예이다.

한국의 큰 성과

미국 『비즈니스위크』(Business Week) 사설, 2002. 6. 10.

5월 31일 개막되는 한 달간의 2002년 월드컵 대회를 위해 한일 양국을 오가는 전 세계 축구 팬들은 공동 주최국의 차이점을 발견할 것이다. 물론 일본이 훨씬 부유하지만 장기간 경기 침체와 취약한 정치 리더십 때문에 무기력해져 있다. 한국은 현재 축제 분위기다. 경제는 1/4분기에 5.7% 성장했다. 초고속 인터넷 보급률이 세계 1위이고, 인구 4,700만 명 가운데 휴대폰 사용자는 3,000만 명을 자랑한다.

한국의 재벌은 몸집을 줄였고 업종이 전문화되었다. 현대는 세계적인 자동차 경쟁사가 되었고, 삼성전자는 제품 디자인 상 수상으로 전 세계에 파문을 일으키고 있다. 한국의 대중음악과 영화는 일본, 대만, 중국에서 인기를 끌고 있다. 1998년 경제 붕괴와 IMF 구제 금융이라는 체면 손상을 겪은 후 결국 놀라운 변화를 가져온 것이다. 김대중 대통령과 그의 경제 팀에게 당연히 공로가 돌아가야 할 것이다.

한국 경제의 구세주—정보기술

홍콩 『파이스턴이코노믹리뷰』(*Far Eastern Economic Review*)
존 라킨(John Larkin), 2002. 7. 18.

아시아에서 한국만큼 정보기술(IT)의 영향을 실감하는 나라는 아마 없을 것이다. 4년 전의 금융 위기에서 한국을 구해낸 IT는 산업·교육·정치 등 사회 각 분야에 파고들어 새로운 일자리를 만들고, 과거의 낡은 기업 관행을 뒤흔들면서 사회적 변화를 촉진하고 있다. 한국의 성취는 아시아 신흥 국가들에게 하나의 '이정표' 역할을 하고 있으며 저임금 노동을 위주로 하는 중국이 따라가기에는 아직 버겁다. 美 카릴그룹 산하 증권 회사의 서울 지점장인 마이클 김 씨는 "한국은 아시아의 리더가 되고 있으며 이 방면에서 실제로 일본을 추월했다"고 밝혔다.

IT에 대한 한국 사람들의 애정은 인터넷에만 그치지 않는다. 컴퓨터칩이 아직도 기술 부문 수출을 지배하고 있으며, 고부가가치의 기기들이 그 뒤를 쫓고 있다. 현재 세계에서 사용되는 휴대폰 5개 중 1개, 최신형 TV와 컴퓨터의 평면 모니터 가운데 거의 절반은 한국 제품이다.

한국 경제에서 가장 성장이 빠른 IT산업의 GDP 점유율은 13%로 선진국 중 최고치이다. 뿐만 아니라, 지난해 총 수출액은 400억 달러로 전체 수출액의 25%를 차지했다. 한국의 홈마켓은 첨단 기술 제품 전시장을 방불케 한다. 4,800만 명의 한국인 중 약 70%가 휴대폰을 갖고 있으며, 700만 명은 무선 인터넷에 접속해 있고, 초고속 인터넷 가입자는 800만 명 이상으로 세계 최고다.

엄격한 조치들, 이제 결실 거두어

영국 『파이낸셜타임스』, 앤드루 워드(Andrew Ward), 2002. 10. 29.

1997년, 붕괴를 피하기 위해 IMF로부터 580억 달러의 구제가 필요했던 한국의 경제는 김 대통령 정부에 의해 아시아에서 가장 튼튼한 경제 중 하나로 탈바꿈했으며, 올해는 6%의 성장이 예상되고 있다. 악성 부채를 처리하고 부실 기업들과 금융기관들을 축출함으로써 이루어진 금융·기업 분야의 공격적인 구조조정은 비슷한 조치를 실행하는 데 실패한 일본과 많은 부채를 안고 있는 다른 아시아 국가들에게 본보기로 환영받아왔다.

또한 김 대통령은 1950~1953년 한국전쟁 이래 분단된 한반도의 국경선에 여전히 존재하고 있는 긴장 상태를 가장 낮은 수준으로 완화시킴으로써, 2000년 6월 북한 지도자 김정일과 역사적인 정상회담을 이루어냈다. 남북한의 경계선인 사람이 살지 않는 지대에서 지뢰를 제거하고 있으며, 분단된 국경선을 관통하는 철도 재연결 작업이 진행 중이다. 남북한 장관 및 군사 관계자들의 접촉이 증가하였으며, 이산가족들은 상봉을 허가받았다.

김 대통령이 임기 동안 이룬 다른 업적들 중에는 한국이 세계 최고의 기술 선진국으로 성장한 사실이 포함된다. 한국의 초고속 인터넷과 무선 인터넷 사용률은 유럽과 북미 대부분 국가들을 부끄럽게 만든다.

아시아 국가들의 본보기로 환영받는 한국

영국 『파이낸셜타임스』, 앤드루 워드, 2002. 10. 29.

한국에 도착하는 방문객은 한국이 5년 전만 해도 붕괴 직전의 경제 상황이었다는 증거를 어디에서도 발견하기 어려울 것이다. 빛나는 한국의 새 관문인 인천국제공항에서부터 서울 시내의 약동하는 쇼핑가들에 이르기까지, 한국은 금융 위기로부터 회복하여 강한 경제성장세로 돌아선 것으로 보인다.

1997년의 위기를 몰고온 구조적 결함을 제거하기 위해 실시되었던 공격적인 조치로 한국의 장래에 대한 신뢰는 강해졌다. 1997년 바닥을 드러내 서울로 하여금 IMF로부터 580억 달러의 구제를 모색하게 했던 외환 보유고는 1,160억 달러에 달하고, IMF 채무는 모두 상환되었다. 세계 3대 신용 평가 기관인 무디스와 S&P, 피치IBCA 모두 한국의 신용 등급을 '높은' 신용도를 의미하는 'A'로 상향시킴으로써 한국의 개혁을 보상하였다.

한국, 경제 우등생으로 부상

중국 『인민일보』, 쉬바오캉, 2002. 11. 27.

1997년 11월 21일은 한국 경제 발전사에서 이른바 '국치일'이었다. 이날 한국 정부는 IMF에 구제 금융을 신청했고, 사상 초유의 금융 위기가 한국이 이루어냈던 '한강의 기적'을 산산이 부숴버려 IMF 관리 체제하에 놓이게 되었다. 5년이 지난 현재, 한국은 금융 위기를 이겨내고 경제가 급성장했다. 국가 신용 등급 역시 다시 A등급으로 상향 조정되었고, 외환 보유액은 1,170억 달러에 달한다. 세계 경제의 불황 속에서도 금년 경제성장률이 6%에 달하는 등, 이미 한국은 국제사회가 인정하는 '경제 우등생'이 되었다.

'경쟁과 효율'을 우선으로

1997년 11월 금융 위기 발생 후 김대중 정부는 전 국민이 같이 고통을 감내하자고 호소했으며, 기업·금융·공공·노동 등 각 부문에 대한 대대적인 구조조정을 단행했다. 한국 정부는 과거의 '문어발식 기업 확장 및 차입 경영'의 관행을 '경쟁과 효율'을 추구하는 경제 전략으로 바꾸어 금융 위기를 이겨내는 결정적인 한 걸음을 내디뎠다. 30개의 재벌 그룹 중 절반을 해체하거나 구조조정을 단행했다. 삼성전자의 경우 1997년의 매출액이 18조 원이었으나, 작년에는 32조 원으로 급증했다. 순익 역시 1,235억 원에서 2조 9,400만 원으로 증가하여 23배에 가까운 성장을 보였다. 기업의 부채율 역시 295%에서 43%로 줄어들었다.

금융 위기 후 한국의 20개 주요 재벌 그룹은 생산성 제고를 무시한 채 '대량생산과 판매'를 해왔던 기존의 체계에서 벗어나, '대량생산을 추구하지 않는 대신 최대한의 수익을 중시하는' 단계로 진입하게 되었다. 금융 분야에서 정부는 은행업에 대한 대대적인 조정을 실시하여 부채 비율이 심각한 10여 개의 은행을 폐쇄했고, 은행 직원의 1/3을 해고시켰다. 따라서 금융 위기를 이겨낸 후 은행의 부채 비율은 1999년의 13.6%에서 금년 9월 말 2.4%로 내려갔으며, 은행의 순이익 역시 5조 4,000억 원으로 증가했다.

외자를 이용해 경제를 활성화

한국은 외자를 도입하여 경제를 발전시킴에 있어 과거에는 줄곧 보수적인 입장을 고수한 바 있다. 1962년부터 1996년까지 35년간 한국에 투자한 외국 기업은 4,419개로 외자 도입액이 겨우 177억 달러에 불과했었다. 금융 위기 후 한국은 외국 기업의 국내 기업 합병을 인가하고, 외국 기업과 전략적 파트너 관계를 수립하는 등 일련의 조치를 취하여 적극적인 외자 유치에 큰 성공을 거두었다. 2002년 9월 말 현재, 한국에 투자한 외자 기업은 이미 1만 2,509개로 증가했고, 최근 5년간 외국 기업의 대한국 투자액은 589억 달러에 달했다.

한국산업연구원은 외국의 대한국 투자는 외환 보유액의 증가, 취업 확대, 무역 수지의 개선, 기술 함량의 증가, 기업 구조조정 등의 분야에서 한국에 적극적인 영향을 주었다고 분석했다. 한국 기업가들 역시 "외국 기업은 기업의 수익성과 경영의 투명성을 아주 중시한다. 외국 기업과의 끊임없는 교류는 이미 한국 기업이 '수익성 위주' 발전 선략으로 전환하는 계기가 되었다"고 솔직하게 밝혔다.

괄목할 만한 한국 정보산업의 급성장

한국은 금융 위기를 이겨내는 과정에서 산업 구조를 대대적으로 조정했고, 그 과정에서 정보기술산업이 괄목할 만한 성과를 이룩했다. 현재 한국 정보산업의 경쟁력은 이미 OECD 30개 회원국 가운데 7위이다. 한국 정부의 정보화 수준 역시 세계 2위로 부상했다. 1998년 6월, 한국은 케이블망을 이용하여 처음으로 초고속 인터넷 서비스를 개시했다. 1999년 한국의 초고속 인터넷 가입자는 37만 명에 달했고, 2000년 이후에는 가입자가 급증하여 2002년 10월 말 현재 이미 1,000만 명을 돌파하였으며, 보급률은 세계

1위이다. 한국 정보통신부에 따르면 지난 4년간 한국 정부가 초고속 인터넷에 투자한 총액은 11조 원으로, 이로 얻은 경제 수익은 17조 원, 부가가치는 5조 8,000억 원에 달해 일자리가 59만 개 증가하는 결과를 낳았다고 한다.

김 대통령은 퇴임하면서 어떤 업적 남길까?

미국 『블룸버그』(Bloomberg), 패트릭 스미스(Patrick Smith), 2003. 1. 15.

몇 주가 지나면 김대중 대통령은 한국 대통령으로서의 5년 임기를 마무리한다. 그는 경제·정치·외교에서 이룬 업적을 토대로 반세기 역사상 가장 훌륭한 대통령으로 남을 것이다. 김 대통령의 모든 업적들 중에서도 가장 두드러진 것이 하나 있다. 그것은 간헐적 혹은 잠재적으로 상처를 줄지도 모를 갈등을 야기하지 않은 채 한국이 대미 관계를 재정립하도록 가장 좋은 기회를 마련해주었다는 점이다.

넓은 시야에서 볼 때 이는 더없이 중요하다. 보다 균형 잡힌 대미 관계 ─ 우리 앞에 펼쳐질 다극화된 세계의 현실을 반영하는 관계 ─ 의 구축은 모든 강대국은 물론 숱한 약소국들도 직면해 있는 도전 과제이다. 반드시 풀어야 할 김 대통령의 과제에 환경 여건이 겹쳐 한국은 이 과업을 수행하는 선두에 서게 된 것이다.

김 대통령은 한국이 하수구에 비유되는 아시아의 위기 상황 속으로 미끄러져 들어가고 있던 1997년에 취임했다. 그는 얼마 안 있어 대북 '햇볕정책' 이론을 전개했다. 대북 화해는 여러 해 동안 김 대통령의 우선 과제가 되어왔다.

경제·정치 분야의 성공

김 대통령 정부는 이 두 가지 일에 모두 성공했다. 한국의 악성 부채 규모는 지금은 제로에 가깝게 떨어졌다. 금융권은 구조조정을 거쳤고, 오랫동안 경제를 지배해온 재벌들은 길들여지고 있으며, 내수가 급증하여 한국의 극심한 수출 의존도는 상당히 감소했다. 한국의 GDP 성장률은 지난 4년 동안 평균 7%로 이는 동아시아에서 가장 좋은 실적에 속한다.

햇볕정책은 김 대통령이 2000년 6월 평양에서 북한 지도자 김정일과 가진 역사적인 정상회담을 시작으로 그 성과가 자명해진다. 김 대통령은 그해 말에 노벨평화상을 수상했다. 그러나 그의 이 전략은 국내에서나 미국에서나 반대에 부딪히지 않은 적이 없었다. 그가 워싱턴을 방문하여 새로운 부시 정부와 의회 보수파들로부터 강력한 비판을 빚은 2001년 초기 이마도 최악의 상황이었을 것이다. 김 대통령이 귀국 길에 올랐을 때 햇볕정책은 폐기된 것이나 다름없다는 분석도 있었다.

정치적 야인 시절

그러나 햇볕정책은 죽지 않았다. 요즘 북한에서 핵 프로그램에 대한 나쁜 소식이 봇물처럼 터져나오는 등 긴장이 고조되고 있음에도 불구하고 이 정책은 지금까지도 살아 있다. 지난주 미국 측 중재자 빌 리처드슨 뉴멕시코 주지사가 부시 정부에게 북한과의 직접 대화를 건의한 것은 김 대통령의 전략이 여전히 한반도 분단 이후 고안된 최선의 대북정책임이 어느 정도 인정된 것이라 하겠다.

김대중 대통령은 대통령이 되기까지 오랜 세월 동안 정치적 야인 시절을 겪었다. 냉전 시대의 독재에 저항하고, 서울 외곽에서 오랫동안 가택 연금 생활을 하기도 했다. 망명 시절도 있었고, 한 차례의 납치, 그도 모자라 두 차례의 죽을 고비까지 겪었으나 미 정부가 대미 의존국인 한국 정부에 개입함으로써 살아난 바 있다.

　김 대통령은 남아프리카공화국의 넬슨 만델라, 체코의 바츨라프 하벨과 함께 냉전 이후 가장 독창력이 뛰어난 지도자 중 한 사람이 될 것이다.